BASTEI
LÜBBE

Elizabeth Sherwood

Ein Mann verlockend wie die Sünde

Historischer Roman

Ins Deutsche übertragen
von Katharina Braun

BASTEI
LÜBBE

BASTEI-LÜBBE-TASCHENBUCH
Band 18 165

Erste Auflage
Dezember 1996

Deutsche Lizenzausgabe 1996
Bastei-Verlag Gustav H. Lübbe
GmbH & Co., Bergisch Gladbach
Originaltitel: Virginia Embrace
Lektorat: Katharina Woicke
Titelbild: Pino Daeni/
Agentur Thomas Schlück
Umschlaggestaltung:
Quadro Grafik, Bensberg
Satz: KCS GmbH,
Buchholz/Hamburg
Druck und Verarbeitung:
Elsner Druck, Berlin
Printed in Germany

ISBN 3-404-18165-4

Der Preis dieses Bandes
versteht sich einschließlich der
gesetzlichen Mehrwertsteuer

PROLOG

Isle of Wight County, Virginia
November 1839

Der faulige Geruch nahenden Todes erfüllte den Raum mit übelkeiterregender Heftigkeit. Die schwelende Hitze des Feuers im Kamin verstärkte diese Wirkung noch, weshalb alle, die Stewart Flemmings Sterbebett umringten, in stummer Abwehr Taschentücher an ihre Nasen drückten.

Lacy Flemming trotzte jedoch dem Zerfall des Körpers ihres todkranken Vaters und trat näher, um zärtlich seine zitternde Hand zu nehmen. In ehrfürchtigem Schweigen betrachtete sie die Finger, die einst so stark und tüchtig gewesen und jetzt nicht mehr waren als gichtgekrümmte Knochen und welkes Fleisch.

»Kann ich dir irgend etwas holen, Papa?« fragte sie und schluckte, um den schmerzhaften Klumpen aus ihrer Kehle zu vertreiben.

Stewart Flemmings ausgezehrter Brustkorb schien noch stärker einzufallen und hob sich selbst dann nur unmerklich, wenn der Sterbende um Atem rang. Seine Lider flatterten, als er mühsam die Augen öffnete, um sich im Zimmer umzusehen, und um seinen Mund zuckte es, bevor er mit rauher Stimme sprach.

»Wo sind Travis und Mariette?«

Lacys Blick glitt zum Fußende des Betts, wo ihr Bruder und ihre Schwester saßen. »Sie sind beide hier, Papa«, versicherte sie ihm.

Als Travis seinen Namen hörte, erhob er sich und trat vor. »Ja, Vater.«

Stewart kniff seine trüben alten Augen zusammen, um seinen Sohn im Halbdunkel erkennen zu können. »Und Mariette?«

Langsam, widerstrebend, stand Mariette auf und kam zu

ihren Geschwistern, ihren angewiderten Gesichtsausdruck hinter einem duftenden weißen Taschentuch verbergend, das sie fest an ihre Nase preßte.

»Ich bin auch da, Papa«, murmelte sie.

Die Anwesenheit aller seiner Kinder belebte Stewart vorübergehend. Seine rasselnden Atemzüge wurden ruhiger, und ein Lächeln erschien um seine Lippen. »Ihr wart mir und eurer Mutter – möge sie in Frieden ruhen – brave Kinder.« Sein Blick blieb eine Weile auf jedem seiner Nachkommen ruhen. »Ich kann als zufriedener Mann ins Grab gehen.«

»So darfst du nicht reden, Papa«, flehte Lacy und umklammerte seine Hand noch fester. »Du kannst wieder gesund werden.«

Stewart lächelte wehmütig. »Ach, Lacy, dein Optimismus war schon immer deine liebenswerteste Eigenschaft.« Sanft drückte er ihre Hand. »Sieh zu, daß sich das nicht ändert, wenn ich nicht mehr bin. Und vergeude auch nicht deine Zeit mit sinnlosen Tränen. Du ... Ihr alle ... werdet zu beschäftigt mit der *Watch* sein, um eure Energie mit Trauern zu verschwenden.«

Travis trat einen Schritt näher an das Bett heran. »Sorg dich nicht um die Plantage, Vater. Sie existiert schon seit fünf Generationen, und ich werde dafür sorgen, daß sie auch für die nachfolgenden bestehen bleibt.«

Ein verzweifelter Blick, als sei ihm das Versprechen seines Sohnes nicht genug, erschien in Stewarts Augen. Sie wußten es nicht; keiner von ihnen begriff, wie es wirklich war, wenn man für diese Plantage lebte.

Seine Stimme wurde nun lauter, klang erregt und auch ein wenig atemlos. »Sie ist eine anspruchsvolle Geliebte, unsere *Watch;* sie wird euch alles nehmen, was ihr habt, und noch immer nicht zufrieden sein.« Sein Blick richtete sich nach innen, als ließe er die letzten fünfzig Jahre seines Lebens noch einmal an sich vorüberziehen, Jahre, die er der Familienplantage hingebungsvoll geopfert hatte. »Es wird kein Tag vergehen, an dem sie nicht eure Aufmerksamkeit und liebevolle

Sorge benötigen wird. Sie kann so hilflos sein wie ein neugeborenes Kind und so egoistisch wie eine Straßendirne. Denkt an meine Worte – euer Schweiß wird ihr nicht genügen, sie wird auch euer Blut verlangen!«

Seinen eindringlichen Worten folgte Schweigen, aber etwas anderes hätte Stewart auch gar nicht gewollt. Es waren die letzten Augenblicke seines Lebens, und er betrachtete es als seine Pflicht, seine Kinder zu warnen.

Überraschend fest umklammerte er Lacys Hand und stieß mit letzter Kraft hervor: »Die *Watch* gehört jetzt euch ... zu gleichen Teilen. Sorgt für sie, und sie wird für euch sorgen. Behandelt sie anständig, und sie wird euch nicht im Stich lassen.«

Seine Lider sanken herab, aus seinen Fingern wich die Kraft, und sein letzter Atemzug war nur noch ein hohles Rasseln. »Zum guten Schluß wird sie selbst entscheiden, wer von euch verdient, sie zu besitzen ... Die *Watch* wird sich ihre Herrin oder ihren Herrn selbst wählen.«

Stewart starrte blicklos an die hohe Zimmerdecke, und seine Hand erschlaffte, während das Echo seiner letzten Worte durch das Zimmer hallte.

1. KAPITEL

Mai 1840

Nachmittägliche Schwüle beherrschte die kleine alte Hütte, und die Körper der beiden jungen Menschen, die sich auf dem schmalen Lager liebten, glitzerten vor Schweiß. Ihr schweres Atmen, ihr Stöhnen und das Ächzen der Matratze erfüllten die stickige, heiße Luft, und in der Nähe erhob eine Zikade ihre schrille Stimme zum Finale dieses leidenschaftlichen Lieds, das bis zum nahen Pagan River hallte.

Travis Flemming löste sich von dem weichen jungen Körper unter ihm, rollte sich auf den Bauch und rang nach Atem. Dann, als fiele ihm jetzt erst ein, daß es angebracht wäre, schlang er einen Arm um das junge Mädchen neben ihm.

»Ich lauf' dir schon nicht fort!« Ein leises Lachen klang in der noch sehr mädchenhaften Stimme mit.

Travis hob den blonden Kopf, um Rose anzusehen. Ein sehr befriedigtes, sehr weibliches Lächeln spielte um ihre Lippen, das sein Ego nährte und ihn dazu verlockte, das Mädchen erneut zu lieben. Auch er lächelte zufrieden. So war es immer mit Rose. Mit seiner Rose.

»Was lächelst du so?« fragte Rose.

Eine Antwort erübrigte sich. Beide wußten, wie schön es gewesen war, das war es schließlich immer zwischen ihnen, aber deshalb würde Travis sie noch lange nicht nach jeder Umarmung mit Komplimenten überschütten. Ich darf mir nicht anmerken lassen, wieviel sie mir bedeutet, dachte er, und sein Lächeln wich einem Stirnrunzeln. Er gestand es sich nicht gerne ein, aber dieses zierliche Mädchen, fast ein Kind noch, war das Beste, was ihm je über den Weg gelaufen war.

Er dachte darüber nach. Es war unbegreiflich. Sie war weder die schönste Frau, mit der er je im Bett gewesen war, noch die erfahrenste. Im Grunde genommen war sie noch ein halbes Kind, und doch ging sie ihm unter die Haut wie ein Fieber, für das keine Heilung existierte. Verdammt, wie gern hätte er eine Medizin gehabt gegen die Macht, die sie über seinen Körper ausübte!

In Gedanken schüttelte er den Kopf. Es wäre ja noch zu verstehen, wenn er irgendein armer, mittelloser Weißer gewesen wäre, der froh sein konnte, wenn eine Frau ihn auch nur anschaute. Aber verdammt, er war schließlich Travis Flemming, Stewart Flemmings einziger Sohn, und hatte mehr als genug Frauen gehabt in seinem Leben. Eigentlich hätte er sich nun mit achtundzwanzig allmählich nach einer Ehefrau umschauen sollen, doch die einzige Frau, die er haben wollte, war Rose. Seine Rose. Wieder fluchte er im stillen.

Verärgert über die Sinnlosigkeit seiner Überlegungen, drehte er sich schließlich auf den Rücken und versetzte ihr einen leichten Stoß. »Hol meine Sachen, Rose.«

Ohne mit der Wimper zu zucken, stand sie auf und sammelte seine verstreute Kleidung ein, gab sie ihm und wartete, bis er sich erhob. Dann, noch immer nackt, legte sie sich wieder auf das schmale Bett.

Schweigend sah sie zu, wie Travis rasch seine Hosen anzog und nach seinem Hemd griff. »Du hast es eilig«, bemerkte sie, um einen gelassenen Ton bemüht. Seine Hast erstaunte sie. Er blieb immer noch eine Weile, wenn sie sich geliebt hatten, ließ sich Zeit zum Anziehen und um ihren nackten Körper zu betrachten. Er sagte, sie anzusehen sei fast so schön, wie sie zu besitzen, und sie liebte den verlangenden Blick seiner blauen Augen fast ebenso sehr wie seine schmalen, sensiblen Hände auf ihrem Körper. Doch jetzt hatte er nicht einmal aufgeschaut.

»Ja, ich bin in Eile«, gab er zu, während er einen seiner Stiefel überstreifte. »Ein Schiffahrtsunternehmer aus dem Norden trifft heute ein. Ich soll ihn am Hafen abholen und möchte nicht zu spät erscheinen.«

Insgeheim seufzte Rose. Einen Moment lang hatte sie befürchtet, Travis durch irgend etwas verstimmt zu haben.

Oder schlimmer noch – daß seine Schwestern von ihren heimlichen Begegnungen erfahren haben könnten. Travis wollte, daß so wenige Leute wie möglich wußten, daß er mit ihr ins Bett ging, und das galt vor allem für seine Schwestern.

Beruhigt lehnte Rose sich an die Kissen und betrachtete ihn ganz unverhohlen. Travis Flemming war ein gutaussehender Mann mit den blauen Augen und dem blonden Haar, das so charakteristisch für die Flemmings war. Seine Ähnlichkeit mit seinem verstorbenen Vater war geradezu unheimlich; man brauchte Travis nur anzusehen, um sich an Stewart Flemming zu erinnern. Travis hatte das gleiche eckige Kinn mit der kleinen Kerbe und die gleiche hochgewachsene, kräftige Gestalt, obwohl er natürlich noch über die jugendliche Schlankheit verfügte, die sein Vater schon vor Jahren verloren hatte. Rose war froh darüber, denn sie konnte sich nicht vorstellen, daß sie gern unter einem Mann mit Fettpolstern gelegen hätte.

»Wirst du mich morgen wieder haben wollen?« fragte sie.

Travis, der gerade seinen zweiten Stiefel anzog, zuckte abwesend mit den Schultern. »Wenn es so sein sollte, lasse ich es dich wissen.«

Rose war nicht gekränkt über seine Antwort. Kaum ein Tag verging, an dem er nicht in ihre Hütte kam, und daher sah sie keinen Grund, warum es morgen anders sein sollte. Das Wissen erfüllte sie mit einem geheimen Triumphgefühl und veranlaßte sie zu einem kühnen Scherz.

»Und wenn ich nun was anderes vorhätte?«

Travis, der schon an der Tür war, drehte sich abrupt zu ihr um, und einen flüchtigen Moment lang, bevor er Roses kokettes Lächeln sah, erschien ein eisiger Blick in seinen Augen. Doch dann erkannte er ihr Spiel, seine Spannung wich, und ein nachsichtiges Lächeln erschien auf seinen Zügen. Na schön, dachte er; er würde sich ein paar Minuten Zeit nehmen, um sich an ihrem Spielchen zu beteiligen.

»Du hast nichts anderes vor«, versicherte er ihr.

»Woher weißt du das?« entgegnete sie mit einem schelmischen Funkeln in ihren dunklen Augen.

»Weil ich alles weiß, was es im Hinblick auf dich zu wissen gibt.«

»Vielleicht. Vielleicht auch nicht.«

Während Travis langsam zum Bett zurückkehrte, ließ er seinen Blick mit einer Eindringlichkeit über ihren Körper gleiten, die sie sämtlicher Geheimnisse beraubte, die sie zu besitzen vorgab. Unter seinem prüfenden Blick stieg eine sinnliche Hitze in Rose auf, und sie begann zu zittern, bis die fast dahinzuschmelzen glaubte. Und dann, endlich, legte Travis die Hände auf ihre Schultern und senkte den Kopf, um sie zu küssen. Als er den Kuß beendete, ließ er seine Lippen noch einen Moment an ihrem Mund verweilen, und seine geflüsterten Worte klangen wie eine zärtliche Liebkosung.

»Werd bloß nicht frech, kleine Niggerin.«

In ebenso sanftem Ton wie er erwiderte Rose: »Nein, Sir, Massa Travis.«

An die vordere Reling seines Schiffs gelehnt, erhielt Jared Steele seinen ersten richtigen Blick auf den Pagan River. Es war kein großer Fluß, nichts als ein bescheidener Untertan des mächtigen River James, aber tief genug, um auf ihm bis ins Herz des blühendsten Farmlands ganz Virginias zu segeln. Und nur das war wichtig.

Jared ließ den Blick über die bewaldeten Ufer gleiten. Gieriges Sumpfgras, das sich nicht mit solidem Untergrund begnügte, breitete sich bis ins Wasser aus und verbarg den Uferansatz. Der Wald selbst war mit dichtem Unterholz durchwachsen; Lorbeersträucher und wilder Wein bildeten eine fast undurchdringliche Wand. Hohe Kiefern ragten aus dem buschigen Gestrüpp auf, schlank und gerade, aber kahl bis zu den Baumkronen. Nur dort, hoch in den Wipfeln, waren Zweige mit dunkelgrünen Nadeln zu erkennen.

Jared zog überrascht die Augenbrauen hoch, als er die flache Landschaft musterte. Diese Ecke von Virginia war völlig anders als sein Heimatstaat Connecticut. Während dort der

Fluß sauber durch felsiges Gebirge floß und immer eine angenehme, kühle Brise wehte, herrschte hier eine üppige Vegetation, und der sumpfige Geruch des trüben Wassers vermischte sich mit dem Fäulnisgeruch des Waldes. Alles war eingehüllt von einer Feuchtigkeit, die hier überall in der Luft zu hängen schien. Wie ein dünner Nebel überzog sie alles mit einem trüben Film, was die Szenerie schon fast ein bißchen unwirklich erscheinen ließ.

»Smithfield an Steuerbord.«

Auf den Ruf des Bootsmanns hin wandte Jared den Kopf. Die Stadt Smithfield kam jetzt in Sicht, er konnte eine Ansammlung von Hafenschuppen sehen und zahlreiche Schiffe jeder Bauart. In diesem Hafen, das war selbst aus der Entfernung zu erkennen, schien eine rege Geschäftigkeit zu herrschen.

Wieder hob Jared erstaunt die Augenbrauen. Nach allem, was er gehört hatte, war der Hafen nur klein, doch was ihm an Größe fehlte, glich er durch den Umfang seines Handels aus. Täglich liefen hier Schiffe zu allen Häfen dieser Welt aus, beladen mit Holz, Tabak, Schinken und Erdnüssen. Ein gesunder Profit wurde erzielt, wenn ein Schiff diese täuschend bescheidene kleine Stadt verließ, ein Gewinn, der Plantagenbesitzern wie Reedereien zugute kam. Es war die Aussicht auf diesen Profit, die Jared in den Süden gebracht hatte.

Und doch war es nicht der einzige Grund, gestand er sich ganz offen ein. Sicher, es lang ihm viel daran, die Geschäfte seines Schiffahrtsunternehmens zu erweitern, aber er konnte auch nicht abstreiten, daß er seit Monaten von einer zunehmenden Ruhelosigkeit geplagt wurde. Sein Leben war zur Routine geworden, die täglichen Geschäfte stellten keine Herausforderung mehr für ihn dar. Er mußte neue Märkte erschließen, neue Gelegenheiten schaffen.

Er verließ seinen Platz an der Reling und ging zum Achterdeck und zu einer Kabine, in Gedanken bei den Geschäften, die sich ihm hier eröffnen würden. Es schien unzählige Möglichkeiten in Virginia zu geben, die nur darauf warteten, ausgeschöpft zu werden. Die gleiche Erkenntnis hatte er auch aus den begeisterten Briefen eines gewissen Travis Flemming aus *Swan's Watch* bezogen.

Jared öffnete die Tür seiner Kabine und betrat den kühlen Raum, in dem der Schiffsjunge gerade das Einpacken von Jareds Garderobe beendete.

»Du bist fertig, nicht?« fragte Jared, als er zur Koje ging, wo ein grauer Rock für ihn bereitlag.

Tommy Little drehte sich auf dem Absatz um und betrachtete seinen Arbeitgeber mit unverhohlener Bewunderung. »Ja, Sir, Mister Steele. Ich habe alles so vertäut, wie Ihr verlangt habt. Ihr habt genug Kleidung hier für mindestens einen Monat«, antwortete er und zurrte den letzten Lederriemen an der großen Truhe fest. »Soll ich sie jetzt nach oben bringen?«

Jared zog den Rock an. »Es besteht keine Eile, Tommy. Den Schiffsbewegungen nach zu urteilen legen wir eben erst an.«

Tommys junges Gesicht verriet Erstaunen. Er verstand nicht, woher Jared Steele es so genau wissen konnte, aber tatsächlich war das Schiff langsamer geworden, und an Deck über ihnen begann eine hektische Geschäftigkeit. Innerhalb von Sekunden erklangen schwere Schritte über ihnen, als die Matrosen sich anschickten, den zweihundert Tonnen schweren Klipper aus Baltimore am Ufer zu vertäuen.

Wie immer zog der Vorgang Tommy wie magisch an, und ein nachsichtiges Lächeln erschien um Jareds Lippen, als er den Jungen davonstürzen sah.

»Jugend«, murmelte er. Aber er mußte zugeben, daß er selbst nicht anders gewesen war, als er anfangs mit seinem Vater zur See gefahren war. Im Alter von zehn Jahren hatte er sämtliche Aspekte der Seefahrt als ungemein aufregend empfunden. Selbst heute noch, fünfundzwanzig Jahre später, wurde seine Freude daran höchstens geschmälert von den Pflichten, die der Besitz einer eigenen Flotte mit sich brachte. Die Seefahrt an sich war noch immer eine schwindelerregende Verlockung.

Dieser Verlockung gab er jetzt nach und gesellte sich zu den anderen Männern an Deck, die die letzten Taue befestigten und die Laufplanke herabließen. Kurz darauf löste sich ein großer blonder Mann aus der am Kai versammelten Menschenmenge und betrat das Schiff. Mit Hilfe eines der Matrosen fand der Mann Jared an der Reling.

»Mister Steele?«

Jared nickte freundlich.

Travis reichte ihm mit einem liebenswürdigen Lächeln seine Hand. »Travis Flemming zu Euren Diensten, Sir. Wir hatten Eure Ankunft schon erwartet, Sir.«

Während Jared seine Hand drückte, wunderte er sich, daß Travis Flemming persönlich erschienen war, um ihn am Hafen abzuholen, anstatt einen Vorarbeiter oder Sekretär zu schicken, wie es üblich war. Jared war angenehm überrascht.

»Es ist mir ein Vergnügen, Mr. Flemming.«

»Travis, bitte«, bat der junge Mann mit einem Lächeln. »Immerhin werdet Ihr für einige Zeit zu Gast in unserem Hause sein. Wir hoffen, Euren Aufenthalt so angenehm wie möglich zu gestalten, und Förmlichkeiten könnten sich dabei als hinderlich erweisen.«

Jared kannte die sprichwörtliche Gastfreundschaft des Südens nur vom Hörensagen, aber jetzt sollte er sehr schnell die Erfahrung machen, daß sie mehr war als bloße Worte. Überaus zuvorkommend begleitete Travis ihn zu einer wartenden Kutsche, aber erst, nachdem er dafür gesorgt hatte, daß Jareds Gepäck in einer zweiten Kutsche nachgeschickt wurde.

Während der Fahrt war Travis unablässig um Jareds Komfort bemüht und unterhielt seinen Gast mit interessanten Berichten über die Umgebung und ihre Menschen. Als die Kutsche in die lange Allee einbog, die zum Haupthaus der Plantage führte, fühlte Jared sich bereits auf herzlichste Weise willkommen in Virginia.

Neugierig schaute er sich auf der Plantage um. Auf Feldern, die sich über viele Hektar weit erstreckten, wurden

Mais und Erdnüsse angebaut, und dahinter, am fernen Horizont, erhob sich eine natürliche Mauer aus Hartholzbäumen.

»Wie findet Ihr sie, Sir?« fragte Travis, dem Jareds Interesse nicht entgangen war.

Jared wandte den Blick von den fernen Bäumen ab und richtete ihn auf seinen Begleiter. »Sie?«

Mit einer Handbewegung, die die gesamte Umgebung einschloß, erklärte Travis: *»Swan's Watch.* Sie scheint Eure Neugier erregt zu haben, und ich wüßte gerne, was ihr von ihr haltet.«

Jared spürte, daß sich hinter der Frage mehr verbarg als schlichtes Interesse. Travis Flemmings Stimme verriet Stolz, aber sie klang auch irgendwie erwartungsvoll.

»Das Land ist sehr beeindruckend«, gab Jared aufrichtig zu.

Ein Seufzer entrang sich Travis, obwohl er lächelte. »Ihr habt das Beste von ihr noch nicht gesehen. Das Haus am Flußufer, die Nebengebäude und die gepflegten Gärten und Terrassen …«

»Wie viele Hektar Land gehörten zur Plantage?«

»Knapp über fünfzehnhundert. Alles noch Originalbesitz aus dem Jahre 1620, dem Jahr der Landverteilung.«

Jared fand diese letzte Information sehr überraschend. Er wußte, daß es keine leichte Aufgabe war, soviel Land zu halten, weil zu viele Faktoren existierten, die den Besitz gefährden konnte. Allein schon die hohen Steuern waren oft der Grund dafür, daß Land verkauft oder aufgeteilt wurde. Die Tatsache, daß Swan's Watch seit über zwei Jahrhunderten intakt geblieben war, war ein stummer Hinweis, daß die Plantage sehr ertragreich sein mußte.

Ehrlich beeindruckt, verneigte er sich. »Alle Achtung, Travis. Ich freue mich schon auf eine ausführliche Besichtigung der Plantage.«

»Darauf werdet Ihr nicht mehr lange warten müssen«, entgegnete Travis, als die Kutsche um eine Kurve bog und das Haus zum ersten Mal in Sicht kam. »Willkommen auf Swan's Watch!«

Jared war bezaubert vom Anblick des prächtigen Gebäudes im Stil des alten Südens und konnte Flemmings Stolz verstehen. Es war einfach wundervoll. Umgeben von hohen Trauerweiden, stellte das aus rotem Backstein erbaute Haus einen Tribut an die Kunstfertigkeit von Baumeistern dar, die schon vor hundertfünfzig Jahren verstorben waren. Die Eleganz des Bauwerks wurde unterstrichen von zwei Pavillons, die sich an beide Seiten des Mittelteils anschlossen, dem eleganten Eingang mit dem gläsernen Oberlicht und den schlanken Gipssäulen. Das Dach war mit einem zierlichen Gesims versehen, und kunstvolles Mauerwerk umrahmte die großen Fenster.

Ein Schimmer von Rosa drang aus einem dieser Fenster. Als Jared genauer hinsah, stellte er fest, daß eine Frau sich durch den Raum bewegte.

Lacy Flemming ging an einem ihrer Schlafzimmerfenster vorbei, während sie ihr langes Haar bürstete und die silberblonde Pracht mit geübten Fingern zu einem Zopf flocht.

Gedankenverloren glitt ihr Blick zu dem Schlüsselbund auf der Frisierkommode. Der schwere Ring trug den Schlüssel zu jeder einzelnen Tür auf der Plantage, angefangen vom Dachboden bis hin zur Böttcherei. Im allgemeinen bewahrte sie den Schlüsselbund in ihrer Rock- oder Schürzentasche auf, wenn sie ihren täglichen Aufgaben nachging, doch heute abend würde er neben ihrer Sammlung von Haarbürsten und Kämmen liegenbleiben.

Dennoch war der Anblick der Schlüssel eine stumme Ermahnung, daß sie morgen nach der Wolle sehen mußte, die aus dem Lager gebracht wurde. Die Weberinnen würden sich bald an die Arbeit machen müssen, wenn sie warme Stoffe für den Winter haben wollten.

Das Geräusch der sich öffnenden Tür riß sie aus ihren Überlegungen. Als sie sich umwandte, sah sie ihre Schwester in einem rotgestreiften Musselinkleid durch das Zimmer tänzeln.

»Du hättest ihn sehen sollen, Lacy!« erklärte Mariette, und

ihr Gesicht glühte vor unverhohlener Erregung. »Er sieht so unglaublich gut aus, daß ich am liebsten meine Röcke schürzen und ihm meine Unschuld opfern würde!«

Auf diese Bemerkung hin errötete Lacy und starrte ihre ältere Schwester an. »Mariette, ich wünschte, du würdest nicht solch schamlose Reden führen«, sagte sie empört.

Mariette ignorierte ihre Schwester, schloß die Tür und wirbelte mit flatternden Röcken durch den Raum. »Er kann einer Frau den Atem rauben!«

»Mariette …«

»Die Farbe seiner Augen konnte ich nicht sehen, aber ich könnte mir vorstellen, daß sie grün sind.«

Lacy, die begriff, daß dies eine sehr einseitige Unterhaltung werden würde, wandte sich wieder zum Spiegel um und fuhr fort, ihr Haar zu flechten. »Ich vermute, daß du Mister Steele meinst?«

Mariette hielt in ungeduldiger Verwirrung inne. »Wen sollte ich denn sonst meinen? Wen außer Mister Steele haben wir denn noch erwartet?« Seufzend zupfte sie ihre blonden Locken zurecht und richtete den Blick in einer stummen Bitte um himmlische Unterstützung an die Zimmerdecke. Wie sie und Lacy Schwestern sein konnten, würde sie wohl nie begreifen. Lacy war einfach zu begriffsstutzig.

Als sie Mariettes pikierte Miene im Spiegel sah, zuckte Lacy mit den Schultern. »Du hast dir nicht die Zeit genommen, einen Namen zu erwähnen, als du hier hereinstürztest, um dich über Mister Steeles Aussehen auszulassen … und den Verlust deiner Unschuld.«

Obwohl nur ein leiser Vorwurf in Lacys Stimme mitklang, weckte er Mariettes Ärger. Trotzig schob sie die Unterlippe vor, ließ sich in einen Polstersessel fallen und streckte die Beine aus, so daß sich die krinolinengestützten Röcke um ihre Schenkel bauschten.

»Rede keinen Unsinn, Lacy. Du hast bloß Angst, daß Travis es hören könnte. Aber mach dir keine Sorgen, er sitzt schon unten mit Mister Steele bei einem Bourbon.« Ein frivoles

Lächeln erschien um ihre Lippen, ihre kobaltblauen Augen glitzerten vor boshafter Belustigung. »Warte nur, bis du ihn siehst! Ich habe ihn zufällig aus der Kutsche steigen sehen ...«

»Als du halb aus deinem Fenster hingst«, warf Lacy trocken ein.

Wenn sie der Wahrheit nicht so nahe gekommen wäre, hätte Mariette jetzt wahrscheinlich protestiert. Aber die ältere der beiden Schwestern konnte nicht abstreiten, daß Männer sie faszinierten, obwohl sie sich viel darauf zugute hielt, diskret genug zu sein, um ihr Interesse auf jene zu beschränken, die jung und reich waren. Aber das war ihrer Meinung nur ganz natürlich. Sie war zwanzig Jahre alt, in ihrem besten Alter, und Gott hatte ihr ein hübsches Gesicht geschenkt und jene Art wohlgerundeter Figur, wie Männer sie zu lieben schienen. Wer war sie, um die Wege des Herrn anzuzweifeln? Und wenn Er nicht gewollt hätte, daß sie den Blick eines Mannes erwiderte, hätte Er ganz bestimmt dafür gesorgt, daß sie blind war und nichts sehen konnte.

»Sei nicht so frech, Lacy«, entgegnete sie in überlegenem Ton. »Das steht dir nicht. Wie ich bereits sagte, sieht Mister Steele einfach phantastisch aus. Er ist sogar noch größer als Travis, und ich könnte schwören, daß sein Rock an den Schultern nicht gepolstert ist. Und sein Haar ist schwarz, falls du dir das vorstellen kannst. Pechschwarz. Nein ... eigentlich eher schwarz wie die Nacht, mit einem leichten Hauch von Blau darin.« Mariette schloß entzückt die Augen und schlang die Arme um ihre Taille. »Er ist wirklich der hinreißendste Mann, den ich je gesehen habe!«

Verwirrt hielt Lacy inne. »Ich dachte, das wäre Carter?«

Durch die nüchternen Worte aus ihrer poetischen Träumerei gerissen, öffnete Mariette die Augen und starrte Lacy wütend an. »Wie typisch für dich, Lacy, mich auf diese Weise auf die Erde zurückzuholen!«

»Das war nicht meine Absicht«, entgegnete Lacy ruhig. »Ich verstehe nur nicht, wie du dich heute dermaßen für einen Mann begeistern kannst, den du nur einen Moment lang vom

Fenster aus gesehen hast, nachdem du in den letzten Monaten ständig von Carter James geschwärmt hast. Mit dem du so gut wie verlobt bist, falls du das vergessen hast.«

»Über eine Verlobung muß erst noch entschieden werden«, erklärte die ältere der Schwestern hochmütig, um dann achselzuckend hinzuzufügen: »Nachdem ich Mister Steele gesehen habe, will ich Carter vielleicht gar nicht mehr.«

Verblüfft drehte Lacy sich zu ihrer Schwester um. »Das soll doch wohl ein Scherz sein, Mariette?«

»Keineswegs.«

Lacy konnte es nicht fassen. Seit Carter James vor etwa einem Jahr *Bellehaven* von seinem Vater geerbt hatte, war Mariette versessen darauf, ihn zu erobern. Er war der beste Fang in ganz Tidewater, und Mariette hatte ihn schon fast dazu gebracht, um ihre Hand zu bitten. Und nun, aus einem lächerlichen Impuls heraus, war sie imstande, ihn einfach abzuschieben und die ganze Sache zu vergessen.

»Was ist mit Carter?«

Momentan von ihrer Maniküre abgelenkt, hielt Mariette inne und starrte stirnrunzelnd auf einen ihrer Fingernägel. »Was soll mit ihm sein?« fragte sie.

»Du kannst ihn unmöglich so behandeln!«

Mariette fand nur eins noch langweiliger als ihre Fingernägel, und das war Lacys Gerede über Carter. Kopfschüttelnd ließ sie ihre Hand sinken. »Mußt du ständig über Nebensächlichkeiten reden?«

»Nebensächlichkeiten?«

Trotzig schob Mariette das Kinn vor. »Ich verstehe nicht, warum du dich so aufregst. Du magst Carter doch nicht einmal.«

»Ob ich ihn mag oder nicht, hat nichts damit zu tun.«

Das letzte, was Mariette jetzt wollte, war sich rechtfertigen zu müssen, und schon gar nicht einer Schwester gegenüber, die zwei Jahre jünger als sie war. Ärgerlich erhob sie sich. »Ich weiß nicht, warum ich überhaupt herkomme und mit dir darüber spreche. Du verstehst nicht das geringste von Herzensdingen, Lacy, und doch maßt du dir an, ein Urteil über mich zu fällen. Du hast bisher nicht einen einzigen ernsthaften Verehrer, Lacy, und dabei bist du doch schon vor einem Jahr in die Gesellschaft eingeführt worden!«

Hätte Mariette auch nur das geringste Zartgefühl in dieser Angelegenheit bewiesen, hätte Lacy es jetzt vielleicht gut sein lassen. Aber angesichts der Rücksichtslosigkeit ihrer Schwester glaubte sie, daß Mariette nichts anderes als eine bissige Erwiderung verdiente.

»Ich mag zwar keinen Verehrer haben und noch unerfahren in der Kunst der Koketterie sein, aber wenigstens können andere nachts ruhig schlafen, im sicheren Bewußtsein, daß *ich* nicht auf ihren Gefühlen herumtrampeln werde!«

Das brachte Mariette noch mehr gegen ihre Schwester auf. »Ich werde mit Reverend Thomas über dich sprechen müssen«, entgegnete sie spitz, um dann verächtlich hinzuzufügen: »Wir sollten dich so bald wie möglich heiligsprechen lassen.«

Nun wurde auch Lacy langsam ärgerlich. »Wenn aufrichtige Gefühle, Verständnis und liebevolle Fürsorge einen Heiligen ausmachen, dann bin ich gern bereit, meinen Heiligenschein aufzupolieren.«

Mariettes dunkle Augen wurden schmal. Sie hätte wissen müssen, daß Lacy jetzt die Selbstgerechte, Edle spielen würde. Es war zu verabscheuenswert für Worte. Angewidert wandte sie sich zur Tür, hielt dann jedoch zu einer letzten Bemerkung noch einmal inne.

»Schreib es deiner ›Heiliger-als-Heilige‹-Haltung zu, wenn dir ein Verehrer das nächste Mal den Rücken zukehrt.« Danach wandte sie sich mit einem befriedigten Lächeln ab und ging zur Treppe, um sich auf die Suche nach Mister Steele zu machen.

Lacy schaute ihr nach und bezwang den Wunsch, die Tür hinter ihr zuzuschlagen. Mit zusammengebissenen Zähnen schloß sie sie leise und lehnte sich dann einen Moment zurück und schloß die Augen, um die häßliche Szene noch einmal an sich vorüberziehen zu lassen. Betrübt fragte sie sich, ob sie und Mariette jemals mehr als eine Stunde miteinander verbringen würden, ohne daß es zu so unerfreulichen Auseinandersetzungen kam. Aber das hielt sie für ausgeschlossen. Dafür waren sie einfach zu verschieden.

Entmutigt dachte sie über diese Unterschiede nach. Am bezeichnendsten war wohl, daß sie selbst in ihrem Zimmer saß und um nicht existierende schwesterliche Liebe trauerte, während Mariette ihre Reibereien mit einem Achselzucken abtat und sich zu einem munteren Gespräch mit Mister Steele begab.

Seufzend gestand Lacy sich ein, daß Mariette sich niemals ändern würde. Sie war ein geselliger Wechselbalg, der seine Launen der jeweiligen Gelegenheit anpaßte. Auf gesellschaftlicher Ebene nutzte sie ihre Schönheit und Intelligenz mit einer Unbekümmertheit, die sogar die ernsthaftesten Charaktere bezauberte. Alte Witwen wie junge Galane fühlten sich angezogen von ihrem reizenden Wesen und ihrem hinreißenden Charme, den Mariette jedoch ausschließlich für jene reservierte, die *nicht* ihrer Familie angehörten. Wenn man dazu ihre wohlgerundete Figur bedachte, ihr bereitwilliges Lächeln und ansteckendes Gelächter, dann war es kein Geheimnis, warum Mariette Flemming das begehrteste Mädchen der Gemeinde war.

Kein Geheimnis war allerdings auch, vor allem nicht für Lacy selbst, daß sie einen ganz anderen Ruf genoß. Menschen, die sie nicht gut kannten, hielten ihre zurückhaltende, ernste Art schlicht für einen Mangel an Temperament. Lacy lachte wehmütig bei dem Gedanken, weil sie wußte, wie weit dieser Eindruck von der Wirklichkeit entfernt war.

Nachdenklich verließ sie ihren Platz an der Tür, um noch einmal vor den bodenlangen Spiegel zu treten. Wie um sich die Unterschiede zwischen ihr und Mariette zu bestätigen, betrachtete sie sich prüfend. Der Spiegel zeigte ihr eine junge Frau von zierlichem Körperbau und durchschnittlicher Größe. Das enganliegende, blaßrosa Mieder und der weite

Rock enthüllten eine schlanke Figur mit sanften Rundungen.

Ihr ovales Gesicht wies einige bemerkenswerte Unterschiede zu der bei den Flemmings üblichen Gesichtsform auf. Ihre Augen waren mehr türkisfarben als blau, ihr Mund etwas kleiner und von zarteren Konturen als bei ihren Geschwistern. Und während die Frauen der Familie Flemming von einem Ende Virginias bis zum anderen stolz auf ihren kamelienfarbenen Teint und ihr lockiges, goldblondes Haar waren, hatte Lacy sich mit Sommersprossen auf der Nase abzufinden und mit glattem, silberblondem Haar, das sogar den Bemühungen des Brenneisens widerstand.

Um ihrer Enttäuschung Luft zu machen, streckte sie ihrem Spiegelbild die Zunge heraus. Das Absurde dieser Handlung entlockte ihr ein Lächeln, und mit einem nüchternen Achselzucken ging sie zum Lehnstuhl bei dem Fenster.

Die Selbstkritik war unnötig. Sie hatte schon vor langer Zeit gelernt, sich mit ihrer äußeren Erscheinung abzufinden, und wenn sie ganz ehrlich war, verlangte sie auch gar nicht mehr. Obwohl andere sie seit ihrer Kindheit ständig mit Mariette verglichen und als erheblich weniger attraktiv beurteilten, war Lacy nicht unzufrieden mit ihrem Aussehen.

Sie war froh, daß sie das Korsett nur der Mode wegen tragen mußte und nicht, weil sie benötigte. Es beunruhigte sie nicht, daß sie kein Interesse für Klatsch und müßiges Gerede aufbrachte, und sie sehnte sich auch nicht nach Verehrern. In ihrem Herzen war nur Platz für einen Mann. Im Gegensatz zu Mariette mit ihrer Neigung, sich mit so vielen Verehrern wie nur möglich zu umgeben, begnügte Lacy sich damit, geduldig abzuwarten, bis der eine Mann erschien, den sie lieben konnte.

Ein rascher Blick auf die Uhr auf dem Kaminsims veranlaßte sie aufzustehen. Es war schon kurz nach sechs. Das Dinner zu Ehren von Mr. Steeles Ankunft sollte um sieben stattfinden, und Lacy wußte, daß sie eigentlich längst im Salon sein müßte. Rasch drapierte sie die rosa und grün karierte Stola um ihre Schultern, schob die gepufften Ärmel hinauf zu ihren Ellbogen, verdrängte verbliebene Zweifel in den Hintergrund ihres Bewußtseins und ging hinab, um sich mit Mr. Steele bekanntzumachen.

Ein leises Stimmengewirr erreichte ihre Ohren, als sie sich dem Treppenabsatz näherte. Die Hand noch auf dem polierten Mahagonigeländer, blieb sie einen Moment auf der letzten Stufe stehen, um dann dem Gelächter durch die Halle in den Salon zu folgen.

An der Tür schaute Lacy sich in dem blau und gelb tapezierten Zimmer um und begann ihr Zuspätkommen augenblicklich zu bereuen. Travis und Mariette waren schon da und saßen auf einem bequemen Sofa am Kamin. In einem Lehnstuhl mit dem Rücken zur Tür saß Mr. Steele, und Lacy sah ein, daß ihre Bekanntschaft mit ihm mit einer Entschuldigung beginnen mußte.

»Ich hoffe, ihr verzeiht mir die Verspätung«, sagte sie, als sie vortrat.

Jared Steele stand auf, als Lacy sich seinem Sessel näherte. Travis erhob sich ebenfalls und betrachtete seine jüngere Schwester mit einem liebevollen Lächeln.

»Das macht nichts, Lacy«, meinte Travis und trat neben sie, um sie vorzustellen. »Mister Steele, das ist meine jüngere Schwester Lacy. Lacy, das ist Mister Steele.«

Lacys erster Blick auf Jared löschte alle anderen Gedanken außer einem in ihr aus – daß Mariette recht gehabt hatte. Jared Steele war in der Tat der attraktivste Mann, der ihr je begegnet war. Er war ganz in Grau gekleidet, trug einen dunkelgrauen Rock, der seine breiten Schultern unterstrich, eine silberne Krawatte über einem gestärkten weißen Hemd und enganliegende graue Hosen, die seine langen, muskulösen Beine hervorragend zur Geltung brachten.

Sein dichtes, welliges Haar war tiefschwarz mit einem blauen Schimmer, in dieser Hinsicht hatte Mariette sich nicht geirrt. Als Lacy zu ihm aufschaute, schätzte sie ihn auf mindestens einsneunzig, was zum Teil erklären mochte, warum sein Anblick sie derart überwältigte.

Nur in einer Hinsicht hatte Mariette nicht recht behalten: Seine Augen waren nicht grün, sondern von einem dunklen Grau, beschattet von schwarzen Augenbrauen und umrahmt von langen, dichten Wimpern. Diese Augen und seine gerade Nase, sein wohlgeformter Mund und das markante Kinn machten sein Gesicht so attraktiv, *daß sie am liebsten ihre Röcke geschürzt und …*

»Willkommen auf unserer Plantage, Mister Steele!« sagte sie rasch und spürte, wie sie heiß errötete.

Eine Spur von Neugier schlich sich in Jareds Blick, als er die silberblonde Schönheit vor ihm betrachtete. Lacy Flemming war ein bezaubernd schönes Mädchen und strahlte eine Ruhe und Eleganz aus, die er unwiderstehlich fand. Da ihm jedoch bewußt war, daß er nicht mit ihr allein war, zwang er sich, sie nicht allzu auffällig zu mustern. Aber es kostete ihn eine ungeheure Überwindung, seinen Blick von ihren reizvollen Kurven fernzuhalten.

»Ich fühle mich sehr geehrt, Miss Lacy«, erklärte er lächelnd. »*Swan's Watch* hat mich sehr herzlich aufgenommen.«

Bevor Lacy etwas erwidern konnte, warf Mariette mit einem koketten Lächeln ein: »Ihr habt eine sehr gewählte Art, Euch auszudrücken, Mister Steele!«

Für einen Moment wandte er seine Aufmerksamkeit Mariette zu. »Das liegt an der erlesenen Gesellschaft, Miss Flemming.«

»O Gott«, erwiderte sie lachend. »So nennt mich doch bitte Mariette!« sagte sie und bedachte ihn mit einem gewinnenden Lächeln und einem wohlberechnenden Augenaufschlag. »Wir möchten schließlich Euren Aufenthalt bei uns so angenehm wie nur möglich für Euch gestalten.«

Jared unterdrückte den Impuls, angesichts Mariettes übertriebener Herzlichkeit die Stirn zu runzeln. Statt dessen lächelte er höflich. »Mit dem größten Vergnügen .., Mariette.«

Froh über die Ablenkung, setzte Lacy sich neben Travis auf das Chippendalesofa, in der Hoffnung, so wenig wie möglich aufzufallen. Doch leider war ihrem Wunsch kein Erfolg beschieden, denn Jared setzte sich sofort ihr gegenüber. Innerhalb kürzester Zeit kam ihr zu Bewußtsein, daß sein Blick erstaunlich oft zu ihr hinüberglitt. Nachdem alle sich ins Eßzimmer begeben und ihre Suppe gegessen hatten, war Lacy nur noch ein Nervenbündel. Jared Steele hatte einen unglaublichen Effekt auf sie. Obwohl sie ein ganzes Stück von ihm entfernt saß, war ihr seine Gegenwart fast körperlich bewußt – das tiefe Timbre seiner Stimme, die anmutigen, eleganten Bewegungen seiner Hände und die unauffälligen, aber intensiven Blicke, mit denen er sie bedachte.

Ganz bewußt konzentrierte sie sich auf ihr Essen und fragte sich, was in aller Welt nur mit ihr los sein mochte. Sie war sich eines Mannes noch nie so stark bewußt gewesen, noch nie zuvor in ihrem Leben. Es war, als ob jede Faser ihres Körpers mit ihm verbunden wäre und sie unwiderruflich zwänge, den Blick zu heben und ihn ganz unverhohlen anzustarren.

Er wirkte so unglaublich männlich und strahlte eine Kraft und Stärke aus, die den ganzen Raum zu dominieren schien.

Ganz unvermittelt wandte er sich von Travis ab und richtete den Blick auf sie. Lacy, die sich ertappt vorkam, weil sie ihn anstarrte, lächelte schwach und senkte den Blick wieder auf ihren Teller.

Der zweite Gang aus gekochtem Fisch mit Muschelsauce, Gemüse mit Schinken und Austernpastetchen lag Lacy wie ein Stein im Magen. Am liebsten wäre sie aufgestanden, aber ihr war klar, daß sie bis zum Dessert durchhalten mußte. Sie atmete erleichtert auf, als die Mahlzeit endlich endete und die Männer sich erhoben, um sich für den Rest des Abends in die Bibliothek zurückzuziehen.

Mariette verließ ihren Platz, ging zu Jared und reichte ihm mit träger Anmut ihre Hand. »Gute Nacht, Jared«, murmelte sie lächelnd. »Ich hoffe, Sie hatten einen angenehmen ersten Abend hier in *Swan's Watch*.«

Jareds Bewegungen waren von geübter Höflichkeit, als er

ihre Finger hob und sie mit den Lippen streifte. »Danke, Mariette. Mein Aufenthalt war bereits sehr viel mehr als angenehm.«

Lacy beobachtete, wie ihre Schwester Jared mit einem strahlenden Lächeln bedachte, bevor sie gelassen aus dem Zimmer schwebte. Lacy wäre unendlich dankbar gewesen, wenn sie in diesem Augenblick auch nur eine Unze von Mariettes Kaltblütigkeit besessen hätte. Denn der Gedanke, daß Jared Steele ihre Hand jetzt küssen würde, und wenn auch nur ganz flüchtig, löste ein eigenartiges Erschauern in ihr aus. Aber ihr blieb keine andere Wahl. Es wäre unhöflich, ja sogar beleidigend gewesen, ihm nicht die Hand zu reichen.

Sie schalt sich einen Feigling, nahm dann ihren ganzen Mut zusammen und zwang sich, zu Jared Steele hinüberzugehen und vor ihm stehenzubleiben. Sie konnte nur hoffen, daß ihrem Gesicht nichts von ihrer inneren Verwirrung anzusehen war.

»Gute Nacht, Mister Steele«, sagte sie leise und reichte ihm die Hand.

Jared ergriff sie und runzelte die Stirn, als er spürte, wie kalt ihre Finger waren.

»Ich dachte, wir hätten uns darauf geeinigt, uns mit unseren Vornamen anzureden, Lacy?« bemerke er mit einer Gelassenheit, die die Intensität seines Blickes Lügen strafte.

Ihre Hand noch immer fest in seiner, schluckte Lacy, weil sein Name wie ein Klumpen in ihrer Kehle saß. »Ja … Ja, das wollten wir … Jared.«

Falls er ihre Nervosität spürte, ließ er sich davon nichts anmerken. Er lächelte nur warm und hob ihre Hand langsam an seine Lippen.

»Auch Euch eine gute Nacht, Lacy.«

Der Druck seiner Lippen auf ihrer Hand war kurz, aber alles andere als flüchtig, und Lacys Augen weiteten sich vor Überraschung. Die Berührung mit ihm durchzuckte sie auf beunruhigendste Weise, löste ein Prickeln in ihrem Arm aus, das sich bis in ihren Magen fortsetzte. Doch dann gab Jared ihre Hand frei und trat zurück, ganz der perfekte Kavalier.

Frei von der fast hypnotischen Wirkung, die er auf sie ausübte, bedachte Lacy ihn mit einem schwachen Lächeln, bevor sie Travis zum Abschied zunickte. Dann hastete sie zur Tür. In der Abgeschlossenheit ihres Zimmers legte sie eine zitternde Hand auf ihren Magen und fragte sich, was in aller Welt mit ihr geschehen war.

2. KAPITEL

Genug ist genug! schalt Lacy sich, als sie am nächsten Morgen ihr Schlafzimmer verließ. Die Gedanken an Jared Steele hatten sie die ganze Nacht bedrängt und nicht zur Ruhe kommen lassen. Die Erinnerung an sein gutgeschnittenes Gesicht hatte einen seltsamen Schmerz in ihrem Magen ausgelöst, der durch nichts zu vertreiben gewesen war, obwohl sie sich rastlos von einer Seite auf die andere geworfen hatte. Und jetzt merkte sie plötzlich, daß sie sich schon darauf freute, ihn beim Frühstück wiederzusehen.

Nun ja, sie würde eben ihre aufgewühlten Emotionen beherrschen müssen, wenn sie sich auf ihre morgendlichen Tätigkeiten konzentrieren wollte. Aus diesem Grund verdrängte sie Jared Steele in die hinterste Ecke ihres Bewußtseins, als sie in einem schlichten Hauskleid aus hellblauem Musselin, unter dem sie nur einen einzigen Unterrock trug, die Treppe hinabstieg.

Die Glocke in der Eingangshalle läutete fünfmal, und aus Gewohnheit erhob Lacy den Blick zu dem gläsernen Oberlicht über der Tür, durch das bereits das erste Tageslicht eindrang. Dies war ihre liebste Stunde, wenn im Haus noch alles still war. Wie üblich war sie die einzige, die schon wach war. Travis stand selten vor sechs Uhr auf, und Mariette ... Mariette schlief meist bis zum späten Vormittag. Nicht zum ersten Mal schüttelte Lacy erstaunt den Kopf und dachte, daß ihr Bruder und ihre Schwester die schönste Tageszeit verpaßten.

Mit leisen Schritten ging sie zur Hintertür und trat auf die Veranda, blieb jedoch abrupt stehen, als sie Jared an einer der Säulen lehnen sah. Beim Klang ihrer Schritte richtete er sich auf und wandte sich zu ihr um.

Eine jähe, unerwartete Nervosität erfaßte sie, und es gelang ihr nicht, das Zittern ihrer Hände zu beherrschen. Sie hatte gehofft, eine Atempause zu erhalten von der Faszination, die er auf sie ausübte, doch statt dessen stand sie nun der Quelle ihrer Unruhe gegenüber, einem Mann, der im ersten Licht des jungen Morgens noch viel hinreißender als in ihren Träumen aussah.

Er hatte eine beeindruckende Figur. In seinem locker sitzenden weißen Hemd und den schwarzen Reithosen kamen seine breiten Schultern so auffallend zur Geltung wie seine schlanke Taille und seine schmalen Hüften. Er wirkte ungeheuer männlich und strahlte eine ruhige Sicherheit und Autorität aus.

»Guten Morgen, Mister Steele«, sagte sie leise und war froh, daß ihre Stimme nichts von ihrem inneren Aufruhr preisgab.

Jared lächelte, um dann in gespielter Verzweiflung den Kopf zu schütteln. »Aber Lacy – ich dachte, wir hätten die Sache mit den Namen gestern abend schon geklärt!«

Verlegen schob sie ihre Hände in die Rocktaschen, froh, den beruhigend kühlen Stahl ihres Schlüsselbunds zu fühlen.

»Ja, Ihr habt natürlich recht ... Jared.«

Beim Klang seines Namens von ihren Lippen vertiefte sich Jareds Lächeln. Sie bot einen hübschen Anblick an diesem Morgen. Ihr silberblondes Haar war zu einem schlichten Chignon zusammengesteckt, was einen verführerischen Blick auf ihren schlanken Hals erlaubte; ihr Kleid war blau wie ihre Augen, und ihre Haut schimmerte so rosig, als sei sie eben erst aus dem Bett gestiegen. Ein faszinierender Gedanke, sich Lacy Flemming im Bett vorzustellen. In *seinem* Bett.

Jareds Lächeln vertiefte sich, wurde von Sekunde zu Sekunde charmanter und entwaffnender, und Lacy konnte in ihrer Verlegenheit nur noch blinzeln und erröten.

»Ihr seid früh aufgestanden heute morgen, Sir«, bemerkte sie rasch, als sie die Hitze in ihren Wangen spürte. »Ich hoffe, Ihr habt gut geschlafen.«

»Hervorragend.« Er betrachtete sie prüfend. »Und Ihr?« Das Grau seiner Augen verdunkelte sich ein wenig. »Man sollte meinen, Ihr würdet noch im Bett liegen.«

Seine Bemerkung veranlaßte sie, ihn mit einem nachdenklichen Blick zu messen. Dieser Schiffahrtsunternehmer aus dem Norden schien wenig über das Plantagenleben zu wissen. Aus irgendeinem Grund linderte diese Erkenntnis ein wenig ihre Anspannung und veranlaßte sie zu einem Lächeln.

»Die *Watch* führt sich nicht von selbst. Sie braucht täglich liebevolle Fürsorge.«

»Selbst zu dieser frühen Stunde schon?« fragte er und bewunderte die Grübchen, die das Lächeln auf ihre Wangen zauberte.

»Vor allem zu dieser frühen Stunde. Wenn das Frühstück pünktlich serviert werden soll, wenn frische Wäsche erwartet wird, wenn es genug heißes Badewasser am Ende des Tages geben soll, wenn … wenn … wenn … Die Liste ist endlos.«

»Und all diese Aufgaben fallen Euch zu.«

Achselzuckend ging Lacy weiter, Jared dicht an ihrer Seite. »Ja«, bestätigte sie schlicht. Da sie zur Räucherkammer hinübersah, entging ihr der nachdenkliche Blick, den Jared ihr zuwarf. Aber sie war in Gedanken bereits beim Menü des Tages.

»Haben wir irgendein bestimmtes Ziel?« Jareds Frage lenkte wieder ihren Blick auf ihn.

»Wir?«

»Richtig«, bestätigte er. »Mir fällt nämlich allmählich auf, daß ich nicht die geringste Vorstellung von Eurer Lebensweise habe.« Er verschränkte erwartungsvoll die Arme. »Klärt mich auf.«

Es war kein Befehl, aber beträchtlich mehr als eine Bitte. Zweifelnd schaute Lacy zu ihm auf und spürte, wie ihr Magen sich verkrampfte. Er konnte doch unmöglich damit meinen, daß er vorhatte, sie auf ihrer morgendlichen Runde zu begleiten!

»Sir, ich ...«

»Jared«, unterbrach er sie schmunzelnd.

Es dauerte einen Moment, bevor sie ihre Gedanken wieder sammeln konnte. »Jared, ich denke nicht, daß meine morgendlichen Aufgaben von Interesse für Euch sein könnten.« Vor allem jedoch dachte sie, daß es ihr schwerfallen würde, den ganzen Morgen seine Nähe und seine überwältigende Präsenz zu verkraften.

»Dann habt Ihr Euch geirrt, Lacy.«

Falls der unnachgiebige Tonfall seiner Stimme sie nicht überzeugte, dann ganz bestimmt die eiserne Entschiedenheit, die sich in seinen Augen widerspiegelte. Jared Steele war fest entschlossen, sie heute morgen zu begleiten!

Aufrichtig verblüfft und auch ein wenig fassungslos spreizte sie die Hände und blickt sich hilflos um. Warum in aller Welt sollte er bloß so etwas tun?

»Da Ihr unser Gast seid, kann ich Euch Eure Bitte nicht verweigern, Sir. Aber ich muß Euch sagen, daß ich sie äußerst ... ungewöhnlich finde. Seid Ihr sicher, daß Ihr nicht lieber auf Travis warten solltet, damit er Euch über die Felder führt?«

Jared hielt ihrem prüfenden Blick gelassen stand. »Ganz sicher.«

Nach dieser Antwort blieb Lacy nichts anderes übrig, als nachzugeben. Sie zuckte mit den Schultern und begann dann auf die Nebengebäude der Plantage zuzugehen. Aber ihre Routine war gestört.

Ein zufriedenes Lächeln im Gesicht, glich Jared sich ihren

Schritten an. »Ihr habt meine Frage noch nicht beantwortet«, bemerkte er, als sie über den Rasen auf eine Reihe kleiner weißer Gebäude zugingen.

»Welche Frage?« entgegnete sie. Sie konnte sich wirklich nicht entsinnen, daß er sie etwas gefragt hatte – und schon gar nicht, nachdem er sie mit seiner verwirrenden Nähe so vollkommen durcheinandergebracht hatte.

»Meine Frage war, ob wir ein bestimmtes Ziel haben.«

Froh, ihre Gedanken auf etwas weniger Verwirrendes als Jared Steele richten zu können, erwiderte sie: »Die Küche«, und zeigte mit einer Handbewegung auf ein langgestrecktes Gebäude vor ihnen.

Hier herrschte bereits fieberhafte Geschäftigkeit. Vor einem riesigen Kamin, in dem Kohlen glühten, stand eine große schwarze Frau und rührte in einem der Kessel, die an eisernen Ketten über dem Feuer hingen. Hinter ihr an dem langen Arbeitstisch schlug ein junges Mädchen Eier auf, während ein anderes Schinken schnitt. In der fernen Ecke, unter einem der Fenster, schälte ein noch jüngerer Knabe Erdnüsse.

»Guten Morgen«, grüßte Lacy.

Die große Schwarze drehte sich zu ihnen um und richtete ihren ernsten Blick auf Lacy. »Morgen, Miss Lacy«, erwiderte sie den Gruß, um dann hastig hinzuzufügen: »Ich hatte mich schon gewundert, wo Ihr bleibt! Wir haben kein Maismehl mehr, und ich brauche dringend Eis.«

Lacy überlegte kurz und nickte dann. »Gut, Besha, dann werde ich Eustis sagen, daß er das Mehl holen soll, und Gabe kann dir das Eis beschaffen.« Angesichts der drückenden Hitze in der Küche rollte sie die Ärmel auf. »Ist alles andere in Ordnung?«

»Nein.« Die Köchin deutete mit einer Kopfbewegung auf den Sack Erdnüsse, mit dem der Knabe beschäftigt war. »Die meisten von den Nüssen, die Johnny geöffnet hat, sind voller Würmer.«

Lacy verzog unwillkürlich das Gesicht. Verdorbene Erdnüsse waren schlimm genug, aber Würmer in den Nüssen drehten ihr den Magen um. Dennoch durchquerte sie den Raum und hockte sich neben den kleinen Jungen.

»Laß mal sehen, Johnny.« Vorsichtig griff sie in den Jutesack und zog mehrere der hellbraunen Nüsse heraus. Von außen wirkten sie ganz normal, aber als sie rasch einige aufknackte, stellte sie fest, daß zwei von ihnen kleine weiße Würmer enthielten.

»O Gott, das ist ja abscheulich!« rief sie, unfähig, den Ekel aus ihrer Stimme fernzuhalten.

Little Johnny stimmte ihr mit einem Nicken schweigend zu. Mit großen Augen starrte er Lacy an, in der Hoffnung, daß sie ihn von der verhaßten Aufgabe erlösen würde.

»Johnny, geh und leer den Sack in den alten Brunnen aus«, befahl sie freundlich und zwinkerte ihm verschwörerisch zu. »Du brauchst heute keine Erdnüsse mehr zu schälen.«

Als sei ihm damit sein liebster Wunsch erfüllt worden, sprang Johnny auf, ergriff den Sack mit den verdorbenen Erdnüssen und rannte aus der Küche.

Nachdem Lacy sich wieder aufgerichtet hatte, wischte sie die Hände an ihrem Rock ab und kehrte zu Jared zurück. »Sonst noch etwas, Besha?«

Nun, wo ihre Probleme gelöst schienen, entspannte sich die Köchin. »Alles klar. Das Frühstück ist gleich fertig.« Erwartungsvoll richtete sie den Blick auf Jared. Für Lacy war ihre unverhohlene Neugier nicht zu übersehen.

»Das ist Mister Steele«, erklärte Lacy. »Er wird eine Zeitlang unser Gast auf der Plantage sein.«

Das runde Gesicht der Köchin verzog sich zu einem Lächeln. »Ich hoffe, Ihr mögt gern gutes Essen, Mister Steele, denn hier werdet Ihr das beste bekommen, das Ihr je auf dieser Seite des James Rivers gekostet habt.«

Jared lachte. »Wenn das Essen gestern abend ein Beispiel dafür war, hast du von mir keine Beschwerden zu erwarten, Besha.«

Sein Kompliment entlockte ihr ein entzücktes Lachen. »Ihr seid ein Mann nach meinem Herzen, Sir. Ich werde sehen, ob ich nicht noch rasch ein paar Griebenbrötchen für Euch backen kann.«

»Griebenbrötchen?« Jared schien die Bezeichnung nicht zu kennen.

»Ja, Sir. Die Grieben werden unter den Teig gemischt, und zu den Brötchen gibt's dann meine berühmte Specksauce.«

Fragend wandte Jared sich zu Lacy um.

»Grieben sind die knusprigen Reste des ausgelassenen Schweinefetts«, erklärte Lacy. »Sie sind recht lecker.«

Jared hatte kein Verlangen, Schweinefett zu essen, lecker oder nicht. »Ich verlasse mich auf Euer Urteil«, erwiderte er vorsichtig.

Seine Zweifel amüsierten Lacy. Lächelnd schaute sie zu seiner skeptischen Miene auf und sagte: »Auf dieser Plantage wird alles vom Schwein gegessen, Sir.« Jareds Blick glitt zu Lacys verführerischem Mund, und ihr Lächeln lenkte ihn von jeglichen weiteren Gedanken an Grieben ab. Ihre Grübchen allein genügten, um ihm angenehmere Ideen einzuflößen.

Miss Lacy Flemming aus *Swan's Watch* war die verwirrendste Frau, der er je begegnet war. Er wußte nie richtig, wen er gerade vor sich hatte – das scheue junge Mädchen, das unter einem bloßen Blick von ihm errötete, oder die kühle Schönheit, selbstbewußt und elegant, die mühelos den gesamten Haushalt der Plantage leitete. Es war eine solch faszinierende Mischung, daß er beschloß, herauszufinden, wer diese Frau tatsächlich war.

Ein ausgedehntes Schweigen entstand, als Jared sie nachdenklich betrachtete. Lacy spürte seinen viel zu intensiven Blick, und wieder erfaßte sie Verlegenheit. Sein Blick löste ein Beben in ihr aus, das alle ihre Nerven in ihrem Magen zu versammeln schien. Das Ergebnis war beunruhigend, und die Ungezwungenheit des Moments verflog.

Sie wandte sich ab und verließ die Küche, in der stillen Hoffnung, daß Jared Steele ihr nicht weiter folgen würde. Zu ihrer Enttäuschung jedoch erschien er wieder neben ihr, als sie auf eine Reihe weißgetünchter Blockhütten zuging.

»Bringe ich Euch aus der Ruhe?« fragte er mit seiner tiefen Stimme.

Lacy drehte sich mit großen Augen zu ihm um. »Nein!« erwiderte sie zu schnell und wandte sofort wieder den Blick ab, weil ihre Antwort selbst in ihren eigenen Ohren unaufrichtig klang.

»Ich beiße nicht«, versprach er lachend.

Innerlich krümmte Lacy sich. Es war schlimmer noch als schlimm. Neben ihr ging der verwirrendste Mann, dem sie je begegnet war, und sie vermutete, daß ihm bewußt war, welch erstaunliche Wirkung er auf sie besaß. Sie konnte es selbst nicht abstreiten, aber wie hätte sie *ihm* so etwas gestehen sollen?

»Ich bin keine Begleitung gewöhnt so früh am Morgen, Sir, vor allem nicht, wenn ich zu tun haben.« Das, so hoffte sie, würde als Erklärung reichen.

Aber weit gefehlt. Jareds Lächeln vertiefte sich, als er ihr einen wissenden Blick zuwarf. Zum Glück für Lacy hatten sie inzwischen die Sklavenunterkünfte erreicht, und er war gezwungen, seine Antwort für sich zu behalten.

Lacy trat vor die zweite Hütte und klopfte an. Von drinnen erklang ein leises Scharren, bevor die Tür geöffnet wurde.

Ein hagerer alter Mann, dessen weißes Haar in auffallendem Kontrast zu seiner schwarzen Haut stand, schaute Lacy aus trüben Augen an. Als er sie erkannte, verzog er das faltige Gesicht zu einem zahnlosen Grinsen.

»Morgen, Miss Lacy«, sagte er und trat schlurfend vor. Lacy reichte ihm eine Hand, um ihm die Eingangsstufe hinabzuhelfen. »Guten Morgen, Oliver«, schrie sie fast. »Wie geht's dir heute? Wie fühlst du dich?«

Oliver legte eine Hand ans Ohr und kniff die Augen zusammen. »Nein, Ma'am, ich hab' nicht geschlafen.«

Lacy nickte und versuchte es ein zweites Mal, ihre Worte noch sorgfältiger betonend. »Ja, es gibt nichts, was dich im Bett hält, Oliver. Wie geht's dir heute?«

»Gut, gut.«

»Schmerzen deine Knochen wieder?«

»Nicht mehr als sonst, aber ich hab' ja meine Medizin.« Er schob eine gichtgekrümmte Hand in eine seiner Hosentaschen und zog eine Kartoffel heraus. »Besha sagt, das hier wird das Rheuma heilen.«

Lacy kannte Beshas »Wundermittel«. Die meisten basierten auf Aberglauben, aber falls sie auch nur ein bißchen halfen, würde Lacy sich nicht einmischen.

»Ich bin froh, daß Besha dir helfen kann. Fühlst du dich in der Lage, etwas für mich zu tun?«

Olivers trübe Augen weiteten sich empört. »Das wißt Ihr doch, Miss Lacy! Was soll ich tun?«

Lacy griff in ihre Rocktasche, zog den schweren Ring mit den Schlüsseln hervor und löste zwei.

»Besha braucht Eis und einen Sack Mehl«, unterrichtete sie Oliver mit lauter Stimme. »Würdest du Gabe und Eustis suchen und ihnen sagen, daß sie sich darum kümmern sollen?«

»Auf der Stelle, Ma'am.«

»Danke, Oliver.« Sie drückte ihm die Schlüssel in die Hand und sah ihm mit einem liebevollen Lächeln nach, als er davonschlurfte. Erst als sie sich wieder zu Jared umwandte, wurde sie sich seiner eindringlichen Musterung bewußt. Sein Blick ruhte mit einer solchen Nachdenklichkeit auf ihr, daß ihr Herz einen Schlag aussetzte.

»Mister Steele?«

Ein langer, stiller Moment verging, bevor er etwas sagte. In dieser Zeit bekam Lacy das Gefühl, als hätte er ihre verschwiegensten Geheimnisse ergründet.

»Ihr seid eine bemerkenswerte Frau, Lacy«, murmelte er schließlich.

Eine leise Röte stieg in ihre Wangen, und es fiel ihr schwer, einen normalen Atemzug zu tun. Sie wußte nicht, was ihn zu seinem Kompliment veranlaßt hatte, aber es verursachte ihr ein starkes Unbehagen.

»Danke«, erwiderte sie lahm und ärgerte sich darüber, daß

ihre Stimme so schwach klang. Zum ersten Mal in ihrem Leben wünschte sie, ein bißchen von Mariettes koketter Fröhlichkeit zu besitzen, um diese Feuerprobe zu bestehen. Denn eine Feuerprobe war es, Jared Steele so nahe zu sein, sein schönes Gesicht zu sehen und die Kraft zu spüren, die von seinem Körper ausging. Es war ungemein entnervend. Sie hätte so gern etwas Unbekümmertes oder Witziges erwidert, aber ihr fiel nichts dergleichen ein.

Errötend wandte sie sich ab und begann auf das kleine Wäldchen zuzugehen, in dem das Kühlhaus lag. Aber sie war noch keine drei Schritte weit gekommen, als Jared ihren Arm ergriff und sie zwang, stehenzubleiben.

»Lauft nicht vor mir davon, Lacy.«

Ein Prickeln breitete sich von der Stelle aus, wo seine Finger sie berührten, und sie schluckte heftig. »Ich ... laufe nicht vor Euch davon.«

Ein Lächeln spielte um Jareds Lippen. »Nein?«

»Nein. Ich ... Ich muß Oliver im Kühlhaus treffen, das ist alles.«

»Kleine Lügnerin«, beschuldigte er sie liebevoll. »Ihr seid mir den ganzen Morgen ausgewichen, das heißt, eigentlich habt Ihr das schon seit gestern abend getan. Sobald ich in Eure Nähe komme und Euch nur ansehe, geratet Ihr vollkommen aus der Fassung.«

Lacy verschlug es die Sprache. Was er sagte, stimmte. Jedes Wort war wahr. Aber es war unverschämt von ihm, das auch noch auszusprechen!

Empört schob sie das Kinn vor, ein trotziger Blick erschien in ihren Augen. »Laßt mich los, Mister Steele«, verlangte sie gereizt.

»Nicht, solange wir das nicht geklärt haben.«

»Was ... Ich weiß nicht, wovon Ihr redet!«

»O doch, das wißt Ihr.« Sanft ergriff er ihre Hand. »Ich habe Euch nur ein Kompliment gemacht, mehr nicht, aber Ihr führt Euch auf, als ob ich Euch beleidigt hätte.«

Sie starrte in seine unergründlichen Augen und bemühte

sich, ihre chaotischen Gedanken zu ordnen. Wie hätte sie ihm gestehen können, daß sie es nicht gewohnt war, Komplimente zu erhalten, und schon gar nicht von einem Mann wie ihm? Mariette war diejenige, die es gewohnt war, von gutaussehenden Männern Schmeicheleien zu hören, und sie war es auch, die wußte, wie man damit umging.

»Es gut mir leid, wenn Ihr mein Verhalten falsch verstanden habt, Sir. Ich fühlte mich nicht gekränkt durch Eure Worte.«

Aber sie verursachten ihr Unbehagen, erkannte Jared und fragte sich, wieso. Sie war eine schöne, anmutige, warmherzige Frau, die schon Dutzende von Komplimenten erhalten haben mußte, und doch tat sie, als ob das Gegenteil der Fall wäre.

Um sie versöhnlicher zu stimmen, strich er mit den Fingern über ihren Handrücken. »Ihr werdet mir meine unverblümte Art verzeihen müssen, Lacy, aber Tatsache ist, daß ich es gewohnt bin, kein Blatt vor den Mund zu nehmen. Ich kann nichts daran ändern, daß ich Euch faszinierend finde ...«

»Bitte ...« Sie versuchte, ihm ihre Hand zu entziehen.

»...und werde nicht so tun, als ob es anders wäre.« Sein Blick glitt zu ihren sanftgeschwungenen Lippen, und als er sprach, war seine Stimme ein leises, verführerisches Murmeln, das sie auf die gleiche Weise einzuhüllen schien wie die warme, feuchte Luft. »Ihr habt keinen Grund, mir auszuweichen.«

Wie hypnotisiert beobachtete Lacy, wie er noch einen Schritt näherkam und den Kopf senkte. Ihr Instinkt befahl ihr, zurückzutreten, aber sie war zu keiner Bewegung fähig.

Sein Mund nahm ihre Lippen zärtlich in Besitz, und Lacy glaubte dahinzuschmelzen. Sein Mund liebkoste, neckte und verlockte sie, bis ihre Bedenken dahinschwanden wie Tau unter der heißen Morgensonne.

Ihr war klar, daß es mehr als unschicklich war, was sie hier taten. Jared Steele war ein Fremder, den sie überhaupt nicht kannte. Und doch wollte sie nichts anderes mehr, als dort zu bleiben, wo sie war, und sich den wundervollen Gefühlen zu überlassen, die er mit seinem Kuß in ihr entfachte.

Bestürzt und entzückt zugleich überließ sie sich dem süßen Schwindel, der die Wirklichkeit verblassen ließ. Hilflos glitten ihre Hände seine harte Brust hinauf, um haltsuchend den Stoff seines weißen Hemdes zu umklammern.

Ihre Reaktion war mehr, als Jared zu hoffen gewagt hatte; weit mehr, als er erwartet hatte. Das Gefühl ihres weichen, anschmiegsamen Körpers an seinem eigenen versetzte sein Blut in Wallung, ließ es wie Feuer durch seine Adern rinnen und drängte ihn, ihr die Kleider auszuziehen, sie auf den weichen Waldboden zu legen und sie in Besitz zu nehmen.

Er war vom ersten Augenblick an von ihr bezaubert gewesen, aber er hatte nicht damit gerechnet, daß sein Körper so stürmisch auf sie reagieren würde. Schweratmend löste er seinen Mund von ihren Lippen. »Was tut Ihr mir an, Lacy?« keuchte er.

Lacy war zu erfüllt von ihrer neuentdeckten Leidenschaft, um darauf zu antworten. Seine Worte waren ein entferntes Murmeln, das den sinnlichen Nebel, der sie einhüllte, kaum durchdrang. Ohne sich dessen bewußt zu sein, richtete sie ihren sehnsüchtigen Blick auf ihn, und ihre türkisfarbenen Augen verdunkelten sich vor Verlangen.

»Jared?« war alles, was sie sagen konnte.

Ihr heiseres Flüstern reizte seine erregten Sinne und steigerte das Verlangen, das bereits außer Kontrolle zu geraten drohte. Die Leidenschaft, die er in ihrem Blick erkannte, entrang ihm ein enttäuschtes Aufstöhnen, als er sie noch einmal an sich zog und küßte, um sich sodann abrupt von ihr zu lösen. Das überraschte sie, und als er ihre erstaunte Miene sah, atmete er tief durch und bemühte sich, es ihr zu erklären.

»Ihr verlockt mich über alle Maßen, Lacy.«

Seine Worte brachten sie in die Wirklichkeit zurück, und mit dem Begreifen setzten widersprüchliche Emotionen ein, die einer Aufklärung bedurften.

»Warum habt Ihr mich geküßt?« fragte sie errötend.

Er lächelte wehmütig. »Weil ich den Verstand verloren hätte, wenn ich es nicht getan hätte.«

»Ich verstehe das nicht. Ihr kennt mich doch überhaupt nicht.«

»Das ist wahr, aber was ich kenne, verlockt mich … sehr.«

Ein fast ehrfürchtiger Blick, der Jared verriet, welche Gedanken sie bewegten, erschien in Lacys Augen.

»Überrascht Euch das?«

Überraschung? Es war weit mehr als Überraschung. Lacy begriff nicht, wieso er ausgerechnet auf sie verfallen war, denn sie war es nicht gewohnt, daß Männer auf diese Weise auf sie reagierten. Es war Mariette, die von ihnen umschwärmt und begehrt wurde, aber doch nicht sie! So war es noch nie gewesen …

»Ja, ich bin überrascht«, gestand sie mit einem unsicheren Lächeln, aber alles, was sie sonst noch hätte sagen können, blieb unausgesprochen, weil plötzlich Oliver und Gabe in ihre Richtung kamen.

Das seltsame Gefühl der Vertrautheit allerdings, das sie seit dem Kuß beherrschte, blieb und wich auch später nicht, als die Männer sich um das Eis gekümmert hatten und sie und Jared zum Haus zurückkehrten, wo Travis sie erwartete.

Von der Eingangstür her sah er ihnen entgegen. »Guten Morgen, Jared. Ich hoffe, Ihr habt eine angenehme Nacht verbracht.«

»Ja, sehr«, erwiderte Jared, dachte aber dabei, daß dieser Morgen weit angenehmer gewesen war.

»Gut. Und wie fühlst du dich heute, Lacy?« Travis' Lächeln war wie immer aufrichtig und offen.

Zu jeder anderen Zeit hätte Lacy sich keine Gedanken über die harmlose Frage ihres Bruders gemacht. Aber im Hinblick auf die bisherigen Ereignisse des Tages klang ihre Antwort fast ein wenig angespannt.

»So gut wie immer.« Aber das stimmte nicht. Ihre Lippen prickelten noch von Jareds Kuß, ihre Knochen schienen immer noch aus Wachs zu bestehen. Und jetzt, unter Jareds und Travis' Blicken, fühlte sie sich alles andere als »so gut wie immer«. Und deshalb suchte sie Zuflucht im Alleinsein.

»Wenn ihr beide mich entschuldigen wollt ... Ich ... Das Frühstück wird gleich fertig sein. Ich werde nachsehen, ob im Eßzimmer alles in Ordnung ist.«

Jared, der ihre Flucht als solche erkannte, schaute ihr nach und lächelte. Sie war wirklich unendlich faszinierend.

»Nach dem Frühstück würde ich Euch gern die Plantage zeigen«, schlug Travis vor und unterbrach damit Jareds erfreuliche Betrachtungen. »Ich könnte mir vorstellen, daß Ihr sie recht beeindruckend finden werdet.«

»Danke, Travis, das würde mir sehr viel Freude machen.« Falls *Swan's Watch* sich auch nur als halb so bemerkenswert erwies wie Lacy Flemming, war Jared bereit, sich beeindrucken zu lassen.

3. KAPITEL

Swan's Watch lag im gleißend hellen Sonnenschein. Überall zwischen den Maisstauden, die sich dem hellen Licht entgegenreckten, hockten dunkelhäutige Menschen, die Unkraut jäteten und Bewässerungskanäle zogen.

Vom Rücken eines brauen Wallachs aus ließ Jared seinen Blick anerkennend über die endlosen Felder schweifen. Alles, was er bisher gesehen hatte, war ungeheuer imponierend. Erdnüsse waren das Haupterzeugnis der Plantage, Mais und Weizen kamen erst an zweiter Stelle. Es war genügend Land bestellt worden, um eine beachtliche Ernte zu gewährleisten.

»Sehr beeindruckend«, sagte er zu Travis und sprach damit seine Gedanken aus.

Travis, der auf seinem eigenen Pferd saß, freute sich über

das Kompliment. Da er noch nie ohne Anleitung seines Vaters eine Ernte eingebracht hatte, war er stolz auf das Erreichte. Es erfüllte ihn mit großer Erleichterung, daß seine Bemühungen sich auszuzahlen begannen, denn er hatte vorher nie richtig begriffen, welche anstrengende Aufgabe es war, eine Plantage zu leiten.

»Danke. Wir hatten einen milden Frühling, obwohl es pausenlos geregnet hat.«

Jared betrachtete einen Flußarm auf der fernen Seite der Felder, wo gearbeitet wurde, wie er sehen konnte. »Probleme mit Überschwemmungen?«

»Noch nicht, aber nur, weil wir einen Damm errichtet haben.« Da er Jareds Interesse spürte, fügte er hinzu: »Ich lasse den Damm gerade verstärken. Würdet Ihr es Euch gern ansehen?«

»Unbedingt.« Jede Ernte, die derart nahe an einen Fluß mit salzhaltigem Wasser grenzte, war beständig in Gefahr. Es war daher von besonderem Interesse, wie der Wasserstand des Bachs unter Kontrolle gehalten wurde.

Im gestreckten Galopp ritten die Männer zur anderen Seite hinüber. Sie zügelten ihre Tiere, wo die Felder einem stillen Teich wichen, der mitten in einem kleinen Wäldchen lag. Auf der anderen Seite des Teichs waren ein halbes Dutzend Schwarzer damit beschäftigt, einen soliden, langen Damm zu erhöhen.

»Mein Urgroßvater hat den Damm errichten lassen, nachdem der Fluß über die Ufer getreten war und die Nordfelder überschwemmt hatte. In jenem Jahr zerstörte er alles, was ihm in die Quere kam. Es hat meinen Urgroßvater fast in den Bankrott getrieben.«

Jared wandte seinen Blick von dem Dammbau ab und richtete ihn auf seinen Gastgeber. »Was hat ihn gerettet?«

»Glück. Wie es der Zufall so wollte, hatte er in jenem Jahr geheiratet, und seine Frau hatte eine beträchtliche Mitgift in die Ehe mitgebracht. Sie soll sehr empört über diesen ›Mißbrauch‹ gewesen sein, erzählt man sich.« Travis hatte die

Geschichte immer recht lustig gefunden. »Aber Stolz kann man sich in diesen Situationen nicht erlauben. Man dankt dem Schicksal, daß man das Land noch ein weiteres Jahr behalten kann.«

»Welche Tonnage erwartet Ihr in diesem Jahr von diesen Feldern?« fragte Jared, während er sein Pferd auf den Damm zulenkte. In Gedanken kalkulierte er bereits, wie umfangreich das Geschäft sein würde, falls er beschloß, Flemmings Ernte aufzukaufen.

Travis nannte ihm die Erträge, die er von dem Mais, den Erdnüssen und dem Korn erwartete. Die Zahlen waren so ansehnlich, daß Jared erstaunt die Augenbrauen hob. Doch ein Blick auf den Damm erinnerte ihn daran, daß die launischen Elemente diese Zahlen drastisch verändern konnten.

»Guten Morgen«, rief der Aufseher der Plantage, der neben einem Karren voller Steine stand.

»Guten Morgen, Michael«, erwiderte Travis. »Kommt ihr weiter hier?«

Michael Spruill spreizte die schwieligen Hände und zuckte mit den Schultern. »Einigermaßen«, erwiderte er und legte grüßend einen Finger an die Stirn, als Travis ihn mit Jared bekanntmachte. »Wir müßten gegen Ende der Woche einen halben Meter aufgestockt haben.«

Jared schätzte, daß der Damm mit einem halben Meter mehr mindestens einen Meter fünfzig hoch sein mußte. Es würde schon einer Flutwelle enormer Ausmaße bedürfen, damit der Fluß über die Barriere trat. Wie es schien, wollte Travis nichts dem Zufall überlassen. »Seht zu, daß ihr es vorher schafft, falls es nötig ist«, erklärte Travis. »Ich möchte, daß diese roten Eichen dort so schnell wie möglich gefällt werden, und jede Stunde, die auf den Damm verwendet wird, ist eine Stunde, die uns bei den Bäumen fehlen wird. Bei diesem Tempo werde ich nicht ein einziges vernünftiges Faß am Ende der Saison haben.«

»Ja, Sir, Mister Flemming.« Der stämmige Aufseher zog seinen Hut und wischte sich mit dem Arm über die Stirn. »Aber ich muß Euch leider sagen, daß Syphron schon wieder Schwierigkeiten macht.«

Travis' Blick glitt zu einem großen, breitschultrigen Sklaven, der gerade Steine vom Karren ablud. »Was ist es diesmal?«

Michael setzte seinen Hut wieder auf. »Als ich mit einer neuen Ladung Steine zurückkam, war er weg. Und dann habe ich ihn bei Taloila und Rose in der Weberei gefunden.«

Travis' blaue Augen verdunkelten sich, seine Stimme nahm einen harten Tonfall an. »Was hat er da gemacht?«

»Ich will verdammt sein, wenn ich das weiß. Aber ich schätze, daß er nicht wegen Stoff hingegangen ist und bestimmt auch nicht die alte Taloila sehen wollte.«

Travis preßte die Lippen zusammen. »Behalte ihn im Auge, Michael.«

»Klar, Mister Flemming.«

»Hörst du? Ich will ihn nicht in Roses Nähe sehen!«

Michael nickte. »Ja, Sir, Mister Flemming.«

»Sag ihm, daß er sich von ihr fernzuhalten hat.«

Wieder nickte Michael, rückte seinen Hut zurecht und ging zurück zum Damm.

Travis starrte Syphron, einen großen, muskulösen Sklaven, lange an, bevor er sich wieder Jared zuwandte. Und feststellte, daß dieser ihn prüfend musterte.

Jared hatte dem Gespräch interessiert gelauscht. Auf die Erwähnung von Rose hatte Flemming mit einer Heftigkeit reagiert, die seinen Aufseher zu verblüffen schien.

»Probleme?« fragte er, um einen neutralen Ton bemüht.

Jareds freundliches Interesse ließ Travis vor Scham erröten. Während er sich schweigend abwandte, um zu den Feldern zurückzukehren, verfluchte er sich im stillen für seine mangelnde Beherrschung in bezug auf Rose. Ihm war klar, daß er Jared eine vernünftige Erklärung für sein Benehmen schuldete, aber er ließ sich Zeit damit, bis sie das Wäldchen verlassen hatten.

»Einige dieser Sklaven können einem verdammte Schwierigkeiten machen.«

»Das kann ich nicht beurteilen«, entgegnete Jared ruhig. »Ich besitze keine Sklaven.«

Das klang nach Kritik. Travis setzte schon zu einer verteidigenden Antwort an, aber irgend etwas in Jareds Blick ließ ihn verstummen. Er verdrängte den Gedanken an Rose und entschied sich für einen unverfänglicheren Weg, das Thema Sklaverei zu diskutieren. Er konnte sich nicht erlauben, Jared Steele zu verärgern, schon gar nicht, solange das Geschäft zwischen ihnen noch nicht abgeschlossen war.

»Ihr solltet mit Lacy sprechen«, sagte er mit einem erzwungenen Lächeln. »Wenn es nach ihr ginge, hätten wir keinen einzigen Sklaven.«

»Aber Ihr denkt anders darüber«, warf Jared ruhig ein.

»Es ist eine Frage der Wirtschaftlichkeit. Die Plantage könnte nicht überleben, wenn wir für die Arbeit bezahlen müßten. Bisher sind wir gut zurechtgekommen, aber die *Watch* wirft nur gerade genug Gewinn ab, daß wir sie behalten können.«

Jared hätte das Thema gern ausführlich besprochen, weil er ein unerbittlicher Gegner der Sklaverei war. Aber er wußte, daß wenig erreicht würde durch eine solche Diskussion, und so lenkte er, ihrer zukünftigen Geschäftsbeziehung zuliebe, das Gespräch auf ein Thema, das ihm erheblich wichtiger erschien.

»Seid Ihr in vielen Dingen anderer Meinung als Eure Schwester?«

»Lacy?« Travis' Stimme spiegelte Erleichterung über den Themawechsel wider. »Nein, eigentlich sind Lacy und ich uns in fast allem einig, vor allem in Dingen, die die *Watch* betreffen. Obwohl ich zugeben muß, daß sie auch oft sehr eigensinnig sein kann.«

Das überraschte Jared nicht. Wenn er auch sonst nicht viel über Lacy Flemming wußte, hatte er doch bereits erkannt, was für eine bemerkenswerte Frau sie war.

Er dachte wieder an den Kuß von jenem Morgen. Seine Reaktion auf Lacys ungeschickte Leidenschaft verblüffte ihn noch immer, denn es war gerade diese Naivität gewesen, was sein Blut in Wallung versetzt hatte. Selbst jetzt noch erregte ihn der Gedanke an ihren zarten, anschmiegsamen Körper, an ihre sanften Kurven, was höchst überraschend war, weil er sich bisher immer nur für erfahrene Frauen interessiert hatte, aber nie für Jungfrauen. Und Jungfrau war sie noch, dessen war er sich ganz sicher. Jeder seiner Instinkte verriet es ihm.

»Ich dachte, wir könnten vielleicht zum Fluß hinunterreiten«, sagte Travis und riß Jared damit aus seinen sehr privaten Überlegungen. »Es gibt dort einen Ort, an dem ich einen Pier errichten wollte, und ich möchte, daß Ihr ihn seht.«

Jared wäre lieber zum Haus zurückgekehrt, denn dort war Lacy, und er konnte es fast nicht erwarten, sie wiederzusehen.

»Selbstverständlich«, erwiderte er, nicht ohne sich noch einmal zu dem Haus in der Ferne umzuschauen.

Zeit war etwas, was in diesen Augenblicken schwer auf Lacys Bewußtsein lastete. Als sie von dem Stapel Wäsche, die gestopft werden mußte, zur alten Standuhr aufschaute, stellte sie fest, daß es bereits nach zwölf war.

Unwillig runzelte sie die Stirn. »Gaye, ist Miss Mariette schon aufgestanden?«

Das junge schwarze Hausmädchen hielt im Stopfen inne und schüttelte den Kopf. »Nein, Miss Lacy, ich glaube nicht. Soll ich nach oben laufen und nachsehen?«

Lacy stieß einen ärgerlichen Seufzer aus. »Nein, nein, es ist schon gut.« Aber das war es nicht. Sie hatte nach mehreren Kindern sehen wollen, die während der Woche erkrankt waren, um dann mit der Arbeit an den Rechnungsbüchern zu beginnen. Statt dessen saß sie nun im kleinen Wohnraum hinter dem Salon und sortierte Wäsche, eine Aufgabe, die Mariette zu erledigen versprochen hatte.

Sie hob ein frischgewaschenes Hemd auf und stellte fest, daß sich die Naht an einem Saum gelöst hatte. »Das muß mit sehr feinen Stichen genäht werden, Gaye. Und sichere sie nach jedem dritten Stich mit einem Knoten, damit die Naht nicht wieder aufreißt.«

»Na, da bist du ja«, erklärte Mariette und schwebte mit einem sonnigen Lächeln in den Raum.

Lacy drehte sich zu ihr um. Ein Blick auf ihre Schwester, und ihre Augen weiteten sich vor Fassungslosigkeit.

Mariette trug ein schimmerndes Gewand aus blaßgrünem Taft, dessen fünf Volants aus feinster grüner Spitze waren, passend zum *fanchon,* der ihr blondes Haar bedeckte. Ein lächerlich kleines Retikül baumelte an einem ihrer Arme, und ein starker Parfumduft umwehte sie. Ihrer Erscheinung nach war anzunehmen, daß sie beschlossen hatte, auszugehen.

»Ich glaubte schon, alle hätten mich verlassen«, bemerkte sie leichthin, während sie einen ihrer weißen Handschuhe zurechtzupfte.

»Das gleiche könnte ich von dir behaupten, Mariette«, versetzte Lacy. »Warum bist du für die Kirche angezogen?«

Mariette zog gleichmütig eine ihrer schmalen Schultern hoch. »Jeanne Gail LaRue veranstaltet heute nachmittag ein Picknick. Keine große Affäre, eigentlich, nur einige wenige Freunde, aber natürlich habe ich ihr versprochen, dabeizusein.«

Die steile Falte zwischen Lacys Brauen vertiefte sich. »Du hast nichts davon gesagt, daß du zu einem Picknick eingeladen warst.«

»Nein? Dann muß ich es vergessen haben.«

»Aber du hattest mir versprochen, dich heute um die Stopfwäsche zu kümmern.«

Mariette schürzte zu einem geringschätzigen Lächeln ihre Lippen. »Das tust du doch schon.«

»Nur, weil ich nicht länger auf dich warten konnte!«

»Wieso denn nicht? Das Haus wird schon nicht über unseren Köpfen zusammenstürzen, wenn ich mich nicht um die Wäsche kümmere. Das Leben, wie wir es gewohnt sind, wird nicht auf ewig ruiniert sein, wenn ich heute nicht Nadel und Faden nehme.«

»Nein, aber jetzt werde ich nicht dazu kommen, meine anderen Aufgaben zu erledigen.«

Mariettes Lächeln verblaßte. »Oh, Lacy, hör bitte auf, mir Vorhaltungen zu machen! Ich weiß nicht, wovon du sprichst, aber ich schwöre dir, wenn du so weitermachst, wirst du noch der Anlaß zu einer Migräne sein!«

Lacy biß die Zähne zusammen. So war es immer mit Mariette; sie fand immer eine Ausrede, um sich ihren Verantwortungen zu entziehen. »Manchmal glaube ich«, sagte Lacy traurig, »daß dich die *Watch* überhaupt nicht interessiert.«

»Natürlich interessiert sie mich. Aber sag doch – wo ist Mister Steele?«

Lacy versteifte sich bei der Erwähnung seines Namens. »Warum fragst du?«

»Weil ich ihn einladen wollte, mich zu begleiten. Es wäre doch eine wunderbare Gelegenheit, ihn mit meinen Freunden bekanntzumachen.«

Lacy konnte nicht verhindern, daß eine Welle der Enttäuschung sie bei der Vorstellung erfaßte, Mariette und Jared könnten den Nachmittag zusammen verbringen. Und sie konnte sich auch nicht das merkwürdige Gefühl in ihrem Magen erklären, aber es war da und machte es ihr fast unmöglich, eine gelassene Haltung zu bewahren.

»Mister Steele ist mit Travis ausgeritten«, erwiderte sie knapp und sagte sich, daß sie kein Recht besaß, Jared Steele für sich allein zu beanspruchen. Trotz ihrer Unerfahrenheit in diesen Dingen wußte sie, daß ein heimlicher Kuß nicht viel zu bedeuten hatte. Doch leider war ihr Herz genau anderer Meinung.«

»*Was*?« rief Mariette.

»Travis hat Mister Steele mitgenommen, um ihm die Plantage vorzuführen.«

»Oh, verdammt.«

»Tut mir leid, wenn das deine Pläne für heute nachmittag durchkreuzt«, erklärte Lacy mit steifen Lippen und ohne das geringste Mitgefühl für ihre Schwester zu empfinden.

Mariette verzog das Gesicht und stützte die Hände in die Hüften. »Du brauchst gar nicht so schnippisch zu sein. Immerhin ist es mein Nachmittag, der nun vollkommen ruiniert ist.« Wütend verdrehte sie die Augen. »Jetzt bleibt mir nichts anderes mehr übrig, als allein zu fahren.«

Lacy behielt ihre Ansichten für sich. Es gab nichts, was sie über Jared Steele hätte sagen können, und nichts würde ihre Schwester davon abhalten, zu tun, wie ihr beliebte.

Während Lacy ein Laken von dem Stapel Wäsche nahm, erkundigte sie sich ruhig: »Soll ich dir eine Kutsche anspannen lassen?«

Mariettes düstere Miene wich einem erfreuten Lächeln. »Nein, vielen Dank, das habe ich bereits veranlaßt. Thomas müßte mich bereits erwarten.«

Sie tänzelte zum Spiegel zwischen den beiden gläsernen Terrassentüren und überprüfte ein letztes Mal ihr Aussehen. Es war zwar nicht so, als hätte sie das nicht schon ein dutzendmal getan, aber sie war der Ansicht, daß man nie ganz sicher sein konnte.

Nachdem sie sich vergewissert hatte, daß jede einzelne ihrer blonden Strähnen sich genau am richtigen Platz befand und der blaßrosa Puder, mit dem sie ihre Wangen bestäubt hatte, ihrem Gesicht einen frischen Schimmer verlieh, wandte sie sich ab und ging zur Tür. In gehobener Stimmung jetzt, belebt von dem bezaubernden Anblick, den sie bot, verkündete sie heiter: »Ich nehme an, daß ich zum Abendessen wieder zurück sein werde.«

Minuten später saß sie in der kleinen, offenen Kutsche und freute sich auf den Nachmittag, der sie erwartete. Die Fahrt nach Oakley, der Plantage der LaRues am Pagan River, dauerte nur knapp zwanzig Minuten, doch als Thomas Mariette aus dem Wagen half, war sie mehr als bereit für Gesellschaft.

Auf der Wiese am Flußufer entdeckte Mariette Jeanne Gail und mehrere andere Freunde, die sich unter einer der großen alten Eichen versammelt hatten. Unter diesen Freunden befand sich auch Carter James.

Mariette schürzte die Lippen. Sie hatte nicht gewußt, daß Carter anwesend sein würde. Da sie vorgehabt hatte, in Jared Steeles Begleitung zu erscheinen, war ihr Carter gar nicht in den Sinn gekommen. Aber jetzt, wo ihre Pläne sich zerschlagen hatten, durfte sie den Mann, der möglicherweise ihr zukünftiger Gatte war, nicht ignorieren.

Sie versuchte, es sich vorzustellen. *Mrs. Carter James.* Das klang nicht schlecht. Aber Mariette Steele war natürlich auch ein hübscher Name.

Als sie auf die kleine Gruppe zuging, richtete sie ihren Blick auf Carter und betrachtete ihn, wie sie vielleicht einen Deckhengst inspiziert hätte. Er war ein gutaussehender Mann mit seinen mandelförmigen Augen und dem welligen braunen Haar. Sein Gesicht war schmal, sein Körper schlank, aber Mariette glaubte nicht, daß er so groß wie Jared Steele war. Auch seine Stimme war längst nicht so tief und sanft wie die des Reeders aus dem Norden, aber dafür war Carter ungeheuer reich. Und obwohl sie vermutete, daß auch Mr. Steele kein armer Mann war, war das etwas, was sie erst noch herausfinden mußte.

Ein amüsantes Dilemma, sich zwischen zwei so attraktiven, wohlhabenden Männern entscheiden zu müssen. Und dieser Entscheidungsprozeß bot faszinierende Möglichkeiten. Sie war sich nicht sicher, wie sie sich in dieser Situation verhalten sollte, aber es war unerläßlich, daß beide Männer gleicherweise von ihr bezaubert waren, bis sie ihren Entschluß gefaßt hatte.

»Hallo!« rief sie ihren Freunden zu, als sie nahe genug war, um gehört zu werden.

Die kleine, etwas plumpe Jeanne Gail brach ihr Gespräch ab, als Mariette sich näherte, und trat vor, um sie zu begrüßen. »Mariette! Wie schön, dich zu sehen. Ich sagte gerade, daß ich mir wünschte, du würdest endlich kommen.«

Sie umarmten sich kurz, und Jeanne Gail hakte sich bei Mariette unter, als sie zu den anderen zurückgingen.

»Wenn ich zu spät gekommen bin, mußt du Lacy daran die

Schuld geben«, erklärte Mariette und seufzte schwer, bevor sie flüsterte: »Du weißt ja, wie sie mich ständig mit Arbeit eindeckt! Aber sie liebt die Plantage eben.«

Jeanne Gail schüttelte mitleidig den Kopf, was ihre mausbraunen Locken in Bewegung setzte. »Sie war schon immer der pflichtbewußteste Mensch, den ich je gekannt habe.«

»Das ist sie zweifellos«, bestätigte Mariette mit leidgeprüfter Miene. »Ich versuche wirklich alles bei ihr, Jeanne, ganz im Ernst, aber es ist einfach nicht mit ihr zu reden.«

»Mach dir jetzt darüber keine Sorgen, Mariette«, riet Jeanne Gail. »Amüsier dich lieber.«

Daß sie genau das tun würde, daran bestand für Mariette nicht der geringste Zweifel. Als ihre Freunde und Bekannten sie umringten, verschwendete sie keinen Gedanken mehr an *Swan's Watch*, ihre Pflichten oder Lacy. Ihre gesamte Aufmerksamkeit galt Carter James.

»Carter, mein Lieber! Wie geht es dir?« fragte sie und bedachte ihn mit einem koketten Blick, als er ihre Hand zu einem Kuß ergriff, der die Grenzen des Anstands sprengte.

»Gut, jetzt wo du da bist«, murmelte er. Ein sinnliches Versprechen stand in seinen braunen Augen, ein kleiner Hinweis auf seine geheimsten Neigungen, als er den Blick auf ihr Mieder richtete.

Dieser Blick war Mariette nicht entgangen. Sie wußte genau, was Carter wollte, und es war ihren Plänen nützlich, ihm einen Blick zu gestatten auf das, was er begehrte.

»Du bist so ungeheuer wortgewandt, Carter.« Eine Höflichkeit vortäuschend, die sie nicht empfand, entzog sie Carter die Hand, um einen weiteren Freund zu begrüßen, den sie schon ihr ganzes Leben kannte.

»Norman!« rief sie und lächelte den jungen Mann mit den angenehmen Zügen, dem braunen Haar und der kräftigen Gestalt so strahlend an, als sei ihre Freude über das Wiedersehen echt. »Ich habe dich schon ewig nicht mehr gesehen!«

Norman Douglas Winston verbeugte sich etwas ungeschickt vor ihr, weil seine Nerven stets in Mariette Flemmings bezaubernder Gesellschaft versagten. »Ja, es ist schon Monate her«, bestätigte er.

»Und wie geht es deiner Mutter? Ich wollte ihr schon immer einen Besuch abstatten, seit sie krank ist.«

Verwirrt von Mariettes unerwartetem Interesse, holte er tief Atem, aber auch das half nicht gegen die roten Flecken, die sich auf seinen Wangen bildeten. »Mutter erholt sich gut. Ich werde ihr sagen, daß du nach ihr gefragt hast.« Ohne es zu wollen, ließ er seinen Blick über ihren verlockenden Körper gleiten. »Und ich ... Ich werde ihr sagen, daß du so hüb ... so rei ... so schön wie eh und je bist.«

Mariette nahm sein Kompliment gnädig zur Kenntnis und lächelte, als Norman widerstrebend zu einer anderen Gruppe weiterging.

»Ich glaube, ich habe dich noch nie anders als schön gesehen«, erklärte Carter mit dem geübten Charme, um den Norman sich vergeblich bemüht hatte.

Mariettes blaue Augen richteten sich auf Carter. »Aber Carter«, hauchte sie in einer Mischung aus Verlegenheit und Entzücken. Seine besitzergreifende Art gefiel ihr, und sie legte ein wenig scheue Sehnsucht in ihren Blick, als sie ihre Hand auf seinen Arm legte und leise sagte: »Danke, Carter. Du ahnst ja nicht, was es mir bedeutet, daß ich dir gefalle.«

Sie befeuchtete ihre Lippen und richtete den Blick auf seinen Mund, ließ ihn dort einen winzigen Moment lang ruhen. Dann wandte sie sich ab und schlenderte zu einer der Decken auf dem Gras, wo sie anmutig auf die Knie sank und geziert ihre Röcke, die sich um sie bauschten, glattstrich. Als wäre sie sich Carters Blick, der auf ihren Brüsten ruhte, nicht im mindesten bewußt, wandte sie den Kopf, um ein paar Worte mit den anderen Damen zu wechseln.

Es überraschte sie nicht im geringsten, daß Carter sich keine zwei Minuten später an ihrer Seite niederließ.

Das Picknick erstreckte sich bis weit in den Nachmittag hinein. Die warme Luft und die sanfte Brise, die vom Fluß hinüberwehte, halfen mit, eine zwanglose, unbekümmerte

Stimmung zu erzeugen, die sämtliche Gänge der Mahlzeit begleitete. Die allgemeine Fröhlichkeit verstummte selbst dann nicht, als die Herren davonschlenderten, um ihre Zigarren zu rauchen, und die Damen sich ins Haus begaben.

»Es war eine wundervolle Idee, ein Picknick zu veranstalten«, sagte Mariette mit einem Seufzer, als sie und Jeanne Gail den anderen Damen die große Freitreppe hinauf folgten.

Jeanne Gail strahlte vor Freude über das Kompliment. »Ich hatte so gehofft, daß es dir gefallen würde.«

»Das hat es, Jeanne. Ich ...« Mariette preßte erschrocken eine Hand an ihre Brust und blieb stehen. »Jeanne, ich habe mein Retikül vergessen!«

Ganz die perfekte Gastgeberin, erbot sich Jeanne, es zu holen.

»O nein«, wehrte Mariette ab, »ich laufe rasch zurück und hole es selbst. Ich bin gleich wieder da.«

Jeanne Gail bedachte sie mit einem verschmitzten Lächeln und drohte ihr in gespielter Mißbilligung mit dem Finger. »Wenn ich dich nicht besser kennen würde, Mariette, würde ich sagen, daß es nur ein Vorwand ist, um Carter James zu sehen.«

Mariette gab sich empört. »Jeanne Gail, du bist unmöglich!«

»Das würdest du nicht sagen, wenn du heute die Blicke gesehen hättest, mit denen Carter dich betrachtete.« Jeanne Gails rundes Gesicht errötete. »Der bloße Gedanke daran raubt mir den Atem.«

Mariette war sich jeden Blicks bewußt gewesen, den Carter ihr zugeworfen hatte, aber sie dachte nicht daran, das zuzugeben. »Ach, Unsinn, Jeanne Gail.« Sie lachte. »Geh und kümmere dich um deine Gäste.«

Kaum hatte Jeanne das Haus betreten, wich das Lächeln aus Mariettes Gesicht. Auf keinen Fall wollte sie den Eindruck erwecken, zu eifrig um Carter bemüht zu sein. Aber das Retikül draußen zurückzulassen, war das einzige, was ihr eingefallen war, um sich eine Atempause von den Frauen zu gönnen. Ihr albernes Gekicher trieb sie allmählich zur Verzweiflung.

Sie kehrte zurück zur Eiche. Als sie an einer hohen Buchsbaumhecke vorbeiging, die sie vorübergehend der Sicht entzog, schlang sich urplötzlich ein Arm um ihre Taille und zog sie hinter das Gebüsch.

Der erschreckte Schrei, der in ihrer Kehle aufstieg, wurde erstickt von harten, fordernden Lippen, die sich auf ihren Mund preßten. Sie hob die Hand, um den Mann fortzustoßen, doch im selben Augenblick, als sie erkannte, das es Carter war, der sie küßte, ließ sie die Hände hilflos flatternd sinken.

Er hatte sie noch nie geküßt, und in Erwartung der aufregenden Gefühle, die er jetzt in ihr wecken würde, schloß sie ihre Augen. Doch alles, was sie spürte, war die unangenehme Feuchtigkeit seiner Lippen und seine harten Finger, die sich in ihr Fleisch bohrten.

»Carter, nicht«, widersprach sie und wandte ihren Kopf ab.

Carter ignorierte ihren Protest in gleicher Weise wie ihren schwachen Versuch, ihm zu entkommen. Mariette Flemming war die mit Abstand schönste Frau in der Gemeinde und verfügte über einen Körper, der einem Mann die Augen aus dem Kopf treten lassen konnte. Und sie betörte ihn nun schon seit Monaten mit diesen verführerischen Kurven.

»Nur einen Kuß noch, Mariette«, murmelte er heiser, nahm grob ihre Lippen in Besitz und zog sie noch fester an sich.

Mariette stockte der Atem, entsetzt riß sie die Augen auf. Es war zwar ihren Zwecken dienlich, wenn er hinter ihr herhechelte wie ein Hund, aber sie ließ sich nicht gern betätscheln, und schon gar nicht, wenn seine Küsse sie vollkommen kalt ließen.

Nachdem es ihr endlich gelungen war, sich von ihm zu befreien, murmelte sie: »Stell dir vor, es käme jemand!«

»Es wird niemand kommen«, beharrte er und preßte seinen feuchten Mund auf ihren Nacken.

»Es gehört sich nicht, Carter. Ich sollte das nicht zulassen ...«

»Doch, das solltest du.«

»Aber wir sind nicht verheiratet ... Wir sind nicht einmal verlobt!« Sie ließ es geschehen, daß seine Lippen über ihren Hals strichen, aber nur, bis seine Hände sich ihrer Forschungsreise anschlossen. Als seine Finger sich um eine ihrer Brüste legten, protestierte sie aufs neue.

»Carter, bitte«, sagte sie und zerrte an seiner Hand.

Was Carter betraf, so hatte er während des Picknicks die Hölle ausgestanden. Mariettes aufreizende Koketterie hatte ihn an den Rand seiner Beherrschung getrieben. Neben ihr zu sitzen, war die reinste Qual gewesen, und er dachte nicht daran, von ihr abzulassen, ohne wenigstens eine kleine Kostprobe ihrer Reize erhalten zu haben.

Er ließ den Arm auf ihre Hüften sinken und zog sie hart an seinen Unterleib. Ein ersticktes Stöhnen entrang sich ihm, und wieder preßte er seine Lippen auf ihren Mund, während er mit einer Hand ihren Rock ergriff und ihn bis hoch über ihre Schenkel zog. Die Geschicklichkeit, mit der seine Hand über ihre *Pantalettes* glitt und mühelos die Bändchen fand, die sie zusammenhielten, bewies, daß er über beträchtliche Erfahrungen verfügte, wenn es darum ging, Frauen zu entkleiden.

Mariette war schockiert von seiner Dreistigkeit. Indem sie beide Hände zwischen ihre Körper schob, stieß sie Carter mit einer solchen Wucht zurück, daß er verblüfft die Augen aufriß.

»Hör auf damit«, erklärte sie scharf und trat zurück, um die Falten ihres Rocks zu richten. Doch Carter streckte die Hand aus und zog sie erneut an sich.

»Heirate mich«, verlangte er mit gepreßter Stimme.

»Was?« Sie war wirklich nicht sicher, richtig gehört zu haben.

»Heirate mich.«

Ihre Lippen öffneten sich zu einem erstaunten Ausruf. Ein Antrag war nicht das, was sie erwartet hatte, als sie heute ihre Reize hatte spielen lassen. Und er war auch nicht unbedingt das, was sie sich wünschte. Zumindest nicht, bis sie eine Chance gehabt hatte, mehr über Jared Steele herauszufinden.

»Das kommt sehr plötzlich, Carter!« rief sie aus.

»Es hat sich seit Monaten angekündigt.« Und jetzt, wo er eine Kostprobe ihrer Reize erlangt hatte, würde er sie niemand anderem mehr überlassen.

»Aber ich wußte nicht, daß deine Gefühle in diese Richtung gingen. Du hast nie von Heirat gesprochen.« Sie blinzelte nervös, suchte nach einer Erklärung, die ihn zufriedenstellen würde. »Bitte, Carter, ich brauche Zeit, um darüber nachzudenken. Ich vermag keinen klaren Gedanken zu fassen ... Mein Herz pocht noch immer zum Zerspringen nach deinen Küssen.«

Anscheinend hatte sie damit das Richtige getroffen, denn er lockerte seinen Griff, und die Spannung wich aus seinen Zügen. Einen endlosen Moment lang hielt er sie auf Armeslänge, bevor er sie freigab und zurücktrat.

»Ich kann noch erheblich mehr tun, als dein Herz zum Klopfen bringen, Mariette« versicherte er ihr mit heiserer Stimme. »Vergiß das nicht, wenn du dir überlegst, ob du meine Frau werden möchtest.«

Nur unter Aufbietung ihrer ganzen Willenskraft gelang es Mariette, ihre Erleichterung nicht zu zeigen. Es war ihr gelungen, ihn zu vertrösten, ohne ihn so zu verärgern, daß er sein Angebot zurückgezogen hätte.

Ihr Blick verriet genau die richtige Mischung aus Zuneigung und mädchenhafter Verwirrung, als sie schwor: »Ich werde an nichts anderes als an dich und eine Ehe mit dir denken, Carter. Ich brauche nur ein wenig Zeit, um mich an die Vorstellung zu gewöhnen. Denn Mrs. Carter James zu werden, ist schließlich eine Ehre ohnegleichen.«

Ihre Antwort schmeichelte seinem Ego und stellte seine gute Laune wieder her. Lächelnd legte er eine Hand unter ihr Kinn. »Du und ich, wir werden uns großartig verstehen«, versprach er und stahl sich rasch noch einen weiteren Kuß von ihr, bevor er sich abwandte und in bester Stimmung zu seinen Freunden zurückkehrte. Mariette atmete tief aus und preßte eine zitternde Hand an ihre Brust. Sie mußte Jared Steele so schnell wie möglich besser kennenlernen.

4. KAPITEL

Rose versuchte, sich auf das Aufwickeln des Baumwollfadens zu konzentrieren, aber ihr Blick glitt immer wieder zum offenen Fenster des Webhauses. Fasziniert beobachtete sie eine Gruppe von Männern, die Baumwollballen von einem Karren zum nahen Lagerschuppen schleppten.

Einer der Männer erregte ihre Neugier ganz besonders. Syphron. Ein ungewöhnlich großer Mann von muskulösem Körperbau, der schon mehrmals hereingekommen war, sie angelächelt und ihr verstohlen zugezwinkert hatte. Sie beobachtete, wie sein kräftiger Oberkörper den dünnen Stoff seines Hemdes fast sprengte, als er sich bückte, um einen der Ballen auf seine Schultern zu heben. Er war ein starker Mann, was sich auch in seinem harten Kinn und seinem ruhigen, scheinbar mühelosen Gang verriet.

Rose rief ihre abgleitenden Gedanken zur Ordnung und wandte ihre Aufmerksamkeit wieder ihrer öden Tätigkeit zu. Sie besaß kein Recht, über Syphron oder irgendeinen anderen Mann nachzudenken. Nicht, solange es Travis gab.

»Rose.«

Überrascht schaute sie auf und sah, daß Syphron am Fenster stand und sie mit einem breiten Lächeln musterte. Entsetzt schaute sie über die Schulter hinweg zur Tür, aus Furcht, daß jemand eintreten und entdecken könnte, daß Syphron seine Arbeit vernachlässigte. Schon wieder.

»Verschwinde«, befahl sie und richtete den Blick auf den Baumwollfaden in ihren Händen. Beim letztenmal, als Syphron gekommen war, um sie zu sehen, hatte der Aufseher ihn erwischt und sich furchtbar aufgeregt. »Mister Spruill hat dir gesagt, daß du mich in Ruhe lassen sollst. Hast du das nicht begriffen?«

»Was Mister Spruill sagt, interessiert mich nicht.«

Rose schnaubte angewidert. »Ach ja? Du wirst uns beide in Schwierigkeiten bringen.« Sie warf ihm einen bösen Blick zu. »Und jetzt mach, daß du wegkommst.«

In Syphrons tiefliegenden Augen erschien ein harter Glanz. »Komm her, Rose.«

»Nein.«

Er lachte rauh. »Wovor hast du Angst?«

»Ich hab' keine Angst, und vor dir schon gar nicht.«

»Dann hör mit dieser blöden Arbeit auf und red ein bißchen mit mir.«

Seine Worte waren wie warmer Honig und verlockten sie für einen kurzen Augenblick. Sie hob den Blick, um Syphron zu betrachten, und mußte sich eingestehen, daß er ein gutaussehender Mann war. Aber das war auch schon alles, was sie sich zu denken erlaubte.

»Ich will keinen Ärger kriegen für jemanden wie dich«, erklärte sie gereizt. »Und wenn du jetzt nicht gehst, rufe ich Mister Spruill.«

Syphrons Lächeln verblaßte, aber nur für einen kurzen Moment lang, dann grinste er wieder. Er würde sich von ihrer Zurückweisung nicht einschüchtern lassen. Er hatte große Pläne für die kleine Rose, und es war nur eine Frage der Zeit, bis sie ihn anhören würde.

»Na schön, ich gehe«, sagte er und wandte sich ab, fügte aber über die Schulter hinzu: »Aber ich gehe nicht weit.«

Sie beobachtete, wie er zu seiner Arbeit zurückkehrte, und ärgerte sich, weil sie ihm mehr Aufmerksamkeit schenkte, als ihr lieb war. Es war empörend, wie er einfach herkam und sie anstarrte, als wäre er imstande, durch ihre Kleider hindurchzusehen. Aber sie wollte verdammt sein, wenn das nicht Schmetterlinge in ihrem Bauch erzeugte!

»Kümmere dich um deine Arbeit«, sagte Taloila warnend, als sie in den Raum schlurfte und ihren Platz an dem großen Webstuhl einnahm.

Widerstrebend löste Rose den Blick von Syphron und stellte fest, daß Taloila sie beobachtete. »Ach, sei still, du alte Afrikanerin«, murmelte sie.

Die alte Weberin ignorierte die mürrische Bemerkung und setzte das Weberschiff mit der Mühelosigkeit jahrelanger Erfahrung in Bewegung. Innerhalb von Sekunden nahm der Webstuhl seine Arbeit auf, eine komplizierte Tätigkeit, die Rose immer wieder von neuem erstaunte.

Seufzend richtete sie den Blick wieder auf die Spule auf ihrem Schoß. Sie haßte es, Garn aufzuwickeln, und verstand nicht, wieso man es von ihr verlangte. Sie wurde ausgebildet, um Taloilas Platz als Weberin der Plantage zu übernehmen, aber bisher hatte Rose nichts anderes getan, als Garn zu spulen. Miss Lacy ließ sie nicht einmal ans Spinnrad, ganz zu schweigen von den Webstühlen. Ewig redete sie von geraden Webkanten und von Stoffdichte. Nichts von all dem ergab einen Sinn für Rose.

Achselzuckend gab sie es auf, darüber nachzudenken. Sie wollte sowieso nicht weben lernen. Wenn sie eine Wahl gehabt hätte, wäre sie am liebsten oben im Herrenhaus, als Hausmädchen oder Zofe. Die bloße Vorstellung zauberte ein Lächeln auf ihr hübsches, junges Gesicht.

Ihre Finger hielten in der Arbeit inne, als sie sich ausmalte, als Hausmädchen zu arbeiten. Sie würde ein richtiges Kleid tragen, wie Gaye es trug, aus dem Musselin geschneidert, den Taloila im letzten Frühjahr gewoben hatte. Dazu gehörte eine weiße Schürze und eine Haube, und darunter würde sie einen Unterrock und ein richtiges Paar Schuhe tragen. Niemand würde eleganter aussehen, wenn sie gemessenen Schritts die Treppe hinauf- und hinabstieg, mit Stapeln frisch gewaschener Wäsche auf den Armen. Und Rock und

Unterrock würden um ihre Beine schwingen, wenn sie um die Ecke bog …

»Bring mir nicht meine Fäden durcheinander, Mädchen.« Taloilas krächzende Stimme riß Rose aus ihren Tagträumen.

Rose blinzelte. Die Spule und das Schiffchen lagen noch auf ihrem Schoß, wie um ihr zu beweisen, daß ihr Platz hier und nicht im Herrenhaus war. Mit einem ärgerlichen Blick auf Taloila sagte sie: »Deinen Fäden passiert schon nichts!«

»Das hoffe ich. Wir haben keine Zeit, alles wieder abzurollen, bloß weil du nicht aufpaßt.«

»Ich passe schon auf«, erklärte Rose und schob eine neue Spule in das Schiffchen.

»Ich nenne das herumsitzen und die Luft anlächeln! Du wartest wohl darauf, daß Syphron wiederkommt, um hier herumzuschnüffeln?«

»Nein.«

»Das behauptest du.«

Rose schnaubte ärgerlich. »Ich weiß es. Ich habe nichts zu tun mit Syphron.«

»Gut, denn Massa Travis sieht es nicht gern, wenn sich einer von denen an dich heranmacht, Mädchen.«

»Ich mache mir keine Sorgen um Massa Travis.«

Taloila lachte rauh. »Das solltest du aber. Du hast dich um nichts anderes zu sorgen, solange du seine Konkubine bist.«

Rose bückte sich tief über den Korb, um eine weitere Spule herauszunehmen. »Ich habe über genug andere Dinge nachzudenken«, murmelte sie und schürzte ihre Unterlippe. »Wie zum Beispiel, dort oben im Haus zu sein und vielleicht als Zofe oder Magd zu arbeiten.«

Ein Schnauben ging den Worten der alten Frau voran. »Beschäftige dich lieber mit den Fäden. Du wirst nie irgendwo anders sein als hier.« Während sie einen Faden niederhielt, schob sie das Schiffchen von einer Hand in die andere. »Vor allem, wenn Massa Travis dir ein Baby macht.«

Rose verdrehte die Augen und schüttelte den Kopf. »Es ist gut, daß deine Zeit bald kommen wird, alte Frau, denn niemand, der so dumm ist, sollte so lange leben«, erklärte sie, um dann mit einem triumphierenden Grinsen hinzuzufügen: »Ich kriege keine Babies, weil Besha mir ein Mittel zubereitet, das ich jeden Abend einnehme!«

Nun grinste auch Taloila. »Ich habe so lange gelebt, weil ich *nicht* dumm bin. Und ich weiß, daß Besha nicht der liebe Gott ist. Eines Tages wirst du schwanger werden. Und wie lange – glaubst du – wirst du dein Geheimnis dann vor Miss Lacy noch verbergen können?«

Rose biß sich auf die Lippen. Ihr persönlich war es gleichgültig, ob alle wußten, daß sie das Bett ihres Herrn teilte. Aber Travis war überaus diskret und würde alles andere als begeistert sein über einen Beweis ihres Verhältnisses. Es war nicht vorauszusagen, wie er sich verhalten würde, aber ihre größte Angst war, daß er sie verkaufen würde.

Als sie Taloilas Blick begegnete, ärgerte sie sich über den wissenden Ausdruck in deren trüben Augen. »Ich werd' schon keine Bastarde mit Massa Travis zeugen«, beharrte sie. »Also hör auf, mit etwas vorzupredigen.« Ärgerlich schnappte sie sich eine weitere Rolle Garn aus ihrem Korb. »Ich glaub', du bist bloß so zänkisch, weil du schon so lange keinen Mann mehr hast.«

»Zumindest hat er mich geliebt, der Mann, den ich mal hatte«, hielt Taloila dem entgegen.

Rose verstummte. Die Bemerkung schmerzte, weil Rose insgeheim sehr oft von Liebe und Kindern träumte und sich fragte, wie es sein mochte, einen Mann zu heiraten und die Freiheit zu besitzen, eine eigene Familie mit ihm zu gründen.

Leise, ihre Stimme kaum mehr als ein Wispern, fragte sie: »Hast du je an Flucht gedacht?«

Taloila betrachtete das junge Mädchen schweigend und wandte sich dann wieder ihrer Arbeit zu. »Nein.«

»Noch nie?«

»Es wäre sinnlos gewesen, es zu versuchen. Der einzige Ort, an dem ich gern gewesen wäre, war in Afrika, und da konnte ich nicht hin. Außerdem waren meine Kinder hier. Der

Massa hat den Müttern nie die Babies abgenommen.« Traurig schüttelte sie den Kopf. »Ich konnte sie nicht verlassen, und wir waren zu viele, um zusammen wegzulaufen.«

»Ich denke manchmal daran«, gestand Rose.

Ohne in ihrer Arbeit innezuhalten, warf Taloila Rose einen Blick zu und wechselte das Pedal. »Es ist nicht gut, davon zu reden.«

Betrübt senkte Rose den Kopf. »Ich weiß«, murmelte sie. »Ich spreche nie darüber, aber …« Sie hob den Kopf und schaute sich im Raum um, als suchte sie Unterstützung. »Seit meiner Geburt bin ich auf der Plantage. Ich war bisher nicht mal in der Stadt. Ich glaube, ich würde gern einmal hinfahren … oder an diesen anderen Ort, der Norfolk heißt.«

»Das sind Städte für die Weißen. Du würdest trotzdem jemandem gehören.«

»Aber ich habe von anderen gehört, die geflohen und nie zurückgekehrt sind. Wo gehen sie hin?«

Taloila ließ den Webstuhl abrupt verstummen. Seufzend lehnte sie sich zurück, um vor sich hinzustarren. Ihr Blick war jedoch nach innen gerichtet. Die Muskeln in ihrem alten Gesicht zuckten, ihre Lippen verzogen sich zu einem schmalen Strich.

»Als ich ein junges Mädchen war, mit meinem ersten Baby, hat mein Mann mir von einem Ort erzählt. Er ist hoch oben im Norden, nicht in den Vereinigten Staaten, sondern noch viel weiter oben. Die schwarzen Menschen dort sind frei. Es gibt keine Sklaven dort, nur Menschen, die leben und sterben und kommen und gehen, wie sie wollen.«

»Ist es sehr weit bis zu diesem Ort?«

»Zu weit.« Taloilas Hände nahmen ihre Arbeit so plötzlich wieder auf, wie sie sie unterbrochen hatten.

Neugierig betrachtete Rose Taloilas ernste Miene. »Was ist mit deinem Mann geschehen, alte Afrikanerin?«

Die Pedale bewegten sich noch zweimal auf und nieder, bevor die alte Frau etwas erwiderte. »Dort drüben auf der

Bank liegt ein Stapel Handtücher«, knurrte sie. »Bring sie ins Haus hinüber.«

Taloilas Stimmungswechsel war zu abrupt für Rose. Verblüfft setzte sie den Korb auf den Boden und ging zur Bank hinüber. Nachdem sie die Wäsche aufgehoben hatte, wandte sie sich zur Tür, doch dann glitt ihr Blick noch einmal zögernd zu Taloila. Die Frau saß so aufrecht, wie ihre alten Knochen es ihr erlaubten, und Rose fragte sich, warum die Frage sie so verärgert haben mochte.

Ihr Bündel an die Brust gepreßt, wandte sie sich ab, doch Taloilas Stimme hielt sie zurück, bevor sie den Raum verlassen konnte.

»Mein Mann ist tot. Er ertrank im Fluß, als er an jenen Ort im Norden fliehen wollte.«

Reglos und schweigend starrte Rose Taloila an. Die alte Frau webte; ihre Füße traten unablässig die Pedale, ihre Finger bewegten flink das Schiffchen. Aber über ihre verbrauchten alten Wangen rannen Tränen.

Mit schleppenden Schritten ging Rose die Allee zum Herrenhaus hinauf. Sie hoffte, daß niemand die Handtücher dringend brauchte, weil sie es für ausgeschlossen hielt, schneller gehen zu können. Taloilas Geschichte hatte sie nicht nur seelisch, sondern auch körperlich erschöpft. Nicht einmal das Hufgetrappel eines nahenden Pferds hinter ihr vermochte ihre Schritte zu beschleunigen.

Jared zügelte sein Pferd und lenkte es in einem weiten Bogen um Rose herum. Er fand es eigenartig, daß sie nicht von der Mitte des Weges wich, aber ihrem Gesichtsausdruck nach zu urteilen, befand sie sich in ihrer eigenen Welt und nahm nichts von den Vorgängen um sich herum wahr.

Sobald er das Mädchen hinter sich zurückgelassen hatte, kehrte er auf den Weg zurück und schaute sich um. Es war eine herrliche Umgebung. In den drei Tagen seines Aufenthaltes hier hatte er nicht viel Zeit gehabt, um die Aussicht wirklich zu genießen. Aber heute hatte er den größten Teil des Morgens damit verbracht, nach eigenem Belieben über das

Land zu reiten und die Plantage zu erforschen, während Travis sich geschäftlich in der Stadt aufhielt.

Obwohl er mehr an die offene Weite des Ozeans gewöhnt war, mußte Jared sich eingestehen, daß er sich auch auf dieser Plantage zu Hause fühlen konnte. Zwischen ihm und dem Fluß lag das große Haus, an dessen eine Seite ein gepflegter Garten grenzte, während die andere ein kleines Wäldchen säumte. Scheune und Weiden, Ställe und Koppeln erstreckten sich rechts vom Weg, während links die Sklavenunterkünfte, die Wirtschaftsgebäude und der Gemüsegarten lagen. Die ganze Anlage war ein sorgfältig geplantes Arrangement, praktisch und komfortabel, und es war nicht schwer, sich hier daheim zu fühlen.

Ein plötzliches Aufleuchten von Gelb und eine Bewegung auf der Weide erregten seine Neugier. Es dauerte nur eine Sekunde, bis er das silberblonde Haar und den anmutigen Schritt der Frau erkannte, die sich von einer Gruppe mehrerer Männer entfernte.

Jareds graue Augen verdunkelten sich bei ihrem Anblick, und er trieb sein Pferd zu einem leichten Galopp an, der ihn schnell in Lacys Nähe brachte. »Ein Spaziergang?« erkundigte er sich lächelnd, als er das Pferd neben ihr zügelte.

Lacy hob die Hand, um ihre Augen vor der grellen Sonne zu beschatten. Sie hatte gewußt, daß Jared ausgeritten war, und ein rascher Blick auf sein weißes Hemd, seine schwarzen Hosen und Stiefel bestätigte ihr, daß er den Morgen im Sattel verbracht hatte.

Ein zögerndes Lächeln erschien um ihre Lippen. Sie war seit dem Morgen zuvor, als er sie auf ihrer Runde begleitet hatte, nicht mehr mit ihm allein gewesen. Und nun, wie schon in der Nacht zuvor, war sie verwirrt und beunruhigt über das, was zwischen ihnen vorgefallen war.

»Nein, ich bin eigentlich auf dem Weg zurück zum Haus. Ich bin nur hergekommen, weil heute morgen ein totes Kalb gefunden wurde. Ich mußte mich darum kümmern.«

Jared schaute zu den zwei Männern hinüber, die den toten

Tierkörper davonschleppten. Eigentlich wäre es Travis' Aufgabe gewesen, sich darum zu kümmern, dachte er und vermochte ein leichtes Erstaunen nicht aus seiner Stimme fernzuhalten, als er sagte: »Dann scheint Ihr wohl nicht sehr empfindlich zu sein in diesen Dingen.«

Lacy lächelte. »Ich habe keine Zeit für derartige Vorbehalte«, erklärte sie mit einem belustigten Funkeln ihrer blaugrünen Augen. »Dann laßt mich Euch Eure Aufgabe erleichtern«, entgegnete Jared, während er sich vorbeugte und einladend seine Hand ausstreckte.

Lacy starrte sie an, und ganz anders geartete Bedenken begannen sie zu bedrängen. Ihr Blick glitt zu Jareds muskulösen Oberschenkeln, und sie stellte sich vor, dort bei ihm zu sitzen. Der Gedanke verschlug ihr den Atem, ein leises Zittern erfaßte ihre Hände, und das Lächeln in ihrem Gesicht verblaßte.

»Ich … Ich laufe gern«, versicherte sie ihm lahm und versuchte, sich nicht auszumalen, wie es sein würde, an seinen kräftigen Körper geschmiegt zu sitzen, ihr Rücken an seiner Brust und seine starken Arme um ihre Taille …

Auf ihre zögernde Ablehnung hin zog Jared stirnrunzelnd die Hand zurück. Lacy schien um ihren guten Ruf besorgt zu sein, und obwohl er das sehr lästig fand, war er ihr zuliebe bereit, das zu respektieren. Zumindest für den Augenblick.

Mit einer geschmeidigen Bewegung glitt er aus dem Sattel. »Ihr laßt mir keine andere Wahl, als Euch zu Fuß zu begleiten.«

Lacy war entnervt von den Bildern, die sich ihrem Bewußtsein aufdrängten, und sie betrachtete ihn beunruhigt. Die Erinnerung an seine Küsse beeinträchtigte noch immer sehr stark ihre innere Ausgeglichenheit. Neben ihm zu gehen, war auch nicht sehr viel einfacher, als vor ihm auf dem Pferd zu sitzen.

»Das ist nicht nötig.«

Er warf ihr einen Blick zu, in dem sich leiser Spott verriet. »Dies mögen moderne Zeiten sein, Lacy, aber Galanterie existiert auch heute noch. Ihr könnt nicht von mir erwarten, daß ich reite, während Ihr zu Fuß geht.«

»Ich erwarte eigentlich überhaupt nicht, daß Ihr mich begleitet.«

Seine Belustigung verblaßte. Mit ernster Miene entgegnete er: »Ihr scheint nicht viel von Männern zu erwarten, Lacy.«

Lacy spürte, wie das Blut aus ihren Wangen wich. Nicht zum erstenmal hatte er eine unangenehme Wahrheit ausgesprochen, auf die sie keine Antwort wußte.

»Mister Steele ...«

»Jared.«

Sie seufzte. »Jared, es steht Euch frei, mich zu begleiten, falls Ihr es wünscht.«

Er legte den Kopf schief und betrachtete sie schmunzelnd. »Das scheint eine Angewohnheit bei Euch zu sein.«

»Was?«

»Ein Thema zu ignorieren – in der Hoffnung, dann nicht darüber sprechen zu müssen.«

Lacy straffte ihre Schultern. »Das ist nicht wahr.«

»O doch, das ist genau das, was Ihr tut. Ihr seid meiner Feststellung über die Erwartungen, die Ihr an Männer stellt, gerade ausgewichen. Und gestern habt Ihr meine Bemerkung ignoriert, daß ich Euch bezaubernd finde.«

Panik, geboren aus Verlegenheit, erfaßte Lacy. Er war erschreckend scharfsinnig, und sie wußte nicht, wie sie damit umgehen sollte. Sie war nicht an Männer wie Jared Steele gewöhnt, Männer, die so furchtlose, unverblümte Reden führten und eine Frau mit so beängstigender Zuverlässigkeit durchschauten.

Von der gleichen Hilflosigkeit beherrscht wie bei jeder ihrer anderen Begegnungen mit diesem Mann, bat sie leise: »Ihr sprecht von Galanterie, Mister Steele – also besinnt Euch bitte jetzt darauf und laßt mich in Ruhe.« Und dann, ohne einen weiteren Blick auf ihn, begann sie zum Haus zurückzugehen.

Sie wußte, daß es sinnlos gewesen wäre, darauf zu hoffen,

daß er blieb, wo er war, und ihr nicht folgen würde. Daher war sie nicht überrascht, als er, sein Pferd am Zügel führend, neben ihr erschien. Was sie allerdings erstaunte, war, daß er für den Rest des Wegs kein einziges Wort mehr äußerte. So direkt und offenherzig, wie er war, hätte sie erwartet, daß er noch erheblich mehr zu sagen hatte.

Das Schweigen dehnte sich aus, und erst als sie die Rückseite des Stalls erreichten, wo sie vor neugierigen Blicken geschützt waren, war der Bann gebrochen.

Hier ergriff Jared ihren Arm und drängte sie gegen die Stallwand. »Ihr mögt die Angewohnheit besitzen, davonzulaufen wie ein scheues Reh«, erklärte er in leisem, nachdrücklichem Ton, wobei er ihr eindringlich in die Augen schaute. »Aber Ihr solltet Euch über eins klarwerden, Lacy: Ich werde nicht zulassen, daß Ihr vor *mir* davonlauft.«

Nicht mehr als die Spannweite einer Hand trennte sie noch von ihm, und seine Nähe ließ ihr den Atem in der Kehle stocken. Wie ein Streicheln spürte sie die Hitze seines Körpers durch den dünnen Stoff ihres Musselinkleids dringen, spürte, wie sie ihre Haut erfaßte und ein wohliges Prickeln in ihr erzeugte. Sämtliche Empfindungen, die er gestern in ihr erweckt hatte, drängten gierig an die Oberfläche und raubten ihren Gliedern alle Kraft. Bestürzt über ihre eigene Reaktion und eingeschüchtert von seinem großen, starken Körper, der vor ihr aufragte, schluckte sie mehrmals heftig.

»Ich ... Ich ...«

Sein Gesicht kam ihr noch näher. »Was?« Aber er hätte nicht zu fragen brauchen. Selbst wenn sie es gestern nicht schon angedeutet hätte, stand es ihr so deutlich im Gesicht geschrieben, daß es nicht zu übersehen war. Sie war vollkommen überwältigt von seinem Interesse, das ganz und gar unerwartet für sie kam!

Lächelnd legte er eine Hand auf die Wand an ihrer Schulter. »Die Männer in Virginia müssen entweder blind sein –« Seine andere Hand, die noch die Zügel hielt, legte sich an das Holz neben ihrer anderen Schulter – »oder dumm.« Sein

Mund näherte sich ihren Lippen. »Ich bin weder das eine noch das andere.«

Lacys Welt geriet ins Schwanken, als sie seine warmen, festen Lippen auf ihren spürte. Die anfangs unendlich zärtliche, behutsame Berührung wurde fordernder, leidenschaftlicher. Seufzend gab Lacy ihm, was er verlangte, und zum zweiten Mal in ebenso vielen Tagen fühlte sie, wie ihr Blut in Wallung geriet.

Zum zweiten Mal in ebenso vielen Tagen fühlte Jared, wie ein wildes, ungestümes Verlangen ihn durchzuckte. Er berührte Lacy mit nichts anderem als seinen Lippen, doch das genügte, um seine körperliche Begierde ins Unerträgliche zu steigern.

Mit einem heiseren Aufstöhnen zog er Lacy an sich, preßte sie an den spürbaren Beweis seines männlichen Verlangens und schloß die Augen, als eine Woge der Lust durch seinen Körper zuckte. Widerstrebend löste er seinen Mund von Lacys Lippen, aber nur, um ihn auf die empfindsame Stelle unter ihrem Ohr zu pressen.

»Glaubtest du, ich hätte gelogen, als ich dir gestern sagte, daß ich dich faszinierend finde?« murmelte er rauh, während er mit Lippen und Zähnen einen versengenden Pfad über ihren Hals beschrieb.

Erwartete er etwa eine Antwort? *Jetzt* ... wo seine Lippen ein höchst schockierendes Prickeln in ihr auslösten, wo sie zu nichts anderem mehr fähig war, als auf der Wolke des Verlangens dahinzuschweben, das er in ihr entfacht hatte? Denn Verlangen war es, was in ihrem Körper prickelte, das wußte sie, obwohl sie noch nie zuvor etwas Vergleichbares empfunden hatte, bevor sie Jared Steele begegnet war.

Sie wandte ein wenig den Kopf, um den Mann anzusehen, der so kühn und unvermutet in ihr Leben getreten war und es so mühelos auf den Kopf gestellt hatte. Bevor sie jedoch ein Wort sagen konnte, nahm sein Mund ihre Lippen aufs neue in Besitz, in einem tiefen, leidenschaftlichen Kuß. Lacy schwindelte vor Erregung, aber als seine Hand sanft ihre Brust liebkoste und über die zarte Spitze strich, bis sie sich steil aufrichtete, erschrak sie angesichts der unfaßbar lustvollen Gefühle, die seine Berührung in ihr auslöste.

Es kam alles viel zu plötzlich. Er raubte ihr den Verstand mit einer Geschwindigkeit, die beeindruckend und beängstigend zugleich war. »Jared …« flüsterte sie erschrocken.

Der Tonfall ihrer Stimme veranlaßte ihn, den Kopf zu heben. Mit Augen, die vor Erregung glitzerten, starrte er in ihre und sah, daß dort in ihrem Blick Leidenschaft mit Verwirrung kämpfte. Die Unschuld, die ihr Blick ausstrahlte, war unverkennbar.

Wehmütig schüttelte Jared den Kopf und bot seine ganze Beherrschung auf, um seine Gefühle in Zaum zu halten. Lacy hatte die Wirkung von schwerem Wein auf ihn, und es kostete ihn große Überwindung, sein Verlangen zu beherrschen.

»Du bringst mein Blut so sehr in Wallung, daß ich vergesse, wie unerfahren du noch bist«, sagte er leise und strich mit den Fingerknöcheln über ihre erhitzte Wange. »Denn das bist du doch, nicht wahr? Es hat noch keinen anderen Mann für dich gegeben.«

»Nein«, wisperte sie, verblüfft, daß er das erkannt hatte.

Jared lächelte, sehr männlich, sehr besitzergreifend. Es war fast, als ob sie für ihn sicher aufgehoben worden wäre, wie ein seltener Schatz, und nur auf ihn gewartet hätte.

Entzückt von der Befriedigung, die dieser Gedanke ihm verschaffte, und dem Gefühl ihres Körpers, der noch immer so nah an seinem war, murmelte er: »Ich glaube, ich werde den ganzen Tag nichts anderes mehr tun.«

Lacy schaute aus großen Augen zu ihm auf, nicht sicher, ob es ihm ernstgemeint oder nur ein Scherz gewesen war. »Du kannst nicht …«

»Nein?« Doch so sehr es seinen Körper auch nach ihr verlangte, er wollte sich die Zeit nehmen, sie besser kennenzulernen, um herauszufinden, was es war an dieser Frau, was ihn so stark reizte, wie es noch bei keiner anderen gewesen war.

Nach einem flüchtigen Kuß versicherte er ihr: »Du kannst

deine unschuldigen Ängste beruhigen, Lacy.« Dann wandte er sich von ihr ab und trat zurück, aber nicht, ohne ihr vorher einen Blick zuzuwerfen, in dem ein unmißverständliches Versprechen lag.

Lacy rang nach Atem, ihr war, als wäre sie gerade einem Orkan entkommen. Sie verspürte eine seltsame Verwundbarkeit in ihrem Herzen, aber auch eine innere Freude, die ihr ganzes Sein beherrschte.

Sie warf Jared einen verstohlenen Blick zu. Er war beherrschend wie kein anderer Mann, ein wagemutiger Eroberer, der gekommen war, um sie ihrer heiteren Ruhe zu berauben. Doch irgendwie kümmerte sie das nicht. Was waren schon Ruhe und innere Ausgeglichenheit im Vergleich zu all diesen neuen, so ungemein aufregenden Empfindungen!

Auf dem Weg zurück zum Haus erfüllte es sie mit stiller Freude, Jared bei sich zu haben. Nachdem sie das Pferd einem Stallburschen übergeben hatten, schlenderten sie in kameradschaftlichem Schweigen weiter, als ob dies alles ganz alltäglich wäre. Als ob sie sich nie leidenschaftlich umarmt hätten.

Als sie den mit Buchsbaumhecken gesäumten Pfad erreichten, der zum Eingang führte, erhob Lacy wie immer den Blick zum Haus. Und wie immer lächelte sie um des puren Vergnügens willen, den der Anblick ihr bereitete.

»Willst du mir nicht sagen, was dich so heiter stimmt?« fragte Jared, der gesehen hatte, wie ihre Augen aufleuchteten, als sie lächelte.

»Ich kann es nicht ändern; ich liebe dieses Haus«, gestand sie leise.

Jared sah, wie ihre Augen sich verdunkelten. »Das ist dir anzusehen.«

»Wirklich?«

»Allerdings.« So sehr sogar, daß Jared sich wünschte, selbst einen solchen Blick von ihr geschenkt zu bekommen.

Sie zuckte mit den Schultern. »Ich schätze, ich komme einfach nicht dagegen an. Alles, was die *Watch* betrifft – ihre

Geschichte, die Generationen, die hier gelebt haben, die Zukunft der Plantage – liegt mir sehr am Herzen.«

Kaum hatte sie es ausgesprochen, biß sie sich auf die Lippen. Sie vertraute solche Gedanken nur selten anderen Menschen an, und sie war nicht sicher, warum sie es bei Jared getan hatte. Vielleicht, weil er sie geküßt hatte. Oder weil er ihr so eindringlich in die Augen schaute. »Ich nehme an, das klingt für dich ein bißchen albern.«

Es klang für ihn alles andere als albern. Es war, beschloß er, höchst bewundernswert.

»Ich habe noch nie eine Frau so liebevoll von ihrem Zuhause reden hören.«

»Überrascht dich das?«

»Ja, ich gebe zu, daß es mich überrascht.«

Ein schelmisches Funkeln trat in ihre Augen, als sie ihm eine veränderte Version seiner früheren Bemerkung lieferte. »Du erwartest wohl nicht viel von Frauen?«

Jared wirkte zuerst verblüfft, dann warf er den Kopf zurück und lachte schallend. »*Touché,* Lacy! Das hatte ich verdient.«

»Allerdings«, erklärte sie und stimmte in sein Lachen ein. »Aber ich werde dir keinen Vorwurf daraus machen. Weißt du was? Um dir zu beweisen, daß ich es dir nicht übelnehme, werde ich dir die Stelle zeigen, nach der die Plantage einst benannt wurde.«

»Wo ist das?« fragte er, in der Hoffnung, daß sie dort allein sein würden.

»Die Landzunge an Flemmings Creek.«

»Eine seltene Ehre, schätze ich?«

»Und ob! Von dieser Stelle aus kann man die schlafenden Schwäne beobachten.« Eine Plantage danach benannt zu haben, war ein sehr poetischer Gedanke, und die Aussichten, die ein solcher Ort bot, waren sogar noch viel poetischer. Doch bevor Jared das eine oder das andere einer genaueren Prüfung unterziehen konnte, wurde ein Ruf vom Haus laut.

»Miss Lacy?«

Vom Fuß der großen Freitreppe schauten Lacy und Jared zu dem Hausmädchen auf, das in der Tür erschienen war.

»Ja, Gaye?« fragte Lacy.

Das Mädchen trat ins Freie. »Möchtet Ihr die Betten heute noch neu bezogen haben, oder kann das auch bis morgen warten?«

Lacys Heiterkeit wich Verwirrung. »Ich dachte, Mariette wollte das mit dir erledigen?«

Gaye bemühte sich, nicht allzu ärgerlich zu wirken. »Nun ja, das dachte ich auch, Miss Lacy, aber sie sagte mir, sie könnte sich nicht mit den Betten aufhalten. Ich hätte es auch nicht erwähnt, wenn Ihr mir nicht heute morgen aufgetragen hättet, es heute zu erledigen.«

Lacy vermochte einen Seufzer nicht zu unterdrücken. Sie hatte erwartet, daß Mariette diese Arbeit beaufsichtigen würde, und war empört, daß ihre Schwester sich wieder einmal davor gedrückt hatte. Sie fragte sich, warum ihre Schwester so verantwortungslos war, doch dann verdrängte sie den Gedanken und schickte sich in das Unvermeidliche.

Beide Hände an die Schläfen gepreßt, ordnete sie ihren Arbeitsplan für diesen Tag noch einmal neu. Drei weitere Kinder waren während der Nacht erkrankt, und sie mußte nach ihnen sehen. Aber auch das Menü für die ganze Woche mußte noch mit Besha besprochen werden …

»Also gut, Gaye«, sagte Lacy ergeben, »dann verschieben wir das Wachsen der Böden im Salon auf morgen und kümmern uns jetzt um die Betten.«

Als Gaye nickte und ins Haus zurückkehrte, war die heitere Stimmung verschwunden, die wenige Minuten zuvor noch zwischen Lacy und Jared geherrscht hatte.

»Tut mir leid, Jared«, murmelte sie. Es tat ihr wirklich leid, ihn schon wieder sich selbst überlassen zu müssen, aber noch mehr bedauerte sie, daß ihr Zusammensein so abrupt unterbrochen worden war. »Wenn du mich jetzt entschuldigen würdest …«

Jareds nachdenklicher Blick ging von Lacy zur Tür und

dann wieder zurück. Einen langen Moment lang schwieg er und sagte nichts.

»Ich habe volles Verständnis für die Verpflichtungen, die mit dem Führen eines solch großen Hauses verbunden sind«, räumte er freundlich ein. »Aber ich werde dich an dein Versprechen halten, mir die Schwäne von Flemmings Creek zu zeigen.«

Eine leise Röte stieg in Lacys Wangen. Es war ein Versprechen, dessen Erfüllung sie mit großer Freude entgegensah.

Jared stieg hinter Lacy die Stufen hinauf. Aber während ihr Weg ins Dachgeschoß führte, ging Jared nur bis in den ersten Stock zu seinem Zimmer. Mit der Absicht, sich zu waschen und umzuziehen, öffnete er die Tür, um dann wie angewurzelt stehenzubleiben.

»Jared!« rief Mariette. »Ich hatte Euch nicht erwartet.«

5. KAPITEL

»Ihr habt mir einen furchtbaren Schrecken eingejagt, Jared«, rief Mariette aus und preßte geziert eine Hand an ihren vollen Busen. »Ich dachte, Ihr wärt noch unterwegs, und deshalb kam ich her, um nachzusehen, ob alles in Ordnung war.«

Jared blieb mit ausdrucksloser Miene an der Tür stehen. »Ich habe meinen Ausritt für heute beendet. Ich wollte mich jetzt waschen und umziehen.«

»Nun, der Wasserkrug ist gefüllt, und ich habe auch dafür gesorgt, daß Ihr genug frische Handtücher habt.« Mit einem übertriebenen Rascheln ihrer weiten Röcke, das darauf abzielte, Jareds Aufmerksamkeit zu erregen, ging Mariette zum Waschtisch. »Gaye ist manchmal sehr nachlässig in diesen Dingen. Ich muß ihr ständig auf die Finger sehen.«

Erwartungsvoll richtete sie den Blick auf Jared. Aber anstatt von ihren Bemühungen beeindruckt zu sein, verschränkte er bloß die Arme und lehnte sich mit dem Rücken an den Türrahmen.

»Wie war Ihr Ausritt?« fragte Mariette, während sie ein ordentlich gefaltetes Handtuch ausschüttelte.

»Sehr aufschlußreich«, erwiderte er zweideutig, und ein merkwürdiges Lächeln erschien um seine Lippen.

»Na, Gott sei Dank! Es wäre mir sehr peinlich, wenn Ihr eine Enttäuschung erlebt hättet.«

Jared schien eine gewisse Belustigung aus ihren Worten zu beziehen. »Ich war alles andere als enttäuscht«, entgegnete er schmunzelnd.

Sie war überaus erfreut über das Lächeln. »Ich möchte nicht, daß Ihr den Eindruck gewinnt, es mangelte uns an Gastfreundschaft, vor allem, da Ihr so weit entfernt von Eurer Heimat seid«, erklärte sie, während sie das Handtuch wieder zusammenfaltete. »Ich könnte mir gut vorstellen, daß Ihr Connecticut vermißt.«

Jared zuckte seine breiten Schultern. »So lange bin ich noch nicht fort. Und ich bin es gewöhnt zu reisen.«

Von ihrer Arbeit aufschauend, bemerkte Mariette: »Ja, in Eurem Beruf werdet Ihr wohl viel reisen müssen.« Sie legte das Handtuch auf den Waschtisch zurück. »Aber das macht die Heimkehr nur noch schöner, nicht?«

Jareds Blick folgte ihren Bewegungen. »Das kommt darauf an, was einen dort erwartet.«

»Das eigene Haus und der eigene Besitz, was sonst?« entgegnete Mariette und wandte sich zu ihm um, um etwas verspätet hinzuzufügen: »Und die eigene Familie natürlich auch.«

»Natürlich.« Er löste sich von der Tür, blieb jedoch auch weiterhin am Rand des Zimmers stehen und nahm eine Haltung ein, die fast ein bißchen einschüchternd wirkte auf Mariette.

Mit zögernden Schritten näherte sie sich der Tür. »Ich

könnte mir vorstellen, daß es sehr traurig für Euch sein muß, am Ende Eurer langen Reisen in solch ein großes, leeres Haus zurückzukehren. All diese riesigen Zimmer, in denen Totenstille herrscht ...« Ein betretenes kleines Lachen entrang sich ihren Lippen. »Aber wie komme ich bloß darauf, Jared, daß Ihr in irgendeinem großen Herrenhaus lebt?«

Jared ließ sich weder dazu herab, ihre Aussage zu bestätigen, noch sie zu korrigieren. »Ich bin gern allein«, war alles, was er dazu sagte.

Doch das war nicht mal annähernd genug für Mariette, und zwischen ihren perfekt gezupften Brauen entstand eine kleine Falte. »Wo lebt Ihr eigentlich, Jared?«

»In Wethersfield.«

Mariette wiederholte sich den Namen stumm. Er klang interessant. »Befindet sich dort auch Euer Schiffahrtsunternehmen?«

Wieder nickte er. »Zum größten Teil.«

»Ach, das muß ja ein wunderbarer Anblick sein, all diese Schiffe, die in einem Hafen liegen! Wie schafft Ihr das nur, Jared? Ich meine, bei all diesen ein- und auslaufenden Schiffen muß es doch ungeheuer schwierig sein, den Überblick über ihre Ladungen zu behalten?« Sie hielt abrupt in ihren Schritten inne und blinzelte, als käme ihr plötzlich eine wichtige Erkenntnis. »Mein Gott, Jared – Ihr müßt ja ein erfolgreicher Mann sein ...«

Sie ließ die Andeutung in der Luft hängen, in der Hoffnung, daß Jared sie aufgriff. Aber das tat er nicht, und während er beharrlich schwieg und Mariette mit seinen kühlen grauen Augen musterte, begann sie ein leises Unbehagen zu empfinden.

Als sie prüfend sein Gesicht betrachtete, erkannte sie, daß er ihr nicht die Antworten geben würde, die sie suchte. Aber wichtiger war noch, daß er verärgert wirkte, und verwundert fragte sie sich, aus welchem Grund. Sie sah zweifellos sehr hübsch aus heute und war so zuvorkommend und höflich zu ihm gewesen, wie es nur möglich war. Aber nicht ein einziges Mal war er dem logischen Kurs ihres Gesprächs gefolgt.

Ärger stieg in ihr auf, aber die unterdrückte ihn, bevor ihr auch nur das geringste davon anzumerken war. Sie hatte in dieser Unterhaltung wertvolles Terrain verloren. Anstatt herauszufinden, ob er ein reicher Mann war, hatte sie ihn nur gegen sich aufgebracht, was sich als ungemein schädlich für ihr Anliegen erwiesen konnte.

Mit ihrem bezauberndsten Lächeln sagte sie: »Es war wirklich nicht meine Absicht, Jared, Euch aufzuhalten. Und verzeiht mir bitte meine Neugier. Aber ich muß gestehen«, fügte sie mit einem koketten Blick hinzu, »daß ich alles, was Euch betrifft, als ungemein interessant empfinde.« Sie ging zu ihm, blieb vor ihm stehen und legte Bewunderung in ihren Blick. »Ich glaube nicht, daß ich je einen Mann wie Euch gekannt habe, Mister Steele«, erklärte sie.

Dann, kaum waren die Worte ausgesprochen, schlüpfte sie an ihm vorbei auf den Korridor hinaus. *Diese* Bemerkung kann er nicht mehr ignorieren, dachte sie wütend und ließ ihrem Ärger freien Lauf. Während sie auf die Treppe zueilte, wuchs mit jedem Schritt ihr Zorn.

Dieser sture, eigensinnige Mann. Sobald es sich um Einzelheiten seines Lebens drehte, blieb sein Mund so fest verschlossen wie die Schenkel einer prüden Jungfrau! Nicht einmal die Tatsache, daß sie in seinem Schlafzimmer ganz allein gewesen waren, schien ihn berührt zu haben. Jeder andere Mann hätte darauf reagiert, und das hatte Mariette schließlich auch beabsichtigt. Aber es war alles umsonst gewesen.

Am Fuß der breiten Treppe drehte sie sich auf dem Absatz um und durchquerte die Eingangshalle bis zur Hintertür. Maßlose Enttäuschung begleitete sie auf ihrem Weg aus dem Haus und durch den Garten.

Jared Steele hatte ihr den Tag verdorben, und als wäre das nicht schon genug, mußte sie jetzt auch noch ihre Aufgaben erledigen, weil sonst zu befürchten stand, daß sie mit Travis Ärger bekäme. Ihr Bruder wollte Austern zum Abendessen, und da Travis stets bekam, was er verlangte, mußte sie jetzt zum Flußufer hinunter und das Einsammeln der Meeresfrüchte beaufsichtigen, als ob niemand sonst auf der Plantage dazu imstande wäre!

Sie haßte es, zusehen zu müssen, wie die Männer den flachen Fluß nach Austern absuchten. Ihr Haar würde sich in der feuchten Luft kräuseln, und von der Sonne bekam sie Sommersprossen. Das Schlimmste jedoch war der Fischgeruch, der ständig in der Luft hing und sie zwang, sich die Nase zuzuhalten.

Und Travis? Der war in die Stadt gefahren, wo er sich ganz bestimmt mächtig amüsierte, während ihre Schwester Lacy mal wieder Gott weiß wo steckte.

Ja, es war alles ungemein empörend, so empörend, wie Jared Steele selbst es war. Aber sie würde verdammt sein, wenn sie sich ihre Pläne von ihm zerstören ließ. Sie mußte sich ganz einfach nur etwas anderes einfallen lassen, um in Erfahrung zu bringen, was sie wissen wollte.

»Dann sind wir uns also einig?« fragte Travis von seinem Platz an seinem Schreibtisch.

Jared nickte zustimmend. »Ja, wir sind uns einig, Travis«, bestätigte er lächelnd.

Zufrieden stand Travis auf und reichte ihm die Hand. »Das ist gut.« Aber es war noch viel besser als gut, es war wundervoll, und er mußte sich sehr beherrschen, um nicht laut zu jubeln. Es war das erste Geschäft, das er ganz allein in die Wege geleitet hatte, und er war überaus zufrieden mit den Bedingungen.

Steele Shipping würde in Zukunft die gesamte Verschiffung der Erdnuß- und Maisernte der Plantage übernehmen. Sicher, der Preis, auf den sie sich geeinigt hatten, war höher, als Travis lieb war. Aber wie Jared ganz richtig bemerkt hatte, würde sich die Differenz durch den Mehrverdienst ausgleichen, der mit dem Erschließen neuer Märkte verbunden war.

Die Produkte von *Swan's Watch* würden in Teile dieser Welt verschifft werden, die Travis bisher nicht einmal in Betracht gezogen hatte.

Jared stand auf und bestätigte den Geschäftsabschluß mit einem festen Händedruck. »Ich werde meinen Anwalt die Verträge aufsetzen lassen, sobald ich nach Connecticut zurückkehre.«

»Ihr könnt doch unmöglich schon daran denken, abzureisen!« Travis wollte sich noch nicht von diesem vielversprechenden neuen Geschäftspartner trennen, schon gar nicht kurz nach einem Abschluß, der so schmeichelhaft für seine Brieftasche und seinen Stolz gewesen war. »Ihr seid doch erst so kurze Zeit bei uns, und ich würde Euch gern noch mehreren anderen Plantagenbesitzern in der näheren Umgebung vorstellen. Ich glaube, auch sie wären interessiert daran, Geschäfte mit Euch zu tätigen.«

Das war eine großartige Idee, die Jared sehr gelegen kam. Er hatte ursprünglich beabsichtigt, nach Abschluß der Verhandlungen auf sein Schiff zurückzukehren und sich erst dann nach weiteren Geschäftspartnern umzusehen. Aber es war nicht abzustreiten, daß *Swan's Watch* erheblich komfortabler als das Schiff war, selbst wenn er sich über Mariette ärgern mußte, wie es drei Tage zuvor geschehen war. Die Aussicht, sie auch weiterhin ertragen zu müssen, störte ihn, aber er schätzte Travis' Gastfreundschaft und begrüßte die Gelegenheit, Lacy besser kennenzulernen.

»Vielen Dank für das Angebot, Travis. Ihr habt mich überzeugt. Ich werde mein Schiff und meine Mannschaft nach Connecticut zurückschicken.«

»Dann bleibt Ihr also, Sir?«

»Auf jeden Fall. Aber vorher werde ich mich für mehrere Tage an Bord aufhalten müssen, um das Schiff auf die Abreise vorzubereiten.«

Sie trennten sich mit dem Versprechen, daß Jared nach *Swan's Watch* zurückkehren würde, um dort Gast zu sein, solange es ihm beliebte. Mit dieser Absicht brach er sofort auf, um seinem Kapitän die Änderungen seiner Pläne mitzuteilen.

Travis' eigene Pläne waren persönlicher Natur. Die Begeisterung über das Erreichte erfüllte ihn mit Triumph und einem überwältigenden Gefühl der Macht; eine Mischung, die sein Blut in Wallung versetzte und eine ungestüme körperliche Erregung in ihm auslöste.

Mit entschiedenen Schritten verließ er das Arbeitszimmer, in Gedanken bereits bei der leidenschaftlichen Stunde, die er mit Rose verbringen würde. Aber er hatte kaum den plattierten Pfad hinter dem Haus erreicht, als Michael Spruill sich aus der anderen Richtung näherte.

»Wir haben Probleme, Mister Flemming«, begann der stämmige Aufseher.

»Welcher Art?« entgegnete Travis, überzeugt, daß nichts ihm diesen Tag verderben konnte.

Michael schüttelte den Kopf. »Fünf der Männer auf den Südfeldern sind ausgefallen.«

»Was soll das heißen, ›ausgefallen‹?«

»Sie haben hohes Fieber. Und drei weitere Männer, die ich zum Fällen der Eichen eingeteilt hatte, sind bereits richtig schwer erkrankt.«

Travis rieb sich mit der Hand über die Stirn. Der Tag begann schon etwas von seinem Glanz zu verlieren. »Wie schlecht geht es ihnen?«

»Sie sind so krank, daß ich sie in ihre Unterkünfte zurückgeschickt habe.«

Travis bemühte sich, tief durchzuatmen. Michael schickte nur selten jemanden grundlos von den Feldern fort. »Nun ja, wenn sie zu krank sind, um zu arbeiten, dann war es wohl das Beste, sie heimzuschicken.«

»Allerdings, Sir«, bekräftigte Michael, um dann einen Augenblick zu schweigen und Travis fragend anzusehen. Schließlich sagte er: »Das bedeutet, daß wir unterbesetzt sind, Sir.«

»Unterbesetzt?« wiederholte Travis.

Michael nickte. »Genau. Erst die Hälfte der Maisfelder ist

bisher bewässert worden, aber wir brauchen jetzt alle verfügbaren Arbeitskräfte für die Erdnüsse.«

Eine leichte Röte stieg in Travis' Wangen. Er hatte den Ernst der Lage nicht sofort erkannt und empfand es als beschämend, daß sein Aufseher ihn erst darauf hinweisen mußte.

»Verdammt«, murmelte er, und der Fluch galt sowohl sich selbst als auch den Umständen. Niemand stand gern wie ein Narr da, aber er befürchtete, daß er genauso wirkte – wie ein unfähiger Idiot, der nicht imstande war, das Offensichtliche zu erkennen und die nötigen Entscheidungen zu treffen. Er begriff jetzt, daß es *das* war, was Michael von ihm wollte, und er aus diesem und keinem anderen Grund zu ihm gekommen war. Der Mann wollte Anweisungen von ihm hören; wollte wissen, wie er sich verhalten sollte.

Wieder fluchte Travis, aber diesmal aus reiner Frustration heraus. »Könnten wir irgendwo Leute einsparen?«

»Ich dachte, Ihr würdet vielleicht für eine Zeitlang die Männer von den Bäumen abziehen wollen.«

Was ihre Holzproduktion – *das* zumindest wußte Travis – beträchtlich verzögern würde. Angesichts des Vertrages mit Jared würden sie jedes Stück Holz benötigen, und zwar so bald wie möglich, wenn sie genügend Fässer und Tonnen für die Verschiffung anfertigen wollten.

Er ließ seinen Blick zu den grünen Feldern hinausschweifen und runzelte die Stirn. Wenn sie keine Ernte zu verschiffen hatten, brauchten sie auch keine Fässer für den Transport.

»Na schön«, gab er seufzend nach. »Schick die Leute aus dem Wald auf die Felder.«

Michael tippte sich grüßend an den Rand seines Huts. »Alles klar, Mister Flemming.«

Zufrieden ging der Aufseher, und nachdem Travis ihm eine Weile sinnend nachgeschaut hatte, wandte er sich ab und richtete den Blick aufs Haus. Unerklärlicherweise glaubte er plötzlich die Last von fünf Generationen zu verspüren, die jede seiner Handlungen verfolgten und von ihm forderten, Vergangenes zu bewahren und Zukünftiges zu sichern.

Gewiß, seine Schwestern teilten die Verantwortung für die Plantage, aber dennoch empfand er seinen Anteil als enorme Bürde. In Augenblicken wie diesem hier mußte er sich eingestehen, daß es eine Bürde war, von der er sich fragte, ob er sie überhaupt würde tragen können.

Die Antwort darauf blieb stets dieselbe: Welche andere Wahl blieb ihm? Er war ein Flemming, und kein Flemming hatte je die *Watch* im Stich gelassen. Er würde und konnte nicht der erste sein.

Auch das letzte bißchen seiner Begeisterung wich nun angesichts der rauhen Wirklichkeit. Die Verträge, denen er heute zugestimmt hatte, würden sehr viel zum wirtschaftlichen Wachstum der Plantage beitragen – aber diese Verträge zu erfüllen, bedeutete Monate harter Arbeit.

Eine nicht sehr angenehme Vorstellung.

Eine Vorstellung, die ihm in höchstem Maße ... widerstrebte.

Da er den Gedanken an einen Nachmittag sinnlicher Freuden längst aufgegeben hatte, machte er sich auf den Weg zu den Erdnußfeldern. Rose würde eben warten müssen. *Swan's Watch* hingegen war nicht so geduldig.

Schüttelfrost und Fieber verbreiteten sich mit beängstigender Geschwindigkeit in den Sklavenunterkünften. Gegen Mittag des folgenden Tages war nur noch die Hälfte der zweiundvierzig Männer, die den Feldern zugeteilt waren, in der Lage, ihre Arbeit zu erledigen.

Auf Lacys Drängen hin wurde der Arzt gerufen. Ihre Sorge war rein menschlicher Natur, und obwohl auch Travis beunruhigt war, galt seine Hauptsorge den vernachlässigten Feldern, der Böttcherei, in der die Arbeit stillstand, und sogar den Ställen, in denen nur das Nötigste getan wurde.

Dr. Gill diagnostizierte die Epidemie als Wechselfieber, dessen einzige Behandlungsmöglichkeit darin bestand, Kampfer für die Lungen und Arsen für Schüttelfrost und Fieber zu verabreichen. Darüber hinaus war nicht vorauszusagen, wie lange die Krankheit dauern oder bis zu welchem Grad sich der Zustand der Patienten noch verschlechtern würde.

Es war eine Erklärung, auf die Travis sehr gut verzichten konnte. Als er im Sattel seines Pferdes saß und die Kutsche des Arztes davonrumpeln sah, glaubte er noch seine letzten Worte zu vernehmen.

»Ich habe getan, was ich konnte, Travis. Der Rest liegt in Gottes Hand.«

Tief im Innersten betete Travis darum, daß Gottes Hand sich als gnädig erweisen möge. Mit jeder Stunde, die verging, brach ein weiterer Sklave zusammen ... und ein weiterer Hektar Land war dem Wuchern des Unkrauts hilflos ausgeliefert, ein weiterer Feldabschnitt der Dürre. Sämtliche verfügbaren Sklaven mußten ihre anderen Arbeiten liegenlassen und wurden auf die Felder geschickt.

Der alte, schon fast taube Oliver war mit dem Schärfen der Pflugmesser beauftragt worden, eine Aufgabe, die gewöhnlich von Humphrey, dem Schmied, erledigt wurde. Humphrey war auf die Südfelder hinausgeschickt worden, um dort zu helfen. Besha kochte nach wie vor, doch zweien ihrer drei Gehilfinnen war die Aufgabe zugefallen, den Feldarbeitern Trinkwasser hinauszubringen. Selbst Rose war vorübergehend die Pflege des Gemüsegartens übertragen worden, bis Jane sich von ihrem Fieberanfall erholte.

In Travis' blauen Augen spiegelte sich die Besorgnis wider, die er empfand. Er wendete sein Pferd und ritt zu den Kuhställen hinter der Scheune. *Swan's Watch* konnte nur eine begrenzte Zeit unter diesen Bedingungen überleben, bevor alles zusammenbrechen würde. Ihre einzige Chance bestand darin, daß die Epidemie schnell endete.

Bis dahin erwartete Travis, mehr zu tun zu haben als je zuvor in seinem Leben. Die Sorge um das Vieh gehörte nicht zu seinen Aufgaben, aber sie war nur ein geringer Teil dessen, was er alles zu erledigen hatte, bevor der Tag vorüber war. Ob es ihm nun paßte oder nicht.

Die Schafe auf die Weide hinauszutreiben, erwies sich als recht einfach, und auch das Füttern der Schweine war nicht übermäßig anstrengend. Aber die Pferdeställe auszumisten, unterzog sein Durchhaltevermögen einer harten Prüfung. Von Kindesbeinen an hatte er gesehen, wie irgend jemand den Mist aus den Ställen schaufelte und frisches Heu einstreute, und sich nie den Kopf über diese Tätigkeit zerbrochen. Aber dieser Jemand war nie er gewesen, und gegen Ende seines ersten Tages in den Ställen fiel ihm zu Pferden nur noch eins ein: daß er sie lieber alle tot gesehen hätte.

Mit schmerzenden Armen und wundem Rücken schleppte Travis sich zum Haus zurück und dachte an nichts anderes mehr, als sich in einer Wanne heißen Wassers zu entspannen. Für eine Stunde wenigstens wollte er körperliche Arbeit, *Swan's Watch* und seine nie endende Verantwortung vergessen und nur noch seinen müden Knochen etwas Gutes tun.

Am Hintereingang streifte er seine mistbedeckten Stiefel ab und betrachtete einen Moment das einst so feine Leder.

»Verdammt«, murmelte er. »Was für eine sinnlose Verschwendung!«

Er warf das Paar Stiefel aus der Tür, mit der Absicht, sie später einem der Sklaven zu geben. Dann wandte er sich um, ging zur Eingangshalle und zur Treppe und rief im Gehen seinen Diener.

»Henry! Ich brauche ein Bad.«

Die einzige Antwort war ausgedehntes Schweigen. Wieder rief er Henrys Namen, diesmal lauter.

Sein Brüllen brachte schließlich doch jemanden herbei, leider jedoch nicht Henry. Einen Stapel Stofflappen über dem Arm, trat Mariette aus ihrem Zimmer.

»Was brüllst du so?« erkundigte sie sich gereizt.

»Wo ist Henry?«

»Woher soll ich das wissen?« Ihr ungeduldiger Tonfall und das nervöse Rascheln ihrer Röcke verrieten, wie aufgebracht sie war. »Lacy hat mich meine alten Laken für Gesichtstücher zerreißen lassen. Also wirklich, Travis, ich finde, sie nimmt diese verrückte Idee, daß sie persönlich die Sklaven pflegen will, viel zu ernst … *Großer Gott, du stinkst*!«

Trotz des Bündels, das sie trug, bedeckte sie Nase und Mund mit einer Hand und wich in sichere Entfernung zurück. »Was hast du gemacht? Du riechst ja schlimmer als ein Schwein!«

Travis verhielt im Schritt und stemmte seine Fäuste in die Hüften. Mariettes Bemerkung war für ihn der Tropfen, der das Faß zum Überlaufen brachte. Es war schlimm genug, schuften zu müssen wie ein Sklave, da wollte er nicht auch noch daran erinnert werden. In einer übertriebenen Geste, die seine galanten Vorväter mit Stolz erfüllt hätte, verbeugte er sich vor seiner Schwester und beschrieb einen weiten Bogen mit dem Arm. »Verzeiht mir, edles Fräulein, wenn ich Euch beleidigt habe«, erklärte er mit einer Stimme, die vor Spott nur so triefte. »Aber im Gegensatz zu Euch, die Ihr nichts Besseres zu tun habt, als Tücher zu zerreißen und Euch darüber zu beklagen, war ich mit Aufgaben erheblich anstrengenderer Natur beschäftigt.«

»Ach, halt den Mund, Travis«, entgegnete Mariette gekränkt. »Ich habe es nicht nötig, mir dein dummes Gerede anzuhören.«

»Das ist typisch.« Er schüttelte den Kopf und lachte bitter. »Ich hätte nichts anderes von dir erwarten dürfen, Schwesterherz.« So müde, daß er einen schon fast perversen Eigensinn entwickelte, setzte er seine Sticheleien fort. »Du brauchst nie etwas zu ertragen, was? Kein ausgeleiertes Haarband und keinen Tee, der nicht deinem Geschmack entspricht. Und der liebe Himmel möge uns davor bewahren, echte Hilfe von dir zu erwarten!«

Mariette versteifte sich, ihre Hände umklammerten das Stoffbündel. »Was redest du da? Ich helfe doch wirklich bei allem mit!«

»Ja, ich bin sicher, daß du das tatsächlich glaubst.«

»Was soll das nun wieder heißen?«

Travis ertrug diese absurde Situation nicht mehr. Resigniert hob er die Hände, drehte sich auf dem Absatz um und wandte sich erneut zur Treppe. »Ach, verdammt, Mariette, finde es doch selbst heraus.«

Er lenkte seine Schritte zum hinteren Teil des Hauses. Ein Bad. War das vielleicht zuviel verlangt? Nein, aber statt dessen hatte er sich nun Mariettes Klagelieder anhören müssen.

Mit Schritten, die seine wachsende Verärgerung verrieten, ging er an der Küche vorbei zu den Sklavenunterkünften und machte sich auf den Weg zur letzten Hütte in der dritten Reihe. Ohne anzuklopfen, stieß er die Tür auf, obwohl er sich plötzlich nicht mehr sicher war, wieso er überhaupt hergekommen war.

»Man hat mir gerade gesagt, ich stinke.«

Rose schaute von ihrem Teller mit Gemüse und Schinken auf. Ihr hübsches junges Gesicht spiegelte Erstaunen über Travis' mürrische, schmutzige Erscheinung wider. Der »Duft« jedoch, den er mitbrachte, ließ aus ihrer Überraschung Belustigung werden.

»Nun ja, du hast schon besser gerochen«, bestätigte sie mit sanftem Spott. Ihr Blick glitt zu seinen bestrumpften Füßen, und um einen ihrer Mundwinkel zuckte es belustigt.

Travis betrachtete sie und stellte fest, daß er trotz des unerträglichen Chaos, das auf der Plantage herrschte, bei Rose eine gewisse Ruhe fand. Ihr zärtliche Respektlosigkeit, ihr sanftes Lächeln waren Balsam für seine Nerven und linderten seinen schlimmsten Ärger.

Mit zurückgelegtem Kopf starrte er an die grobe Hüttendecke und schimpfte sich im stillen einen Narren. Er benahm sich wie ein ausgemachter Idiot, und seine einzige Entschuldigung war, daß er es nie erkannt hatte ... weder als Kind noch später, als er mit seinem Vater über die Plantage geritten war. Nicht einmal gestern. Er hatte einfach nicht gewußt, daß die *Watch* derartige Ansprüche an ihn stellen würde. Daß sie trotz ihrer Pracht und Schönheit seine gesamte Kraft aufsaugen und seine Persönlichkeit verändern würde.

Sein Vater hatte versucht, sie zu warnen. Mit seinen letzten

Worten hatte er die *Watch* eine anspruchsvolle Geliebte genannt und egoistisch wie eine Hure. Sein Vater hatte recht gehabt, er hatte gewußt, daß sie einen stolzen Mann in einen ganz gewöhnlichen, stinkenden Sklaven verwandeln konnte. Und doch hatte er ihr bis zu seinem letzten Atemzug gedient.

Es war eine düstere, aber auch reinigende Erkenntnis, und läuterte Travis von einer gewissen Naivität. *Das* war die Wirklichkeit – diese tägliche, stündliche Bindung von Körper und Seele an das Land. Das erforderte weit mehr als Regen, Sonne und kräftige Hände. *Swan's Watch* verlangte einem Menschen sein ganzes Leben ab.

»Ich brauche ein Bad«, sagte er leise.

Rose bemühte sich, sein Flüstern zu verstehen, erhob sich von dem kleinen Tisch und ging zu Travis, um ihn prüfend anzusehen. »Fühlst du dich nicht wohl?« fragte sie und wunderte sich über die Schwermut, die sie in seinen Augen sah.

»Ich bin nur müde.«

Sie legte den Kopf zur Seite. »Bist du sicher, daß das alles ist?«

Ein schwaches Lächeln löste endlich den harten Zug um Travis' Lippen. Seine kleine Rose. Sie verfügte über eine Weisheit, die weit über ihr Alter hinausging. »Nein«, gestand er. »Im Augenblick gibt es gar nichts mehr, dessen ich mir noch sicher bin.«

»Außer, daß du gern ein Bad nähmst«, sagte sie, um dann lächelnd hinzuzufügen: »Und daß du wirklich sehr schlecht riechst.«

Wenn es eins gab, dessen Travis sich immer sicher sein würde, dann, daß ihr Lächeln wie kein zweites war. Sein Blick ruhte auf dem sanften Schwung ihrer vollen Lippen, und der hohle Schmerz in seiner Brust wich einem Gefühl der Zärtlichkeit.

»Ja, und daß ich sehr schlecht rieche«, bestätigte er.

Rose, die erkannte, welch harten inneren Kampf er mit sich ausfocht, legte eine Hand auf seine Brust. Sie wußte zwar nicht, was an ihm nagte, aber sie war wie stets bereit, ihm beizustehen. »Schlecht zu riechen ist nicht schlimm«, tröstete sie ihn und legte ihre andere Hand auf seine Schulter. »Es beweist bloß, daß du hart gearbeitet hast.«

Und plötzlich wußte Travis, warum er bei ihr war. In den Armen dieses Mädchens würde er immer Anerkennung finden. Egal, wie er aussah oder was er tat, Rose würde ihn immer mit offenen Armen aufnehmen.

Er zog sie an sich und hielt sie fest an sich gepreßt. Mit ihr zu schlafen, war ihm nicht in den Sinn gekommen, als er das Haus verlassen hatte, aber jetzt konnte er an nichts anderes mehr denken.

Travis suchte ihren Mund, drängte ihre Lippen auseinander und küßte Rose mit einer Leidenschaft, die sein drängendes Verlangen widerspiegelte.

Er kannte ihren Körper, als ob es sein eigener wäre, und doch versetzten die festen kleinen Brüste, die sich an ihn drängten, sein Blut auch jetzt wieder in Wallung. Eine Woge tiefster Verzweiflung erfaßte ihn, und ob es nun klug war oder nicht, er konnte einfach nicht länger warten.

Mit einer einzigen Bewegung hob er sie auf die Arme, schloß mit dem Fuß die Tür und ging die zwei Schritte zum Bett. Sekunden später hatte er sein Hose geöffnet und Rose ihren Rock gehoben. Er drang so ungestüm in sie ein, als ob jedes weitere Hinauszögern sein Ende bedeutet hätte. Nichts hatte ihn je so sehr getröstet wie die körperliche Vereinigung mit seiner kleinen Rose.

Sein Körper bewegte sich in schnellem Rhythmus, und Rose bog den Rücken, drängte sich an Travis' Lippen und stieß lustvolle kleine Schreie aus. Sein Herz, befreit von Pflicht und von Verantwortung, quoll über von Gefühlen und lebte auf in einer Leidenschaft, die kurz vor der Erfüllung stand.

In fast schmerzhaften Wellen brach es über ihn herein, wild und heftig wie eine Naturkatastrophe, und jeder seiner Muskeln spannte sich. Und dann … Stille. Süße, träge Stille, die Geist und Körper einlullte.

Langsam ließ Travis seinen Kopf an Roses Schulter sinken und machte sich nichts mehr vor über die Wahrheit. Die *Watch* forderte ihn bis an die Grenzen seiner Leistungsfähigkeit ... Und Rose gab ihm seine Kraft zurück.

6.
KAPITEL

Ein heftiger Schwindel erfaßte Lacy und zwang sie, für einen Moment die Augen zu schließen. Eine Hand an ihrer Stirn, klammerte sie sich mit der anderen an den eisernen Riegel und atmete tief durch, um ihr Gleichgewicht zurückzugewinnen. Das kühle Halbdunkel in der Waschküche linderte ein wenig ihren Schwindel, aber nur soweit, daß ihre Knie nicht unter ihr nachgaben. Ihre Sicht blieb auch weiterhin verschwommen, und ein beständiges Summen dröhnte in ihren Ohren.

Sie stieß einen unmutigen Seufzer aus. Sie konnte sich nicht leisten, krank zu werden, konnte es sich einfach nicht erlauben. Zwischen der Krankenpflege und all den weiteren Aufgaben, die sie übernommen hatte, blieb ihr keine Zeit, müßig im Bett zu liegen.

Sie straffte die Schultern und bezwang mit reiner Willensanstrengung ihren Schwindel, dann öffnete sie die Tür der Waschküche und trat in die späte Nachmittagssonne hinaus. Aber der abrupte Wechsel vom Halbdunkel in die Helligkeit belastete ihre erschöpften Sinne, und wieder mußte sie innehalten, um gegen ihren Schwindel anzukämpfen.

Nur noch ein Besuch, nahm sie sich vor. Sie mußte noch nach dem fünfjährigen Sam sehen. Er litt ganz besonders stark unter dem Fieber, und sie hatte ihm gestern versprochen, ihn heute wieder zu besuchen. Erst danach konnte sie zum Haus zurückkehren.

»Auf eine Tasse Tee«, versicherte sie sich laut. »Pfefferminztee.«

»Ich trinke lieber schwarzen mit Zitrone«, bemerkte Jared von der Küchentür her.

Überrascht schaute Lacy zur Küche hinüber und sah, daß Jared mit einer Schulter an der weißgetünchten Mauer lehnte. Bei seinem Anblick wurde ihr ganz warm ums Herz.

Er war sechs Tage fortgewesen, und sie hatte ihn schrecklich vermißt. Ihn jetzt zu sehen, erfüllte sie mit unerwartetem Entzücken, und sie nahm sich Zeit, um seinen Anblick auszukosten.

Sie hatte nicht vergessen, wie gut er aussah, fand es jedoch erstaunlich, daß es jedesmal, wenn sie ihn wiedersah, nicht anders war, als ob sie ihn zum allerersten Mal sähe. Genau wie damals, als sie einander vorgestellt worden waren, begann ihr Herz schneller zu klopfen, und ihr Puls raste plötzlich.

Graue Augen, die sie unter dichten schwarzen Wimpern anstarrten, hohe Wangenknochen und ein fester Mund – ein Gesicht, das Kraft und Vitalität ausstrahlte, ein Eindruck, der durch seine lässige Haltung noch verstärkt wurde. Seine über der Brust verschränkten Arme gaben ihm den Anschein von Unbefangenheit, aber Lacy wußte nur zu gut, daß sich hinter dieser sorglosen Fassade ein achtungsgebietender Mann verbarg.

Trotz ihrer Müdigkeit lächelte sie. »Herzlich willkommen, Jared. Ich wußte nicht, daß du schon zurück warst.«

»Ich bin eben erst angekommen«, erklärte er, löste sich von der Wand und schlenderte auf Lacy zu, wobei sein Blick prüfend auf ihrem Gesicht ruhte. Eine ganze Woche fast hatte ihn tagsüber die Erinnerung an ihr schönes Gesicht bedrängt, während seine Nächte von der Vorstellung, sie in den Armen zu halten, beseligt waren.

Zum erstenmal in seinem Leben hatte er die Routine auf dem Schiff nicht als anregend empfunden. Die Arrangements für seine Heimkehr waren frustrierend mühevoll gewesen, und er hatte seine Ungeduld, zu Lacy zurückzukehren, ständig aufs neue bezwingen müssen.

Ein Kampf ganz anderer Art tobte jedoch jetzt in diesem Augenblick in ihm. Als er auf Armeslänge von ihr entfernt stehenblieb, hätte er sie am liebsten in die Arme genommen.

»Es war niemand im Haus«, sagte er und wünschte, sie wären irgendwo allein.

Lacy preßte wieder eine Hand an ihre Schläfe. »Tut mir leid, Jared. Wir haben hektische Zeiten hier«, erwiderte sie und ließ ein wenig ihre Schultern hängen. »Ich habe keine Ahnung, wo Gaye sein könnte.«

Jared sah ihre Erschöpfung und fragte sich, wie er das im ersten Moment hatte übersehen können. Ihre sonst so lebhaften, blaugrünen Augen blickten lustlos, ihre Wangen waren leichenblaß.

»Was ist passiert?« fragte er und runzelte besorgt die Stirn.

Sie schaute sich um, als wüßte sie nicht, wo sie beginnen sollte. »Die meisten der Sklaven sind krank.« Das war nur eine unzureichende Erklärung, aber es war ihr viel zu anstrengend, ihm alles ausführlich zu erklären.

»Und du? Geht's dir gut?«

»Ja. Ich bin bloß ein bißchen müde.«

»Weil du wie immer versuchst, an drei Orten zugleich zu sein, vermute ich.«

Sie warf ihm einen wehmütigen Blick zu. »Ich habe nur getan, was meine Pflicht war. Und alle, die noch dazu in der Lage sind, tun es ebenfalls.«

Jared bezweifelte es. Wenn er bei seinem ersten kurzen Besuch etwas erkannt hatte, dann, daß Lacy den größten Teil der Verantwortung für diese Plantage trug. Er ließ den Blick über ihre schlanke Figur gleiten. Für eine so zierliche Frau verfügte sie über erstaunliche Energie.

»Ich glaube, du solltest jetzt deinen Tee trinken«, sagte er und nahm, bevor sie Widerspruch erheben konnte, ihren Arm, um sie zum Haus zu führen.

Lacy wußte, daß ihr nichts anderes übrigblieb, als ihm zu

folgen. Sie war auch viel zu müde, um sich zur Wehr zu setzen. Mit jeder Minute, die verstrich, fühlte sie sich zunehmend kraftloser, und der Gedanke, sich ein wenig hinzusetzen … vor allem mit Jared … erschien ihr einfach wundervoll.

»Ich werde mir dein Herumkommandieren heute ausnahmsweise gefallen lassen«, versetzte sie mit einem Anflug ihrer gewohnten Energie. »Aber nur, weil du unser Gast bist!«

Sie wollte eigentlich noch hinzufügen, daß sie später nach dem kleinen Sam schauen wollte, doch ohne jede Vorwarnung wurde ihr plötzlich schwarz vor Augen. Das Blut schien aus ihrem Kopf zu weichen, und sie taumelte.

»O Gott …« wisperte sie.

Das nächste, was ihr zu Bewußtsein kam, war, daß Jared sie auf seine starken Arme hob. Sie glaubte, einen gemurmelten Fluch zu hören, und hatte das vage Gefühl, getragen zu werden … Und dann nichts mehr, bis sie die Augen öffnete und feststellte, daß Jared sie behutsam auf ihr Bett gelegt hatte.

»Jared?« fragte sie mit schwacher Stimme und fragte sich, was geschehen sein mochte und wie sie in ihr Zimmer gekommen war.

»Ja, Liebes«, sagte er, während er ihren Kopf sanft in die Kissen bettete.

»Was …?«

»Du bist ohnmächtig geworden.«

»Ohnmächtig?« Sie preßte eine Hand an ihre Stirn und versuchte, Ordnung in ihren Gedanken zu schaffen. »Bist du sicher? Ich war in meinem ganzen Leben noch nicht ohnmächtig.«

»Gerade eben schon. Und jetzt bleib still liegen.«

Sein strenger Befehl erschien Lacy nur vernünftig. Da sie noch immer leicht verwirrt war, bemerke sie auch nicht, daß er eifrig damit beschäftigt war, ihr Mieder aufzuknöpfen. Erst als er ihr Kleid vorn schon weit geöffnet hatte, kam ihr zu Bewußtsein, was er tat.

»*Jared!*« Beschämt versuchte sie, ihr Mieder über die Brust zu ziehen. Ihr Blick glitt von seinen Händen zur offenen Tür und dann zu seinem Gesicht. »Was machst du da?«

Aber ihr Einspruch war sinnlos. Nachdem Jared ihre kraftlosen Hände beiseitegeschoben hatte, löste er auch die Häkchen an ihrem Korsett. »Warum ihr Frauen darauf besteht, so etwas zu tragen, ist mir wirklich schleierhaft.«

Errötend ergriff Lacy seine Hände. »Laß das! Das darfst du nicht!«

»Ich *muß* es, wenn du richtig atmen sollst«, entgegnete er, und seine Finger setzten ihre Arbeit fort, obwohl Lacy an seinen Händen zerrte. Entschlossen, sich durch nichts von seinem Vorhaben abbringen zu lassen, schlug er die beiden Hälften des Korsetts auf.

Lacy wußte nicht, was schlimmer war – die süße Leichtigkeit in ihrem Kopf oder die tiefe Beschämung, die sie erfaßte. Beides zusammen jedoch raubte ihr die letzte Energie, und sie konnte nur noch zutiefst verwirrt daliegen, bis auf ihr Hemd entblößt und hilflos Jareds eindringlichen Blicken ausgesetzt. Das letzte bißchen Tapferkeit, das sie sich bewahrt hatte, wich Bestürzung, und die Strapazen der letzten Tage forderten nun endlich ihren Zoll. Sie war nicht mehr fähig, die Augen offenzuhalten, und Anstand und Moral waren auf einmal nebensächlich und zu unbedeutend, um bedacht zu werden.

Was machte es schon, daß sie erlaubt hatte, daß ein Mann sie auszog? Was machte es schon, daß die Tür offenstand und jeden Moment jemand hereinkommen konnte? Lacy opferte den Anstand der Erschöpfung und überließ sich Jareds zärtlicher Fürsorge. Unglücklicherweise forderte diese Kapitulation jedoch ihren Preis, und hilflose Tränen stiegen hinter ihren geschlossenen Lidern auf.

Ihre Not entging Jared nicht, und er biß die Zähne zusammen. Entweder war sie richtig krank, oder zu Tode erschöpft. Seiner Ansicht nach war es dringend erforderlich, sie auszuziehen, darauf zu achten, daß sie im Bett blieb, und ihr ein feuchtes, kühles Tuch auf die Stirn zu legen.

Das Bild geisterte durch sein Bewußtsein. Eine verlockende Vorstellung, zu ihr unter die Decke zu schlüpfen, sie in seinen Armen zu halten und ihren erschöpften Körper zu massieren …

Doch diese unpassenden Gedanken unterdrückte er ebenso wie den derben Fluch, der ihm auf der Zunge lag, als er sie für einen Moment verließ, um gleich darauf mit einem Glas kühlem Wasser zurückzukehren. Vorsichtig setzte er sich neben sie und legte einen Arm um ihre Schultern. »Trink einen Schluck.« Als sie es getan hatte, ließ er sie wieder auf das Kissen sinken und stellte das Glas auf den Nachttisch.

»Besser?« fragte er.

Lacy nickte. Das Wasser hatte zumindest die Tränen fortgespült, die wie ein Klumpen in ihrem Hals gesessen hatten.

»Wie fühlst du dich?« fragte Jared mit leiser Stimme.

Die Wärme seiner Hand und sein sanfter Ton veranlaßten sie, die Augen aufzuschlagen. »Ich komme mir sehr dumm vor«, sagte sie.

»Warum?«

Sie zuckte mit den Schultern. »Weil ich hier liege, während ich mich eigentlich um die Kranken kümmern müßte. Ich hatte dem kleinen Sam versprochen, ihn heute zu besuchen.«

Mit seiner freien Hand strich Jared ihr eine feuchte Haarsträhne aus der Stirn. »Ich bin sicher, daß er Verständnis dafür haben wird, wenn es dir nicht möglich ist.«

»Aber er ist noch so klein. Er wird enttäuscht sein.«

»Dann werde ich nach ihm sehen.«

Lacy blinzelte überrascht. »Du?« Er antwortete darauf mit einem schiefen Grinsen. »Bin ich nicht gut genug?«

»Doch, natürlich. Aber ich möchte dich nicht belästigen.«

»Es ist keine Belästigung.« Ihr Zögern ließ sein Lächeln verblassen. »Lacy, du kannst niemandem helfen, wenn du dich selbst nicht wohlfühlst! Wie lange geht es dir schon so schlecht?«

»Ich weiß nicht. Seit gestern, glaube ich.«

»Glaubst du!« rief er empört. »Und trotzdem hast du weitergemacht wie bisher. Hast du Fieber?«

»Nein.«

»Wann hast du zum letztenmal etwas gegessen?«

Im sicheren Bewußtsein, daß ihre Antwort ihm nicht gefallen würde, erwiderte Lacy nichts und stellte statt dessen selbst eine Frage. »Bist du immer so tyrannisch?«

»Wenn es nicht anders geht.«

»Du klingst wie ein Arzt.«

»Wechsle nicht das Thema.«

»Ich fühle mich schon sehr viel besser.«

»Lacy ... *wann* hast du zum letztenmal gegessen?« wiederholte er, umfaßte mit einer Hand ihr Kinn und zwang sie, seinen forschenden Blicken standzuhalten.

Lacy seufzte. »Ich glaube, gestern morgen beim Frühstück.«

Diesmal gab er sich keine Mühe, einen Fluch zu unterdrücken. »Verdammt, Lacy – kein Wunder, daß du dich nicht mehr auf den Beinen halten kannst!« Er sprang auf und hastete zur Tür. »Ich hole dir jetzt sofort etwas zu essen.«

»Nein, Jared, nicht«, rief sie ihm nach. »Es würde Besha nur noch mehr belasten, und sie ist sowieso schon überarbeitet.« Flehend streckte Lacy eine Hand nach ihm aus. »Komm, Jared, bitte.«

Ihre ernste Bitte veranlaßte ihn, stehenzubleiben und sich nach ihr umzudrehen.

Sie hob die Hand noch höher, und ihre Augen flehten ihn an, zu ihr zurückzukommen. »Besha wird in einer Stunde das Abendessen fertig haben. Ich verspreche dir, daß ich dann etwas essen werde.«

Jared blieb reglos stehen, nicht sicher, ob er nachgeben sollte oder nicht.

»Ich verspreche es dir«, versicherte sie noch einmal.

Ob es nun dieses Versprechen war oder der weiche Blick in ihren Augen, was die Angelegenheit für Jared entschied, hätte er selbst nicht sagen können. Auf jeden Fall kehrte er zu ihr zum Bett zurück.

»In einer Stunde«, sagte er und setzte sich wieder neben sie.

»Ich verspreche es«, murmelte sie mit einem versöhnlichen Lächeln, in der Hoffnung, damit seinen letzten Ärger zu vertreiben.

Kopfschüttelnd gab er nach. »Na schön.« Er betrachtete sie lange und staunte über ihren Eigensinn. »Ich bekomme allmählich das Gefühl, daß ich mich glücklich schätzen kann, die Verträge mit Travis ausgehandelt zu haben und nicht mit dir.«

Sie spürte, daß sich hinter diesem Kompliment auch eine leise Kritik verbarg, sagte jedoch nichts, weil es sie unendlich zufrieden stimmte, ihn bei sich zu haben.

»Ich habe dir noch nicht dafür gedankt, daß du mich gerettet hast.«

»Das klingt, als wäre ich der sprichwörtliche Ritter auf dem weißen Pferd.«

In gewisser Weise war er das auch für sie. Aber sie glaubte nicht, daß er sich über eine derartige Bemerkung freuen würde. »Trotzdem bin ich dir sehr dankbar.«

Er lächelte. »Es war mir ein Vergnügen.«

Sie spürte seinen Blick wie ein Streicheln, auf ihren Wangen und auf ihren Lippen. Um zu verbergen, daß sie unwillkürlich schneller atmete, sprach sie absichtlich sehr leise.

»Hast du alles auf deinem Schiff erledigt?«

Er nickte. »Es wird morgen mit der ersten Flut auslaufen.«

»Wirst du nicht gebraucht, wenn das Schiff in Connecticut anlegt?«

»Nein, mein Kapitän verhandelt mit dem Hafenmeister. Aber ich habe meinem Bruder eine Nachricht zukommen lassen, daß er sich um alles kümmern und während meiner Abwesenheit auf mein Haus aufpassen soll.«

»Dein Bruder?«

»Stephen. Er ist mein Partner.«

Bis zu diesem Augenblick hatte sie an jenen Teil von Jareds Leben, zu dem eine Familie gehören mußte, nie gedacht.

»Irgendein Problem damit?« fragte Jared, der ihr Interesse sah.

»Nein, natürlich nicht«, versicherte sie rasch. »Mir fiel nur gerade auf, wie wenig ich von dir weiß. Ich fragte mich, wie deine Familie sein mag.«

Jared lachte leise und ergriff wieder ihre Hand. »Groß vor allem. Zwei Brüder und vier Schwestern. Stephen und Eric sind verheiratet und haben schon eigene Kinder. Und meine älteste Schwester, Anna, ist verlobt.«

»Bist du der Älteste?«

»Mit Abstand.«

Aus irgendeinem Grund fand Lacy das erfreulich. »Ich könnte mir vorstellen, daß du deine jüngste Schwester furchtbar tyrannisiert hast«, scherzte sie.

Ein wehmütiger Blick erschien in seinen Augen, aber als er sprach, klang liebevolle Zuneigung in seiner Stimme mit. »Meine jüngste Schwester flirtet für ihr Leben gern. In den sechzehn kurzen Jahren ihres Lebens hat sie dafür gesorgt, daß meinem Vater kein einziges schwarzes Haar mehr blieb. Und sie ist der Grund für die Angewohnheit meiner Mutter, unaufhörlich Gebete zum Himmel zu schicken.«

»Das klingt, als ob sie eine wunderbare Familie wären«, sagte Lacy und konnte ihr Lachen nicht mehr unterdrücken.

»Das sind sie«, bestätigte Jared und richtete einen verlangenden Blick auf ihre vollen Lippen.

Dieser Blick und die Wärme seiner Hände lösten eine angenehme Unruhe in ihr aus, und sie mußte sich beherrschen, um nicht in einer nervösen Reaktion ihre Lippen zu befeuchten. »Sie werden dir sicher fehlen.«

Er zuckte die breiten Schultern. »In gewisser Weise schon, aber ich habe andere Dinge hier zu erledigen, die mir wichtiger sind«, erwiderte er und schaute ihr dabei unverwandt in die Augen.

»Ja, Travis sagte etwas von ...«

»Ich spreche nicht von Verträgen, Lacy.«

Sie schaute ihn mit großen Augen an.

Er strich mit den Fingerspitzen über ihre Knöchel. »Ich habe dich vermißt, Lacy.«

»Wirklich?«

Seine Augen wurden schmal. »Das dürfte dich eigentlich nicht überraschen.«

So war es aber. Obwohl Lacy während seiner kurzen Abwesenheit täglich gewünscht hatte, er möge zurückkehren, hatte sie nicht zu hoffen gewagt, daß er ähnliche Empfindungen hegte.

Sie lächelte unsicher. »Ich bin froh, daß du zurückgekehrt bist ... Du hast mir auch gefehlt.«

Eine ungestüme Freude erfaßte ihn, und wenn Lacy nicht krank gewesen wäre, hätte er sie in die Arme genommen, um ihr zu beweisen, wie glücklich er über ihr Geständnis war.

Statt dessen beugte er sich jedoch nur vor und küßte ihre Lippen.

»So hatte ich mir meine Rückkehr nicht vorgestellt«, murmelte er an ihrem Mund.

»Nein?«

»Nein«, versicherte er und dachte an die Nächte auf dem Schiff, in denen er sich Lacy in seinem Bett und in seinen Armen vorgestellt hatte. Gegen besseres Wissen küßte er sie von neuem, tief und leidenschaftlich, bis er sich wieder an den Grund erinnerte, aus dem sie hier in diesem Bett lag. Und da hob er bedauernd den Kopf und lehnte sich zurück.

»Ich sollte dich bis zum Abendessen schlafen lassen.«

Es wäre das Klügste, das wußte Lacy auch, aber sie umklammerte seine Hand, weil sie wollte, daß er blieb. »Wir essen um sieben«, sagte sie lahm. Er machte keine Anstalten, sich zu erheben. »Dann sehe ich dich unten.«

Sie nickte stumm.

»Ich möchte nicht, daß du vorher aufstehst.« Wie alle seine Befehle ließ auch dieser keinen Raum für Widerspruch.

»Einverstanden.«

Widerstrebend stand er auf, und eine ganze Weile starrte er schweigend auf sie herab, als versuchte er, sich über irgend etwas klarzuwerden. Dann bückte er sich und küßte sie noch einmal, bevor er hinausging, um den kleinen Sam zu besuchen.

Im Schatten einer Fensternische stand Mariette. Ihre Brust hob und senkte sich vor Ärger, ihre Augen verengten sich zu boshaften kleinen Schlitzen, als sie beobachtete, wie Jared über den Korridor zur Treppe ging. Erst als er nicht mehr zu sehen war, richtete sie den Blick auf Lacys Tür.

»Du Flittchen!« flüsterte sie empört. »Was glaubst du, wer du bist?«

Zutiefst verärgert über das Gehörte, verließ sie ihr Versteck und stürmte zu ihrem Schlafzimmer, wo sie die Tür aufriß und sie dann hart hinter sich zuschlagen ließ. Aber nicht einmal das laute Krachen vermochte ihren unbändigen Zorn zu dämpfen.

Sie ging zum Fenster, um sich abzulenken, aber sie glaube, immer noch Jareds leise Frage zu hören, ob Lacy Fieber habe. Und obwohl Mariette nichts *gesehen* hatte, war ihr klar, daß das aufschlußreiche Schweigen zwischen den beiden als Kuß zu deuten war.

Wütend wirbelte sie herum und marschierte erneut zur Tür. So war das nicht geplant gewesen! Nie hätte sie damit gerechnet, daß Lacy einmal eine Konkurrenz für ihre Bemühungen um Jared Steele darstellen könnte, und doch war ihre unschuldige, harmlose Schwester vertraut genug mit ihm, um sich von ihm ausziehen zu lassen! Mariette war gerade noch rechtzeitig den Korridor hinabgekommen, um *diese* Szene – diese schäbige kleine Komödie – mit anzuhören.

An der Zimmertür drehte sie sich wieder um und kehrte zurück zum Fenster, während sie sich eine naive Närrin schimpfte, die zu blind gewesen war, Lacys hinterhältiges Spielchen zu durchschauen. Anscheinend war ihre zurückhaltende kleine Schwester gar nicht so prüde, wie sie sich gab. Zum Teufel mit ihr. *Und* mit Jared Steele! War der Mann denn blind? Was mochte er bloß an Lacy finden?

Mariette hielt abrupt in ihren Schritten inne. Nein, das würde sie sich nicht gefallen lassen. Bis sie sich entschieden hatte, ob sie Jared heiraten wollte oder nicht, würde sie keinerlei Einmischungen dulden, und schon gar nicht von ihrer eigenen Schwester. Sie drehte sich zu ihrem Spiegel um, strich mit der Hand über ihre zerzausten Locken und betrachtete ihr verschmutztes Kleid. Sie sah aus wie weißes Gesindel. Und nach allem, was sie heute zu tun gezwungen worden war, fühlte sie sich auch nicht besser. Sämtliche lästigen Aufgaben auf der Plantage waren heute ausgerechnet *ihr* zugefallen, vom Eiersammeln bis hin zum Wäschewaschen.

Angewidert verzog sie das Gesicht. Sie brauchte ein Bad, ihr Haar mußte gewaschen und gelockt werden, und sie brauchte ein sauberes Kleid. Aber ihre Zofe war krank, und von Gaye war keine Hilfe zu erwarten. Das Hausmädchen half in der Küche aus.

Von neuer Wut erfaßt, warf Mariette sich auf das Bett und barg das Gesicht in ihrer Armbeuge. So wie sie aussah, konnte sie unmöglich zum Dinner hinuntergehen, sie wollte Jared nicht in diesem Aufzug gegenübertreten. Und da niemand da war, um ihr ein Bad zu bereiten und ihr beim Umkleiden zu helfen, würde sie Jared heute abend wohl überhaupt nicht sehen.

Na schön, dann würde sie eben bis morgen warten müssen. Aber morgen – *morgen* würde sie die verlorene Zeit aufholen!

7.
KAPITEL

»Ich möchte wissen, wie es um Jareds finanzielle Lage bestellt ist, Travis. Als Miteigentümerin der Plantage habe ich ein Recht, zu erfahren, mit wem du Geschäftsbeziehungen eingehst.«

Die Hände in die Hüften gestützt, stand Mariette vor Travis und brachte ihre Forderungen in einem so gebieterischen Tonfall vor, daß er den Blick von dem Pferd abwandte, das er gerade sattelte.

»Wieso interessierst du dich plötzlich für die finanziellen Angelegenheiten der Plantage, Mariette? Sie waren dir doch bisher immer gleichgültig, solange du genug Geld für deine persönlichen Ausgaben hattest«, entgegnete er und führte das Pferd aus der Box zum Hof.

»Das habe ich dir doch bereits gesagt«, beharrte sie und folgte ihrem Bruder. »Wenn wir mit Jared Steele Geschäfte machen, habe ich ein Recht zu erfahren, ob sein Unternehmen auf soliden Fundamenten ruht.«

Travis war ihr einen prüfenden Blick zu. Ihre Frage war berechtigt, er war nur überrascht, daß sie daran gedacht hatte, sie zu stellen.

Eine Hand auf dem Sattel, drehte er sich zu ihr um und schaute sie ruhig an. »Ich habe mich bereits informiert, Mariette. Jared Steele ist ein reicher Mann.«

»Wie reich?«

»Sehr reich. Sein Schiffahrtsunternehmen hat in den letzten zwei Jahren mehr Gewinn erbracht als die Plantage in den letzten zehn.« Es war ein ernüchternder Gedanke, und Travis runzelte ganz unbewußt die Stirn, als er ruhig hinzufügte: »Er könnte die *Watch* kaufen und sie bar bezahlen, wenn er wollte, und es bliebe ihm trotz allem noch genügend Geld, um jahrelang davon zu leben.«

Mariettes Augen glitzerten. Obwohl sie sich nie sehr für die Belange der Plantage interessiert hatte, war ihr doch einiges zu Ohren gekommen. Die Erdnußfelder besaßen einen Wert von bis zu einhundert Dollar pro Hektar, der Rest des Landes bewegte sich um die fünfundzwanzig für den Hektar. Die etwa fünfzig Sklaven, die sie besaßen, stellten ein Kapital dar, das fast den Preis des Landes selbst erreichte.

Rasch stellte sie Berechnungen an und gelangte zu einer Summe – Gebäude und Vieh miteingeschlossen – von knapp einer Viertelmillion Dollar.

»Du siehst also, daß du dir keine Sorgen zu machen brauchst«, fuhr Travis fort. »Bist du jetzt zufrieden?«

»Ja«, erwiderte Mariette. Und ob sie zufrieden war! Nachdem sie alles erfahren hatte, was sie wissen wollte, schenkte sie Travis ein strahlendes Lächeln und kehrte mit schnellen Schritten zum Haus zurück.

Travis schaute ihr verwundert nach und fragte sich, welch verrückte Ideen sie diesmal bewegen mochten. Er verstand sie einfach nicht. Ihre Stimmungen schwankten wie das Pendel einer Uhr.

Er erhob den Blick zur Sonne, die direkt über ihm stand. Es war fast Mittag, und er mußte noch auf den Südfeldern nach dem Rechten sehen. Ein lachhafter Gedanke eigentlich. Jeder verfügbare Mann, jede Frau und jedes Kind waren auf den Erdnußfeldern, was bedeutete, daß niemand sich um den Mais kümmerte. Aber daran war nichts zu ändern, bis die Krankheit abgeflaut war.

Wann das sein würde, konnte niemand sagen. Der Plantage und seiner eigenen Gesundheit zuliebe konnte er nur hoffen, daß es bald sein würde.

Er stieg in den Sattel und lenkte das Pferd aus dem Hof. Da er wußte, daß Rose in der Küche mithalf, warf er einen Blick zu den Gebäuden am äußeren Rand des Gartens. Aus der Entfernung fiel ihm nicht der große, muskulöse Mann auf, der zu dem weißgetünchten Gebäude hastete.

Ein leises Geräusch an der Küchentür ließ Rose von dem Hühnchen aufschauen, das sie gerade rupfte. Ihr Herz setzte einen Schlag aus, als sie Syphrons kräftige Gestalt erblickte. Am hellichten Tag, wo ihn alle sehen konnten, stand er dort, die schwieligen Hände in die Hüften gestemmt, und lächelte, als hätte er nicht eine einzige Sorge auf der Welt!

»Was machst du hier?« flüsterte sie, und ihr Blick glitt besorgt von Syphrons derbem Gesicht mit den tiefliegenden Augen zum offenen Fenster, vor dem sie Travis vorbeireiten sah.

»Ich wollte sehen, wie es dir geht«, erwiderte Syphron und

trat ein. »Es sind so viele krank geworden, daß ich mir Sorgen um dich gemacht habe.«

»Du solltest dich lieber darum sorgen, daß der Massa dich hier finden könnte.« Während sie sich die Hände an der Schürze abwischte, eilte sie zu Syphron und schob ihn rasch zur Tür.

»Du mußt verrückt sein, einfach so hierherzukommen! Mister Spruill hat dir doch gesagt, daß du mich in Ruhe lassen sollst.«

Ein harter Zug erschien um Syphrons Kinn. »Das ist mir egal.«

»Das sollte es aber nicht.« Händeringend warnte sie: »Wer weiß, was er mit dir anstellt, wenn er dich schon wieder hier bei mir erwischt!«

Auf ihren ängstlichen Blick hin lächelte Syphron. »Du machst dir Sorgen um mich?« fragte er, und bevor Rose etwas darauf erwidern konnte, streckte er die Hände nach ihr aus und zog sie in die Arme.

Rose rang nach Atem, als er sie einen Moment lang hart an seinen großen, muskulösen Körper preßte. »Du verrückter Kerl«, keuchte sie und hieb mit beiden Fäusten gegen seine harte Brust. »Besha kann jeden Augenblick zurückkommen.«

Ihr Widerstand vertiefte Syphrons Lächeln nur. Sie in den Armen zu halten, war genauso, wie er es sich vorgestellt hatte. Seit Monaten schon interessierte sie ihn, beobachtete er ihr Kommen und Gehen, bewunderte ihr Lächeln und ihr Lachen, das für ihn wie das Zwitschern eines Vogels klang. Und Nacht für Nacht lag er wach auf seiner schmalen Strohmatratze und träumte von ihrem schlanken Körper und ihren vollen Brüsten.

»Ich pfeif' auf Besha«, erklärte er lachend. »Sie wird niemandem etwas sagen.« Seine Händen glitten an Roses Rücken hinab und preßten sie an den spürbaren Beweis seiner männlichen Erregung. »Schon gar nicht, wenn du dir einen richtigen Mann suchst.«

Rose erstarrte in seinen Armen. Unsicher schaute sie zu ihm auf. »Massa Travis ist mein Mann.«

Syphrons Lächeln erstarb, ein hitziger Blick erschien in seinen dunklen Augen, und abrupt zog er die Hände zurück. »Er ist nicht dein Mann.«

Seine kalte Stimme löste ein Erschaudern in Rose aus. »Doch, das ist er, Syphron. Nicht wie bei Besha, die richtig verheiratet war, aber ...«

»Aber er benutzt dich wie eins seiner Pferde.« Angewidert wandte er sich ab und ließ seine Faust auf den Kaminsims prallen. »Der einzige Unterschied ist, daß er kein Halfter braucht, um dich zu reiten.«

Seine Worte versetzten ihr einen schmerzhaften Stich, und sie begann vor Wut zu zittern. »Was glaubst du, wer du bist, daß du einfach hier herkommst und mich demütigst? Du hast nicht zu bestimmen, was ich tue.«

Syphron drehte sich zu ihr um und warf ihr einen anklagenden Blick zu. »Du bildest dir wohl ein, daß du ihn liebst?«

Was sie für ihn empfand, war untrennbar verbunden mit der verzehrenden Leidenschaft, die ihren Körper erfaßte, wann immer Travis ihn in Besitz nahm. Und mit der köstlichen Gewißheit, daß er sie allen anderen vorzog. Wenn das Liebe war, dann sollte es so sein. Sie straffte stolz die Schultern und erklärte: »Ich bin etwas besonderes für den Massa.«

»Du bist nichts anderes als seine Hure.«

»Das stimmt, und nichts, was ich tue, kann etwas daran ändern. Aber er behandelt mich gut und geht zu keinem anderen Mädchen auf der Plantage. Er kommt nur zu mir.«

»Und damit gibst du dich zufrieden? Verdammt.« Syphron mustere sie durchdringend und wünschte, er könnte ihr bis ins Herz und in die Seele schauen. »Willst du wirklich nicht mehr als das, Rose? Genügt es dir, die Beine für ihn zu spreizen?«

Sie wandte sich brüsk ab und fing wieder mit ihrer Arbeit an. Kühl sagte sie: »Ich habe das beste Leben, das ich mir wünschen kann.«

»Nein, das hast du nicht.«

»O doch«, beteuerte sie und verdrängte ihre geheimen Hoffnungen, einmal freie Kinder aufzuziehen.

»Für wie lange?«

»Was?«

»Wie lange wirst du seine Lieblingshure sein? Er begehrt dich, weil du jung bist. Aber glaubst du, er würde dir auch nur einen Blick gönnen, wenn du älter bist? Dann wird er sich ein anderes Mädchen für seinen Spielchen suchen und dich abschieben.«

»Das würde er *niemals* tun!« brauste sie auf.

»Das kannst du nicht wissen.«

»So würde er mich nie behandeln.«

»Na schön, und was ist, wenn er es nicht tut?« Syphron näherte sich dem Tisch. »Dann wird er sich trotzdem eines Tages eine Frau nehmen, aber das wirst nicht du sein, Rose! Und du kannst dich darauf verlassen, daß keine Frau dich in ihrer Nähe dulden wird. Sie wird nicht zulassen, daß die Hure ihres Mannes direkt vor ihrer Nase lebt, und du wirst von hier verschwinden, bevor du begreifst, was eigentlich geschehen ist.«

Hätte er sie ins Gesicht geschlagen, hätte es nicht mehr geschmerzt. Ihre Finger hielten in der Bewegung inne, ihr Blick glitt zu ihm. Er hatte klare, harte Tatsachen ausgesprochen, und sie mußte sich mit ihnen auseinandersetzen, so unangenehm es ihr auch sein mochte.

Sie hatte nie gedacht, daß Travis einmal heiraten würde, aber jetzt mußte sie es tun, und die Aussicht darauf war ungemein entmutigend. Ihre Schultern sackten herab, als sie zu einem Stuhl ging und sich müde darauf niederließ. Es war dumm von ihr gewesen, so stolz zu sein auf ihren Platz in Travis' Leben. Ganz gleich, ob er nur zu ihr kam – letzten Endes war sie doch noch immer sein Besitz, nichts als ein Stück Fleisch und Blut, das ihm gehörte und aus einer Laune heraus verkauft werden konnte. Oder auf das Drängen einer Ehefrau hin.

»Siehst du jetzt, daß ich recht habe?« beharrte Syphron, als sie lange Zeit nichts sagte.

Mit leiser, entmutigter Stimme erwiderte sie: »Ich sehe nur, daß sich nichts ändern wird.«

»Nur, wenn du es zuläßt.«

Sie warf ihm einen ärgerlichen Blick zu. »Wie soll ich etwas ändern? Wie du selbst gesagt hast, bin ich nichts als seine Hure.«

»Aber du brauchst es nicht zu sein.« Er trat zu Rose und hockte sich neben ihr auf die Fersen. »Du brauchst nicht seine Hure zu sein.«

»Du redest Unsinn.«

Syphron nahm ihre Hand und schaute ihr eindringlich in die müden Augen. »Ich rede keinen Unsinn. Ich rede davon, daß wir beide diesen Ort verlassen könnten.«

Roses Augen wurden groß, ein furchtsamer Blick erschien darin. Bestürzt schlug sie eine Hand vor ihrem Mund, schaute ängstlich zur Tür und zu den Fenstern. »Sei still!«

»Warum? Hast du noch nie an Flucht gedacht?«

Doch, das hatte sie, aber daran zu denken und es tatsächlich zu tun, waren zwei ganz verschiedene Dinge. »Das solltest du dir aus dem Kopf schlagen. Massa Travis würde dich mit den Hunden jagen.«

»Das heißt noch lange nicht, daß er uns schnappen wird.«

»Niemand hat es je geschafft, Syphron.«

»Aber das heißt nicht, daß wir es nicht versuchen könnten.«

»Taloilas Mann hat es getan und ist dabei gestorben.« Rose entzog Syphron ihre Hand und schüttelte energisch den Kopf. »Nein, nein, ich höre mir das nicht länger an!«

Angesichts ihrer sturen Weigerung preßte er die Lippen zusammen und sprang auf. Frustriert wandte er sich ab und massierte, während er zur gegenüberliegenden Wand hinüberging, mit einer Hand seine angespannten Nackenmuskeln.

»Ich halte es nicht mehr aus, Rose«, sagte er schließlich ruhig und ohne sich zu ihr umzudrehen. »Ich will als freier

Mann leben, auf meinem eigenen Land und mit meiner eigenen Frau und Kindern. Ich will morgens aufstehen und wissen, daß ich arbeiten werde, weil *ich* es will, und nicht, weil irgendein Aufseher mich dazu zwingt. Ich will abends ins Bett gehen mit dem stolzen Gefühl, mein Bestes getan zu haben.«

Eine Welt der Entschlossenheit und Verbitterung lag in seiner leisen Stimme, und Rose schloß die Augen vor den machtvollen Gefühlen, die seine Worte in ihr hervorriefen. Wollte sie nicht genau das gleiche? Sehnte sie sich nicht auch nach einem anderen Leben, weit fort von hier?

»Ich kann kein Sklave mehr sein, Rose«, fuhr er fort. »Ich werde fliehen … oder bei dem Versuch mein Leben lassen.« Abrupt durchquerte er den Raum, um Rose auf die Beine zu ziehen. »Und ich will, daß du mir mit gehst. Als meine Frau.«

»Du willst mich heiraten?«

»Und Kinder mit dir haben.«

»Aber wo … Wie …?«

»In Ohio … oder noch weiter nördlich, in Kanada.«

Trotz der Furcht, die sie erfaßte, stellte Rose die Frage: »Hast du keine Angst vor dem, was geschehen könnte, wenn sie dich wieder einfangen?«

»Ich habe mehr Angst zu bleiben. Sag, daß du mit mir kommen wirst.«

Eine besorgte Falte erschien auf ihrer jungen Stirn, ein unentschlossener Blick trübte ihre braunen Augen. »Oh, Syphron, ich weiß es einfach nicht.«

»Sag ja, Rose.«

»Laß mir Zeit, darüber nachzudenken.« Es gab so vieles zu überlegen. Zu fliehen war an sich schon eine ungeheuerliche Vorstellung, aber da war auch noch die Sache mit der Heirat … Sie kannte Syphron kaum – aber war das wichtig, verglichen damit, daß sie ihre Freiheit erringen würde? »Laß mich darüber nachdenken, Syphron.«

Ein zufriedenes Lächeln breitete sich auf seinen Zügen aus. Sie hatte nicht nein gesagt. »Nimm dir nicht zuviel Zeit.«

Aus dem Augenwinkel sah Rose eine Bewegung an der Tür und erstickte fast vor Schreck, als sie Besha erblickte, die sie schweigend beobachtet hatte.

Auch Syphron drehte sich um und entdeckte die dicke Köchin fast im selben Augenblick. Das Lächeln wich aus seinem Gesicht, seine Brauen zogen sich zu einem tiefen Stirnrunzeln zusammen.

»Du schleichst herum wie eine Katze, Besha«, beschuldigte er sie.

Besha betrachtete die beiden jungen Menschen. Selbst wenn sie nicht gehört hätte, wie sie Pläne schmiedeten, hätte sie ihren schuldbewußten Mienen entnehmen können, daß sich hier etwas anbahnte.

»Und du bist schlau wie ein Fuchs«, entgegnete sie. Ihre Augen verengten sich, und als sie sprach, klang ihre Stimme rauh vor Zorn. »Sieh zu, daß du verschwindest! Ich habe keine Lust, Ärger zu kriegen wegen einem Kerl wie dir.«

Eine leise Angst erwachte in Syphron, und unwillkürlich versteifte er sich. »Hast du gehört, was wir geredet haben?«

»Ich weiß nichts, hörst du? Aber halt dich von jetzt an aus meiner Küche fern. Ich schlage dir meine Eisenpfanne über den Kopf, wenn ich dich noch einmal hier erwische. Ich will keinen Ärger in meiner Küche, hörst du?«

Es war das Beste, was Syphron erwarten konnte. Sie würde schweigen, aber das war auch alles. Nach einem raschen Blick auf Rose hastete er aus der Küche.

Sobald er fort war, ging Besha zum Kamin und hängte einen schweren Kessel an die Kette. »Sieh zu, daß du das Hühnchen rupfst, bevor auch du meine Pfanne zu spüren kriegst!«

Rose zuckte zusammen und tat, wie ihr geheißen wurde. Doch während sie die Federn rupfte, konnte sie Beshas mißbilligenden Blick auf ihren Rücken spüren.

»Besha?« begann sie zögernd.

»Was?«

Aber Rose vermochte ihre Gedanken nicht in Worte zu fassen. Was ihr durch den Kopf ging, konnte sehr gut ihren Tod bedeuten. Wie besprach man *so etwas*?

Bedrängt von Zweifeln und Verwirrung schwieg sie.

Zwei Kinder waren tot. Zwei Kinder und dreizehn Erwachsene. Lacy konnte es fast nicht glauben. Die Epidemie war endlich zum Stillstand gekommen, aber sie hatte zu viele kostbare Leben auf ihrem mitleidlosen Weg gefordert. Es war vor allem der Verlust der kleinen Mädchen, der Lacy am meisten schmerzte.

Als sie an ihren offenen Gräbern stand und Reverend Burcher ein Gebet für ihr Seelenheil sprach, ließ sie ihren Tränen freien Lauf. Traurig schaute sie zu, wie die hastig gezimmerten Kiefernsärge herabgelassen wurden und ihren Platz in den Gräbern neben den anderen dreizehn frisch aufgeworfenen fanden.

Von ihrem Platz zwischen Mariette und Travis sah sie den trauernden Familien nach, die zu ihren Hütten zurückgingen, und wünschte von Herzen, etwas tun zu können, um ihr Leid zu lindern. Eine warme, feste Hand ergriff ihren Ellbogen, und sie brauchte sich nicht umzusehen, um zu wissen, daß es Jared war, der hinter ihr stand. Obwohl er nicht verpflichtet war, an dem Begräbnis teilzunehmen, hatte er sich aus Respekt allen Beteiligten gegenüber dazu entschieden. Während der gesamten düsteren Zeremonie hatte Lacy seine Gegenwart gespürt und daraus ebensoviel Trost bezogen wie nun aus der Berührung seiner Hand.

Sich zu ihm umzuwenden, kam ihr so natürlich wie das Atmen vor, und wären sie irgendwo allein gewesen, hätte sie jetzt ihren Kopf an seine Brust gelegt. Doch Mariette und Travis waren bei ihr, und einige der Sklaven hielten sich noch bei den Gräbern auf. Deshalb mußte sie sich damit begnügen, Jared nur anzusehen und Kraft aus seinen ruhigen grauen Augen zu beziehen.

»Danke, daß du hier bist, Jared«, murmelte sie.

Statt einer Antwort verstärkte Jared ein wenig den Druck seiner Finger.

Sie alle kehrten still zum Haus zurück, und niemand sagte etwas, bis sie die Stufen zur Eingangshalle erreicht hatten. Hier war es Travis' freudlose Stimme, die das Schweigen brach.

»Ich brauche einen Bourbon. Will mir jemand Gesellschaft leisten?« Ohne eine Antwort abzuwarten, schlenderte er in den Salon und überließ es den anderen, ihm zu folgen.

»Nun, ich bin froh, daß die ganze Sache endlich beendet ist«, erklärte Mariette, als alle saßen und ein Glas in der Hand hielten. »All das war furchtbar anstrengend, und ich bin froh, daß jetzt endlich alles wieder seinen ganz normalen Lauf nimmt.«

Travis starrte düster in die bernsteinfarbene Flüssigkeit in seinem Glas. »Es wird eine Weile dauern, bis hier wieder eine gewisse Normalität eintritt, Mariette«, erklärte er.

»Was soll das heißen?«

Ihre Frage weckte seinen Ärger. »Falls es dir nicht aufgefallen sein sollte, Schwesterherz«, entgegnete er scharf, »ist die Plantage buchstäblich zum Stillstand gekommen in den letzten Wochen. Wir können jetzt nicht einfach dort weitermachen, wo wir aufgehört hatten, und so tun, als ob nichts geschehen wäre.«

In seiner Stimme klang soviel Verbitterung mit, daß Mariette eine ihrer perfekten Augenbrauen hob. Die Worte ihres Bruders klangen zu sehr wie ein Vorwurf, was sie empörend fand, vor allem in Jareds Gegenwart.

Mit falscher Freundlichkeit erwiderte sie: »Vielleicht sollten wir die Probleme der Plantage später besprechen, Travis. Wir wollen doch Jared nicht mit all diesen unbedeutenden Kleinigkeiten langweilen.«

Travis stand auf, um sich einen weiteren Bourbon einzuschenken. »Ich glaube, Jared besitzt ein Recht darauf, zu erfahren, wie es momentan um die Plantage steht.« Es verbitterte ihn maßlos, daß *Swan's Watch* unter seiner Leitung diesen bedauernswerten Zustand erreicht hatte. »Immerhin sind wir jetzt Geschäftspartner, und alles, was die *Watch* betrifft, betrifft auch Jared.«

Von seinem Platz auf dem Sofa neben Lacy verfolgte Jared Travis' Darlegungen. »Ich glaube, das ist ein weiser Entschluß«, sagte er.

Keine Kritik, dachte Travis; weder Kritik noch Vorwürfe. Nur eine ruhige Feststellung. Er bewunderte Jareds Unparteilichkeit; sie würde es ihm erleichtern, den beklagenswerten Zustand der Plantage darzulegen.

Bevor er begann, schlenderte er zum Kamin hinüber und stützte einen Ellbogen auf den Sims. »Wir haben große Verluste in den vergangenen Wochen erlitten. Es wird lange dauern, bis die Felder wieder in ordentlichem Zustand sind, vor allem, da wir so viele Arbeitskräfte verloren haben.«

Mariette zuckte ihre schmalen Schultern. »Dafür gibt es eine einfache Lösung, Travis. Wir brauchen bloß ein paar neue Sklaven zu kaufen, das ist alles.«

Lacy vermochte ihre Empörung über die Gefühllosigkeit ihrer Schwester kaum noch zu verbergen. Personen kaufen und verkaufen ... ohne auch nur einen Gedanken an die beteiligten Menschen zu verschwenden. Die Sklaverei an sich war abscheulich genug, da mußte man sich nicht auch so geringschätzige Ansichten anhören.

Obwohl Travis Lacys Abneigung gegen die Sklaverei nicht teilte, war auch er über Mariettes Leichtfertigkeit schockiert. »Nein, ich fürchte, das ist längst nicht alles, Mariette. Dreizehn erwachsene Sklaven ...« Er tippte sich mit einem Finger an die Schläfe. »Ist dir klar, was sie uns kosten würden?«

Lacy kannte die Rechnungsbücher ebenso gut wie Travis und begriff, wie sehr eine solche Ausgabe das Budget der *Watch* belasten würde. »Das können wir uns nicht leisten, Travis«, wandte sie leise ein.

»Richtig.«

Mariette, die sich plötzlich sehr ignorant und unwissend

vorkam, was ihr ganz und gar nicht paßte, fragte mißmutig: »Und wie viele *könnten* wir uns leisten?«

Travis und Lacy wechselten einen langen Blick, bevor er antwortete: »Fünf, höchstens sechs – was bedeutet, daß die Männer noch viel härter arbeiten müßten, um unsere Produktion zu erhöhen und unseren Vertrag mit Jared einhalten zu können.«

Jareds Miene war völlig ausdruckslos, als er sich an Travis wandte. »Rechnet Ihr diesbezüglich mit Problemen?«

Die einfachste Antwort wäre nein gewesen, aber wenn Travis aufrichtig sein wollte, mußte er zugeben, daß nicht mit Sicherheit vorauszusagen war, ob sie die vereinbarte Tonnage Erdnüsse würden liefern können. »Ich hoffe, daß wir es schaffen werden. Aber es wird nicht leicht sein.«

Mariette zuckte mit den Schultern, hinter ihrem zustimmenden Lächeln indes verbarg sich der Gedanke, daß ihr Bruder ein Idiot war, seine Bedenken so offen auszusprechen. »Ich bin sicher, daß alles klappen wird. Die *Watch* hat immer durchgehalten, und ich wüßte nicht, warum es nicht auch weiterhin so bleiben sollte. Wir hatten genug Sorgen und Verzweiflung in den letzten Wochen, mehr können wir nicht gebrauchen.«

Sie erhob sich und strich eine lose Strähne ihres Haars zurück. »Wußtet Ihr, daß die LaRues übermorgen einen Ball geben? Die Einladungen sind vor einigen Tagen eingetroffen, aber wir waren alle zu beschäftigt, um sie zur Kenntnis zu nehmen.«

Ein betretenes Schweigen entstand im Raum, als wären alle überrascht über die Bemerkung. »Mariette«, sagte Travis, als er sich von seiner Verblüffung erholt hatte, »es ist wohl kaum der richtige Moment, an einen Ball zu denken. Wir haben Wichtigeres zu tun im Augenblick.«

»Es ist der perfekte Moment«, konterte sie. »Du magst vergessen haben, daß Jared unser Gast ist, aber ich nicht. Ich glaube, er hat ein Recht auf ein wenig Ablenkung.« Lächelnd streckte sie ihre Hand nach ihm aus. »Ich wollte Euch eigentlich den Garten zeigen, Jared.«

Travis gab nach, aber nur, weil Mariette in gewisser Weise recht hatte. Im Chaos der vergangenen Tage war Jared mehr wie ein Familienmitglied statt wie ein geschätzter Gast behandelt worden.

»Du hast natürlich recht, Mariette«, sagte Travis. »Jared und ich können unser Gespräch auch später fortsetzen.«

Jared hätte sich lieber weiter mit Travis unterhalten, konnte jedoch unmöglich darauf bestehen. Er sah Mariettes einladend erhobene Hand und fragte sich beunruhigt, was sie sich unter »Ablenkung« wohl vorstellen mochte. Es war eigentlich nicht schwer zu erraten, aber ihren Vorschlag abzulehnen wäre unhöflich und beleidigend gewesen.

So stand er auf und nickte zustimmend. »Sehr gern, Mariette«, antwortete er, um dann mit einem Blick auf Lacy hinzuzufügen: »Möchtet Ihr uns nicht begleiten, Lacy?«

Bevor sie etwas erwidern konnte, sagte Mariette: »Klar, Lacy, komm ruhig mit. Es wäre schön, wenn du uns begleiten würdest … O nein!« rief sie plötzlich und schlug sich mit der flachen Hand an die Stirn. »Du wirst ja in der Küche erwartet. Das hatte ich ganz vergessen.« Mit für alle ersichtlicher Enttäuschung wandte sie sich seufzend an Jared. »So wunderbar Besha als Köchin ist, sie braucht doch hier und da noch Anleitung, und diese Aufgabe fällt fast immer Lacy zu.«

Jared war versucht zu fragen, aus welchem Grund, aber er bewahrte taktvoll Schweigen. Da ihm keine andere Wahl blieb, bot er Mariette den Arm und führte sie hinaus, obwohl er spürte, daß Lacys Enttäuschung mit jedem seiner Schritte wuchs.

»Ich bitte um Verzeihung, falls wir nicht sehr höflich waren«, seufzte Mariette, als sie Jared aus dem Haus in den Garten führte. »Aber Ihr wißt, welch schreckliches Durcheinander hier in letzter Zeit geherrscht hat.« Mit einem hingebungsvollen Lächeln schaute sie zu Jared auf, der eine finstere Miene machte. »Ihr werdet uns doch verzeihen, Jared?«

Dieser sanfte Blick und dieses Lächeln waren ihm leider nur allzu gut bekannt. Er hatte es schon oft genug bei Frauen gesehen, die gehofft hatten, ihn vor den Altar zu locken ... oder in ihr Bett. Ein harter Zug erschien um sein Kinn, als er ärgerlich die Zähne zusammenbiß.

»Es gibt nichts zu verzeihen, Mariette. Unter den gegebenen Umständen ist es vollkommen normal, daß sich die starren Konventionen lockern.«

»Ihr seid sehr liebenswürdig, Jared«, entgegnete sie und legte ihre Hand auf seinen Arm. »Ich kann Euch gar nicht sagen, wie sehr ich Euer Verständnis zu schätzen weiß.«

»Es sei Euch verziehen, selbst wenn nicht der geringste Anlaß zu einer Entschuldigung bestand.«

Mariette ließ ein melodisches Lachen hören. »Ihr könnt unendlich charmant sein, Sir. Ihr werdet mir noch den Kopf verdrehen, wenn ich nicht auf der Hut bin.« Sie zog scherzhaft eine Schulter hoch, und eine ihrer Brüste streifte seinen Arm. »Ich muß gestehen, daß Ihr der charmanteste Mann seid, der mir je begegnet ist.«

Jared war von ihrem koketten Geplauder nicht im mindesten beeindruckt, aber er mußte ihr zugestehen, daß sie es sehr geschickt anfing. Wenn er auch nur das leiseste Interesse an ihr gehabt hätte, wäre er vielleicht auf ihr Gerede und ihre scheinbar zufälligen Berührungen hereingefallen. Aber sie reizte ihn in keiner Weise.

Als sie auf einer Bank Platz nahmen, betrachtete er ihr Gesicht. Rein äußerlich war sie eine bezaubernde Schönheit mit ihren großen blauen Augen und den perfekt frisierten blonden Locken, und ihr Körper besaß jene reife Fülle, die den Blick eines Mannes unwiderstehlich anzog. Ihr Lächeln konnte in einem Augenblick so unschuldig sein wie bei einem kleinen Kind und im nächsten so aufreizend wie das Lächeln einer Hure. Auch ihr Lachen war klangvoll und melodiös.

Doch nichts von all dem schien echt zu sein. Hinter Mariettes perfekter Fassade glaubte Jared eine Selbstsucht zu erkennen, die er als abstoßend empfand und eine Falschheit, die er niemals toleriert hätte. Er hatte gesehen, wie sie beides zu ihrem eigenen Vorteil einsetzte, und meist auf Lacys Kosten.

»Es ist schade, daß Lacy uns nicht begleiten konnte«, bemerkte er ruhig, obwohl ein gefährliches Glitzern in seinen grauen Augen erschienen war.

Mariette zwang sich zu einem Lächeln. »Ja … Lacy … Sie ist reizend, aber man kann leider nicht viel mit ihr anfangen.« Mit einem nachsichtigen Lächeln schüttelte sie den Kopf. »Das einzige, was sie interessiert, ist die Plantage. Ich bezweifle, daß sie diesen stillen Moment genießen würde.«

Jared runzelte die Stirn. »Glaubt Ihr? Ich habe eigentlich einen ganz anderen Eindruck von ihr erhalten.«

»Wirklich?« Diesmal war es Mariette, die die Stirn runzelte. Sie hatte Jared endlich ganz für sich allein und wollte nicht über Lacy sprechen. »Nun ja, wie auch immer. Ich bin jedenfalls froh, daß ich endlich einmal mit Euch allein bin.« Ein scheuer, mädchenhafter Ausdruck erschien in ihrem Blick, und als sie sprach, klang ein heiserer Ton in ihrer Stimme mit. »Ihr seid ein faszinierender Mann, Jared. Ich glaube nicht, daß ich schon einmal jemandem wie Euch begegnet bin.«

Jared lachte humorlos. »Das kann ich mir nicht vorstellen, Mariette.«

»O doch«, beharrte sie und richtete sich auf. »Ihr habt die ganze Welt bereist und Dinge gesehen, von denen die meisten Männer nur träumen können. Ihr seid erfolgreich, intelligent und ein perfekter Kavalier.« Sie trat näher und suchte seinen Blick, im vollen Bewußtsein, daß ihr weiter Rock seine Beine streifte. »Euch anzusehen raubt mir den Atem!«

Jared ertrug es plötzlich nicht mehr. »Mariette …«

»Verzeiht mir bitte meine Offenherzigkeit«, bat sie, als sie aus dem Augenwinkel eine Bewegung in der Nähe wahrnahm. »Aber es muß Euch doch bewußt sein, wie stark ich mich zu Euch hingezogen fühlte.« Bevor Jared etwas entgegnen konnte, erhob sie sich auf die Zehenspitzen, preßte ihren Mund auf seine Lippen und schmiegte sich an seinen Körper.

Am Ende des Wegs verharrte Lacy abrupt in ihrem Schritt

und riß in fassungslosem Erstaunen die Augen auf, als sie sah, was sich dort bei der Gartenbank abspielte.

Dann wandte sie sich mit einem enttäuschten Seufzer ab und kehrte fluchtartig zum Haus zurück.

8. KAPITEL

Mit gesenktem Kopf eilte Lacy über den plattierten Weg, in Gedanken noch das Bild von Mariette vor sich, wie sie sich an Jareds Körper schmiegte und er den Kopf zu ihr herabsenkte. Ein Schluchzen stieg auf ihrer Brust auf und schnürte ihr die Kehle zu. Sie konnte nur hoffen, daß niemand in der Nähe war, damit sie ungestört die Abgeschiedenheit ihres Zimmer erreichen und dort ihren Tränen freien Lauf lassen konnte.

Sie eilte die Treppe hinauf zu ihrem Zimmer, und nachdem sie die Tür geschlossen hatte, schob sie den Riegel vor. Die ersten bitteren Tränen liefen ihr über die Wangen.

Lange Zeit stand sie reglos da, unfähig, sich zu bewegen. Mit geschlossenen Augen versuchte sie, das Bild von Jared und Mariette aus ihrem Bewußtsein zu verbannen, aber ihre Bemühungen waren vergeblich. Das Bild der beiden ließ sich nicht verdrängen, und sie schimpfte sich im stillen eine Närrin.

Es war lächerlich naiv von ihr gewesen, sich einzubilden, daß Jared sie Mariette vorziehen würde. Und doch hatte sie sich von Anfang an von seinen Worten und seinem verführerischen Charme erweichen lassen. Schon beim ersten Mal, als er sie am Kühlhaus geküßt hatte, war sie dumm genug gewesen, sich einzureden, daß Jared sich zu ihr hingezogen fühlte.

Nicht mehr in der Lage, ihr Schluchzen zu unterdrücken, preßte sie eine Hand an den Mund und warf sich auf ihr Bett, um sich hilflos ihrer Qual zu überlassen. In den vergangenen Wochen hatte Jared ihr Herz mit der gleichen Mühelosigkeit in Besitz genommen, wie er ihre Lippen in Besitz genommen hatte. Ihn jetzt mit einer anderen Frau zu sehen ... ihrer eigenen *Schwester* ... löste Qualen in ihr aus, wie sie sie noch nie zuvor gekannt hatte.

Sie liebte Jared. Wenn ihr das nicht schon vorher klar gewesen wäre, dann hätte sie es sich jetzt endlich offen eingestanden. Vom ersten Augenblick an, als sie in seine grauen Augen geschaut hatte, war sie erschüttert gewesen bis in die Tiefen ihres Seins. Er lächelte, und ein Erschauern erfaßte sie. Er küßte sie, und ihre Glieder verwandelten sich in Wachs.

Und es half auch nichts, daß er sie beständig verfolgte, sie auf ihren morgendlichen Runden begleitet und in seinen Armen aufgefangen hatte, als sie ohnmächtig geworden war. Er war fürsorglich, sanft und liebevoll gewesen, und sie hatte hilflos auf diese Art von Mitgefühl reagiert. Genauso hilflos wie auf das Verlangen, das er in ihr weckte.

Während sie blicklos an die Zimmerdecke starrte, verzogen ihre Lippen sich zu einem schmalen Strich. Es war offensichtlich, daß sie vollkommen arglos war in bezug auf Männer. In ihrer Unwissenheit hatte sie vorausgesetzt, daß Jareds Gefühle ihren eigenen entsprachen, und seiner Verhaltensweise hatte sie entnommen, daß sie etwas ganz Besonderes für ihn war. Aber *das* war ja wohl nicht möglich, wenn er in aller Öffentlichkeit Mariette küßte.

Wie hatte sie nur so dumm sein können? Darauf gab es eine einfach Antwort, die schwer auf ihrem Gewissen lastete: Sie wollte, daß Jared sie liebte, wie sie ihn liebte. Und durch diesen Wunsch hatte sie sich verwundbar gemacht für diese Art von Schmerz. Aber er hatte nie behauptet, sie zu lieben, sondern sich schlicht wie ein Mann von Welt verhalten. Leider hatte sie seinen Handlungen eine tiefere Bedeutung zugewiesen, mit dem Ergebnis, daß sie sich als wahrer Einfaltspinsel fühlte und endlich begriff, wie unerfahren sie noch war.

Ihre Tränen versiegten, erschöpft und entmutigt richtete

sie sich auf. Als sie den schweren Schlüsselbund auf ihrer Kommode sah, seufzte sie.

Der Anblick der Schlüssel stärkte sie ein wenig. Sie versinnbildlichten alles, was alltäglich und normal auf *Swan's Watch* war, so dauerhaft und von Bestand wie die Plantage selbst. Aus diesen vertrauten Dingen ließ sich ein gewisser Trost beziehen.

Helle Morgensonne begleitete Jared ins Eßzimmer, und er lächelte erfreut, als er Lacy am Tisch erblickte.

»Guten Morgen, Lacy.« Sein Tag nahm einen guten Anfang. Es schien noch niemand dazusein außer ihnen beiden.

Lacy schaute von ihrem Frühstück auf und richtete den Blick irgendwo auf die Mitte seiner Stirn. »Guten Morgen.« Rasch schaute sie wieder weg, aber es vergingen nur Sekunden, bevor sie ihre Gabel beiseitelegte und sich erhob.

Jared warf ihr einen erstaunten Blick zu. »Wirst du nicht bleiben und mir Gesellschaft leisten?«

Mit ausdrucksloser Miene schob sie die Hände in die Taschen ihres gelben Kleids. »Ich habe tausend Dinge zu erledigen. Ich ... kann nicht bleiben.«

Ihre seltsam steife Haltung verwirrte ihn. »Fühlst du dich nicht wohl?«

»Doch, natürlich«, erwiderte sie rasch. Noch immer sah sie ihn nicht direkt an. »Ich ... Es tut mir leid, ich habe viel zu tun.« Mit diesen Worten eilte sie zur Tür.

Jareds graue Augen verdunkelten sich, als er ihren hastigen Aufbruch verfolgte. Irgend etwas stimmte hier nicht, und er würde verdammt sein, wenn er wußte, was es war. Beim Dinner gestern abend hatte sie ihn praktisch ignoriert und war so reserviert gewesen, wie er sie noch nie gekannt hatte. Natürlich hätte er ihre Zurückhaltung einem emotionellen Zusammenbruch zuschreiben können, nach allem, was geschehen war. Aber sie strahlte eine eigenartige Kälte aus und weigerte sich, ihn direkt anzusehen ...

Und nun dieser Vorwand dringender Erledigungen. Es ergab einfach keinen Sinn. Das war nicht die Lacy, die er in den vergangenen Wochen kennengelernt hatte. An die Stelle der warmherzigen, lebhaften Frau, die er gekannt hatte, war die personifizierte Höflichkeit getreten, kühl, ohne ein Lächeln oder auch nur ein Stirnrunzeln. Wenn Jared jetzt zurückdachte, fiel ihm auf, daß sie kaum ein Wort mit ihm gesprochen hatte, seit er am Tag zuvor mit Mariette im Garten gewesen war.

Er stieß ein erbostes Schnauben aus, als er an Mariette dachte. Er konnte nicht sagen, daß sie die dreisteste Frau war, der er je begegnet war, aber ganz bestimmt die am einfachsten zu durchschauende. Sie hatte sich ihm an den Hals geworfen, einzig und allein mit der Absicht, dabei ertappt zu werden, damit er sich gezwungen sähe, sie zu heiraten. Überflüssig zu bemerken, daß er sie fast augenblicklich zurückgestoßen und voller Verachtung im Garten hatte stehenlassen.

Ein harter Zug erschien um seinen Mund. Mariette ging ihm auf die Nerven wie das Quietschen einer rostigen Tür. Ihre Schwester hingegen ... Ihre Schwester besaß eine ähnliche Wirkung auf seine Sinne wie ein berauschend schwerer Wein.

Sein Blick glitt zur Tür, durch die Lacy verschwunden war. Er würde schon noch herausfinden, was sie bedrückte. Hätte er frei über seine Zeit verfügen können, dann hätte er es noch in diesem Augenblick getan. Aber sein Tag gehörte Travis. Er hatte versprochen, ihn in die Stadt zu begleiten.

Sehr zu seinem Ärger sah Jared sich gezwungen, seine persönlichen Überlegungen zu verschieben. Travis gesellte sich zu einem kurzen Frühstück zu ihm, und eine halbe Stunde später waren die beiden Männer in der Kutsche auf dem Weg nach Smithfield.

»Ich würde Euch gern verschiedenen Plantagenbesitzern vorstellen«, sagte Travis. »Ich habe mit einigen meiner nächsten Nachbarn über unsere geschäftlichen Abmachungen gesprochen. Sie können es kaum erwarten, Euch zu sehen.«

Jared war ehrlich erfreut. »Danke, Travis.«

Travis hob lächelnd die Hand. »Dankt mir nicht zu früh. Eure Anwesenheit wird sich bereits herumgesprochen haben, und Ihr werdet vielleicht mit mehr Angeboten überhäuft werden, als Euch lieb ist.«

Es war ein interessanter Gedanke, der Jared für den größten Teil der Fahrt beschäftigte. Diese Gegend hier, das wußte er inzwischen, stellte eine unerschlossene Quelle des Reichtums dar. Allein der Transport der Schweine, die hier gezüchtet wurden, konnte eine ganze Flotte Schiffe Tag und Nacht beschäftigt halten.

Die Kutsche hielt auf das Stadtzentrum zu, bog in die Main Street ein und hielt vor einem Gasthaus, wo Jared und Travis ausstiegen, um das schlichte, weißgetünchte Gebäude zu betreten.

»Ich wette, daß hier an diesen Tischen mehr Geschäfte abgeschlossen worden sind als in sämtlichen Büros unseres Distrikts«, bemerkte Travis leise, als sie sich zu einem Tisch an einem Fenster führen ließen. »Es ist ein fabelhafter Treffpunkt.«

Die Bestätigung seiner Worte erfolgte kurz darauf in der stämmigen Person von Norman Douglas Winston. Norman, der in der Stadt war, um seinen Anwalt aufzusuchen, ging nicht nur zum Mittagessen in das Gasthaus, sondern auch, um sich mit anderen Plantagenbesitzern zu unterhalten.

»Wie läuft's bei euch, Travis?« fragte Norman und strich mit der Hand über sein schütteres braunes Haar. »Ich hörte, daß eine Epidemie bei euch gewütet hat.«

»Unglücklicherweise war es so«, bestätigte Travis. »Wir haben mehrere Arbeiter verloren.«

»Das ist eine Schande.« Norman schnitt eine Grimasse. »Ich schätze, dann wirst du dich nach Ersatz umsehen?«

»Sobald ich kann.«

»Warum kommst du nicht nächste Woche vorbei?« schlug Norman vor. »Vielleicht finden wir gemeinsam eine Lösung.«

Travis kannte Norman als anständigen, ehrlichen Mann

und hatte nichts dagegen, mit ihm zu verhandeln. »Das werde ich tun«, versprach er und ließ dann das Thema Sklaven fallen, um Jared seinem Nachbarn vorzustellen. »Norman hat eine Plantage am River James«, fuhr Travis fort, als die beiden Männer einen Händedruck gewechselt hatten. »Er züchtet dort die besten Schweine ganz Virginias.«

»Ich habe gehört, daß der Schinken aus Virginia unvergleichlich gut sein soll«, bemerkte Jared.

Norman strahlte. »Darin kann ich Euch nicht widersprechen, Sir.«

Travis deutete auf einen leeren Stuhl am Tisch. »Setz dich zu uns, Norman. Ich habe dir schon von Jareds Schiffahrtsunternehmen erzählt. Vielleicht möchtest du ja auch etwas Geschäftliches mit ihm besprechen.«

Das Mittagessen und die Geschäfte zogen sich bis zum späten Nachmittag dahin. Wie Travis schon gesagt hatte, wurden hier in diesem schlichten Gasthaus bedeutende Geschäfte abgeschlossen. Jared hatte schnell bemerkt, daß ein ständiger Strom von Gästen kam und ging, von denen mindestens ein Dutzend darum baten, ihm vorgestellt zu werden. Als der Abend dämmerte, hatte er für die kommende Woche mit sechs Plantagenbesitzern, die interessiert waren, ihre Absatzmärkte zu vergrößern, Verabredungen getroffen.

»Dieser Tag wird sich mit Sicherheit als gewinnbringend für Euch erweisen«, bemerkte Travis auf der Heimfahrt.

Jared nickte anerkennend. »Für mich und alle anderen Beteiligten, hoffe ich.«

Das war der Auftakt zu einem anregenden Gespräch über Transportmöglichkeiten, Schiffsrouten und Häfen, und erst als die Kutsche in die Einfahrt zur Plantage bog, verlor Jared das Interesse an dem Thema.

Seine Gedanken schweiften ab zu Lacy. Er hatte in den vergangenen Stunden wenig Zeit gehabt, über ihre seltsame Kälte nachzudenken, aber nun begann sie ihn wieder zu beschäftigen. Egal, wie abweisend Lacy an diesem Morgen auch gewesen war, er hatte nicht vor, sie noch einmal davonkommen zu lassen, bevor sie ihm Rede und Antwort gestanden hatte. Er mußte wissen, was sie belastete, und zwar noch bevor die Nacht hereinbrach.

Doch leider hatten Zeit und Schicksal sich gegen ihn verschworen, um Lacy vom Haus fernzuhalten. Sie verbrachte die ganze Nacht bei einer Sklavin, die ein Kind bekam, und es war schon kurz vor sieben am nächsten Morgen, als sie endlich ins Herrenhaus zurückkehrte.

Jared sah ihre Erschöpfung und hatte nicht das Herz, Erklärungen für ihr Verhalten von ihr zu fordern. Geduldig wartete er und beschloß, daß sie die Angelegenheit auch später besprechen konnten, wenn sie sich ausgeruht hatte.

Er hatte nicht damit gerechnet, daß Lacy bis zum späten Nachmittag schlafen würde, und sehr zu seinem Ärger brachen er und Travis zu einem Besuch bei einem Anwalt auf, noch bevor Lacy aus ihrem Zimmer kam. Und wieder einmal mußte das klärende Gespräch verschoben werden.

Die Unterredung mit dem Anwalt dehnte sich bis zum Abendessen aus, und dann folgten endlose Männergespräche bei Brandy und Zigarren. Obwohl Jared die Gesellschaft durchaus unterhaltsam fand, kehrten seine Gedanken immer wieder zu Lacy zurück. Er wurde von Stunde zu Stunde ungeduldiger, weil er es kaum noch erwarten konnte, mit ihr zu sprechen.

Doch wieder sollte sich die Zeit als störender Faktor erweisen. Die große Standuhr in der Halle von *Swan's Watch* schlug ein Uhr morgens, als er und Travis die Treppe hinaufgingen. Das Gespräch mit Lacy mußte also wieder einmal bis zum nächsten Tag warten.

Nur eins hielt Jareds Frustration in Zaum, und das war seine Entschlossenheit. Und diese Entschlossenheit verriet sich in seinem Schritt, als er am nächsten Morgen das Zimmer verließ, um Lacy zu suchen.

Gaye polierte die Kirschbaummöbel in der Eingangshalle, als er die Treppe hinunterkam. Auf seine Frage, wo er Lacy finden konnte, erwiderte die junge Sklavin, Lacy sei in die

Weberei gegangen, um einen Ballen neugewebten Tuchs zu inspizieren.

Es dauerte nur ein paar Minuten, bis Jared das kleine Haus erreichte.

Die Tür stand offen, und er trat lautlos ein. Lacy saß allein in der fernen Ecke neben einem Spinnrad, und ihr bloßer Anblick heiterte Jareds düstere Stimmung bereits ein wenig auf.

Sie saß mit dem Profil zu ihm und beugte sich über eine Lage Stoff auf ihrem Schoß. Seine Anwesenheit hatte sie noch nicht bemerkt, und deshalb nahm er sich einen Moment Zeit, um sie zu betrachten.

Sie war perfekt. Es gab kein besseres Wort, um die zarten Konturen ihres Gesichts zu beschreiben, den zarten Hals oder die ungewöhnliche Farbe ihrer Augen. Das silbrig schimmernde Haar, in dem sich die Sonnenstrahlen fingen.

Auf all seinen Reisen durch die Welt war Jared nie einer Frau begegnet, zu der er sich so stark hingezogen gefühlt hatte wie zu Lacy. Sie verfügte über einen ganz besonderen Zauber, eine aparte Schönheit, die ebenso unwiderstehlich war wie ihr liebevolles Herz und ihr sanftes, gefühlvolles Wesen. Beim Klang seiner Schritte auf dem groben Holzboden hob sie den Kopf, ihre Augen weiteten sich vor Überraschung.

»Jared«, flüsterte sie.

Ihre Reaktion verärgerte ihn ein wenig, denn außer dem Schock über sein unerwartetes Erscheinen glaubte er, Panik in ihren Augen zu sehen und diese eigenartige, rätselhafte Zurückhaltung, mit der sie ihn schon seit Tagen auf Distanz hielt.

Langsam ging er zu ihr hinüber. Jetzt, wo er sie endlich allein erwischte und Zeit und Umstände sich nicht gegen ihn verschworen hatten, nahm er sich Zeit, um das Thema anzuschneiden, das ihn seit Tagen schon verwirrte.

»Ich wollte dich nicht erschrecken.«

Lacy umklammerte den Stoff in ihrer Hand und bemühte

sich um eine gelassene Haltung, was jedoch alles andere als einfach war. Sie hatte sich noch immer mit dem Schmerz über seinen Verrat auseinanderzusetzen, und seine Anwesenheit hier erschwerte ihr diese Bürde sehr.

Mit einem erzwungenen Lächeln sagte sie: »Du hast mich nicht erschreckt … nicht wirklich.« Tapfer versuchte sie, ihr Lächeln beizubehalten, doch es verblaßte augenblicklich, als Jared sich vor ihr auf ein Knie niederließ.

Sie beugte den Kopf über den Stoff, preßte die Lippen zusammen und versuchte, Jareds Blicken auszuweichen. Sie spürte, wie er sie prüfend betrachtete, als versuchte er, ihre verborgensten Geheimnisse zu ergründen.

»Ich habe dich in den letzten Tagen vermißt«, sagte er sanft, weil er ihr Unbehagen sah und es lindern wollte. »Wir waren wie zwei Schiffe, die sich auf dem Ozean begegneten, aber immer nur aus weiter Ferne.«

Lacy hätte es vorgezogen, es dabei zu belassen. Es war entschieden besser, Jared in weiter und *sicherer* Entfernung zu bewahren. Und auf ihre Weise hatte sie ihr Bestes versucht, um das zu erreichen.

»Ich hatte sehr viel zu tun. Es waren viele Aufgaben zu erledigen, die in all der Hektik liegengeblieben waren. Es schien kein Ende mehr zu nehmen. Ich mußte mich um die Wäsche, das Haus und sogar die Küche kümmern.« Sie wußte, daß sie sinnlos daherschwätzte, aber sie konnte nicht mehr aufhören. »Und dann natürlich die Aufregung über den Ball bei den LaRues heute.« Wie es ihr gelungen war, sich daran zu erinnern, war ihr selbst ein Rätsel.

»Übernimmst du dich schon wieder?«

Die Besorgnis, die aus seiner Stimme sprach, versetzte ihr einen Stich ins Herz. »Nein, überhaupt nicht«, erwiderte sie erstickt.

Er legte die Hand unter ihr Kinn und zwang sie, ihn anzusehen. »Warum bist du dann so blaß?«

Unwillkürlich wollte sie aufstehen, denn Jared war ihr viel zu nah. Doch er ließ sie nicht gehen.

»Lacy …?« Angesichts ihrer Reaktion runzelte er verwirrt die Stirn.

Sie hielt den Blick gesenkt, weil sie spürte, daß sie den Tränen gefährlich nahe war. Sie wandte den Kopf ab und befreite sich aus seinem sanften Griff. »Du irrst dich, Jared. Ich bin nicht blaß. Ich … Es ist alles in Ordnung mit mir.«

Ein Muskel zuckte an seinem Kinn. Warum tischte sie ihm diese so offensichtlichen Lügen auf? Verärgert über ihren fortgesetzten Widerstand, erklärte er: »Nein, das ist nicht wahr. Du hast irgend etwas, seit Tagen schon. Sobald ich in deine Nähe komme, verläßt du den Raum, so schnell du kannst. Ich berühre dich, und du versuchst zu fliehen.« Er richtete sich auf und stemmte die Fäuste in die Hüften. »Du bist nicht einmal bereit, mich anzusehen!«

Sein scharfer Tonfall verletzte ihren Stolz, und so straffte sie die Schultern und schaute ihm offen in die Augen.

»Nun, vielen Dank, daß du dich wenigstens *dazu* herabläßt«, bemerkte er gepreßt. Als er den Sarkasmus in seiner Stimme hörte, biß er sich auf die Lippen, weil er plötzlich auf sich selber zornig war. Er hatte nicht die Absicht, ihr Vorwürfe zu machen, aber sie war so entsetzlich stur.

Er zwang sich zur Geduld und versuchte es noch einmal. »Lacy, es tut mir leid. Du mußt mir meinen Ärger verzeihen, aber ich sorge mich um dich. Du warst in den letzten Tagen nicht du selbst.«

»Natürlich war ich das.«

»Nein, das warst du nicht. Vergangene Woche, als ich dich in meinen Armen hielt, haben wir mehr getan als einen verstohlenen Kuß auszutauschen.« Er ignorierte ihr Erröten. »Ich habe dich berührt, und das hat dir gefallen.«

Das konnte sie nicht abstreiten. Es *hatte* ihr gefallen, allerdings. Aber es war grausam von ihm, es gegen sie zu benutzen, während sie ihm so hilflos ausgeliefert war.

Sie erhob sich und drückte den Stoff an ihre Brust, als könne sie sich damit wappnen. »Du hast kein Recht, es mir vorzuwerfen.«

Er runzelte verwirrt die Stirn. »Was, zum Teufel, willst du damit sagen?«

»Ich will damit sagen, daß ich nicht gewöhnt an ... an diese Dinge bin, in denen du ... so bewandert zu sein scheinst.«

Mit schmalen Augen bemühte er sich, ihrer Logik zu folgen. »Das ist mir bewußt.«

»Und doch beharrst du darauf, dein Spielchen fortzusetzen.«

»Was für ein Spielchen?«

»Die Art von Spiel, das nur die Welterfahrenen verstehen.« Es war demütigend, vor ihm stehen und sich rechtfertigen zu müssen. »Es ist nicht dein Verschulden, was geschehen ist. Ich kann nur mir selbst die Schuld daran geben, weil ich es gestattet habe. Aber von jetzt an wäre ich dir dankbar, wenn du dich anderswo nach Unterhaltung umsehen und mich in Ruhe lassen würdest.«

Jared war entschlossen, der Sache auf den Grund zu gehen. »Du scheinst tatsächlich anzunehmen, ich hätte nur ein Spiel mit dir getrieben!«

»Hast du das etwa nicht? War es nicht genau das, was du getan hast?« Es auszusprechen, kostete sie ihre letzte Selbstbeherrschung, und ihre Augen füllten sich mit Tränen.

Der Stoff glitt aus ihren kalten Fingern, und brüsk wandte sie sich ab. Aber bevor sie nur einen einzigen Schritt tun konnte, ergriff Jared ihren Arm und hielt sie zurück.

»Verdammt, Lacy, du wirst nicht schon wieder vor mir davonlaufen!«

»Laß mich los!« rief sie.

»Nicht eher, bis du mir erklärt hast, was dies alles zu bedeuten hat!«

»Das habe ich doch schon ...«

»Du hast nur von irgendwelchen Spielchen geplappert und mich der Lüge bezichtigt.«

»Geplappert?« Zorn gesellte sich nun zu ihrer Verlegenheit. »Wie kannst du es wagen, meine aufrichtigen Gefühle zu beleidigen?«

Jared preßte die Lippen zusammen. »Ehrliche Gefühle? Na schön, dann laß uns jetzt einmal ganz offen reden und erklär mir, warum dir – nachdem du mir wochenlang willig in die Arme gesunken bist – mein Interesse plötzlich so zuwider ist!«

Lacy schwieg und stählte sich gegen die Liebe, die sie für ihn empfand, ob sie wollte oder nicht. Durch ihre Tränen suchte sie einen ärgerlichen Blick. Sie konnte es ihm nicht sagen, konnte ihm einfach nicht gestehen, daß sie ihm ›in die Arme gesunken‹ war, weil sie ihn liebte. Nicht, wenn all das bedeutungslos für ihn war.

Tränen und Unglück schnürten ihr die Kehle zu. »Bitte, laß mich gehen, Jared.«

Die Qual in ihrer Stimme war für ihn wie ein Schlag ins Gesicht, und augenblicklich lockerte er seinen Griff, ohne Lacy jedoch ganz loszulassen. Seine Hände ruhten auf ihren Schultern, sein Blick glitt prüfend über ihr Gesicht, als hoffte er, dort eine Erklärung für ihr unvernünftiges Verhalten zu entdecken.

»Was ist geschehen, Lacy?« Der Schmerz, der in seiner Stimme mitklang, spiegelte sich auch in seinen grauen Augen wider.

Lacy schüttelte den Kopf. »Das solltest du meine Schwester fragen. Ich bin sicher, daß du bei ihr eine Antwort darauf finden wirst.«

Damit wandte sie sich endgültig ab und verließ den Raum. Jared konnte ihr nur nachstarren und sich fragen, was in aller Welt sie damit bloß meinen konnte.

Mit dem nächsten Herzschlag jedoch wußte er es schon. Sie hatte ihn beschuldigt, sein Spielchen mit ihr zu treiben, und jetzt begann er zu begreifen, welche Art Spielchen sie damit gemeint hatte.

Anscheinend wußte sie, daß Mariette ihn im Garten geküßt hatte. Entweder hatte sie es selbst beobachtet, oder ihre Schwester hatte sich damit vor ihr gebrüstet. Doch ganz gleich auch, wie sie es erfahren hatte, Lacy schien überzeugt zu sein, daß er ein williger Teilnehmer gewesen war.

Wütend stürmte er zur Tür. Die Enttäuschung und Verwirrung, die er eben noch empfunden hatte, waren nichts im Vergleich zu der wütenden Verdrossenheit, die ihn jetzt erfaßte. Kein Wunder, daß Lacy ihn nicht sehen wollte! In ihren Augen war er nichts weiter als ein Schürzenjäger, der sie umwarb und heimlich ihre Schwester küßte. Sie fühlte sich verraten, die kleine Närrin.

Mit der Absicht, Lacy zu suchen, um sie über die Wahrheit aufzuklären, strebte er in Richtung Herrenhaus. Doch dann kamen ihm Bedenken, und er begann einzusehen, daß er nichts bei ihr erreichen würde, solange er so wütend war. Sie würde sich weigern, ihn anzuhören, und er wäre versucht, sie an den Schultern zu packen und etwas Vernunft in sie hineinzuschütten. Was *dabei* herauskommen würde, konnte er sich gut vorstellen.

Er schloß die Augen und rang um Beherrschung. Nein, wenn er sie zurückgewinnen wollte, mußte er sich in Geduld üben und vernünftig sein, mußte er ihr Zeit geben, sich zu beruhigen, damit sie bereit war, ihn anzuhören.

Er gab ihnen beiden Zeit bis zum Ball an jenem Abend.

9. KAPITEL

»Ich kann mich nicht entsinnen, wann ich das letzte Mal auf einem so großen Ball war«, seufzte Mariette entzückt. Während sie in einem Kleid aus pinkfarbenem *gros de Naples* buchstäblich in den Ballsaal schwebte, warf sie Jared einen erwartungsvollen Blick zu und lächelte so strahlend wie die unzähligen Kerzen der Kristallüster, die an der Saaldecke hingen.

Jared nahm ihren Blick mit einem knappen Nicken zur

Kenntnis, erwiderte jedoch nichts. Er hatte Mariette nichts zu sagen. Seine ganze Aufmerksamkeit galt Lacy.

Sie stand neben Travis, eine atemberaubende Vision in weißer Seide, und Jared war bezaubert von dem Anblick, den sie bot. Das tiefausgeschnittene Kleid gab ihre schönen Schultern frei, der weiße Spitzenbesatz gestattete einen verführerischen Blick auf den Ansatz ihrer festen Brüste. Das enge Mieder und der weite, krinolinengestützte Rock betonten ihre schmale Taille. Zwei breite Spitzenvolants wurden von türkisfarbenen Rosen gerafft, die exakt den gleichen Farbton hatten wie die Seiden-Rose in ihrem gelockten, silberblonden Haar.

Jared betrachtete sie mit unverhohlener Bewunderung. Er brauchte sich nicht erst umzusehen, um zu wissen, daß sie die schönste Frau im Saal war, obwohl sie blaß war und nicht einmal der Anflug eines Lächelns auf ihrem Gesicht lag.

Ihm selbst fiel es nicht allzu schwer, zu lächeln. Seit er am Nachmittag die Weberei verlassen hatte, war sein Zorn nach und nach verraucht und einer ruhigen, unerbittlichen Entschlossenheit gewichen. Bis zum Ende des heutigen Abends würde er Lacy begreiflich gemacht haben, wie die Dinge zwischen ihnen standen.

Sie starrte stur geradeaus und ignorierte ganz bewußt Jareds offene Bewunderung, während sie wünschte, an einem anderen, stillen Ort zu sein, wo die Gebote der Höflichkeit sie nicht zwangen, sich so zu verhalten, als ob alles in bester Ordnung wäre. Statt dessen befand sie sich unter Hunderten von Menschen und war gezwungen, so zu tun, als ob ihr Herz noch aus einem Stück bestünde.

Ein dumpfer Schmerz pochte hinter ihren Augen, aber trotz allem setzte sie nun ein liebenswürdiges Lächeln auf. Wenn dieser Abend eine Prüfung werden sollte, hatte sie es ausschließlich sich selbst zuzuschreiben, weil sie töricht genug gewesen war, sich zu verlieben.

Sie verschränkte die Hände, um sie am Zittern zu hindern, und wandte sich an Travis. »Ich sehe Jeanne Gail und ihre

Eltern bei den Musikern. Ich glaube, ich werde ihnen jetzt meinen Respekt erweisen.«

»Ich hoffe, Ihr gestattet mir, Euch zu begleiten, Lacy«, sagte Jared rasch, um ihr die Chance zu einem weiteren Fluchtversuch zu nehmen.

Ihr Blick glitt im selben Augenblick zu ihm wie Mariettes. Keine der beiden Schwestern wollte ihren Ohren trauen, wenn auch aus verschiedenen Gründen. Mariette konnte sich nicht vorstellen, warum Jared nach dem Kuß im Garten noch immer Lacys Gesellschaft suchte. Es war unglaublich, um nicht zu sagen, unverschämt, denn schließlich hatte sie vorgehabt, diesen Abend zu nutzen, um einen weiteren Schritt in der Eroberung dieses Mannes voranzukommen. Lacy hingegen war fassungslos, weil sie glaubte, ihm am Nachmittag deutlich genug gesagt zu haben, daß sie keinen Wert auf seine Gesellschaft legte.

Sie wollte schon seinen Vorschlag ablehnen, aber er kam ihrem Widerspruch zuvor. Indem er eine Hand unter ihren Ellbogen schob, steckte er eindeutig und entschieden seine Besitzansprüche ab. »Ich wäre Euch sehr verbunden, wenn Ihr mich unseren Gastgebern vorstellen würdet.«

Ihre blaugrünen Augen verdunkelten sich bei dem inneren Aufruhr, den sie empfand. Warum war er so beharrlich? Sie wollte Jared mit seiner überwältigenden männlichen Ausstrahlung nicht an ihrer Seite haben. Es wäre ihr lieber gewesen, wenn er sie in Ruhe gelassen hätte … und Mariette oder Travis ihn ihren Gastgebern vorgestellt hätten. Aber wie konnte sie seine Bitte abschlagen, ohne unhöflich zu wirken?

Travis, der ihr Unbehagen nicht zu bemerken schien, nickte ihr zu. »Ja, Lacy, stell Jared den LaRues vor. Ich werde nachkommen, sobald ich einen Bourbon aufgetrieben habe.« Er hielt inne, um mit einem verschwörerischen Flüstern hinzuzufügen: »Seid auf der Hut, Jared. Laßt Euch nicht von Jeanne Gail mit Beschlag belegen. Sie ist bekannt dafür, daß sie einen mit ihrem Geschwätz in den Wahnsinn treiben kann.«

Lacy hätte ihrem Bruder vor Empörung fast den Fächer an

den Kopf geschlagen. Da ihr jedoch nichts anderes übrigblieb, als Jareds Begleitung zu dulden, biß sie die Zähne zusammen und strebte auf die andere Seite des Ballsaals zu.

Aber Mariettes böser Blick war ihr nicht entgangen. Es wurde schlimmer und schlimmer. Als genügte es nicht schon, daß Jared sich so beharrlich zeigte, mußte nun auch noch Mariette wütend auf sie sein. Jede Hoffnung, daß dieser Abend einigermaßen erträglich wurde, verblaßte nun endgültig.

»Es ist nicht nötig, daß Ihr meinen Arm haltet, Mister Steele«, murmelte sie zwischen zusammengebissenen Zähnen. »In dieser Menge werde ich Euch schon nicht entkommen.«

Jared schaute sich um Saal um, als hätte er gar nicht bemerkt, wie förmlich sie auf einmal war. »Das kann man bei dir nie wissen, denn leider neigst du dazu, beim geringsten Anlaß die Flucht zu ergreifen.«

Seine Antwort verärgerte sie noch mehr. »Ich fliehe nicht, Sir, ich halte mich nur nicht mit Torheiten auf.«

Jared grinste. »Es ist eine bekannte Tatsache, daß *die Torheit eines Mannes das Glück des anderen* ist.«

Lacy versteifte sich und warf ihm einen vernichtenden Blick über die Schulter zu. »Kommt mir nicht mit Sprichwörtern, Sir, vor allem dann nicht, wenn Ihr sie zu Eurem eigenen Vorteil verdreht. Ich schlage vor, Mister Steele …«

»Jared.«

»… *Mister* Steele, daß Ihr …« Aber Lacys Vorschlag, er solle seine hübschen Phrasen einer anderen Frau zitieren, wurde von Carter James unterbrochen.

»Hallo Lacy«, begrüßte er sie freundlich.

Verstimmt drehte sie sich zu Mariettes Verehrer um und hoffte, daß ihr Ärger ihr nicht anzumerken war. Denn im Grunde genommen war sie froh, daß er erschienen war, obwohl sie ihn eigentlich gar nicht mochte.

»Hallo, Carter.« So sehr sie sich auch bemühte, es gelang ihr nicht, die Erleichterung aus ihrer Stimme fernzuhalten.

Carter hob erstaunt die Augenbrauen, als er ihren Ton vernahm. »Es ist wie immer ein Vergnügen, dich zu sehen, Lacy.« Er betrachtete sie lächelnd.

»Ja, ich freue mich auch, dich zu sehen, Carter.« Der beständige Druck von Jareds Fingern um ihren Arm war nicht zu ignorieren. So aufgebracht sie auch über ihn war, durfte sie sich diesen Ärger doch nicht anmerken lassen, indem sie unhöflich zu Carter war. Der Anstand gebot, daß sie die beiden Männer miteinander bekannt machte. »Carter, darf ich dir unseren Gast, Jared Steele, vorstellen?«

Jared wechselte einen festen Händedruck mit Carter. »Es ist mir ein Vergnügen, Mister James.«

Carter nickte freundlich. »Ich habe Beeindruckendes gehört über Eure Schiffahrtsgesellschaft, Mister Steele. Vielleicht sollten wir uns irgendwann einmal bei einem Glas Portwein zusammensetzen.«

»Jederzeit, Sir.«

»So schließe ich am liebsten Geschäfte ab«, erklärte Carter mit einem kehligen Lachen. »In gemütlicher Umgebung und mit einem guten Schluck dazu.« Wieder lachte er und betrachtete Jared mit neuerwachtem Interesse. »Ich werde irgendwann nächste Woche vorbeischauen«, erklärte er, um dann mit einem Blick auf Lacy hinzuzufügen: »Mit deiner Erlaubnis natürlich.«

»Selbstverständlich«, erwiderte sie höflich. Alles, was Jared Steele beschäftigen und damit von ihr fernhalten würde, war ihr recht.

»Gut, dann ist es also abgemacht.« Carters Interesse wandte sich rasch wieder mondäneren Vergnügen zu. »Spielt Ihr Karten, Mister Steele?«

Jared lächelte. »Wenn der Einsatz dementsprechend ist.«

Die Bereitwilligkeit, mit der Jared antwortete, ließ Carter aufhorchen. »Ich glaube, wir könnten jetzt gleich einen Spieltisch finden, falls es Euer Wunsch ist, Sir.«

Lacy hoffte es von Herzen, aber natürlich sollte es nicht sein.

»Ein andermal vielleicht, Mister James«, lehnte Jared mit einem charmanten Lächeln ab. »Lacy war so liebenswürdig, mir ihre Begleitung für diesen Abend anzubieten.«

»Oh, auf mich braucht Ihr keine Rücksicht zu nehmen, Mister Steele!« versetzte sie rasch. »Ich würde nicht einmal im Traum daran denken, Euch von Eurem Vergnügen abzuhalten.« Ihre Augen verdunkelten sich bedrohlich, als sie ihn ansah. »Ganz im Gegenteil – ich bestehe darauf, daß Ihr Eurem eigenen Vergnügen nachgeht.«

Was sie ihm damit sagen wollte, war für Jared mehr als offensichtlich. Sie befahl ihm buchstäblich, sie in Ruhe zu lassen, aber er hätte nie gedacht, daß sie eine solch öffentliche Bühne wählen würde, um ihre Ansichten kundzutun. Ein Teil von ihm beglückwünschte sie zu ihrem Mut, während ein anderer, etwas weniger verständnisvoller, ihr am liebsten den hübschen kleinen Hals umgedreht hätte.

Seine Augen verengten sich ein wenig. Wenn sie auf Wortspielen bestand, würde er dafür sorgen, daß sie die Folgen dessen trug, was sie begonnen hatte.

»Oh, so leicht werdet Ihr mich nicht mehr los«, entgegnete er lachend. »Im übrigen bin ich sicher, daß Ihr mir all das *Vergnügen* bieten werdet, das ich brauche.«

Hätten sie irgendwo anders als mitten im Ballsaal der LaRues gestanden, hätte Lacy Jared geohrfeigt. Noch nie war sie so wütend gewesen wie in diesem Augenblick. Was bildete er sich ein? Wie konnte er es wagen, ihre Gefühle zu mißachten?

Ein tiefer Groll stieg in ihrer Brust auf und verbreitete sich in alle Richtungen, ein Zorn, so heftig, daß sie an allen Gliedern zitterte. Sie würde ihm überhaupt kein Vergnügen irgendeiner Art bescheren! Unter Aufbietung ihrer ganzen Selbstbeherrschung und mit erzwungener Ruhe antwortete sie: »Träumt nur ruhig weiter, Mister Steele.«

Dann, ohne sich darum zu scheren, wen sie kränkte oder was die beiden Männer denken mochten, entzog sie Jared ihren Arm und wandte sich brüsk ab, ohne zu wissen, wohin sie sich eigentlich wenden wollte. Alles, was sie wußte, war, daß sie Distanz zwischen ihnen schaffen mußte, weil sonst Gefahr bestand, daß sie in tausend Stücke explodierte.

Von ihrem Platz neben der Bowle beobachtete Mariette, wie ihre Schwester den Saal durchquerte, und bemühte sich, ein böses Lächeln zu verbergen. Dann – während sie Lacy innerlich verfluchte, weil nicht nur Jared ihre Gesellschaft suchte, sondern anscheinend auch Carter – glitt ihr Blick zu den Männern zurück.

Sie verstand einfach nicht, was sie dachten. Was konnte diese beiden dazu veranlassen, von Lacy auch nur die geringste Notiz zu nehmen? Es ergab keinen Sinn. Aber andererseits waren Männer natürlich auch unglaublich dumm …

In jedem Fall war es nicht gut, wenn sie zu lange zusammen waren. Sie glaubte zwar, daß Jared diskret genug war, um nicht über ihren Kuß zu reden, aber auf Carter war in dieser Hinsicht kein Verlaß. Ein harmlos gesprochenes Wort – von irgendeinem dieser beiden Männer – konnte ihre Pläne in Gefahr bringen.

Nachdenklich betrachtete sie Carter. Was sollte sie ihm sagen? Er erwartete noch immer eine Antwort auf seinen Heiratsantrag. Natürlich würde sie ihn ablehnen, aber erst, wenn sie ganz sicher sein konnte, Jared zu heiraten. Und dennoch … falls das Unausdenkbare geschah und Jared nicht um ihre Hand anhielt, dann blieb ihr nichts anderes übrig, als Carters Antrag anzunehmen.

Der richtige Zeitpunkt. Nur darauf kam es an. Das war das Wichtigste bei der Verwirklichung ihres Plans.

Es beruhigte sie ein wenig, als sie sah, daß Carter auf einen der Nebenräume zuging, wahrscheinlich auf der Suche nach einem Pokertisch. Er hatte einen Hang zum Spielen. Warum auch nicht, wenn es das war, was er wollte. Er war gewiß reich genug, um soviel Geld zu verspielen, wie er wollte!

Lächelnd verließ sie ihren Platz, um zu Jared zu gehen. Er folgte bereits Lacy, und Mariette richtete es so ein, daß ihr Weg den seinen kreuzte. Lächelnd nickte sie Bekannten zu, die sie hätten aufhalten können, und ging weiter, ohne ein Wort an sie zu richten. Dann stand sie vor Jared.

»Hat Lacy Euch im Stich gelassen?« erkundigte sie sich mitfühlend. »Das tut mir leid, Jared, wirklich. Man sollte meinen, Lacy wäre zuvorkommend genug, um einen Gast nicht mitten in einem Ballsaal im Stich zu lassen!«

Die ersten Töne eines Walzers erklangen, als Jared erwiderte: »Ach, das macht überhaupt nichts, Mariette.«

»Ihr seid sehr großzügig, Sir. Aber ich versichere Euch, daß nicht alle Flemmings so taktlos sind wie Lacy.« Ihr Gesicht hellte sich wie in einer plötzlichen Eingebung auf. »*Ich* zumindest denke nicht daran, Euch im Stich zu lassen! Ich werde Euch meinen ersten Tanz widmen.«

Ein unwilliges Stöhnen, das er jedoch rasch unterdrückte, stieg in seiner Kehle auf. Während er Mariettes einladend erhobene Hand anstarrte, fand er sich wieder einmal gefangen in den Geboten der Höflichkeit.

Zum Teufel damit, dachte er erbost. Genau diese Art von Machenschaften hatten seinen Bruch mit Lacy verursacht. Er schaute sich nach ihr um, aber sie war nicht mehr zu sehen. Sein Ärger wuchs, und er dachte, daß Lacy nicht die einzige Flemming-Schwester war, die eine Lektion benötigte, um sich über die Folgen ihrer Handlungen klarzuwerden.

Nach einer galanten Verbeugung nahm er Mariettes Hand und führte sie zur Tanzfläche, aber das Lächeln, das um seine Lippen spielte, erreichte nicht seine Augen.

»Ist das nicht wundervoll?« flötete Mariette, als Jared sich mit ihr zu den Klängen der Musik drehte.

Er ignorierte ihre Frage und stellte statt dessen selber eine. »Was würdet Ihr darüberhinaus noch tun?«

Mariette, die nicht verstand, was er damit meinte, blinzelte kokett und neigte den Kopf zur Seite, um ihm einen besseren Blick auf ihren schlanken Hals zu ermöglichen. »Ich bitte um Verzeihung ...?«

»Ich fragte, was würdet Ihr darüberhinaus noch tun?«

Sie verstand seine Frage noch immer nicht, aber ganz

gleich, was sie seiner Ansicht nach auch getan haben mochte – es zauberte jedenfalls einen aufregenden Glanz in seine Augen. Ein angenehmes Prickeln erwachte in ihr, und ein vielversprechendes Lächeln erschien um ihre Lippen. »Ihr braucht mir nur zu sagen, was Ihr Euch von mir wünscht.«

Das Lachen, das sich Jared entrang, war vollkommen humorlos. »Ihr seid gut, Mariette.« Er schüttelte den Kopf und verzog die Lippen. »Ihr seid sogar verdammt gut!«

Mariettes Lächeln verlor etwas von seinem Glanz. Irgendwie hatte sie das Gefühl, daß sie zwei völlig verschiedene Unterhaltungen führten. »Stimmt irgend etwas nicht, Jared?«

»Nichts, womit ich nicht fertig würde. Ihr tanzt also gern, nicht wahr?«

Sein abrupter Themenwechsel brachte Mariette vorübergehend aus dem Schritt, und sie schwankte. Nur Jareds starke Arme bewahrten sie vor einem Stolpern.

»Vorsicht«, warnte er. »Ich möchte nicht, daß Ihr Euch lächerlich macht.«

Mariette wußte nicht, ob er sie gerade beleidigt hatte oder nicht, und Jareds ausdrucksloser Miene war nichts zu entnehmen. Da sie jedoch den Gedanken haßte, er könne über sie verärgert sein, ignorierte sie die Bemerkung. »Ich tanze für mein Leben gern, und sonst bin ich eigentlich nie so ungeschickt wie heute abend.« Ihr verführerisches Lächeln war wieder da. »Aber ich habe auch noch nie mit einem Mann getanzt, der mich *so* ablenkt wie Ihr, Jared.«

»Ich schätze, das kann ich als Kompliment auffassen«, entgegnete er spöttisch und führte sie ganz bewußt zur Mitte des Parketts.

Mariette lehnte sich näher an ihn, als der Anstand es erlaubte. »So war es gemeint.«

Er nickte bedächtig, bevor er antwortete. »Gut. Ich wollte sichergehen, daß ich Euch richtig verstanden hatte. Ich möchte nicht, daß Mißverständnisse zwischen uns aufkommen.«

Ein verheißungsvoller Ton lag in seiner tiefen, ernsten

Stimme und dem ruhigen Blick seiner grauen Augen. Mariettes Herz machte einen aufgeregten Sprung. »Ja, ich glaube, wir verstehen uns jetzt endlich, nicht?« erwiderte sie entzückt. Ein freudloses Lächeln spielte um Jareds Lächeln, als er in ihre blauen Augen schaute. Dann, ganz ohne jede Vorwarnung, blieb er plötzlich stehen und ließ die Arme sinken.

»Ja, jetzt verstehen wir uns«, bestätigte er kalt, wandte sich brüsk von ihr ab und ließ sie mitten auf dem Parkett stehen.

Mariettes Schock währte nur einen winzigen Moment lang, dann wurde sie von einem heftigen, furchtbaren Zorn erfaßt. Das Blut schoß ihr in die Wangen, ihre zitternden Hände ballten sich zu Fäusten. Er hatte sie stehengelassen ... vor aller Augen, während Paare sich um sie drehten und ihr neugierige und amüsierte Blicke zuwarfen. Es war eine unfaßbare Kränkung. Und sie war es nicht gewöhnt, gekränkt zu werden ... Von niemandem ...

Wütend und beschämt schaute sie sich um und verfluchte das wissende Lächeln und schadenfrohe Getuschel der Umstehenden. Sie durfte nicht darauf hoffen, daß der Affront sich nicht blitzschnell im Saal herumsprechen würde. Schon morgen würde sie Gegenstand des allgemeinen Gelächters in ganz Tidewater sein. Sie konnte sich die höhnischen Berichte, wie Jared sie im wahrsten Sinne des Wortes hatte *stehenlassen*, nur allzu gut vorstellen.

Ihr Blick folgte ihm. Dieser Schuft! Dieser beklagenswerte Abklatsch eines Gentleman! Er hatte ihre Pläne ruiniert und ihre Träume von unschätzbarem Reichtum zerstört, um ihr dann ihren Verlust unter die Nase zu reiben, indem er sie in aller Öffentlichkeit und vor aller Augen demütigte.

Das Blut pochte in ihren Schläfen und ließ sie alles wie durch einen roten Schleier sehen. Nein, das würde sie ihm nicht durchgehen lassen! Und wenn sie nichts anderes mehr tat auf Erden – sie würde dafür sorgen, daß er litt!

Unter Aufbietung ihrer letzten Würde strebte sie hocherhobenen Kopfes auf das andere Ende des Saals zu. Hinter ihr glaubte sie, jemanden kichern zu hören, und im stillen verfluchte sie den Narren. Sie sollten ruhig lachen, alle! Denn bevor sie mit ihnen fertig war, würden sie noch alle heulend vor ihr im Staub kriechen.

Mit hektisch geröteten Wangen betrat sie den kleinen Salon, der sich an den Ballsaal anschloß. Sie entdeckte Carter sofort, er saß mit einer Gruppe von Männern an einem Tisch und spielte Karten. Entschlossen bahnte Mariette sich einen Weg durch das Gedränge in dem kleinen Raum, und als sie den Tisch erreichte, hatten die Männer gerade eine Partie beendet.

»Dachte ich mir doch, daß ich dich hier finden würde, Carter«, sagte sie mit leisem Vorwurf in der Stimme und bedachte ihn mit einem reizenden Lächeln.

Carter schaute überrascht auf. Beim Anblick ihrer üppigen Brüste, die den Stoff ihres Mieders strafften, verwandelte sich sein Erstaunen in unverhohlene Bewunderung.

»Mariette, du siehst bezaubernd aus heute abend!«

Sie öffnete ihren Fächer und bewegte ihn kokett. »Ich warte schon den ganzen Abend darauf, daß du das sagst«, erwiderte sie und zog einen reizvollen kleinen Schmollmund. »Aber du hast Karten gespielt, statt meinen Kopf mit Schmeicheleien zu füllen.«

Ihre Bemerkung löste leises Gelächter unter den Männern aus. »Wenn es Schmeicheleien sind, was Ihr wünscht, Miss Flemming«, sagte einer von ihnen, »bin ich Euch gerne dienlich.«

Mit einem koketten Lächeln winkte sie ab. »Das ist ein reizender Vorschlag, aber ich bin wirklich nur wegen Carter hergekommen.«

Kein Mann am Tisch vermochte Mariettes Lächeln zu widerstehen. Alle wechselten einen wissenden Blick, als Carter seine Gewinne einsteckte und sich erhob.

»Meine Herren, wenn Ihr mich entschuldigen wollt ...« sagte er mit selbstzufriedenem Lächeln und nahm Mariettes Arm, um sie zum Ballsaal zurückzuführen. Kurz bevor sie jedoch die Tür erreichten, blieb Mariette stehen und legte eine Hand auf seine Brust.

»Oh, Carter, ich möchte eigentlich nicht in den Saal zurückgehen«, meinte sie lächelnd und ließ ihren Blick in einer stummen Einladung auf seine Lippen sinken. »Ich habe für eine Weile genug Musik gehört und Leute gesehen. Könnten wir uns nicht einen Ort suchen, wo wir … ungestörter wären?«

Carter zog erstaunt die Brauen hoch. Ihr kühner Vorschlag, verbunden mit ihrem verheißungsvollen Lächeln, versetzten sein Blut in Wallung. »Wie du willst, meine Liebe«, murmelte er.

Sie verließen den Raum durch eine Seitentür und umgingen die Eingangshalle, indem sie einem schmalen Gang folgten, der zum Dienstboteneingang führte. Momente später waren sie im Freien, auf der fernen Seite des gepflegten Gartens, wo riesige Ulmen sie vor neugierigen Blicken schützten.

»Das ist zu riskant«, begann Mariette, kam jedoch nicht weiter, da Carter sie ganz unversehens an seine Brust zog und seinen Mund auf ihre Lippen preßte. Seine Zunge erzwang sich ihren Weg in ihren Mund, raubte ihr den Atem und erfüllte ihre Sinne mit dem Geschmack des Brandys, dem er reichlich zugesprochen hatte.

»Carter«, rief sie bestürzt und löste sich abrupt von ihm, denn sein Kuß war ihr widerwärtig. Aber sie unterdrückte rasch ihren Ekel und zwang sich, Carters Schultern zu umklammern. »O Carter, mir wird ganz schwindlig, wenn du mich küßt!« hauchte sie.

Als hätte er nichts gehört, legte er eine Hand um ihren Po und preßte sie an den spürbaren Beweis seiner Erregung, während er die andere Hand um eine ihrer vollen Brüste schloß.

»Das wolltest du doch, nicht wahr?« murmelte er heiser. »Daß ich dich küsse, bis dir schwindlig wird und deine Knochen sich in Wachs verwandeln.« Wieder nahm er ihre Lippen in Besitz und erstickte das leise Stöhnen, das in ihrer Kehle aufstieg.

Natürlich wollte sie es, aber es war so völlig anders, als sie erwartet hatte … Keine Spur des angenehmen Schwindels, den sie in Jareds Armen verspürt hatte, oder des erregenden Prickelns, das ihrem Körper alle Kraft entzogen hatte. Alles, was sie verspürte, war etwas widerwärtig Hartes, das sich an ihren Bauch preßte, und die abstoßende Berührung von Carters Hand, die sich grob den Weg in ihr Mieder bahnte.

Angeekelt biß sie die Zähne zusammen, als er ihre Brustspitze befingerte, ein überwältigendes Bedürfnis, ihn fortzustoßen, erfaßte sie, aber sie blieb hart gegen sich selbst und rief sich seinen Reichtum ins Gedächtnis. Er würde ihr gehören, bis auf den letzten Penny und das letzte Maiskorn, und dann würde keine Menschenseele es mehr wagen, über sie zu lachen. Nicht einmal Jared Steele.

Sie befreite sich von Carters gierigen Lippen und rang nach Atem. »O Carter, Carter ... Ich liebe dich! Es war so dumm von mir, nicht sofort deinen Heiratsantrag anzunehmen.«

Er hob den Kopf und schaute ihr prüfend in die Augen. »Dann wirst du mich also heiraten?«

»Ja.« Sie nickte und zwang sich, ein glückliches Lächeln aufzusetzen. »Ja, ich möchte dich heiraten – lieber als alles andere auf der Welt!«

Ein anstößiges Grinsen erschien um Carters Mund, als er erwiderte: »Du hast lange genug gebraucht, um es dir zu überlegen.« Wieder zog er sie hart an sich und umfaßte ihren Po, um sie das ganze Ausmaß seines Verlangens spüren zu lassen.

»Nur weil ich mir ganz sicher sein wollte. Ich gehe diese Ehe nicht leichtfertig ein, Carter.« Sie hielt inne, um ihren Worten mehr Wirkung zu verleihen. »Ich möchte dich glücklich machen.«

»Das hast du bereits, mein Liebling«, versicherte er, während seine Finger grob ihre empfindliche Brustwarze kneteten. »Allerdings«, murmelte er, preßte seinen Mund auf ihren Nacken und stöhnte auf unter der Welle der Lust, die ihn durchzuckte.

Mariette schloß die Augen, um Carter nicht ansehen zu müssen. Sie würde ihm noch ein, zwei Minuten sein Vergnügen lassen, bevor sie diesem Spielchen ein Ende setzte. Sie mochte sich zwar bereiterklärt haben, seine Frau zu werden, aber das hieß noch lange nicht, daß sie die Ehe gleich hier und jetzt vollzogen.

Die Ehe mit Carter ... Schlagartig kam ihr die Bedeutung dieser Worte zu Bewußtsein. Sie würde endlich das Leben führen, das sie sich immer schon gewünscht hatte. Ein prächtiges Haus, eine Haushälterin und Dienstboten, die nur darauf warten würden, daß sie ihnen Befehle gab. Neue Kleider und kostbaren Schmuck. Keine *Swan's Watch* mehr, kein Travis mehr, der sich über jeden Penny, den sie ausgab, aufregte. Und keine Lacy mehr mit ihrer widerlich selbstgerechten Art.

Mariette lächelte gehässig. Die dumme kleine Lacy. Sie würde den Rest ihres Lebens der Plantage dienen und bei ihrem Tod nichts anderes vorzuweisen haben als einen krummen Rücken und ein runzliges Gesicht.

Der Gedanke war zu köstlich, um ihn mit Worten zu beschreiben.

Lacy stand mit ihrem Bruder neben einer Wand aus hohen Zimmerpflanzen und betrachtete ihn beunruhigt. Sein Gesicht war stark gerötet, und er sprach viel zu laut. In der Hand hielt er ein halbgeleertes Glas mit Bourbon.

Lacy hatte nicht mitgezählt, aber in der kurzen Zeit, seit sie hier standen, hatte er bereits zwei Drinks gehabt, und sie hatte keine Ahnung, wie viele er vorher schon getrunken hatte. Unwillkürlich runzelte sie die Stirn. Das sah Travis gar nicht ähnlich. Im allgemeinen trank er nur mäßig, und wenn, dann nur in Gesellschaft. Aber jetzt sah es ganz so aus, als wäre er auf dem besten Wege, sich zu betrinken.

»Travis, stimmt irgend etwas nicht mit dir?« erkundigte sie sich leise.

Er wandte den Kopf und schaute sie aus leicht trüben Augen an. Erst nach mehrmaligen Blinzeln gelang es ihm,

Lacy klar zu erkennen. »Was sollte denn nicht stimmen?« versetzte er mürrisch.

»Ich weiß nicht, Travis, aber ich habe dich noch nie so viel trinken sehen.«

»Nein?« Er schien darüber nachzudenken und nickte dann gewichtig. »Ja, wahrscheinlich hast du recht. Aber andererseits hatte ich bisher auch noch nie einen Grund, mich zu betrinken.«

Tiefe Besorgnis spiegelte sich in Lacys schönen Augen wider. »Und welchen Grund glaubst du jetzt zu haben?«

Er antwortete mit einem höhnischen Lachen, hob das Glas und prostete sich zu. »Travis Flemming, der Mann, der in Erinnerung verbleiben wird als *der* Flemming, der *Swan's Watch* ruiniert hat.«

Kaum hatten seine Worte seinen Mund verlassen, erstarb sein Spott, und sein Gesicht nahm einen verzagten Ausdruck an. Er starrte auf die bernsteinfarbene Flüssigkeit in seinem Glas, aber er sah nichts als sein eigenes Versagen. »Ich habe alles ruiniert, Lacy.«

Lacy starrte ihren Bruder mit beunruhigten und zugleich beschwörenden Blicken an. »Du hast gar nichts ruiniert, Travis!«

Er wandte das Gesicht von ihr ab und schüttelte den Kopf. »Du weißt so gut wie ich, wie schlimm es um *Swan's Watch* steht. Und Gott weiß, wieviel schlimmer es noch werden wird, wenn ich das Geld ausgebe, das wir für die neuen Sklaven brauchen.«

»Aber das bedeutet doch nicht, daß wir *Swan's Watch* verlieren werden«, wandte Lacy ein. »Wir brauchen bloß in diesem Jahr noch härter zu arbeiten als sonst, das ist alles.«

»Und wenn wir nun eine Mißernte haben? Oder eine weitere Epidemie?« Besorgt richtete er seinen Blick wieder auf seine Schwester. »Wir können nicht noch mehr Verluste dieser Art verkraften.«

»Nein, das können wir nicht. Aber es nützt uns auch nichts, uns mit der Frage aufzuhalten, ob dies oder jenes geschehen könnte«, entgegnete sie und legte in einer stummen Geste des Trosts die Hand auf seinen Arm. »Die *Watch* hat uns noch nie im Stich gelassen, Travis. Es besteht kein Grund zu glauben, daß sie es jetzt tun wird. Du mußt Vertrauen haben, in das Land und in dich selbst.«

Er lachte rauh. »Ich wünschte, ich besäße dein Vertrauen und deine Kraft, Lacy.« Traurig schaute er ihr in die Augen. »Du warst schon immer die Stärkere, die nie in ihrem Glauben schwankend wurde.«

Seine Verzweiflung tat ihr weh. »Ich glaube an dich, Travis.«

»Wirklich?«

»Ja«, erwiderte sie aufrichtig. »Aber du bist zu hart mit dir. Falls es eine Mißernte gibt, wird das nicht dein Verschulden sein. Und falls wir ohne einen Penny dastehen sollten, läge das nicht an deiner Verwaltung unseres Geldes. Du hast immer dein Bestes gegeben, Travis.«

Angesichts des Vertrauens, das aus ihren Augen leuchtete, wäre es ihm beinahe gelungen, ihr zu glauben. Weil er ihr glauben wollte. »Du bist eine ungewöhnliche Frau, kleine Schwester«, beteuerte er, und seine Zweifel begannen zu verblassen.

»Ach, ich weiß nicht, Travis.«

»Aber ich weiß es. Und du hast recht.« Er straffte die Schultern, weil er einsah, daß nichts damit zu gewinnen war, wenn er sein Selbstmitleid an diesem Abend in Alkohol ertränkte. »Wir sollten jeden Tag so nehmen, wie er kommt, und unser Bestes tun.«

»Mehr können wir gar nicht tun.«

Travis nickte und verdrängte die Sorgen, die auf ihm lasteten. »Komm, laß uns sehen, ob wir uns nicht noch ein bißchen vergnügen können auf diesem Ball!«

Gemeinsam schlenderten sie am Rand des großen Saals entlang, bis sie eine Gruppe von Freunden trafen, die sie herzlich begrüßten und in ihrem Kreis willkommen hießen. Trotz der allgemeinen Fröhlichkeit jedoch war Lacy insgeheim noch sehr beunruhigt und lauschte dem munteren Geplauder nur mit halbem Ohr.

Es verwirrte sie, daß Travis an seinen eigenen Fähigkeiten zweifelte. Sie hatte ihn immer für mindestens so selbstbewußt gehalten, wie er sich gab. Und daß er sich *Swan's Watch* so wenig sicher war, verärgerte sie sogar ein wenig.

»Ich hoffe, daß dein Stirnrunzeln nicht mir gilt, Lacy«, bemerkte Norman lächelnd.

Lacy riß sich von ihren privaten Betrachtungen los und lächelte entschuldigend. »Verzeih, Norman, ich war in Gedanken ganz woanders.«

Colin Wentworth, ein Bankier, hob lachend beide Hände. »Wenn das so ist, Miss Lacy, solltet Ihr Euch mit etwas anderem ablenken, denn Ihr seid viel zu hübsch, um solch düstere Gedanken zu wälzen!«

»Ja, Ihr seht heute abend wirklich ganz bezaubernd aus, Miss Lacy«, bestätigte Lieutenant Aaron Cole. »Es ist gut, daß Fort Monroe auf der anderen Seite von Hampton Roads liegt, denn sonst würde ich Gefahr laufen, meine Pflichten zu vernachlässigen.«

Lacy schaute sich im Kreis ihrer Freunde und Bekannten um und spürte, wie sie zum erstenmal an diesem Abend errötete. Schmeicheleien flößten ihr stets ein wenig Unbehagen ein. Ein verlegenes Lachen entrang sich ihren Lippen, als sie erwiderte: »Hampton Roads ist eine Menge Wasser, das es zu überqueren gilt. Ich möchte auf gar keinen Fall, daß Ihr meinetwegen eine solche Reise unternehmt, Lieutenant Cole.«

Jeanne Gail verdrehte die Augen und schüttelte ihre braunen Locken. »Also, ich wäre entzückt, wenn ein Soldat diesen weiten Weg segeln würde, nur um mich zu sehen!«

»Soldaten segeln nicht«, berichtigte Colin lächelnd. »Sie marschieren über Land.«

»Das ist richtig, Jeanne Gail«, warf Norman ein. »Nur die Soldaten der Marine segeln durch die Weltgeschichte.«

Jeanne Gail winkte schmollend ab. »Hört auf, über Militär zu reden. Dies ist ein Ball, meine Herren.«

Lieutenant Cole zupfte an den Manschetten seiner blauen Uniform. »Ein kluges Wort, Jeanne Gail.« Dann wandte er sich an Lacy und nickte ihr aufmunternd zu. »Miss Lacy, darf ich um diesen Tanz bitten?«

Eine tiefe Stimme erklang hinter ihm. »Ich fürchte, dieser Tanz gehört mir, Lieutenant.«

Lacy versteifte sich, ihr liebenswürdiges Lächeln verblaßte, als sie sich umdrehte und zu Jared aufschaute.

Warum tat er das? Sie hielt ihn weder für boshaft noch für dumm. Warum konnte er sie dann also nicht in Ruhe lassen? War er bloß zu stur, oder wollte er sich einfach keine Niederlage eingestehen? Was immer auch der Grund sein mochte, sie würde jedenfalls nicht zulassen, daß er sie weiter tyrannisierte und auf ihren Gefühlen herumtrampelte.

»Ich erinnere mich nicht, jemandem diesen Tanz versprochen zu haben, Mister Steele«, entgegnete sie in einem Ton, der keinen Zweifel an ihrer Empörung offenließ.

Um Jareds Mundwinkel zuckte es; ein schwaches Grinsen erschien um seine Lippen. »Dann sollte ich Eure Erinnerung vielleicht ein wenig auffrischen«, erklärte er, ergriff ihr Handgelenk und hielt es fest umklammert, während er sie zur Tanzfläche hinüberzog.

»Ach Gott.« Jeanne Gail seufzte, als sie Jared und Lacy nachsah. »Habt ihr das gesehen?«

»Lacy schien nicht gerade entzückt zu sein«, wandte Norman besorgt ein.

Doch Jeanne Gail widersprach im stillen. Es war einfach zu romantisch, um mit Worten zu beschreiben, wie dieser große Yankee Lacy buchstäblich aus ihrem Kreis entführt hatte! Oh, was würde sie nicht dafür geben, in diesem Augenblick in Lacys Schuhen zu stecken.

Lacys Satinschuhe wurden in diesem Augenblick über das glänzend polierte Parkett geschleift. So unauffällig wie möglich versuchte sie, sich Jareds Griff zu entziehen, aber alles, was sie damit erreichte, war, daß sie sich fast die Hand ausrenkte.

»Laß mich los!« flüsterte sie erbost.

Statt einer Antwort zog er sie in seine starken Arme. »Lächle, Lacy«, befahl er in einem Ton, der ebenso bedrohlich war wie seine Miene heiter. »Du willst doch bestimmt keine Szene machen.«

Der Saal verschwamm vor ihren Augen, als Jared sie zu den verführerischen Tönen der Musik im Kreis herumdrehte. Aber die zauberhaften Klänge waren verloren an Lacy. Sie stand kurz vor einem fürchterlichen Wutausbruch.

»Was glaubst du, wer du bist?« stieß sie zwischen zusammengebissenen Zähnen hervor.

Grinsend schaute er auf sie herab. »Lächle.«

Ihre Lippen verzogen sich zur Parodie eines Lächelns. »Ich will dich nicht anlächeln. Ich will nicht mit dir tanzen. Ich ... will ... nicht ... mit ... dir ... reden.«

»Gut, dann hör mir zu«, entgegnete er ungerührt.

Zorn, Qual und Frustration schnürten Lacys Kehle zu. Sie versuchte noch einmal, sich von ihm loszureißen, aber er zog sie nur noch fester an sich.

»O nein, kommt nicht in Frage«, flüsterte er an ihrem Ohr. »Es gibt einiges zwischen uns, was wir jetzt klären werden.«

»Wir haben bereits heute nachmittag geklärt, was es zu klären gab!« zischte sie.

»Das einzige, was wir geklärt haben, war die Tatsache, daß du zu stur bist für vernünftige Argumente. Und daß ich ein Narr war, dich gehen zu lassen, bevor du die Wahrheit erfahren hattest.«

Das Blut pochte in ihren Adern, ihr wurde heiß und gleichzeitig eiskalt. Sie kannte die Wahrheit, hatte sie mit ihren eigenen Augen gesehen und würde für den Rest ihres Lebens mit dieser schmerzhaften Wahrheit leben müssen.

»Du hast kein Recht, von Wahrheit zu sprechen, nicht, wenn du zuerst mir deine Zuneigung gestehst und im nächsten Augenblick schon meine Schwester in den Armen hältst und küßt!« Sie hatte nicht vorgehabt, es so offen auszusprechen, und als sie es tat, war der Schmerz über Jareds Verrat plötzlich größer als ihre Empörung.

Die Kraft ihrer Entschlossenheit, die sie so weit gebracht hatte, begann nachzulassen. »Laß mich gehen«, sagte sie verzweifelt. Jared unterdrückte einen Fluch, als er die Tränen in ihrer Stimme hörte. Er spürte, wie sie zitterte, und wußte, daß sie jeden Augenblick die Beherrschung über sich verlieren würde. Rasch führte er sie zum Rand der Tanzfläche und von dort zu den LaRues, ohne den Druck seiner Hand um Lacys Arm zu lockern.

Lacy wußte, daß sie jetzt hätte protestieren müssen, aber sie brachte nicht die Energie auf, weil sie ihre ganze Kraft benötigte, um ihre Tränen zurückzudrängen. Stumm hörte sie zu, wie Jared seine Entschuldigungen vorbrachte und behauptete, den Ball so früh verlassen zu müssen, weil Lacy sich nicht wohlfühlte, bevor er sie zu einer offenen Terrassentür zog und dann über den Weg, der zum Vordereingang des Hauses führte. Und die ganze Zeit konnte sie an nichts anderes denken als an die Auseinandersetzung, die sie mit Sicherheit erwartete.

Sie ging mit gesenktem Kopf und achtete nicht auf ihre Umgebung, bis das Trappeln von Pferdehufen ihre Aufmerksamkeit erregte. Verblüfft schaute sie auf und stellte fest, daß Jared geradewegs auf ihre geschlossene Kutsche zuhielt.

»Was hast du vor?« fragte sie mit panikerfüllter Stimme.

Jareds einzige Antwort darauf war, daß er ihren Arm noch fester packte. Mit drei großen Schritten hatte er die Kutsche erreicht, und bevor Lacy auch nur einen Ton von sich geben konnte, hatte er sie aufgehoben und hineingesetzt.

»Miss Flemming fühlt sich nicht wohl«, teilte er dem wartenden Kutscher mit. »Ich bringe sie nach Hause.«

Mit großen, fassungslosen Augen beobachtete sie, wie Jared einstieg und sich ihr gegenüber niederließ. Sekunden später schon setzte sich die Kutsche in Bewegung.

Mondschein erhellte den kleinen Innenraum, versilberte die Umrisse von Jareds Körper und die harten Konturen seines Gesichts.

»So«, sagte er gefährlich ruhig. »Und jetzt werden wir klarstellen, was die Wahrheit ist.«

10. KAPITEL

Lacy schluckte, ihre Kehle war vor Angst wie zugeschnürt. Jareds Blick war von solch beängstigender Entschlossenheit, daß sie vor Furcht erschauerte.

»Jared.« Es gelang ihr, seinen Namen über ihre zitternden Lippen zu bringen. »Was ... Was hast du vor?«

»Dich nach *Swan's Watch* zurückzubringen«, erwiderte er in brüskem, hartem Ton.

»Aber das kannst du nicht!« widersprach sie und schüttelte irritiert den Kopf. »Das kannst du nicht tun, Jared!«

Langsam beugte er sich zu ihr vor und bedachte sie mit einem drohenden Blick. »Glaubst du nicht?« entgegnete er und zog eine seiner schwarzen Augenbrauen hoch.

Entmutigt ließ sie sich zurücksinken, zu bestürzt, um mehr zu tun, als Jareds Blick verwirrt und mit zunehmendem Ärger standzuhalten. Sein Affront überstieg alles, was sie je erlebt hatte, sie wußte einfach nicht, wie sie sich verhalten sollte. Ihre Vernunft riet ihr, Tomas, dem Kutscher, zu befehlen, auf der Stelle anzuhalten, während ein anderer Teil ihres Bewußtseins sie dazu drängte, die Kutschentür einfach aufzureißen und hinauszuspringen.

Sie war jedoch besonnen genug, um einzusehen, daß weder das eine noch das andere sehr wirkungsvoll gewesen wäre. Jared hatte eine Art, jede Situation zu seinem eigenen Vorteil zu verändern. Diese hier war keine Ausnahme. Er würde ihre Bemühungen mit der gleichen Mühelosigkeit vereiteln, mit der er ihren Aufbruch aus dem Haus der LaRues ermöglicht hatte; so mühelos, wie er ihr Herz erobert hatte ... um es dann genauso mühelos zu zerstören.

»Was willst du mit dieser Entführung eigentlich erreichen?« fuhr sie ihn zornig an.

Jared sah den zornigen Zug um ihren Mund. Zu jeder anderen Zeit hätte er sie für diese Zurschaustellung ihres

Temperaments bewundert, aber seine Geduld war heute auf eine zu harte Probe gestellt worden, um großzügigen Impulsen nachzugeben.

Er verschränkte die Arme vor der Brust und erklärte: »Hör mir mit diesem beleidigten Getue auf, Lacy. Ich weiß, daß du glaubst, einen Grund dafür zu haben, aber das ist nicht der Fall.«

»Ich habe sogar einen sehr *guten* Grund, wütend auf dich zu sein«, versetzte sie mit blitzenden Augen. »Du bezeichnest mich als stur, aber *du* könntest sogar einen Esel lehren, was Sturheit ist! Ich habe dich wiederholt gebeten, mich in Ruhe zu lassen, aber du denkst gar nicht daran, bringst mich vor meinen Freunden in Verlegenheit und provozierst mich vor meinen Angehörigen. Und jetzt das!« Sie machte eine weitausholende Handbewegung, um ihre gegenwärtige Lage zu verdeutlichen. »Ich will, daß du sofort die Kutsche anhältst und mich zurück zum Ball bringst!«

»Nein.«

Dieses einzelne Wort hatte die Wirkung einer eisernen Faust, die auf zerbrechliches Porzellan herabkam. Ein unbändiger Zorn erfaßte Lacy. »Laß mich sofort aussteigen!« schrie sie und ballte die Fäuste. »Du hast kein Recht, mich so zu behandeln. Ich mag eine Närrin gewesen sein, deinem Charme so leichtfertig zu verfallen, aber ich lasse mich nicht noch mehr von dir demütigen, als du es bereits getan hast. Ich werde nicht …«

Mit einer schnellen, sicheren Bewegung packte Jared sie an den Schultern und zog Lacy auf seinen Schoß. Ihre Worte endeten mit einem erschrockenen Aufschrei, dem ein hilfloses Stöhnen folgte, als Jareds Arme sie umschlossen.

»Du hast recht, du bist eine Närrin«, murmelte er, um dann ganz ohne jede Vorwarnung den Kopf zu senken und ihre Lippen mit einem leidenschaftlichen Kuß in Besitz zu nehmen.

Sekundenlang war Lacy zu schockiert, um sich zu rühren. Doch dann versuchte sie, ihn fortzuschieben, vor ihm zurückzuweichen, aber es war sinnlos. Seine Arme hielten sie so fest wie Stahlbänder. »Nicht«, rief sie erstickt und drehte ihren Kopf zur Seite.

»Halt still, du süße Närrin«, murmelte er, während er mit einer Hand ihr Kinn umfaßte und sie zwang, ihn anzusehen.

Ein leises Stöhnen entrang sich ihrer Kehle. Sie ertrug es nicht, daß er sie küßte, nicht, wenn es so belanglos war für ihn. »Laß mich los!« verlangte sie und zappelte hilflos.

»Nicht eher, bis ich dir gesagt habe, was du wissen mußt.«

»Ich brauche gar nichts von dir zu wissen!«

»Nicht einmal, daß ich dich liebe?«

Der Türkiston ihrer Augen verdunkelte sich zu Indigo, als sie prüfend sein Gesicht betrachtete. Daß er sie so grausam verhöhnte, zerriß ihr fast das Herz. »Das ist nichts als eine Phrase, die du zu deinem eigenen Vorteil nutzt. Obwohl ich nie begreifen werde, warum du nicht aufhörst, mich zu peinigen.«

Jared rang um Beherrschung und ermahnte sich, daß er sie nie zur Vernunft bringen würde, wenn er die Kontrolle über sie verlor.

»Lacy«, begann er noch einmal ruhig. »Ich liebe dich.«

Wieder versuchte sie, sich zu befreien, und wieder verstärkte er seinen Griff um sie. »Wie kannst du das sagen, nachdem ich gesehen habe ...«

»Wie Mariette mich küßte.«

»Du spielst mit Worten.«

»Du hast gesehen, wie *Mariette* mich küßte«, wiederholte er und zwang Lacy, seinem Blick standzuhalten. »Aber du hast nicht gesehen, wie ich sie zurückgestoßen habe und gegangen bin, weil ich nichts mit ihr zu tun haben will.« Seine Finger, die ihr Kinn umfaßten, glitten langsam tiefer und verschränkten sich in ihrem seidenen Haar. »Was könnte ich schon von deiner Schwester wollen? Sie ist ein hinterhältiges, selbstsüchtiges Geschöpf, das nichts anderes im Sinn hat, als sich den reichsten Mann zu angeln, der verfügbar ist. Sie ist ebensowenig dazu imstande, jemanden zu lieben, wie sie imstande wäre zu fliegen!«

Lacy atmete tief durch und schwieg. Er klang so aufrichtig ... und die besorgten Linien in seinem Gesicht schienen ein weiterer Beweis für die Intensität seiner Gefühle zu sein. Stirnrunzelnd schaute sie ihn an, zu verängstigt, um zu hoffen.

Jared las in ihrem Gesicht wie in einem offenen Buch. »Lacy, meine süße, kleine Närrin, denk doch einmal nach. Denk an jene Momente zurück, in denen ich dich in meinen Armen gehalten habe; denk an die Küsse zurück, die wir ausgetauscht haben, und vertrau deinem Instinkt.« Er zog sie noch fester an sich. »Ich habe dir niemals etwas vorgemacht. Vom ersten Augenblick an, als ich dich sah, wollte ich nur dich.«

Sie hatte ihrem Instinkt immer vertraut ... bis sie die Szene zwischen ihm und Mariette mitangesehen hatte. Bis zu jenem Augenblick hatte sie geglaubt, daß Jared sie wirklich gern hatte und sie vielleicht sogar liebte. Bis zu jenem Augenblick hatte sie keinen Grund gehabt, zu vermuten, daß er sie hintergehen könnte.

Aber sie wußte, daß ihre Schwester dazu fähig war.

»Jared?« Ihr Herz klopfte wie wild gegen ihre Rippen. »Ist es wahr? Liebst du mich?«

Er schüttelte den Kopf, als müßte er ihn von einer rätselhaften Verwirrung klären. »Glaubst du, ich würde mir die Mühe geben, dir all das zu erklären, wenn es nicht so wäre?« Ein leidenschaftlicher Glanz erschien in seinen grauen Augen. »Glaubst du, ich würde mir den Kopf zerbrechen über deine Gefühle, wenn du nicht der wichtigste Mensch in meinem Leben wärst? Ich liebe dich, Lacy. Begreifst du das, du sture kleine Närrin?«

Zärtlich, in einer stummen Bitte um Antwort und Akzeptanz, glitten seine Lippen über ihre. Lacys Atem vermischte sich mit seinem, ein warmer Austausch, der bezauberte und tröstete und ihr den Irrtum offenbarte, den sie begangen hatte. Es war nur ein Mißverständnis gewesen, rief ihr Herz. Ein schreckliches, qualvollen Mißverständnis.

»O Jared«, wisperte sie an seinen Lippen. »Es tut mir so leid.«

Sein Mund suchte ihren, und sie überließ sich Jareds stürmischer Umarmung. All die Liebe, die sie bisher in sich verborgen hatte, brach sich nun Bahn und erfüllte sie mit dem Wunsch, ihm ganz, ganz nahe zu sein. Sie hätte nie gedacht, daß sie ihn noch einmal so halten und sein Herz noch einmal so dicht an ihrem schlagen hören würde. Sie hatte nachts in ihr Kissen geweint und um die wundervollen Empfindungen getrauert, die sie in seinen Armen erfahren hatte.

»Ich liebe dich, Jared«, flüsterte sie.

Mit anbetendem Blick betrachtete er ihre geröteten Wangen und ihre rosigen, weichen Lippen. Sie war so schön und so bezaubernd, daß seine Brust sich bei ihrem Anblick schmerzvoll zusammenzog. Die letzten Tage waren die reinste Qual für ihn gewesen, und im stillen verfluchte er Mariette, weil sie sie beinahe um ihr Glück gebracht hätte.

»Sag es noch einmal«, bat er.

»Ich liebe dich«, wisperte sie und besiegelte den Schwur, indem sie ihre Lippen fest auf seinen Mund preßte.

Ihre unschuldige Glut löste eine Welle des Verlangens in ihm aus. Er zog sie fester an sich und spürte, wie ihr Busen gegen seine Brust gedrückt wurde. Ihre sanften weiblichen Rundungen entflammten seine Sinne und lösten eine fast schon schmerzhafte körperliche Erregung in ihm aus.

Lacy stockte der Atem, als seine Hand sich um einer ihrer vollen Brüste legte. Hilflos drängte sie sich ihm entgegen, und es gelang ihr nicht, den entzückten Seufzer zu unterdrücken, der in ihrer Kehle aufstieg. Jareds Berührung löste ein unendlich angenehmes Prickeln in ihr aus, ihr ganzer Körper glühte wie im Fieber. Ein heftiges Erschauern durchzuckte sie.

Jared fühlte dies und freute sich über ihre ungestüme Reaktion. Von Anfang an hatte er eine Leidenschaft in ihr gespürt, die nur darauf wartete, erweckt zu werden. Und nun drängte es ihn mit aller Macht danach, sie freizusetzen.

Er küßte die schlanke Biegung ihres Halses und biß sie sehr

sanft dort, wo ihr Puls heftig schlug, während seine Hände ihre Brüste entblößten, um ihre rosigen Knospen zu liebkosen.

»Jared«, rief Lacy und rang nach Atem bei diesen unfaßbar lustvollen Empfindungen, die er in ihr weckte. Haltsuchend umklammerte sie seine Schultern, als befürchtete sie, das Gleichgewicht zu verlieren.

»Ich liebe dich, Lacy«, murmelte er heiser an ihrer Schulter und liebte sie mit jeder Faser seines Seins, wie er in seinem ganzen Leben noch nie jemanden geliebt hatte. Sein Bewußtsein war erfüllt mit ihrem Wesen, mit der Großzügigkeit ihres Geists, mit ihrer Kraft und ihrer verführerischen Weiblichkeit.

Er senkte den Kopf, schloß zärtlich die Lippen um eine ihrer Brustspitzen und kostete das Gefühl und ihren Geschmack aus. Sie war berauschend wie der feinste Wein, den er je getrunken hatte, und wie dieser Wein weckte jede Kostprobe das Verlangen nach mehr und immer mehr.

Eine versengende Hitze stieg bei seinen sinnlichen Liebkosungen in Lacy auf, und in einer unbewußten Geste legte sie beide Hände um seinen Kopf, unwillig, das intime Gefühl seiner Lippen auf ihrer empfindsamen Haut schon aufzugeben. Instinktiv bot sie ihm ihre Brüste an und gleichzeitig damit auch sich selbst. Die Empfindungen, die er in ihr weckte, waren so neu und aufregend, daß sie sie unbedingt noch gründlich erforschen wollte.

Sie stieß einen leisen, enttäuschten Schrei aus, als Jared den Kopf hob, aber dann bedeckten seine Lippen wieder ihre und eine andere Art von Glück erwachte, als Jareds Kuß leidenschaftlicher wurde. Verlangend erwiderte sie den Kuß und schnappte nach Luft, als Jared aufstöhnend seine Zunge mit ihrer zu einem sinnlichen Tanz vereinte.

Ihre unschuldige Erwiderung entflammte seine Leidenschaft, und jede ihrer Bewegungen steigerte sein Verlangen nach ihr ins Unerträgliche.

Wie im Fieber ließ er seine Hand an ihr hinuntergleiten und schob ihren Rock und Unterrock beiseite. Durch den dünnen

Stoff ihrer langen Beinkleider spürte er die Hitze ihrer Haut, die ihn so magisch anzog wie eine Kerzenflamme eine Motte. Sanft spreizte er Lacys Beine, schob einen Finger durch die Öffnung in ihren *pantalettes* und berührte sie zwischen den Schenkeln.

Für die Dauer eines Herzschlags glaubte Lacy sterben zu müssen, so unfaßbar wonnevoll waren die Gefühle, die sie durchzuckten. Brennendes Verlangen erfaßte sie, ihr Atem stockte in ihren Lungen, und eine solch wundervolle Spannung erfüllte ihre Sinne, daß es fast schon erschreckend war. Unwillkürlich krümmte sie den Rücken und ließ ihre Hand von Jareds Schulter zu seinem Nacken gleiten.

Als seine geschickten Finger ihre verborgenen Geheimnisse erforschten, stieg eine verzehrende Sehnsucht in ihr auf, und instinktiv hob sie die Hüften an, auf der Suche nach etwas, das sie nicht beschreiben konnte.

Von Liebe und Leidenschaft getrieben, suchte sie seinen Mund und ließ ihre Zunge über seine Unterlippe gleiten. Ihr Atem vermischte sich mit seinem, seine Hitze ging auf ihren Körper über. Ein bißchen verwundert dachte sie, daß sie zu einer einzigen Person verschmolzen ... bis Jared sich ganz unvermittelt versteifte und den Kopf abwandte.

Überrascht schaute Lacy zu ihm auf und fragte sich, was geschehen sein mochte. Bevor sie ihre Frage jedoch in Worte kleiden konnte, hob Jared sie von seinem Schoß und setzte sie neben sich auf die Bank.

»Verdammt«, murmelte er und zog rasch den Stoff ihres Mieders über ihre entblößten Brüste.

Zitternd und mit großen, erstaunten Augen verfolgte sie sein Tun. »Jared ... warum hast du ... Was ...?« Sie war so bestürzt, daß ihr die Worte fehlten.

Jared, der sich bemühte, sein beinahe verzweifeltes Verlangen zu bezwingen, biß die Zähne zusammen und gab ihr die einzige Antwort, zu der er fähig war: Mit einer Hand umfaßte er ihr Kinn und drehte ihr Gesicht zum Fenster. Und da erst merkte sie, daß die Kutsche vor dem Haus vorfuhr.

Tomas hielt die Pferde an, und Jared stieg aus. Als er Lacy aus der Kutsche hob, versagten ihre Beine ihr den Dienst, und Jared hob sie auf die Arme.

»Fahr die Kutsche zurück für Mister Flemming«, rief er Tomas über die Schulter zu, während er auf die Eingangsstufen zustrebte.

Die Halle lag im Dunkeln, nur von einer einzigen Kerze auf einem kleinen Tisch beleuchtet, als Jared seine kostbare Last in den ersten Stock hinauftrug.

In seinem Zimmer, wo der Schein eines kleinen Kaminfeuers ein sanftes gelbes Licht verbreitete, ließ Jared Lacy langsam an sich hinabgleiten, bis sie wieder sicher auf den Füßen stand.

Er atmete schwer, sein Blut hatte sich nach der abrupten Unterbrechung ihres Liebesspiels noch nicht beruhigt. Wenn überhaupt, hatte sich sein Verlangen höchstens noch gesteigert. Und doch zögerte er, fortzusetzen, was er begonnen hatte, weil er diesen Moment so lange wie möglich auskosten und jede Sekunde in seiner Erinnerung einprägen wollte.

Während er Lacy fest umfangen hielt, dachte er, daß er sich glücklich schätzen konnte, diese wundervolle Frau gefunden zu haben, diese faszinierende Mischung aus Weiblichkeit und Stärke, aus Unschuld und Verführung, aus Stolz und Bescheidenheit, Schönheit und Leidenschaft.

Er senkte den Kopf und küßte Lacy, preßte ihren schmalen Körper an seine Hüften und ließ sie das ganze Ausmaß seines Verlangens spüren. Als sie darauf die Hände hob und seinen Kopf zu sich herabzog, vertiefte sich der Kuß und begann außer Kontrolle zu geraten.

Die Umgebung war plötzlich bedeutungslos, nur noch ein Gedanke beherrschte beide: zu beenden, was sie in der Kutsche begonnen hatten.

Während Jared zärtliche Küsse auf ihren Nacken hauchte, löste er die Häkchen am Rücken ihres Kleids, streifte mit den Lippen die Träger ihres Hemdes ab und entblößte ihre schimmernd glatte Haut. Das Korsett klappte er vorn auseinander, wie er es schon einmal getan hatte, und Sekunden später glitt es zusammen mit dem Kleid zu Boden. Hemdchen und Unterröcke folgten, und dann stand Lacy nackt im schwachen Schein des Feuers.

Jared betrachtete sie bewundernd, sein Blick glitt über jede Kurve und Rundung ihres Körpers, und einen Moment lang war ihm, als wiche alle Kraft aus seinen Knien. Zu viele Nächte hatte er damit zugebracht, sich vorzustellen, was sich unter Lacys Kleidung verbergen mochte, doch nichts in seinen wildesten Träumen hatte ihn auf die erlesene Schönheit vorbereitet, die sich nun seinen Blicken bot.

Ihre schmale Schultern gingen in üppige, feste Brüste, eine schmale Taille und sanft geschwungene Hüften über. Weiches Haar schimmerte silberblond zwischen ihren schlanken Schenkeln, die in wohlgeformte Beine übergingen.

Lacy errötete. Jareds Blick war wie ein Streicheln. Er richtete ihn auf ihre Schultern, und ihre Haut brannte; er senkte ihn auf ihre Brüste und ihre zarten Knospen richteten sich auf; er glitt zu ihrem Bauch, und eine träge Hitze breitete sich in ihren Gliedern aus. Ihr Instinkt riet ihr, die Hände zu heben und sich zu bedecken, aber in ihrer aufblühenden Sinnlichkeit, die etwas ganz Neues, Unbekanntes für sie war, genoß sie das Gefühl, sich dem Mann, den sie liebte, nackt zu zeigen.

Sie trat einen Schritt vor, hob in einer stummen Bitte den Kopf – und Jared benötigte keine weitere Aufforderung. Aufstöhnend zog er sie an sich, preßte hungrig seinen Mund auf ihre Lippen und hob sie auf, um sie zum Bett zu tragen, wo er sie, unendlich behutsam und ohne seinen Kuß zu unterbrechen, niederlegte.

Ein leiser Seufzer entrang sich seinen Lippen, als er sich über Lacy beugte. Ihre unerwartet leidenschaftliche Reaktion, das Gefühl ihrer nackten Haut an seiner ... All das erstaunte und erregte ihn über alle Maßen und weckte ein Verlangen in ihm, wie er es noch bei keiner anderen Frau verspürt hatte.

Mit einer brüsken Bewegung sprang er auf und begann sich auszuziehen. Lacy seufzte enttäuscht, als er sich von ihr löste; als er dann jedoch zu ihr zurückkehrte und sich sanft auf ihr niederließ, seufzte sie vor Zufriedenheit.

Jareds Herz setzte einen Schlag lang aus, als er ihren weichen Körper unter seinem spürte. Aufstöhnend schloß er die Augen und kämpfte um Beherrschung, zwang sich, mehrmals tief durchzuatmen, bevor er die Augen wieder öffnete. Und wieder überraschte Lacy ihn.

»Du siehst aus, als wäre gerade dein liebster Wunsch in Erfüllung gegangen«, murmelte er rauh, verblüfft über das zufriedene Lächeln, das um ihre Lippen spielte.

»Ich glaube, so ist es auch«, wisperte sie. Die körperlichen Unterschiede zwischen ihr und Jared faszinierten sie – das dichte schwarze Haar auf seiner Brust, seine muskulösen Schultern, seine langen Beine und seine sichtbare männliche Erregung ... All das war ihr fremd, doch statt sie zu beängstigen, empfand sie dies alles als ungeheuer neu und aufregend.

Bei dieser Entdeckung vertiefte sich ihr Lächeln.

»Was findest du so amüsant, du kleine Närrin?« fragte er und küßte ihren Mundwinkel.

»Nichts«, wisperte sie. »Ich wußte nur nie, wie es sein würde. Ich mag es, wie du dich anfühlst.« Ihre naiven Worte steigerten seine Erregung bis ins Unerträgliche. Aus dem sinnlichen Spiel war Ernst geworden.

Stöhnend senkte er den Kopf, um seinen Lippen von neuem mit ihren zu vereinen. Während er sie leidenschaftlich küßte, ließ er seine Hand von ihrem Bauch zu ihren Schenkeln gleiten, spreizte sie sanft und drang in sie ein.

Ein lustvolles Erschauern erfaßte Lacy, ein erstickter Seufzer entrang sich ihrer Kehle. Sie spürte kaum die leichte Veränderung in Jareds Stellung, als er die Hand zurückzog und sie die ganze Härte und Hitze seines männlichen Verlangens zwischen ihren Schenkeln spüren ließ, bevor er unendlich behutsam in sie eindrang.

Lacy versteifte sich, aber der leise Schmerz verging rasch wieder, verdrängt von den unglaublichsten Gefühlen. Daß sie ihn in sich aufnehmen konnte, war eine wundervolle Vorstellung, die sie fast ebenso sehr erregte wie Jareds leidenschaftlicher Kuß. Um ihn noch tiefer spüren zu können, krümmte sie den Rücken und bog sich ihm in einer stummen Einladung entgegen.

Ihre Bewegung ließ Jared fast die Kontrolle über sich verlieren. Langsam begann er sich in ihr zu bewegen, zögernd anfangs noch, dann immer heftiger, bis Lacy seine Schultern umklammerte und keuchend nach Atem rang.

Lacy war dem Sturm der Gefühle, die Jared in ihr weckte, hilflos ausgesetzt. Eine fast schmerzhafte, gänzlich unerträgliche Spannung wuchs in ihr, die sich mit jeder seiner Bewegungen steigerte. Wimmernd bäumte sie sich auf, und dann, als sie es schon nicht mehr zu ertragen glaubte, löste sich die Spannung plötzlich in einer Explosion lustvoller Ekstase.

Wellen der Lust durchzuckten sie, Lacy bäumte sich auf und schrie Jareds Namen.

Ihr Höhepunkt brachte Jared an die Grenzen seiner Selbstbeherrschung, und mit einem heiseren Aufschrei überließ er sich seiner eigenen Erfüllung.

»Ich liebe dich«, murmelte Lacy, als sie danach in inniger Umarmung liegenblieben.

Jared lächelte. »Wenn man bedenkt, wo ich jetzt bin –« er schob ein wenig seinen Hüften vor »– sollte man das eigentlich auch annehmen.«

Lacy errötete bei der Erinnerung daran, daß ihre Körper noch immer auf intimste Weise vereinigt waren. Als Jared die Hitze in ihren Wangen sah, schnappte er verblüfft nach Luft.

»Du errötest, Lacy? … *Jetzt*?« Nach allem, was zwischen ihnen vorgefallen war, fand er es köstlich, daß sie über eine derart harmlose Bemerkung errötete. »Es besteht kein Anlaß zur Verlegenheit. Das wäre völlig fehl am Platze zwischen uns.«

Er strich ihr das silberblonde Haar zurück, und seine Miene wurde ernst. »Ich liebe dich, Lacy. Wenn ich jetzt sterben müßte, dann als zufriedener Mann. Es gibt nur eins, was ich mir noch wünschen würde.«

»Und das wäre?« fragte sie, verwirrt über seinen Ernst.

»Daß du meine Frau wirst.«

Lacys Augen weiteten sich vor Überraschung. »Du willst mich heiraten?«

Er warf ihr einen ungläubigen Blick zu. »Dachtest du, ich ginge mit dir ins Bett, wenn ich nicht vorhätte, dich zu heiraten? Ich hätte dich schon vor Wochen verführen können, wenn ich nur deinen Körper begehrt hätte.«

Sie lächelte. »Und heute *hast* du mich verführt.«

»Aber nur, weil ich bereits den Entschluß gefaßt hatte, dich zu heiraten.«

»Und wann hast du das beschlossen?«

»Als du mir an jenem Tag, als ich von meinem Schiff zurückkehrte, in die Arme sankst. Ich trug dich in dein Bett und wußte plötzlich, daß ich dich in mein eigenes Bett tragen wollte, nicht nur einmal, sondern ein ganzes Leben lang.«

Lacy wandte den Blick ab und biß sich auf die Unterlippe. »Und dann hätte ich fast alles zerstört, indem ich dir mißtraute.«

So ungern Jared auch über Mariette sprach, er sah ein, daß es nicht zu umgehen war. Behutsam löste er sich von Lacys Körper und zog sie an sich, so daß ihr Kopf an seiner Schulter ruhte.

»Ich werde es dir nur einmal erklären, Lacy und dann will ich nichts mehr davon hören. Ich habe deiner Schwester nie mehr als einen flüchtigen Blick gewidmet. Und wenn sie nicht deine Schwester wäre, hätte ich sie wahrscheinlich nicht einmal mit der erforderlichen Höflichkeit behandelt.« Beruhigend strich er über Lacys Schulter. »Es war dumm von dir, mir nicht zu vertrauen. Ich glaube, ich habe dich schon vom Augenblick unserer ersten Begegnung an geliebt.«

»Aber das konnte ich doch nicht wissen«, murmelte sie bedrückt.

»Deshalb gebe ich dir ja auch nicht die Schuld an diesem Mißverständnis. Leider war es so, daß Mariette ihren hinterhältigen Plan in die Tat umsetzte, bevor ich Gelegenheit gehabt hatte, dir meine Gefühle zu gestehen.«

Lacy seufzte schwer. »Es tut mir leid, daß ich dir nicht vertraut habe.«

Jared drehte sich zur Seite und stützte sich auf einen Ellenbogen. »Es ist erledigt und vorbei«, erklärte er. »Und ich werde meine Zeit nicht damit verschwenden, noch länger darüber nachzudenken. Ich habe Wichtigeres zu tun.«

»So?«

»Ja. Zunächst einmal möchte ich wissen, ob du mich heiraten wirst. Du hast meine Frage noch nicht beantwortet.«

Ein strahlendes Lächeln erhellte ihr Gesicht. »Ja!« rief sie, lachte vor Freude und umarmte Jared. »Ich glaube, ich war noch nie so glücklich wie in diesem Augenblick!«

»Wenn du jetzt sterben müßtest, würdest du dann als zufriedene Frau dahinscheiden?« scherzte er.

»Ja. Ich hätte nur noch einen Wunsch: deine Frau zu werden.«

»Je eher, desto besser«, erklärte er und küßte sie zärtlich. »Ich hoffe, du bestehst nicht auf einer langen Verlobungszeit, denn ich könnte das Warten nicht ertragen. Ich will wissen, daß du mir gehörst, nur mir.« Er grinste schief. »Also setz jetzt gleich einen Termin für die Hochzeit fest, denn sonst tue ich es. Es sollte schon sehr bald sein. Ich möchte verheiratet sein, bevor wir nach Connecticut zurückkehren.«

»Connecticut?«

»Ja, du weißt schon, dieser kleine Staat im Norden.«

Ein Frösteln erfaßte Lacy. Sie hatte noch nicht darüber nachgedacht, wo sie leben würden, aber irgendwie hatte sie immer das Gefühl gehabt, daß es nicht Connecticut sein würde.

»Lacy?« Jared schaute sie prüfend an. »Was ist?«

»Ich …« Sie brachte die Worte nicht über die Lippen. Eigentlich wußte sie auch gar nicht, was sie sagen sollte. »Du willst in … Connecticut leben?«

»Dort bin ich zu Hause.«

Natürlich, er hatte ja recht. Sein Haus, seine Eltern, seine Geschwister und seine Geschäfte waren dort. Es war ganz normal, daß er dort leben wollte.

Vielleicht war es dumm von ihr, aber sie hatte noch nie daran gedacht, irgendwo anders als auf der Plantage zu leben. Sie war ein Teil ihres Lebens, ein Teil ihrer selbst.

Eine heftige Beklemmung erfaßte sie. Wie konnte sie hier fortgehen? Sie hatte die Plantage geliebt, behütet und gehegt, als wäre sie ihr eigenes Kind. Und dieses Kind benötigte ihre Hilfe und Unterstützung jetzt mehr als je zuvor …

Aber Jared erwartete von ihr – und das mit Recht – daß sie dort leben würde, wo er lebte. In Connecticut.

»Ich … brauche Zeit, Jared. Die Lage hier ist nicht gut. Ich kann Travis nicht mit all den Problemen im Stich lassen.«

»Travis ist ein erwachsener Mann. Er wird es schon schaffen.«

Zwei Stunden zuvor, bevor Travis ihr seine Ängste anvertraut hatte, hätte Lacy Jared vielleicht noch zugestimmt. Aber inzwischen wußte sie, wie unsicher ihr Bruder war, und fragte sich, ob er wirklich fähig war, die *Watch* allein zu führen.

»Aber angenommen, die Verantwortung wäre zuviel für ihn? Mariette war nie eine Hilfe und wird es niemals sein. Er könnte die Plantage verlieren, Jared!«

Jared mußte Lacy rechtgeben. Es war von Anfang an offensichtlich für ihn gewesen, daß sie die eigentliche Quelle war, aus der die Plantage ihre Kraft bezog. Aber sie konnte nicht ewig ihrem Bruder beistehen und ihre eigene Zukunft für ihn aufopfern.

»Früher oder später wird Travis lernen müssen, selbst mit den Problemen fertigzuwerden.«

»Das weiß ich, aber wenn ich ihm wenigstens jetzt helfen könnte, wo die Plantage in so großen Schwierigkeiten steckt, würde ich mich besser fühlen.«

Jared runzelte die Stirn. »Na schön, angenommen, du bleibst und stehst ihm in dieser Krise bei. Ich kann geduldig sein und warten. Aber du weißt so gut wie ich, daß auf einer Plantage oder in einem Geschäft eine Krise auf die andere folgt. Was wirst du dann tun? Warten, um auch dieses Problem zu lösen und dann das nächste und das übernächste?«

Ihr Instinkt sagte ihr, daß sie dann ganz sicher bleiben wollen würde. Um sich um das Land zu kümmern und alle, die von ihm lebten.

Ein schmerzhafter Druck entstand in ihrem Magen, betrübt richtete sie sich auf und schwang die Beine über die Bettkante. Sie saß in der Falle. Ganz gleich, wie sie es drehte und wendete, es bestand keine Hoffnung für sie. Jared war ebenso zu einem Teil von ihr geworden wie das Land, und nun wurde von ihr erwartet, daß sie sich zwischen beiden entschied. Doch dazu fühlte sie sich einfach nicht in der Lage.

»Könntest du …« Tränen füllten ihre Augen, als sie ihr Glück dahinschwinden sah. »Würdest du … in Betracht ziehen, hier zu leben?« fragte sie, obwohl sie die Antwort bereits kannte. *Swan's Watch* war nicht sein Zuhause. Die Plantage war nicht sein Eigentum. Hier zu leben, würde seinen Stolz empfindlich kränken.

Sie senkte resigniert den Kopf und ließ ihren Tränen freien Lauf. Hinter ihr fluchte Jared. Was hätte er auch darauf erwidern können? Nichts anderes, als das Schicksal und ihre aussichtslose Lage zu verfluchen.

Rasch stand Lacy auf und bückte sich, um ihre Kleider einzusammeln. Mit dem Gefühl, alles verloren zu haben, verließ sie fluchtartig das Zimmer.

11.
KAPITEL

Travis griff sich an den Kopf, um dem Pochen ein Ende zu bereiten, das ihn aus tiefem Schlaf gerissen hatte. Vorsichtig öffnete er ein Auge, spähte in die Finsternis des Schlafzimmers und versuchte zu erraten, welche Zeit es war. Kein Licht drang durch die Vorhänge, er wußte nicht, ob er schon seit Stunden schlief oder erst seit wenigen Minuten.

Langsam richtete er sich auf und setzte seine Füße, die noch in den Stiefeln steckten, auf den Boden. Seine Ellbogen ruhten auf den Schenkeln, sein Kopf sank in seine Hände. Etwas verspätet fiel ihm auf, daß er sich nicht ausgezogen hatte, bevor er ins Bett gefallen war.

»Verdammter Bourbon«, murmelte er gereizt. Er konnte sich nicht entsinnen, wann er zum letzten Mal so betrunken gewesen war. Aber er war in der vergangenen Nacht wie vom Teufel besessen gewesen, wütend über die Plantage und wütend auf sich selbst. Der Alkohol hatte ein wenig die Anspannung gelindert, die täglich an seinen Nerven zerrte, für einige Stunden wenigstens hatte er ihn die Verantwortung vergessen lassen, die so schwer auf seinen Schultern lastete. Nur, daß er jetzt teuer dafür bezahlte.

Er stand auf und ging auf schwankenden Beinen zur Kommode, wo er mit zitternden Händen eine Kerze anzündete und in den Spiegel schaute.

O Gott, was für ein jämmerlicher Anblick! Geschwollene, gerötete Augen starrten ihn an, sein Haar stand wirr in alle Richtungen, sein Halstuch war zerknittert. Verärgert wandte er sich von seinem Spiegelbild ab, zog den Rock aus und goß Wasser in die Waschschüssel. Nachdem er sich erfrischt hatte, fühlte er sich etwas besser, obwohl sein Kopf sich noch immer anfühlte, als ob er jeden Augenblick zerspringen müsse.

Auf der Kommode lag seine Taschenuhr. Es fehlte noch mindestens eine Stunde bis Tagesanbruch, aber er war hellwach, und Gedanken, die er lieber weit von sich gewiesen hätte, bestürmten ihn. Sein Mund verzog sich zu einem schmalen Strich. Egal, zu welcher Tageszeit oder an welchem Ort, die Plantage lastete stets auf ihm wie eine schwere Bürde, die einfach nicht abzuschütteln war.

Er schloß die Augen und seufzte müde. Wie gern wäre er noch einmal zurückgekehrt zu jenen Tagen, als er noch nicht ihr Gewicht gespürt hatte. Einen Tag lang wenigstens wäre er gern wieder sorglos und unbekümmert wie früher gewesen, als er sich noch nicht ständig um *Swan's Watch* zu sorgen brauchte. Mehr als alles andere jedoch wünschte er, noch einmal *das* verspüren zu können, was er damals im Hinblick auf die *Watch* empfunden hatte: Befriedigung, Stolz und Pflichtbewußtsein. Doch all das war mit seinem Vater zu Grabe getragen worden, und geblieben war nur das Land, resolut in seinen Bedürfnissen und unnachgiebig in seinen Forderungen.

Er rieb seine angespannten Nackenmuskeln und haßte sich für den Groll, den er nicht beherrschen konnte. Nicht zum erstenmal fragte er sich, wie Lacy derart stark sein konnte. Woher bezog sie nur ihre innere Kraft, ihr unerschütterliches Vertrauen und ihre Entschlossenheit? Noch nie hatte er ihre Liebe zur Plantage schwanken sehen. Lacy beschämte ihn mit ihrer Beständigkeit und ihrer unverdrossenen Überzeugung.

In einem Anfall von Frustration fuhr er sich mit der Hand durchs Haar, wandte sich auf dem Absatz um und ging zur Tür. Er brauchte Rose. Nur bei ihr, in ihren Armen, fand er Frieden.

Mit leisen, schnellen Schritten durchquerte er den Garten, um Minuten später schon die Tür zu Rose' Hütte aufzustoßen und einzutreten. Die erste Morgendämmerung erhellte das schmale Bett, wo sie auf der Seite lag, eine Hand unter ihrer Wange, während die andere unter einer dünnen Decke ruhte.

»Rose«, flüsterte Travis.

Sie erwachte augenblicklich, schlug die Augen auf und stützte sich verblüfft auf einen Ellbogen. Im ersten Augenblick hatte sie gedacht, der dunkle Schatten neben ihrem Bett wäre Syphron, der sich wieder einmal hereingeschlichen hatte, um über Flucht zu sprechen … und über Heirat. Doch dann erkannte sie, daß es Travis war, und ließ sich seufzend zurücksinken.

»Massa Travis?« Unsicherheit und leise Furcht klangen in ihrer Stimme mit.

Er setzte sich neben sie und legte in einer besitzergreifenden Geste die Hand auf ihre Hüfte. »Wer sonst?« entgegnete er.

»Niemand«, versicherte sie rasch. »Ich … Wahrscheinlich hab' ich fest geschlafen. Ich hab' dich nicht hereinkommen hören.«

Er strich über ihre Hüfte und über ihren Schenkel. »Also, ich bin es jedenfalls, und du bist jetzt wach.« Ihre zarte Haut unter seinen Fingern war wie Balsam für seine Seele, und er atmete erleichtert auf, als wäre er einen weiten Weg gelaufen und hatte endlich sein Ziel erreicht. Verpflichtungen und Bürden fielen von ihm ab und wichen jenem Gefühl tiefer Zufriedenheit und Freude, das er in letzter Zeit nur noch empfand, wenn er bei Rose war.

Wie immer heiterte ihre Nähe ihn auf. Und wie immer akzeptierte er das, ohne über die Gründe dafür nachzudenken. Denn das wäre ein weiterer Anlaß zur Beunruhigung gewesen …

»Es wird bald hell sein«, murmelte er.

Rose nickte. Wortlos schlug sie die Decke zurück und legte ihr dünnes Kleid ab. Sie wußte, was von ihr erwartet wurde: rückhaltlose Hingabe und hemmungslose Leidenschaft. Doch diesmal glaubte sie Syphrons Worte zu vernehmen: *Du bist nichts anderes als seine Hure!*

Sie beobachtete, wie Travis seine Kleider ablegte.

Willst du kein anderes Leben, als deine Beine für ihn zu spreizen? Sie rutschte beiseite, um Travis Platz zu machen.

Er benutzt dich, wie er seine Pferde benutzt …

Sie zog ein Knie an und spreizte ihre Schenkel, wie Travis es sie gelehrt hatte.

... der einzige Unterschied ist, daß er kein Halfter benötigt, um dich zu reiten.

Sie preßte die Lippen zusammen, und eine Träne löste sich aus ihrem Augenwinkel.

Travis zog sie in die Arme und runzelte leicht die Stirn, als er spürte, wie steif ihr Körper war. »Ist dir kalt?« fragte er.

Ihre Kehle war wie zugeschnürt, sie konnte nur den Kopf schütteln.

»Aber du bist steif wie ein Brett«, sagte Travis mit einem leisen Lachen. Im Halbdunkel der Hütte waren nur die Umrisse ihres Gesichts zu erkennen, aber er fand ihren Mund und zog sie an sich. Ihre vollen, jungen Brüste preßten sich an seine Brust, und alle Gedanken außer einem waren ausgelöscht. Travis rollte sich auf Rose, stützte sich auf seine Ellbogen und bewegte auffordernd die Hüften.

Zögernd hob Rose die Arme und schlang sie um seinen Nacken, nicht aus Sehnsucht und dem Verlangen heraus, das sie früher für Travis empfunden hatte, sondern weil es das war, was er von ihr erwartete.

Seine Hände glitten streichelnd über ihre Brüste.

Du brauchst nicht seine Hure zu sein.

Sein schwerer Atem füllte ihr Ohr, als er seine Zungenspitze darübergleiten ließ.

Ich will, daß du mit mir kommst. Ich will dich heiraten und Kinder mit dir haben ...

»Oh, meine süße Rose«, murmelte Travis. »Ich will deine Seufzer hören. Dein Stöhnen ...« Seine Lippen schlossen sich um ihre Brustspitze, und da begann ihr Körper endlich auf die Liebkosung zu reagieren. Das Gefühl, das sie erfaßte, war jedoch nur schwach.

Auf den beharrlichen Druck seiner Hand hin spreizte sie die Schenkel, und ähnlich wie seine Lippen auf ihrer Brust löste das sanfte Eindringen seiner Finger eine vertraute Reaktion in ihrem Körper aus. Rose bemühte sich, sie zu verdrängen, selbst dann noch, als die schon gewohnte Erregung in ihr erwachte.

Travis küßte sie mit einer Leidenschaft, die nur sie in ihm entfachte. Sein Körper war hart und fordernd, begehrte sie mit einer Heftigkeit, mit der er noch keine andere Frau begehrt hatte. Nur bei Rose fühlte er sich so sicher, so zuversichtlich und so stolz. Nur seine Rose konnte ihm das Gefühl vermitteln, ein echter Mann zu sein.

Er rollte sich auf den Rücken und zog sie mit, so daß sie rittlings auf ihm hockte. Die Hitze ihres Körpers an seiner pulsierenden Erregung versprach ihm Paradiese, die er nur bei ihr fand. Mit einer Hand streichelte er ihre Brust, während die andere über ihren Rücken glitt und Rose zu einem weiteren Kuß zu sich hinabzog.

Im selben Augenblick, in dem ihre Zungen einen sinnlichen Tanz begannen, umfaßte er ihre Hüften und drang in sie ein.

Aus welchem Grund auch immer – er konnte sich nicht länger etwas darüber vormachen, daß Rose die Quelle seiner Kraft war. Tief in seinem Innersten hatte er es die ganze Zeit gewußt, doch heute gestand er es sich zum erstenmal ganz offen ein.

Dieses Eingeständnis ließ einen Damm brechen. Eine Welle freudiger Erleichterung erfaßte ihn und erfüllte ihn mit einem schwindelerregenden Gefühl der Macht.

Es war keine sanfte Vereinigung. Travis begann sich immer schneller zu bewegen, und in drängendem Rhythmus steigerte er ihre Lust, bis sie beide wieder und wieder in höchster Ekstase erschauerten.

Dann herrschte Stille in der Hütte, und Travis dachte, daß diese zufriedene Stille perfekt den Zustand seiner eigenen Seele widerspiegelte.

Als er sich langsam von Rose löste und das Bett verließ, stellte er belustigt fest, daß das Pochen aus seinem Kopf verschwunden.

Er schaute Rose an, weil er sich nicht sicher war, was in den vergangenen Minuten geschehen war. Aber das war eigentlich auch nicht wichtig. Er wußte nur, daß er zu einer höchst privaten Vereinbarung mit sich selbst gekommen war. Es war nichts, was er je mit einem anderen Menschen teilen würde – es genügte, daß er die Wahrheit akzeptiert hatte und sie verborgen hielt.

Mit einem Gefühl ganz ungewöhnlicher Zufriedenheit zog er sich hastig an, um in sein Zimmer zurückzukehren, bevor der Rest des Haushalts aufwachte. Nach einem flüchtigen Kuß für Rose wandte er sich ab und ging.

Reglos blieb sie liegen und ließ den Tränen, die sie bisher zurückgehalten hatte, nun endlich freien Lauf.

Er hatte sie seine Rose genannt … Früher hatte sie das für einen Beweis seiner Zuneigung gehalten und war dumm genug gewesen, nur das zu hören, was sie hören wollte.

Es war Tatsache, daß sie *seine* Rose war, sein Eigentum, nicht anders als die Pflüge auf den Feldern und die Schweine in den Ställen. Es bestand nicht der geringste Unterschied, jedenfalls nicht, solange er ihren Körper so gleichgültig benutzte wie diese Pflüge.

Großer Gott, sie wünschte, es wäre anders. Wie gern wäre sie wirklich »seine Rose« – seine Frau und die Mutter seiner Kinder … Wo und wie, das war ihr gleichgültig, solange er sie nur liebte.

Travis hätte sich nicht zu sorgen brauchen, daß ihm auf dem Weg zum Haus jemand begegnen könnte. Er sah seine Schwestern und Jared mittags, als sie sich im Eßzimmer versammelten. Ganz im Gegensatz zu ihren früheren gemeinsamen Mahlzeiten herrschte heute eine sehr gespannte Atmosphäre.

»Also wirklich«, erklärte Mariette mit einem Blick auf die ernsten Gesichter, »das ist aber keine heitere Gruppe!«

Lacy starrte auf ihren Teller und stocherte in ihrem Gemüse. Ihr gegenüber saß Jared und widmete sein ganzes Interesse seinem Essen. Eine nervöse Spannung herrschte zwischen ihnen.

»Ich glaube, wir müssen uns alle noch von gestern nacht erholen«, erwiderte Travis nüchtern.

Mariette zog ihre schmalen Brauen hoch. »Ich würde sagen, einige von uns mehr als andere.«

Ihre Bemerkung klang beiläufig genug, doch Travis zweifelte nicht daran, daß sie ihm gegolten hatte. Er und Mariette waren mit derselben Kutsche heimgekehrt, und sie hatte ihm unmißverständlich klar gemacht, was sie von seinem Zustand hielt.

Betrunken, wie er in der Nacht zuvor gewesen war, hatte er ihre Vorhaltungen mit einem Schulterzucken abgetan. Aber daß sie ihn jetzt daran erinnerte, und dazu auch noch vor Jared, das ärgerte ihn. Er warf seinem Gast einen Blick zu, aber Jared beschäftigte sich zum Glück mit seinem Essen.

Travis' Blick glitt zu Lacy. Sie wirkte genauso geistesabwesend wie Jared. Keiner von beiden schien zu einer Unterhaltung aufgelegt zu sein. Und beide sahen aus, als ob sie nicht genügend Schlaf bekommen hätten.

»Lacy, ich hörte, daß es dir gestern nacht nicht gutging«, bemerkte er, um das Schweigen zu unterbrechen. »Ich hoffe, daß es nichts Ernstes war.«

Lacys ganze Energie konzentrierte sich darauf, eine gelassene Miene zu bewahren. Es war die reinste Qual, Jared gegenüberzusitzen, als ob nichts zwischen ihnen vorgefallen wäre, als ob er sie nicht gebeten hätte, sie zu heiraten ... und sie gezwungen gewesen wäre, abzulehnen.

»Nein, nichts Ernstes«, murmelte sie. »Ich war nur müde, und Jared ... Er war so freundlich, mich heimzubringen.«

»Ja, dafür wollte ich Euch noch danken, Jared«, sagte Travis. »Tomas sagte mir, daß er Euch und Lacy heimgefahren hatte.«

»Es war mir ein Vergnügen«, entgegnete Jared mit schmalen Lippen.

Travis runzelte die Stirn. Jared wirkte irgendwie verärgert. Travis warf seiner Schwester einen fragenden Blick zu.

»Fühlst du dich heute besser, Lacy?«

»Ich habe … Kopfschmerzen. Ich habe nicht gut geschlafen.«

»Ach, tatsächlich?« warf Mariette spöttisch ein. »Man sollte meinen, nachdem du so früh zu Bett gegangen warst, hättest du geschlafen wie ein kleines Kind.«

Ein leises Zittern entstand um Lacys Lippen, und sie hob ihr Glas, um es zu verbergen. Das kühle Wasser linderte jedoch nicht den Schmerz in ihrer Kehle.

Ihr Unbehagen entging Travis nicht. »Bist du sicher, daß du auf sein solltest? Vielleicht solltest du dich heute lieber ausruhen.«

Lacy schüttelte den Kopf. »Das kann ich nicht. Mariette und ich müssen heute die Speisekammern inspizieren.«

»Unmöglich!« warf Mariette rasch ein. »Dazu habe ich beim besten Willen keine Zeit.«

»Wieso nicht?« fragte Lacy empört. »Du hast versprochen, mir zu helfen.«

Was sie versprochen hatte oder nicht, kümmerte Mariette nicht. Sie dachte gar nicht daran, Schinken und Mehlsäcke zu zählen, wenn sie eine Hochzeit zu planen hatte. »Jetzt reg dich doch bitte nicht so auf, Lacy. Es ist schließlich nicht das erste Mal, daß du allein Inventur in den Speisekammern machst.«

»Das brauchst du mir nicht zu sagen«, entgegnete Lacy ärgerlich. »Aber ich hatte mich darauf verlassen, daß du mir hilfst. Selbst dann würde es den ganzen Nachmittag in Anspruch nehmen.«

»Daran kann ich leider nichts ändern«, erklärte Mariette mit einem gefälligen Lächeln. »Ich werde zu beschäftigt sein, um dir zu helfen. Tatsächlich werde ich von jetzt an sogar *sehr* beschäftigt sein«, schloß sie triumphierend.

»Womit?«

»Mit meinen Hochzeitsplänen.« Mariette lehnte sich zurück und nahm eine überlegene Haltung ein. »Carter hat mich gebeten, ihn zu heiraten, und ich habe seinen Antrag angenommen.«

Travis' Gesicht verriet Überraschung. »Wann war das?«

»Gestern abend.« Sie wartete auf die Gratulationen, bereit, diesen glorreichen Moment voll auszukosten. Aber alle am Tisch starrten sie nur an, als ob ihr ein zweiter Kopf gewachsen wäre. Sie starrte zurück und verfluchte sie im stillen alle. Lacy saß da wie ein nutzloses Bündel Mensch, Travis war nichts als ein Trunkenbold, und Jared ... Jared Steele war ein ausgemachter Schuft. Sie würde froh sein, die drei endlich loszuwerden.

»Will mir denn keiner gratulieren?«

Travis war der erste, der sich von seinem Schock erholte. »Aber natürlich, Mariette. Meinen herzlichsten Glückwunsch für dich und Carter.«

»Danke, lieber Bruder.« Auffordernd richtete sie den Blick auf Lacy. »Und du? Willst du mir kein Glück wünschen?«

Die verschiedenartigsten Gedanken und Gefühle bedrängten Lacy. Sie war nicht überrascht, daß Carter Mariette um ihre Hand gebeten hatte, denn es hatte sich seit Monaten schon angekündigt. Aber bis gestern war Mariettes Verhalten Jared gegenüber nicht das einer Frau gewesen, die den Mann liebte, mit dem sie nun verlobt war.

Statt glücklich zu sein für ihre Schwester, verspürte Lacy nichts als eine tiefe Traurigkeit. Wenn Mariette innerhalb von Stunden von einem Mann zum nächsten flattern konnte, wie treu würde sie dann ihrem Gatten sein? Welche Art von Ehe würden sie führen, wenn sie ihren Mann nicht liebte?

Indem sie glättend mit der Hand über ihren Rock strich, bemühte sie sich, ein überzeugendes Lächeln aufzusetzen. »Ich hoffe, daß ihr beide glücklich werdet.«

Mariette strahlte und genoß das Gefühl, die Überlegene zu sein ... auf Lacys Kosten. »Danke, Lacy.« Mit einem koketten Lächeln richtete sie den Blick auf Jared. »Ich hoffe, daß auch Ihr mir Glück wünschen werdet, Jared, und ... daß wir immer Freunde sein werden.«

Hätte Mariette Jareds Gedanken lesen können, hätte sie nicht einmal das Wort an ihn gerichtet. Sein Gesicht war von einer ausdruckslosen Kälte, der Höflichkeit zuliebe ließ er sich jedoch ebenfalls zu einer Gratulation herab.

»Ich bin sicher, daß Carter James sich sehr glücklich schätzen kann«, erwiderte er gewandt.

Mariette war insgeheim davon überzeugt, daß Carter der glücklichste Mann auf Erden war. »Ich danke euch allen«, entgegnete sie, faltete ihre Serviette zusammen und legte sie neben ihren Teller. Jetzt, wo sie gesagt hatte, was zu sagen war, ertrug sie es nicht länger, mit diesen mürrischen, langweiligen Menschen an einem Tisch zu sitzen. »Wenn ihr mich entschuldigen würdet ... Ich habe eine Million wichtiger Dinge zu erledigen.« Sie stand auf und schüttelte den Kopf. »Ich weiß gar nicht, wo ich anfangen soll!« rief sie in gespielter Verzweiflung, bevor sie in einer Wolke von Musselin hinausschwebte.

»Ich glaube, ich sollte mich jetzt auf den Weg machen«, bemerkte Travis und erhob sich.

Lacy schaute verwundert zu ihm auf. »Wo willst du hin?«

»Ich wollte zu Norman hinüberreiten und mit ihm über die Sklaven sprechen. Er bot mir an, mir einige von ihnen zu verkaufen.«

Lacy runzelte die Stirn. »Aber ich dachte, du wolltest mit Michael über die Anlage eines weiteren Gemüsegartens sprechen! Er wartet schon seit Tagen darauf, daß du ihm sagst, wo die Männer pflügen sollen.«

»Das kann noch einen Tag warten, Lacy.«

Sie schnappte ärgerlich nach Luft. »Nein, Travis, das kann es nicht. Es sieht aus, als ob es noch heute regnen würde, und wenn die Männer die Erde nicht sofort pflügen, wird sie tagelang zu schwer sein, um bearbeitet zu werden. Eine weitere verlorene Woche ist eine weitere Woche, in der wir mit der Aussaat und der Ernte hinterherhinken, und ich hatte fest damit gerechnet, das Gemüse für den Winter einzukochen.«

»Verdammt, du hast recht, Lacy. Aber ich kann nicht länger warten, um über diese Sklaven zu verhandeln.« Er schürzte die Lippen und zuckte mit den Schultern. »Warum entscheidest du nicht einfach, wohin der neue Garten soll? Was immer du beschließt, mir soll es recht sein.« Überzeugt, daß Lacy die Angelegenheit übernehmen würde, wandte er sich an Jared. »Möchtet Ihr mich begleiten? Ich wüßte Euren Rat zu schätzen, Jared.«

Jareds Augen funkelten wie Glassplitter, als er sich erhob. »Ich muß leider ablehnen, aber wenn es Euch recht ist, werde ich Euch in die Stadt begleiten. Ich habe dort einiges zu erledigen.«

»Aber gern. Ich lasse Tomas die Kutsche anspannen.« Froh über Jareds Gesellschaft, entschuldigte Travis sich und verließ den Raum.

Ein bedrückendes Schweigen breitete sich aus, das die Tatsache, daß Jared und Lacy zum erstenmal allein waren, seit sie aus seinem Bett geflohen war, geradezu herauszuschreien schien. Der Schmerz, der tief in ihrem Inneren wühlte, ließ sie erschauern, und in stummer Verzweiflung starrte Lacy auf ihre Hände.

Als sie das Schweigen nicht mehr ertrug, schaute sie auf und sah, daß Jared sie anstarrte. Seine Augen waren wie glitzerndes graues Eis, sein Gesicht war hart und unnachgiebig.

Tränen sammelten sich in ihren Augen, als sie seinen kalten Blick erwiderte. »Siehst du jetzt, womit ich mich auseinanderzusetzen habe?« fragte sie bekümmert. »Begreifst du jetzt, was aus der Plantage würde, wenn ich mit dir ginge?«

Unsicher erhob sie sich, in der Hoffnung, daß Jared etwas sagen würde, irgend etwas, um ihren Schmerz zu lindern. Aber als sie mit schleppenden Schritten den Raum verließ, folgte ihr nur sein düsterer Blick.

12.
KAPITEL

Der dringend benötigte Regen begann am späten Nachmittag. Von einem der Fenster des Salons aus beobachtete Lacy, wie er in einer wahren Sintflut auf das Land herabkam und alles durchnäßte, was nicht geschützt war.

Unwillkürlich hob sie die Hand und massierte ihre angespannten Nackenmuskeln. Der leichte Schmerz vermischte sich mit dem Pochen hinter ihren Augen, und seufzend wünschte sie beides zum Teufel. Ein sinnloser Wunsch, das war ihr klar, weil ihr Unbehagen emotionelle Gründe hatte, die nicht beseitigt werden konnten. Solange sie Jared – und die Plantage – liebte, würde nichts sie von ihren Kopfschmerzen befreien können.

Sie wandte sich vom Fenster ab und suchte Trost in der Wärme des Kaminfeuers. Es war kühl geworden, seit es regnete, und deshalb hatte sie befohlen, die Kamine anzuzünden. Doch weder die Wärme noch das Flackern der Scheite vermochten sie von den Gedanken an Jared abzulenken.

Er war seit dem Mittagessen fort, aber das hinderte sie nicht daran, beständig an ihn zu denken. Der bloße Gedanke an das, was zwischen ihnen vorgefallen war, erfüllte sie mit einem tiefen Glücksgefühl. Ein leises Erröten stieg in ihre Wangen, aber es wurde überschattet von Trauer. Wie sollte – *konnte* – sie sich entscheiden zwischen dem Mann, den sie liebte, und dem Land, das ein Teil ihrer Selbst war? Aber welches Glück durfte sie erwarten von einem Leben ohne Jared? Oder von einem Leben fern der Plantage?

Travis' Stimme ließ sie aufhorchen, und sie wandte den Kopf und schaute sich zur Tür um.

»Ich komme mir vor wie ein verdammter Fisch«, murmelte er gereizt und schüttelte das Wasser von seinen Rockärmeln, als er zu dem Beistelltisch mit dem Sortiment von Flaschen ging.

»Ich habe dich nicht zurückkommen hören«, sagte sie, aber ihr Blick blieb auf die Tür gerichtet. Tatsächlich erschien kurz darauf auch Jared, und rasch wandte sie sich zu ihrem Bruder um.

»Brauchst du Handtücher?« fragte sie.

Gereizt schenkte Travis sich einen Bourbon ein, bevor er abwinkte. »Nein, nicht nötig. Kann ich Euch auch etwas anbieten, Jared?«

Jared lehnte dankend ab und näherte sich der einladenden Wärme des Kamins. Sein Gesicht verriet nicht die geringste Emotion, als er sich an den Sims lehnte, aber es gelang ihm nicht, zu verhindern, daß sein Blick zu Lacy glitt.

Ihr blasses Gesicht und ihre starre Haltung verrieten Jared, wie angespannt sie war. Die Hände im Schoß verschränkt, saß sie in ihrem Sessel und wich seinen Blicken aus. Alles an ihr strahlte eine gespannte Erwartung aus.

In Gedanken verfluchte Jared die ausweglose Lage, in der er sich befand. Lacy zu lieben, hätte etwas ganz Einfaches sein müssen, doch statt dessen war es ungeheuer kompliziert und hoffnungslos verwickelt.

Lacy, die seinen ernsten Blick spürte, mußte sich zwingen, nicht aus ihrem Sessel aufzuspringen. Das Unbehagen, das sein Blick in ihr auslöste, lag wie ein drückendes Gewicht auf ihrer Brust und erschwerte ihr das Atmen.

»Travis«, fragte sie so ruhig, wie es ihr möglich war, »ist das Gespräch mit Norman gut verlaufen?«

Travis seufzte schwer, trat zu Jared an den Kamin und ließ seine Schwester lange auf seine Antwort warten. Grimmige Linien prägten sein Gesicht, als er das Glas an seine Lippen führte.

»Es hätte besser verlaufen können«, murmelte er finster und schluckte, um den bitteren Geschmack aus seiner Kehle zu vertreiben.

»Habt ihr euch geeinigt ...?« fragte Lacy zögernd, weil Travis' Miene alles andere als ermutigend war.

»O ja, natürlich. Norman war durchaus bereit, mir die

Sklaven, die wir brauchen, zu verkaufen.« Ein Schnauben entrang sich ihm, seine blauen Augen glitzerten vor unterdrücktem Groll. »Das einzige Problem ist, daß wir uns nicht leisten können, alle dreizehn zu ersetzen, die wir verloren haben.«

Beklemmung breitete sich in Lacys Magen aus. »Wie ... wieviel Geld würden wir dafür benötigen?«

Travis betrachtete ausgiebig den Teppich unter seinen Stiefeln, bevor er antwortete: »Fast alles, was uns für die laufenden Ausgaben zur Verfügung steht.«

Lacy ließ bestürzt den Atem aus und lehnte sich zurück, um die Neuigkeiten zu verarbeiten. »Wie viele können wir uns leisten?«

»Vier.«

Mehr brauchte Travis nicht dazu zu sagen. *Swan's Watch* hatte nie weniger als fünfzig tüchtige Feldarbeiter gehabt. Jeder Mann und jede Frau stellten Tonnen Erde dar. Ohne eine vollzählige Anzahl von Sklaven würden die Felder leiden, und das durfte nicht geschehen, wenn die Plantage auch weiterhin eine ausreichende Ernte erzeugen sollte. Ohne die vollständige Anzahl von Arbeitern würde der zu erwartende Gewinn so geringfügig sein, daß sie, wenn sie Glück hatten, gerade eben die Kosten decken konnten.

Das wiederum würde die Plantage in eine schwierige Ausgangssituation im nächsten Jahr versetzen. Das Geld, das für ihre Erhaltung nötig war, stammte immer aus dem Gewinn der vorherigen Saison. Wenn kein Gewinn abfiel, würde es fast ausgeschlossen sein, die Plantage über längere Zeit hinweg zu erhalten.

»Was schlägst du vor?« fragte sie.

Travis zuckte mit den Schultern. »Die einzige Möglichkeit, die ich sehe, wäre, einige Hektar Land zu verkaufen.«

Lacy war bestürzt. »O nein, Travis! Nein!«

»Was sollen wir sonst tun?« versetzte er gereizt, weil ihm die Idee ebenso wenig gefiel wie ihr. »Der einzige Mensch, an den ich wegen eines Darlehens wenden könnte, ist Norman, aber auch er hat im Moment Schwierigkeiten. Er könnte sich jetzt gar keinen Landkauf leisten. Und wenn wir zur Bank gingen, müßten wir das Land als Sicherheit anbieten, was bedeuten würde, daß wir auf lange Sicht gesehen viel mehr als nur einige Hektar verlieren könnten.«

»Aber einen Teil von *Swan's Watch* verkaufen? Das Land befindet sich seit Jahrhunderten im Besitz unserer Familie.«

»Glaubst du, das weiß ich nicht?«

Lacy schlug die Hände vors Gesicht. Der erste Flemming hatte das Land in Besitz genommen, als es noch Wildnis gewesen war und nur einige Indianerstämme am Fluß kampierten. Es hatte Jahre harter Arbeit erfordert, die Plantage aus *diesem* Land entstehen zu lassen. Die Ziegel des Hauses waren aus dem Ton *dieses* Lands gefertigt worden. Generationen hatten gelebt und geliebt, gelacht und geweint auf *diesem* Land. Der Gedanke, daß sie einen Teil davon veräußern mußten, war unerträglich.

Aber auch unvermeidlich. Denn wenn sie nicht auf die bloße Chance hin, in diesem Jahr einen Gewinn zu machen, die gesamte Plantage riskieren wollten, blieb ihnen keine andere Wahl.

Lacy wußte das. Und haßte dieses Wissen.

»An wen willst du verkaufen?« flüsterte sie bedrückt.

Travis rieb sich die Schläfen. »Keine Ahnung.«

Es war Jareds Stimme, die das Schweigen brach. »Ich werde das Land kaufen«, erklärte er ruhig, und Lacy und Travis starrten ihn überrascht an, beide nicht sicher, ihn richtig gehört zu haben.

»Jared, es ist nicht nötig, daß Ihr Euch mit unserem Problem belastet«, sagte Travis rasch und spreizte entschuldigend die Hände. »Ich fühlte mich frei, es in Eurer Anwesenheit zu besprechen, weil ich der Ansicht bin, daß Ihr ein Recht besitzt, zu erfahren, wie es um die Plantage steht. Aber ich habe damit nicht erreichen wollen, daß Ihr das Land erwerbt.«

Jareds Augen verengten sich ein wenig. »Gibt es einen

Grund, aus dem Ihr es nicht gern sehen würdet, wenn ich der Käufer wäre?«

»Nein, nein«, versicherte Travis ihm rasch. »Lieber Ihr als andere Männer, die ich kenne. Aber ich möchte nicht, daß Ihr glaubt, diese Unterhaltung hätte Euch gegolten. Es besteht nicht die geringste Verpflichtung Eurerseits, Euch den Kopf über unsere Finanzen zu zerbrechen.«

Jared verschränkte die Arme vor der Brust. »Es erscheint mir nur vernünftig, mich darum zu sorgen. Vor allem in diesem Fall, wo ein vorübergehender Mangel an Kapital den Profit gefährden würde, den wir beide in Zukunft aus dem Verschiffen Eurer Ernte zu ziehen gedenken.«

Travis' düstere Miene begann sich langsam aufzuhellen. Jareds Einstellung gefiel ihm. Zumindest würden sie nicht an einen Fremden verkaufen müssen. Das Land würde jemanden gehören, der ein begründetes Interesse an dem Besitz besaß. »Ihr wärt also bereit, einige Hektar Land zu kaufen?«

»Ja. Und ich würde Euch dafür bezahlen, daß Ihr es bearbeitet.«

Das klang mehr und mehr nach einer Partnerschaft, eine Idee, die Travis noch nie gekommen war, ihm jedoch ausnehmend gut gefiel. Mit schon erheblich zuversichtlicherer Miene wandte er sich an Lacy.

Die Frage, die sie in seinem Blick erkannte, wog schwer und war nicht zu ignorieren. Als sie von Travis zu Jared schaute, zog ihr Magen sich zusammen. Wenn ein anderer das Angebot gemacht hätte, wäre sie ohne die geringsten Bedenken darauf eingegangen. Aber es kam von Jared, und egal, wie sehr sie sich auch um Vernunft bemühte, es fiel ihr nicht leicht, sich zu einer Antwort durchzuringen.

Sie fragte sich, warum er an ihrem Land interessiert sein mochte. Sie glaubte ihm zwar, daß er seine geschäftlichen Interessen schützen wollte, konnte sich jedoch nicht des Gefühls erwehren, daß seine Entscheidung teilweise auch darauf beruhte, daß sie mit ihm ins Bett gegangen war.

Ein winziger Hoffnungsschimmer erwachte in ihr. Wenn er

hier Land besaß, würde es ihn nicht nur an *Swan's Watch* binden, sondern auch an sie.

Sie zwang sich, Travis anzusehen. »Ich weiß nicht, was ich dazu sagen soll. Ich versuche noch immer, mich damit abzufinden, daß wir Land verkaufen müssen.«

»Ich bezweifle, daß wir je ein vorteilhafteres Angebot erhalten würden«, beharrte Travis lächelnd.

Lacy nickte. »Das ist mir klar. Und wenn das Land verkauft werden muß, dann lieber an Jared.« Der Gedanke war eigentlich ungemein befriedigend ...

»Der Meinung bin ich auch«, stimmte Travis zu und lachte vor Erleichterung, das Problem so schnell gelöst zu haben. »Also gut«, erklärte er und klatschte in die Hände, »dann sind wir uns ja einig. Wir können uns nach dem Abendessen über die Bedingungen unterhalten.«

»Das ist mir recht«, willigte Jared ein.

»Und die Verträge lassen wir irgendwann nächste Woche aufsetzen.«

Jared entfernte sich vom Kamin. »Ich fürchte, das wird früher sein müssen. Morgen schon, um genau zu sein, weil ich übermorgen nach Connecticut abreise.«

Lacys Blick suchte Jareds, und ihr Herz zog sich in ihrer Brust zusammen. Die schwache Hoffnung, die eben noch in ihr aufgekeimt war, erstarb.

»Wieso das?« fragte Travis.

»Ich habe meine Pläne geändert«, erklärte Jared, ohne den Blick von Lacy abzuwenden. »Übermorgen läuft ein Schiff nach New York aus. Ich habe eine Passage darauf gebucht.«

Tiefe Bestürzung erfüllte Lacy. Sie versuchte, das Zittern ihrer Lippen zu unterdrücken, aber es war sinnlos, und ihr blieb nichts anderes übrig, als still dazusitzen und so zu tun, als wüßte sie nicht, warum er so plötzlich heimkehrte. *Ihretwegen natürlich, weil sie ihn nicht heiraten konnte.*

»Nun, ich bedaure sehr, zu hören, daß Ihr so bald abreisen werdet«, sagte Travis, aber Lacy verstand kaum, was er sagte.

Alles, was sie hörte, waren Jareds Beteuerungen, daß er sie liebte und sie heiraten wollte.

Und nun verließ er sie.

Sie sprang auf und schluckte die Tränen, die ihr die Kehle zuschnürten. »Wenn ihr mich entschuldigen wollt«, murmelte sie.

»Lacy?« fragte Travis, den ihr Verhalten überraschte.

Schon halb abgewandt, sagte sie erstickt: »Ich muß mich um das Essen kümmern.«

Ohne sich noch einmal umzusehen, floh sie aus dem Zimmer und aus dem Haus hinaus in den strömenden Regen. Innerhalb weniger Sekunden war sie bis auf die Haut durchnäßt, der Rock klebte an ihren Beinen, das Haar an ihrem Kopf. Aber das kümmerte sie nicht, nicht mehr als das Essen, um das sie sich tatsächlich hätte kümmern müssen. Sie lief an der Küche vorbei, stolperte achtlos durch den Schlamm des Gartens, während ihre Tränen sich mit dem Regen auf ihrem Gesicht vermischten.

Auf dem Weg zu den Feldern schimpfte sie sich eine Närrin, weil sie sich aufführte. Es war nur logisch, daß Jared irgendwann abreisen würde. Sie hatte sich nicht erlaubt, soweit zu denken, aber es war *nur logisch*, daß er es tat, vor allem jetzt, wo sie sich geweigert hatte, sein Leben mit ihm zu teilen.

Mit einem tiefen Atemzug beglückwünschte sie sich zu ihren vernünftigen Überlegungen, um im nächsten Atemzug die Qual zu verfluchen, die diese Erkenntnis mit sich brachte. Sie wollte nicht, daß Jared abreiste, sie liebte ihn und wünschte sich ein Leben an seiner Seite. Aber sie konnte die Plantage ebenso wenig aufgeben wie ihre Gefühle für Jared.

Schluchzend stürmte sie ins Maisfeld und stolperte über eine Erdscholle. Aus einem Reflex heraus breitete sie die Hände aus, um nicht das Gleichgewicht zu verlieren, aber ihre Füße sanken nur noch tiefer in die aufgeweichte Erde ein, und sie stürzte auf die Knie. Mit zitternden Händen und Beinen versuchte sie, sich aufzurappeln, aber es gelang ihr nicht, bis plötzlich starke Hände nach ihr griffen und sie auf die Beine zogen.

»Du süße kleine Närrin«, knurrte Jared und zog sie in die Arme.

Lacy schmiegte sich an seine Brust, froh über seine Wärme und seine Kraft.

Als sie das Gesicht zu ihm erhob, suchte er ihren Mund und küßte sie mit einem Ungestüm, das die Enttäuschung und den Schmerz verriet, die ihn den ganzen Tag gequält hatten.

»Sag mir, daß du mich liebst«, forderte er und nahm ihr Gesicht zwischen seine großen Hände.

»Ich liebe dich«, wisperte sie und schlang haltsuchend die Hände um seinen Nacken, als ihre Füße wieder im Schlamm zu versinken drohten.

Jared konnte ihre Worte kaum verstehen, aber die Bewegung ihrer Lippen verriet ihm, was er hören wollte. Ein rauhes Stöhnen stieg tief aus seiner Brust auf, und wieder nahm er ihre Lippen in Besitz, drang mit der Zunge in ihren Mund ein und kostete seine Süße. Er liebte sie, begehrte sie mehr, als er je eine andere Frau begehrt hatte, und er wollte, daß sie ihn mit der gleichen verzehrenden Leidenschaft liebte, die er für sie empfand.

»Sag mir, daß du mich liebst«, wiederholte er, während er sie fast grob an seinen Körper zog.

Regen strömte über ihr Gesicht, aber sie legte den Kopf zurück, um ihm in die Augen zu sehen. »Ich liebe dich.« Und diesmal sprach sie laut genug, um gehört zu werden.

»Warum bist du dann vor mir davongelaufen?«

Sie drückte die Stirn an seine Brust und schloß die Augen, um nicht seinen strengen Blick zu sehen. Wenn es doch nur so einfach wäre. *Ich liebe dich, ja, ich will dich heiraten.* Aber es war noch soviel mehr im Spiel.

Der rote Schlamm bedeckte ihre Knöchel, und seine Kälte löste ein Frösteln in ihr aus. »Stell mich nicht vor die Wahl«, bat sie, hob den Kopf und flehte ihn mit ihren Blicken an, Verständnis dafür aufzubringen, daß die Plantage ein Teil dessen war, was sie selbst ausmachte.

Jared spürte weder den Regen im Gesicht noch den Schlamm unter seinen Füßen, als er Lacy erwartungsvoll betrachtete. Ein harter Zug erschien um sein Kinn, als sie beharrlich schwieg, und ohne ein weiteres Wort von ihr wußte er nun, daß er ihre endgültige Antwort erhalten hatte.

Er ließ die Hände sinken und trat zurück. Kalter Zorn verdunkelte seine Augen. »Du hast bereits gewählt.«

Mit einem erstickten Ausruf preßte Lacy eine zitternde Hand an ihre Lippen, als sie sah, daß er sich brüsk abwandte, um zu gehen. Und ihre Liebe, ihr Herz, ihr Glück mitnahm.

Kraftlos ließ sie sich auf die Knie sinken. Wie von selbst schlossen ihre Hände sich um die feuchte Erde, doch selbst der Schlamm glitt ihr durch die Finger.

»Irgendwas geht hier vor.«

Syphron schaute auf. »So? Was denn, alte Afrikanerin?«

»Keine Ahnung. Aber ich spür's in meinen Knochen.«

Wenn er Bemerkungen wie diese hörte, fragte Syphron sich, warum er in die Weberei gegangen war, um dem Regen zu entkommen. Er hatte gewußt, daß Rose in der Küche war und hätte sich also auch dort unterstellen können. Oder zu seiner eigenen Hütte zurückgehen, um den Regen abzuwarten. Aus irgendeinem Grund jedoch hatte ihn weder der eine noch der andere Ort gereizt.

Er beugte ein Knie und stützte seinen Arm darauf. »Du redest Unsinn. Das einzige, was du in den Knochen fühlst, ist der Regen.«

Taloila schüttelte den Kopf. »Es ist nicht der Regen. Ich spüre, daß es Ärger geben wird.«

Es lag eine solche Überzeugung in der alten Stimme, daß Syphron verblüfft aufschaute.

»Was für eine Art von Ärger?«

Sie hörte die leise Unsicherheit in seinem Ton und warf ihm einen Blick zu. »Du klingst, als wüßtest du das schon.«

Seine tiefliegenden Augen verengten sich. »Ich weiß gar nichts, alte Afrikanerin.«

»Ha!« höhnte Taloila. »Alt ja, aber nicht dumm. Und blind auch nicht.«

»Wovon redest du eigentlich?« entgegnete er ärgerlich.

»Von dir und Rose.«

Syphrons Gesicht verdüsterte sich. »Über uns gibt es nichts zu reden!«

Taloila zuckte ihre mageren Schultern. »Ich weiß genug. Vor allem, daß du schlimmen Ärger kriegst, wenn du es so weitertreibst.«

Syphron verdrehte die Augen. »Und was *treibe* ich?«

»Du schleichst um Rose herum, als ob sie eine heiße Hündin wäre, und machst dich verrückt, bis du mit nichts anderem mehr denken kannst als mit diesem Dingsda zwischen deinen Beinen.«

»Verdammt, Taloila.« Er strich sich frustriert durchs Haar. »Ist das ›der Ärger‹, den du in deinen Knochen spürst?«

»Das kannst du besser beantworten als ich selbst.«

Er unterdrückte einen Fluch. Es war verdammt beunruhigend, was die Alte da von sich gab.

»Hat Rose mit dir geredet?«

»Das Mädchen sagt mir höchstens, daß ich mich um meine eigenen Sachen kümmern soll.«

»Nun, das nenne ich einen guten Rat!« Zu seinem Erstaunen brach Taloila in krächzendes Gelächter aus. »Du bist verrückt, Frau.«

»Das kann gut sein«, stimmte sie kichernd zu. »Aber ich bin noch am Leben, und ich habe das Gefühl, daß *du* es nicht mehr lange bist.« Ihre Belustigung verflog, sie ließ die Hände sinken und als sie zu Syphron aufschaute, lag ein besorgter Blick in ihren alten Augen. »Du wirst es versuchen, nicht?« flüsterte sie.

Eine kalte Hand strich über seinen Rücken. »Was?«

»Zu fliehen.«

Syphrons Gesicht verwandelte sich in eine ausdruckslose Maske. »Woher weißt du das?«

Ein Seufzer entrang sich Taloilas Lippen. »Ich kenn den Blick. Ich hab' ihn bei meinem Mann gesehen, bevor er davongelaufen ist. Dieser Blick hat ihn getötet.«

Ein scharfer Stich durchzuckte Syphron. Er kannte die Risiken, aber trotzdem schwor er: »Mir wird nichts geschehen!«

Taloilas Mund zuckte und formte Worte, die auszusprechen ihr nicht leichtfiel. »Ich hoffe nicht, Junge. Sie würden dich zurückschleppen, und der liebe Himmel weiß, was dann geschehen würde.«

»Das ist mir egal«, knurrte er.

»Nimmst du Rose mit?«

Diesmal war es Syphron, der mit der Antwort zögerte. »Ich weiß es nicht«, murmelte er.

Die alte Frau ließ ihre müden Schultern hängen. »Du bist ein schlechter Lügner, Junge. Und du wirst eine Menge Ärger kriegen. Wenn der Massa merkt, daß das Mädchen weg ist, wirst du mit dem Leben dafür bezahlen.«

»Solange ich hierbleibe, ist mein Leben auch kein Penny wert.«

»Du redest wie mein Mann.«

»Dein Mann hatte recht.«

»Mein Mann ist tot.«

Syphron neigte den Kopf. »Es gibt Schlimmeres als den Tod.«

Taloila schwieg und dachte über seine Worte nach. Sie hatte darauf keine Antwort. »Wann willst du es versuchen?«

Er schüttelte den Kopf. »Ich weiß noch nicht. Bald.«

»Hast du einen Plan?«

»Ich arbeite noch daran.«

Die alte Frau nahm ihre Arbeit wieder auf. »Komm zu mir, wenn du bereit bist.«

13. KAPITEL

Nackt wie am Tag seiner Geburt trat Carter James aus seinem Schlafzimmer auf den Balkon im ersten Stock des Hauses. Helle Morgensonne beschien seinen muskulösen Körper, und mit einer Hand kratzte er sich das dichte braune Haar auf seiner Brust, bevor er sich zwischen die Beine griff, weil es ihn auch dort juckte.

Über die Schulter blickte er zum Bett hinüber, wo üppige Kurven eine sinnliche Landschaft aus weißen Laken und dunkelgrüner Decke bildeten. Wenige Minuten zuvor erst hatte er diese aufreizende, unter dem Bettzeug verborgene Landschaft gründlich erforscht und fühlte sich jetzt sehr zufrieden mit seinem Leben.

Er betrachtete die fruchtbaren Felder von Bellehaven und nahm einen tiefen Atemzug. Ja, das Leben war verdammt gut. Die Ernte sah sehr vielversprechend aus, der Preis für Mais war in diesem Monat schon zum drittenmal gestiegen, und wenn es so weiterging, würde er dieses Jahr ein Vermögen verdienen. Hinzu kam, daß Mariette zugestimmt hatte, ihn zu heiraten, daher war es kein Wunder, daß er heute morgen so gut gelaunt war. Ja, das Leben war zweifellos ganz wunderbar.

Und es würde sogar noch besser werden, wenn er und Mariette erst verheiratet waren. Mit ihrer Schönheit und Eleganz würde sie den Mittelpunkt der Plantage bilden, eine perfekte Geliebte – sowohl für das Land wie auch für sein Bett.

Sein Puls schlug schneller, wenn er an ihre Brüste dachte. Verdammt, sie war wirklich reif, und er würde sich sehr beherrschen müssen, um diese süßen Früchte nicht zu ernten, bevor sie vor den Altar getreten waren. Aber vielleicht würde Mariette sich ja mit ein bißchen Schmeichelei dazu überreden lassen, ihre Hochzeitsnacht vorwegzunehmen …

Ein schwaches Grinsen erschien um seine Lippen. So interessant der Gedanke war, es war besser, ihn nicht weiter auszuspinnen. Mariette mochte reif sein, aber sie konnte auch unglaublich prüde sein. Trotz ihrer koketten Art hatte sie ihre Unschuld beschützt wie den Kronschatz eines Kaisers. Oh, Carter durchschaute ihr Spiel natürlich, sie bezweckte damit nichts anderes, als ihn und jeden anderen Mann, für den sie sich interessierte, kurzzuhalten. Er hatte es toleriert, weil ihre Bemühungen so amüsant gewesen waren und weil sie sein Blut in Wallung brachte wie keine andere Frau zuvor.

Aber in ihrer Hochzeitsnacht würde er ihr schon begreiflich machen, daß das Spiel beendet war. Sie konnte ruhig auch weiterhin so tun, als wäre sie die Überlegene, wenn es das war, was sie wollte. Aber er war Herr all dessen, was ihn umgab, und dazu gehörte auch Mariette Flemming. Es würde interessant sein, zu beobachten, wie sie sich mit der Idee abfand, daß – wenn überhaupt – sie selbst diejenige war, die *kurzgehalten* wurde.

Er schlenderte ins Zimmer und zog die Bettdecke zurück. Beim Anblick der beiden nackten braunen Körper verdunkelten seine Augen sich vor Leidenschaft, aber dann vermochte er ein jähes Lachen nicht zu unterdrücken.

Verdammt, was gäbe er nicht dafür, wenn Mariette ihn jetzt sehen könnte! Ganz ohne Zweifel wäre sie zutiefst entsetzt darüber, daß er nicht nur eine, sondern gleich zwei seiner Sklavinnen in seinem Bett hatte! Er konnte sich gut vorstellen, was für einen Wutanfall das bei ihr ausgelöst hätte. Und er konnte sich ebenso gut vorstellen, sie während dieses Wutanfalls, strampelnd und fauchend vor Zorn, zu nehmen …

Nachdem er sich zwischen den beiden dunkelhäutigen Schönheiten ausgestreckt hatte, verschränkte er die Arme im Nacken und schaute lächelnd zur Zimmerdecke auf. »Macht mich glücklich, Mädchen«, murmelte er heiser.

Hände und Lippen liebkosten seine Haut, und sein Lächeln vertiefte sich. Ja, das Leben war *verdammt* schön.

Wenn es eins gab, was Mariette nicht ertrug, dann war es Warten. Egal, auf was. Und schon früh am Morgen warten zu müssen, war sogar noch schlimmer. Die Vorbereitungen ihrer Hochzeit hatten sie am Abend zuvor bis spät in die Nacht hinein wachgehalten – wie hätte sie da *noch* früher aufstehen sollen?

Sie betrachtete die losen Blätter auf dem Eßzimmertisch und ärgerte sich, daß Gaye das Frühstück, das sie schon vor zehn Minuten verlangt hatte, noch immer nicht gebracht hatte. Das einzige, was sie davon abhielt, ihrem Ärger Ausdruck zu verleihen, war die Tatsache, daß sie mehr als genug zu tun hatte heute morgen.

Rasch ging sie noch einmal die Liste der Namen durch, die sie gestern nacht zusammengestellt hatte. Eine steile Falte bildete sich auf ihrer Stirn, als sie überlegte, ob zweihundertfünfzig Leute eine passende Anzahl von Gästen für die Hochzeit waren. Denn immerhin sollte sie das gesellschaftliche Ereignis des Jahres werden. Und das war nicht möglich, wenn sie nicht genügend Gäste einlud.

Ein zufriedenes Lächeln ersetzte ihr Stirnrunzeln, und sie wandte ihre Aufmerksamkeit angenehmeren Überlegungen zu. Sie würde der Neid aller Frauen von hier bis Richmond sein, vielleicht sogar bis Washington und Charleston. Es war eine bekannte Tatsache, daß Carter James der begehrteste Junggeselle in ganz Tidewater war. Einige behaupteten sogar, in ganz Virginia, und sie, Mariette Flemming, würde ihn nun heiraten.

Mariette James. Es klang phantastisch, und sie konnte es kaum erwarten, nach Bellehaven zu ziehen, in dieses prächtige Haus mit den hohen Säulen, den breiten Marmortreppen und den kostbaren Mahagonitüren. Natürlich würde sie viele der Räume neu einrichten, nach ihrem eigenen Geschmack, denn schließlich konnte niemand von ihr verlangen, daß sie mit Möbeln lebte, die Carters Mutter ausgesucht hatte.

Und sie würde dafür sorgen, daß sie genügend Personal bekam, eine Haushälterin, eine Zofe und vielleicht sogar einen eigenen Kutscher für ihre ganz privaten Zwecke. Sie hatte vor, ihren Nachbarn regelmäßige Besuche abzustatten, und ein eigener Kutscher konnte durchaus ihr persönliches Markenzeichen als angesehenste Frau der ganzen Gegend werden.

Es gelang ihr nicht, ihr triumphierendes Lächeln zu verbergen, als sie ihre Aufzeichnungen einsammelte und sich erhob. In ihrer glänzenden Stimmung verzichtete sie sogar auf das Frühstück, um Travis' Zustimmung zu den Ausgaben einzuholen, die sie vorgesehen hatte. Geizig, wie er war, würde er sich wahrscheinlich die Haare raufen, wenn er hörte, daß sie für die Hochzeit unbedingt einen Seerosenteich im Garten brauchte. Und sich mit Händen und Füßen wehren, wenn er erfuhr, daß sie auf einem mit echten Perlen bestickten Kleid bestehen würde.

Mit ihrer Ansicht nach bewundernswerter Geduld suchte und fand sie ihren Bruder in seinem Arbeitszimmer.

»Da bist du ja«, sagte sie und trat vor seinen Schreibtisch.

Travis lehnte sich zurück und betrachtete Mariette, erstaunt, daß sie so guter Laune war. »Was bringt dich her – und was ist das?« fragte er und zeigte auf die Papiere in ihrer Hand.

»*Das*«, erklärte sie und schwenkte ihre endlosen Listen, »ist meine Hochzeit, und ich bin hergekommen, weil wir über die Pläne sprechen müssen, die ich gestern nacht geschmiedet habe.«

»Ach ja?«

»Ja, und du solltest wissen, daß ich in bezug auf diese Hochzeit nicht zu den geringsten Einschränkungen bereit bin.«

Travis' Augen wurden schmal. »Du bist also eigentlich nur hergekommen, Mariette, um mir zu sagen, wieviel Geld du dafür auszugeben gedenkst.«

Sie nickte lächelnd. »So kann man es auch ausdrücken. Ja, ich will über Geld sprechen.«

Travis richtete den Blick wieder auf die aufgeschlagenen

Geschäftsbücher auf dem Schreibtisch. »Du kannst verlangen, was du willst, aber du wirst dich mit erheblich weniger bescheiden müssen.«

Mariette hatte schon mit einer solchen Reaktion gerechnet, sie wußte schließlich, was für ein Geizkragen ihr Bruder war.

Trotzig straffte sie die Schultern. »Ich bitte nicht um Geld, Travis. Ich verlange nur, was von rechts wegen mir gehört.«

Travis hob verblüfft den Kopf. »Du verlangst?«

»Tu nicht so überrascht. Vater hat uns die Plantage zu gleichen Teilen hinterlassen.«

»Das ist richtig.«

»Und mir steht mindestens ein Drittel des Geldes zu, das hier ausgegeben wird.«

Travis war so fassungslos, daß er mehrere Sekunden lang nichts sagen konnte. Er hatte in aller Aufrichtigkeit geglaubt, es gäbe nichts mehr, womit Mariette ihn noch schockieren könnte.

»Woher willst du deinen Anteil nehmen?« fragte er schließlich ärgerlich. »Von den neuen Zäunen, die wir letzten Monat errichtet haben, oder von der Farbe an den Wänden oben im ersten Stock? Sei vernünftig, Mariette, du weißt so gut wie ich, daß all unser Geld in der Plantage steckt. Du kannst dein Drittel nicht von meinem teilen, indem du Schafe oder Maisfässer zählst!«

»Du sprichst nicht mit einem Idioten, Travis«, versetzte sie gereizt. »Ich weiß sehr gut, wie es um die Plantage steht. Ich mußte mit diesem jämmerlichen Zustand leben, seit Vater tot ist. Aber wir haben Bargeld, und das weißt du so gut wie ich.«

»Das meiste dieses Geldes«, erklärte er ruhig, »ist nicht mehr da.«

»*Was?*«

»Du hast es gehört, es ist weg. Oder wird es sein, sobald ich meine Verhandlungen mit Jared abgeschlossen habe.«

Ein jäher Zorn erfaßte Mariette, ließ das Blut in ihren Adern pochen und ihre blauen Augen glitzern. »Was, zum Teufel, hat dieser *Yankee* mit unserem Geld zu tun?«

Travis ignorierte ihren Ausbruch und begann Zahlen in seinen Büchern zu summieren. »Dieser Yankee, wie du ihn nennst, hat unsere Plantage vor dem Ruin bewahrt.«

»Ich pfeife darauf, was er getan hat«, schnaubte sie empört. »Ich will wissen, was er mit unserem Geld zu tun hat.«

Es war Mariettes Tonfall, der Travis schließlich dazu veranlaßte, seine Berechnungen aufzugeben. Er hatte genug gehört, um zu wissen, daß kein Weg daran vorbeiführte, die Sache in aller Ausführlichkeit mit Mariette zu besprechen.

So ruhig er konnte, sagte er: »Offensichtlich hast du schon vergessen, daß in der vergangenen Woche dreizehn Sklaven gestorben sind.«

»Natürlich habe ich es nicht vergessen.«

»Nun, wenn wir jeden Penny, den wir haben, für neue Sklaven ausgäben, könnten wir vier oder höchstens fünf ersetzen.« Travis erhob sich und stemmte die Fäuste in die Hüften. »Muß ich dir erst sagen, was das bedeutet, oder kannst du es dir selbst vorstellen?«

Mariette warf ihre Papiere auf den Tisch und erwiderte im gleichen höhnischen Ton wie er: »Laß mich kurz darüber nachdenken, und während ich dabei bin, werde ich den Himmel um Erlösung von meiner Dummheit bitten.« Mit einer spöttischen Geste äffte sie die Haltung ihres Bruders nach. »Natürlich weiß ich, was du meinst. Ohne genügend Arbeiter werden wir nicht imstande sein, die Ernte einzubringen.«

»Richtig. Um also das fehlende Geld aufzutreiben, haben wir beschlossen, fünfhundert Hektar an Jared zu verkaufen.«

»An *Jared*?«

»Genau.«

»Wer hat das entschieden?«

»Lacy und ich. Wir sahen keine andere Möglichkeit. Mit seinem Geld werden wir alle dreizehn Arbeiter ersetzen können und noch genug übrig haben, um über die Saison zu kommen.«

Mariettes Zorn erfuhr noch eine Steigerung. »Du und Lacy also … Wieso bin ich nicht gefragt worden?«

»Weil die zukünftige *Mrs. James*«, versetzte Travis mit beißendem Hohn, »zu beschäftigt war mit ihren Hochzeitsplänen, um gestört zu werden. Und selbst wenn du es nicht gewesen wärst – wann hat dich je interessiert, wie die Probleme hier gelöst werden?«

Mariette ließ ihre Fäuste auf die Schreibtischplatte prallen. »Die Plantage hat mich immer interessiert!« schrie sie.

»Aber nur, solange sie dich mit genügend Geld versorgte, damit du dir kaufen konntest, was du wolltest.«

Das stimmte schon, aber natürlich würde sie es niemals zugeben, schon gar nicht Travis gegenüber. »Ich habe geschuftet wie eine …«

Travis hob die Hände und unterbrach sie. »Verschon mich damit, Mariette. Ich tue mein Bestes, um die Plantage zu erhalten, und habe weder Zeit noch Lust, mir deine Hirngespinste anzuhören.«

Mariettes Zorn, der sich von Minute zu Minute gesteigert hatte, brach sich Bahn. »Du scheinheiliger Geizkragen! Ich werde mir meine Hochzeit nicht von deiner kleinlichen Einstellung zu Geld verderben lassen!«

»Schweig, Mariette.«

»Geh zum Teufel!« schrie sie. »Und wenn du schon dabei bist, dann nimm auch dein schwarzes Flittchen mit! Ich habe lange genug mit angesehen, wie du dich heimlich wegschleichst, um sie zu vögeln!«

Nur eins bewahrte Mariette vor der vollen Wucht von Travis' Ärger, und das war der Schreibtisch, der zwischen ihnen stand. Über alle Maßen erbost, sprang Travis auf und schleuderte ihr ihre Listen ins Gesicht.

»Laß Rose aus dem Spiel!« brüllte er und ballte seine Fäuste.

Mariette blieb völlig unberührt, als wäre das Papier, das ihr Gesicht traf, nichts als das Streicheln einer sanften Frühlingsbrise. Ein zufriedenes Lächeln breitete sich auf ihren Zügen aus.

Sie mochte nicht das Geld bekommen haben, um dessentwillen sie gekommen war, aber sie hatte etwas viel Wichtigeres erreicht: die Befriedigung, ihren Bruder dort verletzt zu haben, wo er am verwundbarsten war – in seinem Stolz.

Mit einem leisen Kichern zog sie eine Augenbraue hoch und fragte spöttisch: »Was hast du denn, Bruderherz – willst du nicht hören, daß du heimlich zu einer Sklavin schleichst? Oder ist es dir peinlich, daß ich es weiß?«

Ohne eine Antwort abzuwarten, hob sie ihre Listen auf, und ging mit wirbelnden Röcken und einem trillernden Gelächter auf die Tür zu.

Im Inneren der kleinen Kutsche, die Jared von Bellehaven fortbrachte, war es erstickend heiß. Als Zugeständnis an die schwüle Junihitze legte er seinen dunkelblauen Rock ab und lockerte sein Halstuch. Aber auch das brachte wenig Erleichterung, und so richtete er sich seufzend auf eine sehr unbequeme Fahrt nach *Swan's Watch* ein.

Sein Blick glitt über die vorübergleitende Landschaft, aber er sah nur wenig von dem dichten grünen Wald. Auch der tiefe Seufzer, der sich ihm entrang, war ihm nicht bewußt, und als er langsam ausatmete, merkte er nicht, daß er den Atem angehalten hatte.

Als er die Ärmel seines Hemds aufrollte, wunderte er sich, wieso er nach all diesen Wochen noch immer unter der Hitze litt. Denn schließlich war es heute auch nicht heißer als an anderen Tagen, und es wehte sogar eine leichte Brise.

Im stillen verfluchte er seine fehlende Toleranz. Es war ein erfolgreicher Tag für ihn gewesen. Die mit Carter James verbrachten Stunden hatten zu einem weiteren Vertrag geführt, und darüber hätte er sich eigentlich freuen müssen. Carter war sogar bereit gewesen, das Geschäft mit einem Handschlag zu besiegeln, bis alle legalen Dokumente aufgesetzt waren.

Aber Jared war nicht erfreut. Und er wußte verdammt gut, warum nicht.

Mit einem derben Fluch machte er all dem Ärger und der Fassungslosigkeit Luft, die an ihm nagten. Wenn die Lage nicht so pathetisch gewesen wäre, hätte man darüber lachen können. Aber es war nichts Humorvolles an Lacys Weigerung, ihn zu heiraten.

Ein weiterer Fluch kam ihm in den Sinn, und dieser galt jetzt Lacy. Der stolzen, eigensinnigen, bezaubernd schönen Lacy. Jared zweifelte nicht daran, daß sie ihn liebte, aber er wußte auch, daß die Plantage sie niemals freigeben würde, falls Travis oder Mariette sie nicht von ihrer Last erlösten. Doch so, wie er ihre Familie kannte, war damit nicht zu rechnen. Von einer Schwester, die nichts als ihre eigenen Wünsche kannte, und einem Bruder, der trotz seiner Bemühungen so gut wie nichts erreichte, war keine Rettung zu erwarten. Und Lacy – mit ihrem Gefühl für Ehre und ihrem Pflichtbewußtsein – würde das Land oder ihr Erbe niemals im Stich lassen.

Jared lächelte humorlos. Es war bittere Ironie, daß er sich derselben Eigenschaften wegen in Lacy verliebt hatte, die sie jetzt davon abhielten, ihn zu heiraten. Ihr Einfühlungsvermögen, ihr Stolz und ihr Pflichtbewußtsein hatten ihm von Anfang an gefallen. Doch nun war all das zu einer Behinderung geworden.

Die Kutsche bog in die gewundene Einfahrt zur Plantage ein, was Jared vorübergehend von seinen düsteren Gedanken ablenkte. Selbst wenn er mehrere hundert Hektar dieses Lands besaß, war es äußerst unwahrscheinlich, daß er je hierher zurückkehrte. Und da dies vielleicht das letzte Mal war, daß er die Plantage sah, widmete er sich nun dem imponierenden Anblick, den sie bot.

Sehr zu seiner Überraschung entdeckte er dabei weit mehr als Felder und Gebäude. Es lag ein eigener Frieden über diesem Land, der rotbraunen Erde, der grünen Feldern, den im Sonnenschein strahlend weißen Gebäuden. Dies alles zusammen strahlte eine ruhige Würde aus, wie er sie bisher immer nur mit der See verbunden hatte.

Seine Augen wurden schmal, als er über seine Reaktion

nachdachte, und er schüttelte den Kopf. Er mußte zugeben, daß das Land einfach wunderschön war.

Dieser Gedanke begleitete ihn für den Rest des Tages und lauerte am Rande seines Bewußtseins, als er Arrangements traf, um sein Gepäck aufs Schiff bringen zu lassen. Und als der Moment kam, sich von Lacy zu verabschieden, traf der Gedanke ihn wie eine Ohrfeige mitten ins Gesicht. *Swan's Watch* war schön, so schön wie seine Herrin.

Er fand sie im Salon, wo sie vor einem der Fenster stand. Vor wenigen Wochen erst hatte er im selben Raum gesessen und Lacy zum ersten Mal erblickt. Es erschien ihm daher irgendwie passend, daß er ihr in derselben Umgebung zum letzten Mal gegenübertreten würde.

Mit leisen Schritten ging er auf sie zu, und obwohl er kein Geräusch verursachte, wußte er genau, wann sie sich seiner Gegenwart bewußt wurde. Ihre Schultern sackten herab, noch während sie sich zu ihm umdrehte. Lacy schluckte, als sie Jared auf sich zukommen sah. Unter Aufbietung ihrer ganzen Selbstbeherrschung gelang es ihr, ihre Tränen zurückzudrängen, aber es kostete sie ungeheure Kraft.

»Gaye sagt, dein Gepäck sei bereits unterwegs«, meinte sie mit erstickter Stimme.

Jared nickte. »Das Schiff läuft morgen bei Tagesanbruch aus, deshalb hielt ich es für besser, schon heute nacht an Bord zu gehen.« Unfähig, seinen durchdringenden Blicken standzuhalten, murmelte sie: »Du könntest trotzdem noch mit uns zu Abend essen.«

»Bestimmt, aber ich glaube, es ist besser so.«

Er hatte recht. Es war besser, wenn er sofort aufbrach, bevor der Schmerz über die Trennung ihr das Herz zerriß. Sie verschränkte die Hände und holte einen tiefen Atemzug. »Dann wünsche ich dir eine gute Reise.«

Er blieb vor ihr stehen, und sie schaute zu ihm auf. Ihr Blick flehte ihn an, zu gehen, solange ihr noch ein letztes bißchen Stolz verblieb … Sie in die Arme zu schließen, um sie nie wieder freizugeben …

Ihre Augen spiegelten ihre widersprüchlichen Emotionen nur allzu deutlich wider – für Jared ein Anblick, den er als ebenso verdammenswert empfand wie den Kampf, der in ihr tobte.

Er streckte die Hände aus und zog sie an sich zu einem leidenschaftlichen Kuß, der ihre Verzweiflung linderte und zugleich ins Unerträgliche zu steigern schien.

Lacy klammerte sich an seine breiten Schultern, als könne sie sich so für immer an ihn binden. Aber sie wußte, daß es das letzte Mal war, daß er sie so hielt; das letzte Mal, daß sie seinen Mund auf ihren Lippen spürte. Während sie seine Kraft und Wärme in sich aufnahm, vertraute sie die Erinnerung daran ihrem Herzen an, und etwas starb in ihr, weil sie wußte, daß diese Erinnerungen alles waren, was ihr von ihm bleiben würde.

Die Tränen, die sie so tapfer zurückgehalten hatte, strömten nun ungehindert über ihre Wangen, während sich Worte auf ihren Lippen formten, die sie nicht auszusprechen wagte. Als er den Kopf hob und sie ansah, gab sie ihre Bemühungen auf. Es war zu spät für Bitten und sanfte Überredung. Er konnte sie nicht anflehen, ihn zu heiraten, und sie konnte ihn nicht bitten, das Leben aufzugeben, das er sich aufgebaut hatte, und *Swan's Watch* zu lieben, wie er sie liebte.

Stumm berührte Jared eine Träne an ihrer Wange, schaute Lacy ein letztes Mal in die Augen und wandte sich dann ab. Verfolgt von ihren Schluchzern, floh er aus dem Raum.

14. KAPITEL

Die Augustsonne tauchte *Swan's Watch* in eine schwüle Hitze, die Tieren und Menschen gleichermaßen zu schaffen machte. Überall im Haus und in den Nebengebäuden blieben sämtliche Fenster offen, in der Hoffnung, wenigstens eine leise Brise einzufangen. Ärmel wurden aufgekrempelt, Taschentücher an schwitzende Gesichter gedrückt, und jede Hand, die einen Fächer bewegen konnte, tat es so oft wie möglich.

Trotz der hohen Temperaturen verspürte Lacy jedoch eine innere Kälte, die von keiner noch so großen Hitze zu vertreiben war. Immer wieder lief ein Frösteln durch ihren Körper, ein schwaches, aber deutliches Andenken an die Qual, die ihr Herz zerrissen hatte.

Sie hatte geglaubt, die Bedeutung des Wortes *Qual* zu kennen. Mit neun Jahren war sie die Treppe hinuntergefallen und hatte sich eine Schulter ausgerenkt. Der Schmerz, als die Knochen eingerenkt wurden, war so grauenhaft gewesen, daß sie das Bewußtsein verloren hatte.

Der Tod ihrer Eltern war eine andere Art von Schmerz gewesen. Obwohl nicht körperlicher Art, hatte er sie innerlich mit einer Qual erfüllt, die so real gewesen war wie der Schmerz nach ihren Sturz.

In beiden Fällen war die Qual, die sie erfahren hatte, wie eine offene Wunde gewesen, die ihren Körper und ihre Seele vergiftet hatte. Doch beides war nichts im Vergleich zu dem, was sie empfunden hatte, als sie Jared verlor.

Sie hatte nicht gewußt, was sie nach seiner Abreise zu erwarten hatte, und war deshalb völlig unvorbereitet gewesen auf das überwältigende Gefühl des Verlusts, das sie erfaßte. Oder die abgrundtiefe Trauer, die ihre Nerven strapazierte und sie Tag für Tag um Beherrschung ringen ließ. Tagsüber bemühte sie sich, so gut sie konnte, aber in den Nächten war sie hilflos dem Weinen ausgeliefert, das ihren schlanken Körper schüttelte.

Wenn sie unter dem dünnen Moskitonetz lag, schweißbedeckt und fröstelnd, waren ihre Schluchzer nicht zu hören, weil sie sie mit ihrem Kissen erstickte. Der Schlaf stellte sich erst nach völliger Erschöpfung ein, und das Erwachen morgens stellte ihr Durchhaltevermögen erneut auf eine harte Probe.

Weder Travis noch Mariette bemerkten, daß sie nur noch selten lächelte. Travis war sehr mißmutig seit Jareds Abreise, und Mariette konnte an nichts anderes als an ihre Hochzeit denken.

Doch während Bruder und Schwester Lacys Unglück übersahen, blieben ihre schweren Seufzer und ihre Niedergeschlagenheit von anderen nicht unbemerkt.

Besha stand an dem großen Tisch in der Küche und fächelte sich mit einem Tuch ein wenig Luft zu. Die späte Nachmittagssonne warf ihre letzten Strahlen durch die offenen Fenster auf Beshas korpulenten Körper. Schweiß glitzerte auf ihren dicken Augenbraucn, und der dünne Musselin ihres Kleids klebte feucht an ihren üppigen Runden.

Für den flüchtigen Beobachter mußte es so erscheinen, als ob ihr ganzes Interesse den Schweinefüßchen gälte, von denen sie das Fett abschnitt. Aber die Blicke, die sie Lacy zuwarf, bewiesen, daß sie in Gedanken mit etwas ganz anderem beschäftigt war.

»Seid Ihr sicher, daß Euch nichts fehlt, Miss Lacy?« fragte sie mit einem Blick auf die dunklen Schatten unter ihren Augen.

Lacy schaute von dem Sack Mehl auf, den sie gerade inspizierte. »Natürlich, Besha«, erwiderte sie eine Spur zu hastig.

Besha nickte. »Ihr seht nicht gut aus, Madam, wirklich nicht. Ihr seht aus, als könntet Ihr eins meiner Elixiere brauchen.«

Es gab kein Elixier auf Erden, das heilen konnte, was Lacy quälte, aber sie war der Köchin für ihre Sorge dankbar. »Ich glaube, es ist die Hitze. Ich verwelke wahrscheinlich genauso wie alles andere.«

»Wenn Ihr meint ... Aber ich habe Aalhäute, die Ihr um Eure Handgelenke binden könnt, falls Ihr die Krämpfe habt.«

Bei der Erwähnung der weiblichen Monatsblutungen verzogen Lacys Lippen sich zu einem schmalen Strich. Ihrer einzigen Nacht mit Jared war keine Schwangerschaft gefolgt. Pünktlich wie eine Uhr hatte ihr Körper seine normale Routine fortgesetzt, einschließlich der geringfügigen Belästigungen durch *die Krämpfe*.

Ihre Hände hielten inne, und mit leeren Blicken starrte sie auf die Mehlschicht auf ihren Armen. Sie konnte nicht abstreiten, daß sie gern ein Kind von Jared gehabt hätte – einen kleinen Jungen mit seinem dunklen Haar vielleicht, oder ein kleines Mädchen, blond und blauäugig ...

Es war ein törichter Traum, und sie hätte froh sein müssen, nicht als ledige Mutter einem unglaublichen Skandal ausgesetzt zu sein. Aber die Sehnsucht in ihrem Herzen blieb.

Ein schwaches Lächeln erschien um ihren Mund. »Ich habe keine Krämpfe, Besha. Aber es ist lieb, daß du dich um mich sorgst.«

Die dicke Köchin zuckte mit den Schultern. »Jemand muß sich um Euch sorgen, jetzt, wo Mister Jared nicht mehr hier ist.«

Lacys Magen machte einen Sprung, und das Blut wich aus ihren Wangen, als sie flüsterte: »Wie meinst du das?«

Mit ruhiger Gelassenheit erwiderte Besha: »Wie ich es sage – daß Mister Jared sich um Euch gekümmert hat. Was mehr ist, als man von einigen anderen Leuten hier behaupten kann!«

Ein leiser Seufzer entrang sich Lacys Lippen. Jared *war* um ihr Wohl besorgt gewesen, aber es war sinnlos, darüber nachzudenken. »Travis und Mariette haben Wichtigeres zu tun, als sich um mich zu sorgen.«

Besha warf eins der Schweinefüßchen in einen Kessel. »Mag sein, aber Miss Mariette läuft herum, als trüge sie

Scheuklappen, und der Massa hat für keinen mehr ein gutes Wort.«

Lacy richtete den Blick wieder auf das feingemahlene weiße Mehl. »Wir haben alle viel zu tun, Besha. Und dieses heiße Wetter ist uns dabei keine Hilfe.«

Besha hielt lange genug inne, um einen nachdenklichen Blick aus einem der Fenster zu werfen. »Wie lange ist es her, seit es zum letztenmal geregnet hat?«

»Dreiundvierzig Tage.« Es war ein Datum, das Lacy mühelos in Erinnerung behielt, denn der letzte Regen war an jenem Tag im Juni gefallen, als sie zum Maisfeld hinausgelaufen war und Jared sie dort gefunden hatte.

Besha nickte weise. »Ich werde einige meiner toten Schlangen über die Büsche hängen müssen, wenn der Himmel nicht bald seine Schleusen öffnet.«

Lacy wischte ihre Hände ab. »Das wird uns ganz bestimmt den Regen bringen.«

»Natürlich wird es das.«

»Nun ja, vielleicht solltest du damit lieber bis nach Mariettes Hochzeit warten. Wir werden auch ohne Regen schon genug zu tun haben.«

»Wie Ihr meint, Miss Lacy. Aber unter uns gesagt – ich glaube nicht, daß Miss Mariette noch bis zur Hochzeit durchhält. Ich weiß, daß es nur noch zwei Tage bis dahin sind, aber wenn sie sich weiter so aufregt, wird sie vorher noch an die Decke gehen!«

Zum erstenmal seit Wochen lächelte Lacy in aufrichtiger Belustigung. Mariettes unablässige Hetzerei in bezug auf alles, was auch nur entfernt mit der Hochzeit zu tun hatte, war für alle ungemein entnervend. Lacy stellte sich ihre Schwester vor, wie sie mit dem Kopf in einem der Schlafzimmerböden steckte, während ihre Beine aus der Decke des Salons herausragten.

Unfähig, ihre Belustigung zu beherrschen, preßte sie eine Hand vor ihren Mund, aber das Gelächter war nicht mehr aufzuhalten, und so ergab sie sich und lachte schallend.

»Also, das war es, was ich hören wollte«, stellte Besha befriedigt fest. »Ich hab' Euch seit Wochen nicht mehr lachen gehört, Miss Lacy.«

»Ach, Besha, ich dürfte eigentlich nicht darüber lachen«, kicherte Lacy.

»Warum denn nicht? Wenn jemand hier verdient zu lachen, dann seid Ihr es. Ich habe noch nie jemanden so hart arbeiten sehen.«

Als sie wieder ein bißchen zu Atem gekommen war, sagte Lacy: »Wir alle arbeiten hart, Besha.«

Die Köchin war anderer Meinung, behielt sie jedoch für sich. »Mag sein. Ich bin jedenfalls froh, daß Ihr mal wieder richtig gelacht habt.« Lacy mußte zugeben, daß das Lachen eine reinigende Wirkung hatte und ein bißchen die düsteren Ecken ihres Bewußtseins klärte. Die Qual saß natürlich immer noch in ihrem Herzen, aber wenigstens hatte der Drang zu weinen etwas nachgelassen.

»Ich brauche keine Aalhäute, Besha«, sagte sie der Köchin mit einem Blick, aus dem aufrichtige Zuneigung sprach.

»Das weiß ich, Miss Lacy.« Besha ließ einen weiteren Schweinefuß in den Kessel fallen. »Aber jetzt muß ich mich um das Essen kümmern, sonst kriegt Miss Mariette wieder einen Anfall.«

Es bedurfte keiner weiteren Aufforderung, damit Lacy sich auf den Weg machte. Sie überließ die Köchin ihren Vorbereitungen und schlenderte zum Haus zurück. Nach der drückenden Hitze in der Küche schien die Luft draußen nur noch angenehm warm zu sein, doch Lacy wußte, daß sich das nach einigen Minuten wieder ändern würde.

Ihr Blick glitt durch den Garten, und sie entdeckte Rose unter einem nahen Baum, wo das Mädchen ungesponnene Wolle kämmte.

»Hallo, Rose«, sagte sie freundlich.

»Guten Abend, Miss Lacy«, erwiderte Rose.

»Solltest du nicht für heute Schluß machen? Die Wolle kann bis morgen warten.«

»Ja, Madam.« Mit einem höflichen Lächeln sah Rose Lacy nach. Es war leicht, die jüngste Flemming zu mögen. Sie hatte stets ein freundliches Wort für alle und war nie ungerecht. Ganz im Gegensatz zu ihrer älteren Schwester.

Rose preßte die Lippen zusammen, als sie zum Herrenhaus hinüberschaute und an Mariette dachte. Sie war gemein und egoistisch. Nichts konnte man ihr recht machen, und sie behandelte alle mit einer Herablassung, als wären sie zu unbedeutend, um auch nur von ihr bemerkt zu werden.

Eine häßliche, unrühmliche Eigenschaft, dachte Rose. Und sie kannte sie, weil sie sie oft genug bei Travis bemerkt hatte. Weder er noch seine Schwester kannten auch nur die geringsten Gewissensbisse, wenn es darum ging, alles zu benutzen, was ihnen in den Weg geriet – egal, ob es sich dabei um einen Felsen handelte, den der Herrgott in den Weg gelegt hatte, oder um einen Menschen.

Sie warf die Wolle in den Korb und erhob sich. Getrieben von einem Ärger, der sich von Tag zu Tag gesteigert hatte, ging sie an Küche und Wäscherei vorbei zu den Hütten, die dahinter lagen. Kinder tobten herum, und Erwachsene saßen in den offenen Türen, aber Rose scherte sich nicht darum, wer sie sah. Rasch klopfte sie an eine der Türen und wartete.

Syphron öffnete sofort, obwohl er nicht mit Rose gerechnet hatte. Seine Augen weiteten sich vor Überraschung, aber nur einen Moment lang, bis er den Grund für ihren Besuch erkannte.

Als er sich rasch umschaute, stellte er fest, daß viele Augenpaare sie beobachteten. Ihm machte das jedoch nichts aus, und so ergriff er Roses Arm und zog sie in die Hütte. Während er mit dem Fuß die Tür schloß, drehte er sich zu Rose um und starrte sie in einer Mischung aus Verwunderung und Freude an.

»Da hast du dir aber eine günstige Zeit ausgesucht, um mich zu besuchen«, bemerkte er grinsend.

Rose verzog hochmütig das Gesicht. »Ich dachte, das würde dir nichts ausmachen.«

»Tut es auch nicht, Mädchen, aber du warst diejenige, die nicht wollte, daß man uns zusammen sah. Man sollte meinen, da wärst du lieber nach Einbruch der Dunkelheit gekommen.«

Rose befingerte den Korb an ihrem Arm, und eine leise Unsicherheit erschien in ihrem Blick. »Nun ja … Ich habe viel nachgedacht …«

»Worüber?«

»Was du gesagt hast …« Sie hielt inne und sprach leiser. »Über unsere Flucht.«

Syphrons Lächeln verblaßte. »Und?«

Rose schluckte, und dann flüsterte sie: »Ich dachte, daß ich vielleicht doch gern mit dir gehen würde.«

Syphron traute seinen Ohren nicht. Sein Traum war gewesen, diesen Ort mit Rose an seiner Seite zu verlassen, aber im Grunde genommen hatte er ernsthaft bezweifelt, daß sie sich jemals dazu durchringen würde.

»Bist du sicher?« fragte er und betrachtete prüfend ihr Gesicht.

Sie nickte, aber ihre Angst war ihr deutlich anzumerken. »Ich will hier nicht mehr leben. Ich will meine eigenen Kinder und mein eigenes Leben haben.«

»Mit mir?«

Tiefempfundene Trauer verdüsterte Roses Gesicht. So lange hatte sie sich gewünscht, daß Travis sie lieben möge. Daß sie eines Tages Kinder mit ihm haben würde …»Ich kenne dich kaum, Syphron. Aber ich denke, du mußt ein guter Mensch sein, wenn du ein freies Leben führen willst. Du weißt, daß ich nicht unberührt zu dir komme, wie du es verdient hättest.«

Syphron hob die Hand und strich ihr sanft über die Wange. »Das weiß ich. Aber nichts, was geschehen ist, war deine Schuld.« Er legte seine großen Finger um ihr Kinn. »Keiner von uns trägt die Schuld an diesen Zuständen.«

Seine Worte beschwichtigten ihre Bedenken. »Wirst du mir Zeit lassen, Syphron? Ich meine, um dich kennenzulernen?«

Es war so leicht, zu vergessen, daß sie noch so jung war. Ihr Zögern brachte ihm wieder zu Bewußtsein, daß in diesem so fraulichen Körper ein sehr junges Mädchen steckte. »Soviel du willst.«

»Und versprichst du mir, nie die Hand gegen mich zu erheben? Ich glaube nicht, daß ich mit einem Mann leben könnte, der mich schlägt.«

Er warf ihr einen gequälten Blick zu. »Hör zu, Mädchen, ich habe noch nie eine Frau geschlagen. Aber daß du glaubst, ich wäre dazu fähig, macht mich ungeheuer wütend.«

Rose tat ihr Bestes, um sein ärgerliches Stirnrunzeln zu übersehen. Was sie vorhatte, erforderte ihren ganzen Mut. Sie mußte von Anfang an wissen, ob sie imstande sein würde, etwas für Syphron zu empfinden, mit ihm zu schlafen und seine Kinder zu gebären. Und wenn sie das nicht konnte, würde sie selbst dann nicht mit ihm fortgehen, wenn sie befürchten mußte, daß er ihr dann etwas antun würde.

»Versprich es mir, Syphron.«

Er ließ seine Finger von ihrem Kinn zu ihrem Nacken gleiten. Langsam senkte er den Kopf und streifte ihren Mund mit seinen Lippen. »Du brauchst keine Angst vor mir zu haben, Rose. Das verspreche ich dir.«

Sein Mund war so sanft, daß sie erstaunt die Fingerspitzen an ihre Lippen hob. Kein anderer als Travis hatte sie je geküßt. Es war sehr eigenartig, die Lippen eines anderen Mannes zu spüren. Errötend trat sie einen Schritt zurück.

»Ich muß zurück, bevor Taloila mich vermißt.«

»Ich werde heute nacht vorbeikommen«, sagte er, weil er sie nur ungern gehen ließ.

Sie schüttelte den Kopf. »Nein.« Mehr brachte sie nicht heraus. Wie konnte sie dem Mann, mit dem sie fliehen wollte, sagen, daß der Mann, dessen Eigentum sie war, wahrscheinlich an diesem Abend in ihre Hütte kommen würde, um mit ihr zu schlafen? »Ich … Es ist zu gefährlich«, stammelte sie.

Ein harter Zug erschien um Syphrons Kinn, als er begriff, was sie ihm damit zu verstehen geben wollte. Im stillen fluchte er und schwor sich, dieser Situation ein Ende zu bereiten, sobald er konnte.

»Na schön«, murmelte er düster.

»Komm nicht in die Nähe meiner Hütte!« beharrte sie erregt.

»Ich sagte bereits, daß ich es nicht tun werde«, versetzte er ärgerlich. »Aber es bringt mich um, zu wissen …«

Rose schaute auf ihre Zehen, die unter dem Saum ihres langen Rocks hervorschauten. »Ich muß gehen«, murmelte sie und eilte aus der Hütte. Aber bei jedem Schritt, den sie tat, hatte sie das Gefühl, daß ihr tausend Blicke folgten.

So schnell sie konnte, brachte sie den Korb zu Taloila und lief dann zu ihrer eigenen Hütte weiter. Eine seltsame Erregung beherrschte sie, so daß ihr bei Einbruch der Nacht alles auf merkwürdige Weise verändert vorkam. Die Schatten, die der Mond warf, waren ihr unheimlich, und jedes Geräusch, das in der Nacht erklang, erschien ihr sehr bedrohlich.

Vage kam ihr zu Bewußtsein, daß sie auf Travis wartete, und genauso undeutlich erkannte sie, daß sie sich nie wieder von ihm benutzen lassen würde. Ihre Hände zitterten, und sie betete, daß Gott ihr die Kraft verleihen möge, diese Nacht zu überstehen.

Sie rechnete jeden Augenblick damit, daß Travis ihre Hütte betreten würde. Es war nichts, was nicht schon Hunderte von Malen vorgekommen wäre, doch als er dann schließlich kam, verkrampfte sich ihr Magen, und sie vergaß zu atmen. Reglos wie eine der uralten Ulmen vor dem großen Haus starrte sie in sein gutaussehendes Gesicht.

Ihm fiel sofort ihre ungewohnte Starre auf. »Warum stehst du da so steif?« fragte er, als er auf sie zuging.

Die aufgestaute Luft löste sich in einem tiefen Atemzug. »Nur so.«

»Ist dir nicht gut?«

Sie begann den Kopf zu schütteln, besann sich jedoch im letzten Augenblick. »Nun ja, nicht besonders …«

Travis blieb vor ihr stehen, sah den furchtsamen Blick in ihren Augen und das leichte Zittern ihrer Lippen. »Rose?«

»Mir geht's nicht gut!« platzte sie heraus. »Ich habe meine Blutungen.«

Eine steile Falte bildete sich zwischen seinen Brauen. »Ich dachte, die hättest du vorletzte Woche schon gehabt.«

Unfähig, ihn anzusehen, trat sie einen Schritt zur Seite und legte mit gequälter Miene eine Hand auf ihren Bauch.»Ja, aber das war nicht normal. Ich ... Ich glaube, Besha hatte mir zuviel von ihrem Elixier gegeben.« Ohne darüber nachzudenken, setzte sie sich aufs Bett, besann sich jedoch rasch und ließ sich auf einem der Stühle nieder. »Ich habe Krämpfe.«

Die Hände in die Hüften gestützt, stieß Travis einen gereizten Seufzer aus. Er hatte einen langen, anstrengenden Tag hinter sich und wollte nichts anderes, als in Roses Armen neue Kraft zu schöpfen.

»Verdammt«, murmelte er, mehr zu sich selbst als zu ihr, aber der Fluch zerrte an ihren Nerven.

Wieder schluckte sie nervös. Sie konnte nur hoffen, daß er ihre Ausrede akzeptieren würde. Wenn nicht, würde er schnell merken, daß sie ihn belogen hatte. Das war etwas, was sie noch nie getan hatte, aber sie spürte, daß er es ihr sehr übelnehmen würde.

»In einigen Tagen wird es mir wieder besser gehen«, sagte sie.

»Na schön.« Er seufzte resigniert, hörte jedoch nicht auf, sie nachdenklich zu betrachten. Zum erstenmal, seit er Rose kannte, stellte er sich die Frage, was er tun würde, wenn ihr etwas zustieße. Gegen seinen eigenen Willen fast war sie zu einem festen Bestandteil seines Lebens geworden. Der Gedanke, daß sie erkranken und sterben könnte, löste ein Frösteln in ihm aus.

Im nachhinein begriff er, daß sie eine der Unglücklichen hätte sein können, die die Epidemie der vergangenen Wochen nicht überlebt hatten. Es war etwas, was er in jenen Tagen nicht bedacht hatte, doch nun kam ihm der Gedanke und war so ernüchternd, daß Travis sich vor Schreck versteifte.

»Bist du sicher, daß dir sonst nichts fehlt?«

Rasch schüttelte sie den Kopf. »Nein, ich hab' nur Krämpfe.«

»Ich möchte es wissen, wenn du dich in ein, zwei Tagen noch nicht besser fühlst.«

Von seinem prüfenden Blick beunruhigt, nickte sie zustimmend, während sie sich im stillen fragte, was geschehen würde, wenn eine annehmbare Anzahl von Tagen verstrichen war. Wie sollte sie ihn dann auch weiterhin von sich fernhalten?

Lange, nachdem Travis ins Herrenhaus zurückgekehrt war, lag sie in ihrem Bett und betete inständig um eine Lösung ihres Problems. Die einzige, die ihr jedoch in den Sinn kam, war, daß sie und Syphron noch vor Ende der Woche ihre Flucht antraten.

15. KAPITEL

»Ich bin die schönste Braut, die Tidewater je gesehen hat«, schwor Mariette vor ihrem Spiegelbild. Nicht, daß sie es nicht lieber jemand anderem gesagt hätte, aber Lacy war im Salon und begrüßte Gäste, und sämtliche Hausmädchen rannten wie kopflose Hühner durch das Haus.

Achselzuckend gab sie den Gedanken auf und betrachtete sich ein letztes Mal im Spiegel. Ihre Locken drohten in der Hitze des späten Vormittags ihren Halt zu verlieren – nur gut, daß Brautschmuck und Schleier das blonde Haar am Platz hielten. Ihre Wangen waren mit einem rosigen Schimmer überzogen, was eine weitere Folge der Augusthitze war – aber wenn sie nicht aufpaßte, würde dieser sanfte Rosaton sich bald in ein verschwitztes Rot verwandeln.

Sie öffnete den Fächer, der mit einer seidenen Kordel an ihrem Handgelenk befestigt war, und bewegte ihn energisch, während sie ihre kritische Betrachtung fortsetzte. Ihr Kleid war entzückend, selbst wenn am Mieder die Perlen fehlten, die sie sich dort ursprünglich vorgestellt hatte. Der elfenbeinfarbene Satin war allerdings das Beste, was es mit Geld zu kaufen gab.

Während sie sich mit einem Lächeln vom Spiegel abwandte, ermahnte sie sich, sämtliche anwesende Frauen darüber aufzuklären, daß die Spitze ihres Schleiers aus Belgien kam. Sie hatte keine Ahnung, wo das war, aber es klang beeindruckend.

Ungeduldig trat sie an eins der Fenster, um festzustellen, ob noch irgendwelche späten Gäste eintrafen. Das Warten, bis sie nach unten gerufen wurde, war entnervend. Im Grunde genommen wollte sie die ganze Sache bloß so schnell wie möglich erledigt wissen. Je eher sie Carter heiratete, desto eher würde sie *Swan's Watch* verlassen können. Für immer. Und um nie wieder einen Blick zurückzuwerfen.

Was sie betraf, so konnten Travis und Lacy die Plantage ruhig haben – solange sie nicht beschlossen, sie mit Sack und Pack zu verkaufen. Mariette glaubte nicht, daß das geschehen würde, aber falls es dazu kam, würde sie natürlich ihren Anteil am Gewinn von ihnen fordern.

Aus lauter Langeweile begann sie sich auszumalen, was sie mit dem Geld anfangen würde. Sie war noch immer in ihre müßigen Überlegungen vertieft, als Lacy hereinkam, um ihr zu sagen, daß alles bereit war und die Zeremonie beginnen würde.

»Carter erwartet dich«, sagte sie und überreichte ihr ein Bouquet blutroter Rosen.

»Sind viele Leute da?« fragte Mariette, in der Hoffnung auf einen großen Auftritt.

»Fast alle, die du eingeladen hast.«

Mariette hob ihre blonden Brauen. »Und wer ist nicht erschienen?«

»Jeanne Gail konnte nicht kommen. Ihre Mutter sagt, sie läge mit Migräne im Bett.«

Nach einem ärgerlichen Schnauben erklärte Mariette: »Sie ist bloß neidisch. Jeder weiß, daß sie es seit Jahren auf Carter abgesehen hatte. Jetzt, wo ich ihn heirate, will sie mich nicht einmal sehen.«

»Das ist nicht wahr«, widersprach Lacy. »Wenn Jeanne Gail je ihr Herz an einen Mann gehängt hatte, dann an Norman.«

Mariette zog ihre Version der Wahrheit vor. »Nun, ich werde nicht meine Zeit damit vergeuden, darüber nachzudenken. Wer sonst ist nicht gekommen?«

Lacy nannte mehrere Nachbarn, die nicht erschienen waren, aber ihre Schwester winkte ab.

»Ach, die zählen nicht«, erklärte sie herablassend. »Ich wollte ihnen nur eine Freude machen mit der Einladung.«

Um des lieben Friedens willen behielt Lacy ihre Ansichten für sich.

Leider stellte sich heraus, daß sie das im Laufe des Nachmittags immer wieder tun mußte. Die Zeremonie selbst war wunderschön. Carter gab einen gutaussehenden Bräutigam ab, vor allem neben Mariette. Sie schienen wie füreinander geschaffen, und für den oberflächlichen Betrachter mußte es so aussehen, als sei die junge Braut bis über beide Ohren in ihren Bräutigam verliebt. Doch da Lacy des öfteren ein paar Worte von Mariette aufschnappte, wurde es für sie schon sehr bald offensichtlich, daß ihrer Schwester mehr daran lag, die Gäste zu beeindrucken, als an ihrem frischgebackenen Ehemann.

»Ich habe schon immer gedacht, daß Bellehaven das prunkvollste Haus ist, das ich je gesehen habe«, vertraute Mariette einer Gruppe Damen an. »Ist es nicht schade, daß nicht jeder in einer so herrschaftlichen Umgebung leben kann?«

Die Bemerkung erzeugte Stirnrunzeln bei den Damen und ein freudloses Lächeln hier und da. Lacy mußte sich sehr beherrschen, um sich nicht entsetzt an die Stirn zu greifen. Aber es war nicht Mariettes Habgier, was sie überraschte, sondern die Tatsache, daß ihre Schwester ihre persönlichen Ansichten mit einer derartigen Taktlosigkeit in der Öffentlichkeit verbreitete. Das hatte Mariette noch nie zuvor getan.

»Travis, ist dir auch schon aufgefallen, daß Mariette irgendwie verändert wirkt?« flüsterte sie, als sie ihre Schwester zum Büfett hinüberschweben sah.

Travis, der neben Lacy stand, schaute ebenfalls der Braut nach. »Du meinst irgend etwas anderes als ihre gewohnte Arroganz?«

Das trug ihm einen scharfen, prüfenden Blick von Lacy ein. Seit Wochen war er ungeheuer bissig, und stets war Mariette die Zielscheibe seines Spotts gewesen. »Nun, so könnte man vielleicht sagen. Sie war schon immer überheblich.«

»Du bist zu großzügig«, höhnte Travis.

»Vielleicht, aber die Heirat mit Carter hat sie noch anmaßender gemacht.«

Travis zuckte mit den Schultern. »Nun, sie ist jetzt sein Problem. Soll er sehen, wie er mit ihr fertig wird.«

Damit schlenderte Travis weiter, und Lacy starrte ihm nachdenklich hinterher. Für ihn mochte es ein Leichtes sein, die Angelegenheit zu ignorieren, aber Lacy konnte nicht aufhören, sich zu fragen, was diese krasse Veränderung in Mariettes Verhalten bewirkt haben mochte.

Sie stellte sich die gleiche Frage später an diesem Abend, als Norman sich nach dem Essen zu ihr gesellte. »Ein wunderschönes Fest, Lacy«, bemerkte er anerkennend.

»Danke, Norman. Aber das Kompliment muß ich an Mariette weitergeben. Sie hat alles bis ins letzte Detail geplant. Sie besitzt ein Talent für solche Dinge.«

»Das wird ihr dann zugute kommen.«

»Inwiefern?«

Norman zuckte mit den Schultern, als sei das offensichtlich. »So wie deine Schwester spricht, hat sie Großes mit Bellehaven vor. Neue Möbel, neue Dekorationen ...«

Das war etwas, was Lacy noch nicht gehört hatte. »So? Und was sagt Carter dazu?«

Norman grinste. »Nichts, soweit ich es beurteilen kann. Ich würde sogar sagen, daß er bisher noch gar nichts davon weiß. Mariette will wahrscheinlich einen günstigeren Augenblick abwarten, um ihm zu sagen, wofür sie einen Großteil seines Gelds ausgeben will.«

Lacy, die ihre Schwester kannte, stimmte ihm im stillen zu. Sie sah, daß Mariette sich am Ende des Raums mit einer anderen Gruppe von Gästen unterhielt, und schauderte bei dem Gedanken, was sie wohl jetzt gerade von sich geben mochte.

Was Mariette sagte und was sie dachte, waren zwei völlig verschiedene Dinge. Mit Carter an ihrer Seite sah sie sich gezwungen, auf gewisse Bemerkungen zu verzichten, und kochte im stillen vor Wut, weil er von ihr verlangte, daß sie hier stand und Interesse an der Schweinezucht irgendeines Nachbarn vortäuschte.

Schweinezucht! Und das an ihrem Hochzeitstag. Fast hätte sie mit den Zähnen geknirscht vor lauter Wut. Wenn sie noch eine Minute länger hier stehen und lächeln mußte, würde ihr noch das Gesicht zerspringen von der Anstrengung!

Obwohl es für alle anderen so aussah, als ob sie dem Gespräch interessiert lauschte, beschloß sie, daß sie genug hatte. Es bestand kein Grund für sie und Carter, noch länger zu verweilen. Sie hatte alle Männer bezaubert, die sich bezaubern ließen, hatte jede Frau beeindruckt, die auch nur eine Unze Verstand besaß, und nun langweilte sie sich zu Tode.

Matt legte sie eine Hand auf Carters Arm und unterbrach seine Unterhaltung. »Ich möchte mich nicht beklagen, Carter, aber ich beginne allmählich zu ermüden«, sagte sie mit einem schüchternen Lächeln. Das stumme Versprechen in diesem Lächeln bewirkte, daß Carter sich endlich auf sie besann. »Ja, es ist Zeit zu gehen.« Dann senkte er den Kopf und flüsterte ihr ins Ohr: »Ich kann es kaum noch erwarten, allein mit dir zu sein.«

Ihr Lächeln verblaßte daraufhin ein wenig, aber sie wandte

sich rasch ab, bevor Carter merkte, daß seine Bemerkung sie nervös stimmte.

Sie verabschiedeten sich von Freunden und Gästen und nahmen letzte Gratulationen und Glückwünsche entgegen. Aber als der Moment kam, sich von Lacy und Travis zu verabschieden, strebte Mariette zur Tür und überließ es Carter, mit ihren Verwandten zu sprechen.

Einen peinlichen Moment lang starrten alle drei sich an und rührten sich nicht vor Verlegenheit und Verblüffung. Dann richtete Lacy sich auf die Zehenspitzen auf und küßte Carter. »Ich wünsche dir viel Glück, Carter.«

Er nickte dankend und wechselte einen Händedruck mit Travis. Im nächsten Augenblick schon folgte er Mariette und half ihr in seine geschlossene Kutsche.

Die Sonne war schon eine Stunde zuvor untergegangen, in der Kutsche herrschte nur schwaches Dämmerlicht. Dennoch warf Carter seiner Frau einen prüfenden Blick zu.

»Mir war schon immer klar«, begann er milde, »daß du dich nicht sonderlich gut mit deinen Geschwistern verstehst ... Aber war das nötig?«

Mariette blinzelte verwirrt. »Was?«

»Sie so zu schneiden, wie du es getan hast.«

»Habe ich das?« fragte sie und legte genau die richtige Dosis Erstaunen in ihre Stimme.

Carter lachte ungerührt. »Du weißt verdammt gut, daß du es getan hast, Mariette, aber mir brauchst du nichts zu erklären. Was du für deine Familie empfindest, ist deine eigene Sache. Aber ich mag Travis und Lacy.«

Es war ein provozierende Bemerkung, doch Mariette verbarg ihren Ärger hinter einem koketten Schmollen. »Du magst sie, weil du nie mit ihnen leben mußtest.« Entschieden schüttelte sie den Kopf. »Und jetzt will ich nichts mehr von ihnen hören.«

Carter hatte keine Einwände und ließ ihr ihren Willen. Da er insgeheim überzeugt war, daß sie zu keinerlei komplizierten Denkprozessen fähig war, interessierte ihn auch nicht, was in ihrem Kopf vorgehen mochte. Solange sie ihm im Bett gefällig war, war er bereit, außerhalb des Betts Nachsicht mit ihr zu üben.

Der Gedanke, mit ihr in seinem großen Bett zu liegen, begleitete ihn auf dem gesamten Heimweg. Bekleidet war sie schön genug, um einem Mann dort Qualen zu bereiten, wo es wichtig war. Die Vorstellung, was ihn unter den Lagen Satin und Spitze erwarten mochte, erwies sich als stärkeres Aphrodisiakum als rohe Austern. Er spürte, wie seine Erregung wuchs, als er an die lange, aufregende Nacht dachte, die vor ihm lag.

Mariette verspürte nur eine seltsame Unruhe bei dem Gedanken heimzukehren. Als die Kutsche sich immer mehr ihrem neuen Zuhause näherte, biß Mariette sich auf die Lippen und begann sich ernsthaft mit der Überlegung zu beschäftigen, was in dieser Nacht geschehen würde.

Sie wußte natürlich, was sie zu erwarten hatte, denn niemand wuchs auf einer Plantage auf, ohne sich der Natur dieser Dinge bewußt zu sein. Aber sie glaubte ganz einfach nicht, daß es ihr gefallen würde. Denn schließlich hatten Carters Küsse noch niemals Leidenschaft in ihr geweckt.

Das war ihre stille Sorge, die allerdings nicht länger anhielt, bis sie an Carters Arm das Haus betrat. Bellehavens elegante Eingangshalle war ein deutlicher Beweis für den Reichtum seines Besitzers, was Mariettes Bedenken hinsichtlich des Ehebetts auf Nichtigkeiten reduzierte. Und der Anblick einer Haushälterin, die sie dort erwartete, weckte den Wunsch in ihr, Carter zu umarmen und zu küssen.

»Naomie, du kennst Mariette ja schon«, sagte Carter zu der alten Farbigen. »Sie ist jetzt meine Frau.«

Naomie zeigte ein zahnloses, aber strahlendes Lächeln. »Herzlich willkommen, Miss Mariette.«

Doch Mariette hatte sich bereits abgewandt, um das Haus zu betrachten, das jetzt ihr gehörte. Leider unterbrach Carter ihre angenehmen Betrachtungen.

»Naomie wird dir dein Zimmer zeigen.« Seine Hand ruhte auf ihrer Taille. »Ich werde gleich nachkommen.«

Der sanfte Schubs, den er ihr versetzte, ließ Mariette ihre Aufmerksamkeit wieder auf das Naheliegende richten. In ihrer Begeisterung, Herrin dieses prächtigen Besitzes zu sein, hatte sie fast vergessen, daß es ihre Hochzeitsnacht war und Carter beabsichtigte, seine ehelichen Rechte wahrzunehmen.

Sie vergaß nicht, ihm ein liebevolles Lächeln zu schenken, bevor sie Naomie die breite Treppe hinauf und in ihr Zimmer folgte.

»Es war Miss Lilys Zimmer«, verkündete Naomie stolz. »Sie war eine feine Dame, unsere Miss Lily.«

Während Mariette über den glänzenden Parkettboden zur anderen Seite des Zimmers ging, schaute sie sich prüfend um. Jeder wußte, daß Carters Mutter eine feine Dame gewesen war, aber sie schien eine bedauernswerte Vorliebe für die Farbe Grün gehabt zu haben.

Angewidert verdrehte Mariette die Augen. Grün, überall, und nicht etwa ein tiefes, lebhaftes Grün, sondern ein trister Mooston, der einfach scheußlich war. Und schlicht unerträglich. Niemand konnte von ihr verlangen, daß sie unter einer Decke schlief, die sie an vermodertes Gras erinnerte. Sie mußte verschwinden. Und der Baldachin und die Teppiche ebenfalls. All das sah aus, als wäre es hundert Jahre alt, und sie wollte, daß alles neu und hell wirkte. Rosa hätte ihr gefallen. Und Rot.

Die Möbel waren akzeptabel, aber nur, weil Mariette Kirschbaum liebte. Die kunstvollen Schnitzereien an den Bettpfosten waren hübsch, und die zierlichen Beine der Sessel stilvoll. Aber die Bezüge mußten erneuert werden, nicht anders als der Bezug des Sofas am Kamin. Das geblümte Streifenmuster erinnerte zu sehr an die Tapeten in ihrem Schlafzimmer in Swan's Watch.

In der Mitte des Raums drehte sie sich langsam um die eigene Achse und nickte zufrieden. Ja, das Zimmer konnte sehr hübsch werden, sobald sie es renoviert und ihm den Stil und die Pracht verliehen hatte, die sie überall auf Bellehaven einzuführen gedachte.

Als das entschieden war, erlaubte sie Naomie, ihr beim Auskleiden behilflich zu sein.

Dreißig Minuten später saß sie mitten auf Carters riesigem Bett und knabberte wieder an ihrer Unterlippe. Das Unbehagen, das sie schon vorher in der Kutsche empfunden hatte, war zurückgekehrt und hatte sich beim Ablegen eines jeden weiteren Kleidungsstücks noch mehr gesteigert. Als sie nichts anderes mehr trug als *chemise* und *pantalettes*, war sie überzeugt, daß das Brautsein sehr stark überschätzt wurde.

Ihr Zimmer lag gleich neben Carters, und kaum hatte sie ihr spitzenbesetztes Nachthemd angelegt, hatte Naomie sie auch schon durch die Verbindungstür gedrängt. Jetzt erwartete sie ihren Mann mit einer Mischung aus Angst und Ärger. Es wäre ihr lieber gewesen, in ihrem eigenen Raum zu warten, wo sie sich wenigstens mit ihren Plänen für eine Erneuerung des Zimmers hätte beschäftigen können. Aber hier blieb ihr nichts anderes zu tun, als die männlich geprägte Umgebung anzustarren und zu warten, bis Carter endlich kam.

Die maskuline Atmosphäre des Raums gefiel ihr nicht. Die schweren Möbel schienen von absoluter Macht zu sprechen, die dunkelgrünen und schwarzen Stoffe von bedingungsloser Autorität. All das verwirrte Mariette und ließ sie sich hilflos vorkommen – kein Gefühl, das ihr behagte.

Geduld war nie ihre Stärke gewesen, und der Mangel an dieser Eigenschaft ließ ihren Ärger fast zum Ausbruch kommen. Es war unverschämt von Carter, sie derart lange warten zu lassen, vor allem, da sie die ganze Sache so schnell wie möglich hinter sich zu bringen gedachte. Sie war versucht, in ihr eigenes Zimmer zurückzukehren und ihm von Anfang an einige Lektionen zu erteilen.

Was immer sie jedoch auch beabsichtigt haben mochte, war nicht mehr wichtig, als die Tür aufging und Carter in das Zimmer schlenderte. Sein Halstuch war gelockert, seine Weste und seinen Rock hatte er bereits abgelegt. Beim Anblick Mariettes, die an den Kissen auf seinem Bett lehnte, verdunkelten sich seine braunen Augen, bis sie fast schwarz erschienen.

»Ich sehe, daß du bereits herausgefunden hast, wo du hingehörst«, murmelte er und trat vor das massive Himmelbett.

Da ihre Nerven bis zum Äußersten angespannt waren, erwiderte Mariette verärgert: »Das klingt, als würdest du von mir erwarten, daß ich hier Wurzeln schlage, Carter.«

Ein vielsagendes Lächeln erschien um seinen Mund. »Das wäre keine schlechte Idee.« Er konnte sich keine passenderen Ort für sie vorstellen, flach auf dem Rücken und mit für ihn gespreizten Beinen. Sein Blick glitt über ihr langes blondes Haar und dann zu den üppigen Kurven ihrer Brüste. Mit unverhohlener Neugier starrte er auf die verführerischen Wölbungen unter ihrem Nachthemd.

Langsam begann er sein Hemd aufzuknöpfen, was ein verblüfftes Blinzeln bei Mariette hervorrief. Carter lachte, als er es sah. »Glaubst du, ich würde dich vollständig angekleidet besteigen?«

Eine steile Falte erschien auf ihrer Stirn. Seine grobe Redeweise war nicht das, was sie von ihm erwartet hatte. »Ich bin keine Zuchtstute, Carter.«

»Ah, ich sehe, daß ich deine Gefühle verletzt habe.« Er zog sein Hemd aus der Hose und entblößte seine kräftige Brust mit dem dichten dunklen Haar darauf. »Dann solltest du dir die Augen zuhalten, denn in einer Sekunde oder zwei wirst du noch viel entsetzter sein.«

»Und ich bin auch keine prüde kleine Nonne«, entgegnete sie. Aber als er dann sein Hemd fallen ließ und nach dem Verschluß seiner Hose griff, begann sie interessiert ihre Fingernägel zu betrachten. Nicht einmal, als er lachte und die Matratze unter seinem Gewicht nachgab, hob Mariette den Blick. Sie hielt ihn stur auf ihre Hände gerichtet, weil sie wußte, daß Carter nackt unter den Laken neben ihr war.

Bevor sie einen beruhigenden Atemzug tun konnte, schlossen seine Hände sich um ihre Schultern und drückten sie flach auf den Rücken. Mit einer brüsken Bewegung rollte er sich auf sie, preßte seinen Mund auf ihre Lippen und stieß seine Zunge zwischen ihre Zähne.

Mariette schnappte nach Luft angesichts dieser ungestümen Inbesitznahme. Mit geschlossenen Augen wartete sie auf einen Funken von Leidenschaft irgendwo in ihr. Aber alles, was sie fühlte, war seine Zunge, die gegen ihre eigene stieß.

Grausam drängte ihr Bewußtsein ihr die Erinnerung an Jared auf. Der Kuß im Garten war nur kurz gewesen, aber ihr war fast schwindlig geworden vor Erregung. Sein Mund war fest und warm gewesen, so ganz anders als diese feuchten, kraftlosen Lippen, die ihre attackierten, als wäre ihr Mund eine Festung, die es zu erstürmen und zu erobern galt.

Es gelang ihr kaum, ein angeekeltes Stöhnen zu unterdrücken, als Carters Hände in gleicher Weise vorgingen, ihre Hüften umklammerten und sie hart an seinen Körper zogen. Das Besitzergreifende und Beherrschende seines Verhaltens war ebenso erschreckend wie abstoßend, und Mariette kam sich vor, als ob sie nichts anderes mehr wäre als ein seelenloser Körper, der darauf wartete, von seinem Eigentümer in Besitz genommen zu werden.

Nach Atem ringend, wandte sie den Kopf ab. Ungerührt bedeckte Carter ihren Hals mit feuchten Küssen und biß sie dort, wo ihr Puls schlug, in die zarte, weiße Haut. Ihr erstickter Protestschrei schien ihn zu erregen, denn jetzt schob er die Hände in den Ausschnitt ihres Nachthemds und riß den dünnen Musselin vorn auseinander.

Das Geräusch zerreißenden Stoffs lähmte Mariette vorübergehend. Was immer sie auch von dieser Nacht erwartet haben mochte, es hatte nie zerrissene Kleider mit eingeschlossen.

»Carter ...« Aber das war alles, was sie hervorbrachte, denn schon schloß sich seine Hand um ihre Brust und drückte sie grob für seinen Mund zusammen. Zähne und Zunge begannen ein fast schmerzhaft grobes Spiel mit ihrer zarten Haut, und Mariette hätte ihn vor lauter Empörung fast von sich gestoßen.

Doch das Gewicht seines schweren Körpers hielt sie unter ihm gefangen, und seine Finger, die ihr Fleisch kneteten, lösten eine Gänsehaut auf ihrem Körper aus. Als er den Saum ihres Nachthemds über ihre Knie schob, schluckte sie vor Furcht.

Besitzergreifend legte er eine Hand zwischen ihre Schenkel, hob den Kopf und starrte ihr mit einem triumphierenden Lächeln in die Augen.

Mariette zuckte vor der intimen Berührung seiner Finger zurück, aber seine schweren Beine hielten ihre Schenkel auf das Bett gepreßt. Ihr Zappeln veranlaßte Carter, sie erneut zu küssen.

»Spreiz deine Beine, Mariette«, hauchte er an ihren Lippen.

»Ich mag das nicht«, stieß sie atemlos hervor.

»Du brauchst es nicht zu mögen, du mußt nur dafür sorgen, daß es mir gefällt.« Er schob einen Finger und dann einen zweiten in ihre feuchte Wärme und murmelte rauh: »Keine Angst, du wirst dich schon bald daran gewöhnen.«

Das war das letzte, was er zu der Angelegenheit zu sagen hatte. Während er seine Zunge zwischen ihre Lippen zwang, spreizte er langsam, aber unnachgiebig mit den Knien ihre Schenkel.

Wieder schloß sie die Augen, als könnte sie, wenn sie sein Gesicht auslöschte, auch den spürbaren Beweis seiner Männlichkeit ignorieren. Aber im selben Augenblick, als er in sie eindrang, ließ der scharfe Schmerz sie die Augen wieder aufreißen, und sie sah die ungeschminkte Wirklichkeit: Carter, der mit verzerrtem Gesicht in sie hineinstieß und ihren Körper mit seinem Schweiß bedeckte.

Als er ihre Hüften anhob und noch tiefer in sie eindrang, wehrte sie sich nicht. Als ein Stöhnen sich seiner Brust entrang, ertrug sie die Vibration an ihrem Körper. Als er tief in ihr seine Leidenschaft entlud, stieß sie einen Seufzer der Erleichterung aus.

Aber kaum zog er sich aus ihr zurück, rollte sie sich zur anderen Bettseite, zog ihre Ärmel hoch und schloß mit einer Hand ihr Mieder über ihren Brüsten. Schmerzhafte Krämpfe begleiteten ihre Bewegungen, aber sie ignorierte sie in ihrer

Hast, in ihr eigenes Zimmer zurückzukehren. Doch kaum hatte sie sich aufgerichtet, wurde sie zurückgezogen.

Auf einen Arm gestützt, betrachtete Carter sie mit unverhohlener Belustigung. Mit der freien Hand hielt er den Saum ihres zerrissenen Nachthemds und zog noch einmal. »Wo willst du hin?«

»In mein Zimmer.« Ihre blauen Augen glühten mit einer Leidenschaft, die nichts mit Verlangen zu tun hatte. Ein unbändiger Zorn beherrschte ihre Sinne und ließ ihre Lippen zittern.

Carter schüttelte den Kopf. Ihm gefiel der trotzige Widerstand, der sich in ihrem Blick verriet. »So schlimm war es doch gar nicht.«

»Nein, schlimmer.«

»Doch nur, weil du noch Jungfrau warst. Ob du es glaubst oder nicht, es wird mit der Zeit besser. Und wenn du erst lernst, dich zu beteiligen, wirst du vielleicht sogar ein bißchen Vergnügen dabei finden.«

Er war so blasiert, daß sie ihn am liebsten mitten ins Gesicht geschlagen hätte. »Und bis dahin soll ich mich damit zufriedengeben, daß es dir Vergnügen bringt.«

»Genau.« Er ließ sich in die Kissen zurücksinken, ignorierte ihren wütenden Aufschrei und seufzte in tiefster Befriedigung. »Jetzt ruh dich ein bißchen aus, und dann werde ich dich lehren, wie man einen Mann verwöhnt.« Wenn sie auch nur eine Sekunde lang geglaubt hätte, sein Bett verlassen und in ihr eigenes Zimmer zurückkehren zu können, wäre sie jetzt aufgesprungen und zur Tür geflohen. Aber sie wußte, daß er stärker und schneller war als sie.

»Mich lehren ...? Ich habe meine Pflicht getan.« Sie griff nach ihrem Nachthemd, als es über ihre Schulter zu rutschen drohte. »Ich habe mich von dir betätscheln und dich auf mir grunzen lassen. Ich habe *alles* gelernt, was ich zu lernen beabsichtige.«

Carter betrachtete sie nachdenklich. Er wußte, daß er sie sich gefügig machen würde, da konnte sie schimpfen und wüten, soviel sie wollte. Eigentlich war ihm ihr Zorn sogar lieber als ihre Fügsamkeit. Der Gedanke, daß sie nicht besonders willig war, stellte eine Herausforderung dar, die ungemein erregend war.

Trotz allem jedoch hatte sie eine Lektion zu lernen, und zwar sofort.

Seine Hand schoß vor und schloß sich um ihren Arm. Bevor sie wußte, was ihr geschah, fand Mariette sich auf dem Rücken wieder und von Carters Gewicht aufs Bett gepreßt. Zu spät hob sie die Arme, und er ergriff sie und hielt sie schmerzhaft grob zu beiden Seiten ihres Kopfes fest.

»Ich weiß, daß es noch neu für dich ist«, bemerkte er spöttisch. »Aber für den Fall, daß du es bereits vergessen haben solltest, möchte ich dich daran erinnern, daß du meine Frau bist.« Um seinen Worten Nachdruck zu verleihen, stieß er ein Knie zwischen ihre Schenkel und ließ sich dort entschieden nieder.

Mariette wehrte sich nach Kräften, aber sie erreichte damit nichts anderes, als daß sich der Kontakt ihrer Körper noch vertiefte. »Laß mich los, Carter!« verlangte sie.

»O nein. Ich werde fruchtbare Erde pflügen und meinen Samen pflanzen.«

»Ich bin deine Frau«, zischte sie, »und nicht irgendein Stück Land!«

»Das ist für mich das gleiche«, murmelte er, bevor er wieder ihren Mund suchte. »Ihr gehört mir beide.«

16.
KAPITEL

»Ich habe Angst«, wisperte Rose, die Syphron in der Finsternis der Hütte fast nicht erkennen konnte.

Syphron griff unter sein schmales Bett und zog einen schweren Jutesack hervor. Rasch richtete er sich auf und warf ihn über seine Schulter. »Du brauchst keine Angst zu haben, Rose. Sie haben alle viel getrunken bei der Hochzeit heute. Oben im großen Haus feiern sie noch immer kräftig. Es werden Stunden vergehen, bis jemand unser Fehlen merkt. Es gibt keinen besseren Augenblick, um zu fliehen.«

»Aber was ist, wenn Travis heute nacht zu mir kommt?« Sie wagte nicht, sich auszudenken, was dann geschehen würde. Gut, daß sie bis dahin weit entfernt sein würden.

Syphron warf ihr einen geduldigen Blick zu. »Ich sagte doch schon, daß Taloila gesehen hat, daß er sehr heftig trinkt. Er wird nicht mal mehr die Stufen zu seinem eigenen weichen Bett hinaufkommen, geschweige denn zu dir.«

Rose wünschte, sie könnte sich dessen auch so sicher sein. Travis hatte sie in den vergangenen Tagen in Ruhe gelassen, weil er ihr ihre Ausrede geglaubt hatte. Aber so, wie die Natur eines Mannes beschaffen war, würde es nicht lange dauern, bis er wieder seine Befriedigung verlangte. Von ganzem Herzen hoffte sie, daß er nicht ausgerechnet heute nacht beabsichtigte, die Rechte zu fordern, von denen er glaubte, daß sie ihm zustanden.

»Was hat die alte Afrikanerin sonst noch gesagt?«

»Nur, dem Fluß nach Norden zu folgen. Und uns nie weit vom Wasser zu entfernen.«

Es war noch immer ein Schock für Rose, daß Taloila sie bei ihren Fluchtplänen unterstützt hatte. Aber das hatte die alte Weberin getan, und zwar so tatkräftig, daß sie sogar Lebensmittel und Proviant für sie gestohlen und bis heute nacht für sie gehortet hatte.

»Wir müssen los!« drängte Syphron.

Rose nickte und hob das kleine Bündel mit ihren Sachen auf. Alles, was sie auf dieser Welt besaß, hatte sie in ihr altes Umhängetuch gewickelt. »Ich bin bereit.«

»Bleib dicht neben mir. Und sag kein Wort, bis wir die Felder weit hinter uns zurückgelassen haben.«

Um ihr wild klopfendes Herz zu beruhigen, holte Rose tief Atem. Wie ein Schatten in der Nacht schlüpfte sie hinter Syphron aus der Hütte und hielt sich dicht an seiner Seite. Ihr Weg führte sie direkt zu den schützenden Bäumen am Rand der Plantage. Sie hielt weder inne, noch schaute sie sich um, bis sie die relative Sicherheit des Walds erreicht hatten.

Erst dann blieb sie stehen und drehte sich fast gegen ihren eigenen Willen noch einmal zu dem großen Haus um. Die Fenster waren hell erleuchtet, die abendliche Brise wehte das Geräusch von Stimmen zu ihr herüber. Eine dieser Stimmen gehörte vielleicht sogar Travis.

Die Erkenntnis dessen, was sie tat, traf sie hart, und starke, aufsässige Gefühle überwältigten sie. Es gab zu viele Wenn und Aber, um darüber nachzudenken. Und Wünsche, ob man sie nun dem ersten Stern des Abends anvertraute oder nicht, verwirklichten sich niemals. Aber wenn sie dem einen Verlangen, das in ihr brannte, einen Namen hätte verleihen können, dann wäre es der Wunsch gewesen, daß Zeit, Ort und Umstände anders hätten sein mögen. Denn dann wäre vielleicht vieles anders für sie und Travis.

Ein weiterer Schwall von Gelächter drang durch die Dunkelheit zu ihr herüber.

Abrupt wandte sie sich um und folgte Syphron in die mondlose Nacht hinaus.

Jared starrte zum mondlosen Himmel auf und trank einen großen Schluck von seinem Wein. Er bewahrte den aromatischen Geschmack eine Weile auf der Zunge, bevor er das Glas sinken ließ und einen tiefen Atemzug tat.

Es war kühl. Selbst im Hochsommer schien diese Kühle in Connecticut nie ganz zu weichen. Tagsüber war es wärmer, aber sobald die Sonne unterging, stieg eine empfindliche Kälte von der steinigen Erde auf.

Es war etwas, worüber er nie besonders nachgedacht hatte. Aber jetzt tat er es und stellte fest, daß er die schwüle Hitze vermißte, die in *Swan's Watch* die Luft erfüllte.

Er schaute auf den Wein in seinem Glas und fluchte.

Stimmen, heiter und laut, waren hinter ihm zu vernehmen. Doch anstatt zu seiner Familie zurückzukehren, lehnte er sich mit den Schultern an die Säulen der Veranda seiner Eltern und richtete den Blick in die Ferne auf die Bucht von Wethersfield. Von Bäumen zum Teil verborgen, wirkte das Wasser schwarz wie Tinte, still und abweisend. Aber gerade das war es, was Jared in seinem Verlangen nach Einsamkeit jetzt brauchte.

Sein Blick glitt hin und her, als er sich in der vertrauten Landschaft umschaute. Irgendwie jedoch, als sähe er dies alles nun mit anderen Augen, kam die Landschaft ihm verändert vor. Die dichtbenadelten Kiefern erschienen seinem Auge unpassend, das Land zu rauh und bergig. Und der Brise, die vom Fluß hinaufwehte, fehlte der Geruch nach Hickory und frisch umgepflügter Erde.

»Jared?«

Er verlagerte sein Gewicht und warf einen Blick über seine Schulter. Vor dem hellen Licht, das aus der offenen Tür drang, zeichnete sich die zierliche Silhouette seiner Mutter ab.

»Alles in Ordnung, mein Junge?«

Indem er einladend einen Arm hob, nickte er. »Ich versuche nur, mich wieder mit Connecticut bekanntzumachen.«

Bethany Steele trat in die ausgebreiteten Arme ihres Sohnes. Während ihr Arm streichelnd über seinen Rücken glitt, schaute sie zu seinem Gesicht auf und lächelte ihn an.

»Ich bin froh, daß du wieder da bist. Wir alle haben dich vermißt.«

»Es ist schön, wieder hierzusein.« Zum größten Teil entsprach das sogar der Wahrheit.

»Hat alles geklappt in Virginia?«

»Ausgezeichnet. Meine Geschäfte dort sind sehr profitabel. Stephen und ich werden in den nächsten beiden Jahren alle Hände voll zu tun haben mit dem Abwickeln der Verträge, die ich abgeschlossen habe.«

»Das freut mich, Lieber. Und ich bin sehr stolz auf dich.«

»Du solltest nicht vergessen, auch Stephen in dein Lob mit einzuschließen. Die Firma gehört uns beiden, Mutter.«

»Ich bin auf euch beide stolz. Dein Vater sagt, die Firma wird es mit jeder anderen Reederei in der ganzen Welt aufnehmen können, wenn alles so gut weiterläuft wie bisher.«

Jared zuckte die Schultern. »Möglich, daß Vater ein bißchen voreingenommen ist.«

Ein sehr mütterliches Lächeln erschien um Bethanys Lippen. »Das ist das Vorrecht eines Vaters. Aber es gibt nicht viele Söhne, die fähig gewesen wären, zu leisten, was du geleistet hast. Du hast aus dem Nichts heraus ein wahres Imperium aufgebaut.« Während sie im schwachen Licht sein Gesicht betrachtete, fügte sie hinzu: »Manchmal denke ich, du arbeitest zu hart.«

Jared verzog den Mund. »Nur eine Mutter würde so was sagen.«

»Dann sollte es dich nicht überraschen.« Obwohl sie leicht dahingesagt waren, klang eine tiefe Sorge aus Bethanys Worten. Ihr ältester Sohn war nun schon seit mehreren Wochen wieder daheim, aber sie hatte ihn kaum gesehen, weil er schuftete wie ein Besessener. »Du bist seit deiner Heimkehr ungewöhnlich still.«

Jared hörte die Sorge in ihrem Ton. »Ich bin bloß müde, Mutter.«

»Wir hatten dich erst einen Monat später zurückerwartet.«

Jared hob die dunklen Augenbrauen. »Soll das eine Klage sein?«

Bethany drückte liebevoll seinen Arm und lächelte. »Was glaubst du?«

»Ich glaube«, bemerkte er mit einem schweren Seufzer,

»daß du mir ganz bewußt Fragen stellst, von denen du weißt, daß ich sie nicht beantworten werde.«

»Jared!« entgegnete sie schockiert, aber es gelang ihr nicht, lange an ihrer gespielten Überraschung festzuhalten. »War das so offensichtlich?« fragte sie lächelnd.

»Ich fürchte ja.«

Wieder erhob sie ihren Blick zu ihm. »Aber nur, weil ich mich um dich sorge.«

»Das ist unnötig.« Er trank den letzten Wein in seinem Glas und zwang sich zu einem Lächeln. »Warum gehen wir nicht hinein?«

Bethany wußte, daß von all ihren Kindern Jared am schwersten zu erreichen war. Aber sie wußte auch aus Erfahrung, daß daran nichts zu ändern war. Falls Jared ihr etwas anzuvertrauen wünschte, würde er es tun. Wenn und wann er es für richtig hielt. Bis dahin mußte sie sich mit seinen Beteuerungen zufriedengeben, daß ihm nichts fehlte. Natürlich glaubte sie ihm keine Sekunde lang, aber die Tatsache, daß er zum Rest der Familie hineingehen wollte, tröstete sie ein wenig.

Sie betraten zusammen den Salon, wo der gesamte Clan der Steeles versammelt war. Jareds Bruder, Stephen, hatte einen Arm um Lilith gelegt, seine junge Frau. Ihre vierzehn Monate alte Tochter spielte irgendwo in der Nähe. Eric, Jareds zweiter Bruder, saß neben seiner Frau Jane, die mit ihrem zweiten Kind schwanger war. Ihr erstes, ein pummeliger Zweijähriger, saß zufrieden auf dem Schoß seines Großvaters.

Jonathan Steele schaute vom dunklen Kopf seines Enkels auf, als seine Frau und sein ältester Sohn eintraten. Man brauchte den alten Herrn nur anzusehen, um zu wissen, von wem Jared sein gutes Aussehen hatte. Beide besaßen ein markantes Kinn und graue Augen, und obwohl Jonathans Haar schon vollkommen ergraut war, war es doch dicht und gewellt wie Jareds.

»Da bist du ja«, meinte Jonathan mit einem vorwurfsvollen Lächeln. »Ich wollte schon einen Suchtrupp losschicken.«

»Ich habe nur ein bißchen frische Luft geschnappt«, erklärte Jared.

»Aha«, rief Mary Steele, als sie aufstand und auf Jared zuging. »Ich wollte schon selbst hinausgehen und dich holen.« Mary, eine lebhafte Sechzehnjährige, war das jüngste von Bethanys und Jonathans Kindern und zierlich und feingliedrig wie ihre Mutter. »Du hast uns noch nicht alles über Virginia erzählt.«

Eric stöhnte in gespielter Verzweiflung. »Laß es gut sein, Mary. Gib Jared ein bißchen Ruhe.«

Wie aus einem Munde fast protestierten die drei Schwestern. »Na bitte, da seht ihr ja!« erklärte Mary. »Wir sind uns alle einig, Jared. Du warst wochenlang fort, und das einzige, was du uns erzählt hast, ist, daß es dort unten ›verdammt heiß‹ ist.«

Bethany legte eine Hand an ihre Stirn und ließ sich neben ihrem Mann nieder. »Mary, benimm dich bitte.«

Jared strich seiner Schwester über die Wange. »Ich habe euch viel mehr als das erzählt.«

Rachel, die neun Monate älter war als Mary, warf rasch eine Frage ein. »Wie ist das Wohnhaus der Plantage?«

Jared ging zu dem einzigen noch freien Platz im Raum, einem großen Lehnstuhl, doch bevor er es sich gemütlich machen konnte, krabbelte Stephens Tochter zu ihm hinüber und wollte auf den Schoß genommen werden. Jared tat ihr den Gefallen und zog sie auf seine Knie.

»Das Haus«, antwortete er in liebevoller Erinnerung an *Swan's Watch,* »ist groß und wunderschön. Niemand, der es ansieht, käme je auf den Gedanken, daß es schon fast zweihundert Jahre alt ist.«

»Und welcher Fluß fließt über die Plantage?« wollte Jane nun wissen.

»Der Pagan River.«

Eric kicherte und wackelte mit seinen dunklen Brauen. »Das beschwört sehr lebhafte Vorstellungen von Heiden und schwülen Sommernächten herauf.«

»Es ist eigentlich alles sehr zivilisiert und friedlich«, versicherte Jared in Gedanken an den stillen Frieden, den *Swan's Watch* ausstrahlte. Er hatte ihn an noch keinem anderen Ort der Welt gefunden. Nicht einmal auf See.

»Wer interessiert sich schon für Häuser und Flüsse!« rief Mary mit leuchtenden Augen. »Ich will etwas über die Frauen hören. Sind sie alle schön? Sind sie alle südliche Schönheiten?«

Jareds Blick glitt zu seiner Nichte auf seinen Knien, die mit überraschend kräftigen Fingerchen sein kunstvoll geschlungenes Halstuch löste. »Einige sind sogar sehr schön«, bestätigte er ernst.

»Und wie sprechen sie?«

Ein harter Glanz erschien in Jareds Blick, als er ihn auf Mary richtete. »Was?«

»Haben sie einen Akzent?« Mary klimperte mit den Wimpern und gab ihre Version eines südlichen Akzents zum Besten. »Klingt es wirklich so schlimm, wie man hier glaubt?«

Jared preßte die Lippen zusammen. »Nein, es klingt eigentlich sogar sehr melodisch.«

Eine Stimme ganz besonders ging ihm nicht mehr aus dem Sinn. Eine süße, helle Stimme, zu der ein Gesicht von makelloser Schönheit gehörte … Zum Teufel damit. *Zum Teufel mit ihr.*

Er fluchte noch eine ganze Stunde später, als er sein eigenes Haus betrat. Der Abend mit seiner Familie hatte ein ungemütliches Ende für ihn genommen. Seinen Eltern zuliebe war er geblieben, aber die Freude an dem Wiedersehen war einer inneren Anspannung gewichen und der unauslöschlichen Erinnerung an türkisfarbene Augen.

Er warf die Schlüssel auf den Tisch in der Eingangshalle und zündete die bereitstehende Petroleumlampe an. Mit steifen Gliedern wandte er sich seinem Arbeitszimmer und der Ablenkung verheißenden Arbeit zu, die ihn dort erwartete.

Der Raum lag im Dunkeln, aber Jared machte sich nicht die Mühe, noch weitere Lampen anzuzünden. Das Halbdunkel im Raum spiegelte auf perfekte Weise seinen eigenen Gemütszustand wider. Gleichgültig wandte er sich den Papieren vor ihm auf dem Schreibtisch zu, und plötzlich zerfielen all seine Absichten, sich zu beschäftigen und abzulenken, wie viel zu altes Pergament.

Kopfschüttelnd beugte er sich vor und stützte die Ellbogen auf die Knie. Sein Blick sank auf seine Hände, und alles, was er sehen konnte, war langes, silberblondes Haar in seinen Fingern.

Verdammt. Würde er sich denn nie von der Erinnerung an sie befreien können? Sie beherrschte seine wachen Stunden, bis er wütend auf sich selbst wurde. In der Hoffnung, dann keine Zeit zu haben, um an sie zu denken, hatte er sich wie ein Besessener in die Arbeit gestürzt – aber egal, wohin er schaute, er vermochte nichts anderes als die Perfektion ihres Gesichts zu sehen.

Nachts war es nicht viel besser. Sie schlich sich in seine Träume, ihr helles, melodiöses Lachen quälte seine Sinne. Öfter, als er zählen konnte, erwachte er in der sicheren Überzeugung, daß er sie in seinen Armen hielt. Doch alles, was er fand, war die Einsamkeit seines leeren Betts.

In einer Geste der Verzweiflung fuhr er sich mit der Hand durchs Haar. Er hätte sie gern gehaßt, hätte sie gern verdammt, weil sie ihn durch diese Hölle zwang, aber bei Gott, er konnte es nicht. Wenn sich überhaupt etwas geändert hatte, dann höchstens, daß seine Liebe täglich noch eine Steigerung erfuhr.

Diese Liebe, die jetzt an seinen Eingeweiden zerrte und ihn vor Schmerz die Zähne zusammenbeißen ließ. Er hatte die größte Lust, einfach alles hinzuwerfen, noch in dieser Nacht zu ihr zurückzukehren und sie zu lieben, bis sie nichts anderes mehr tun konnte, als ihn zu heiraten. Doch leider erkannte er die Sinnlosigkeit eines solchen Tuns, denn Lacy war an *Swan's Watch* gebunden auf eine Art und Weise, die er erst ganz allmählich zu verstehen anfing.

In gewisser Hinsicht konnte er ihre Gefühle nachempfinden. Seltsamerweise war die Plantage auch ihm unter die Haut gegangen. Das fühlte er in den verrücktesten Augenblicken. Es war ein sanftes Erschauern, das durch seinen Körper ging und ihn mit der Sehnsucht erfüllte, wieder die rote Erde unter seinen Füßen zu verspüren.

Sein Aufenthalt war kurz gewesen, doch in jenen Wochen war eine Bindung entstanden. Er konnte sich vorstellen, wie groß diese Bindung sein mußte nach all den Jahren, die Lacy auf diesem Land verbracht hatte. Er spürte, daß sie stärker war als alles andere.

Er hatte immer gewußt, daß Lacy die eigentliche Kraft hinter der Plantage war, aber nun begriff er langsam, daß – wie ein geschlossener Kreis – die Plantage selbst die Quelle war, aus der Lacy ihre Kraft bezog. Was sie von diesem Land erhielt, gab sie zurück, und die Reihen von Maisstauden auf den Feldern waren ebenso sehr ein untrennbarer Teil von ihr wie das ungewöhnliche Türkisblau ihrer Augen oder ihre unverbrüchliche Treue ihrem Erbe gegenüber. Diese Art von Bindung ging weit über schlichtes Verantwortungsgefühl hinaus. Lacy teilte den Geist des Landes.

Lacy *war Swan's Watch*. Sie war untrennbar damit verbunden.

Die mondlose Nacht war grauen Wolken gewichen, die tief am morgendlichen Himmel über dem Pagan River hingen. Die Luft roch nach Regen, und Lacy hoffte, daß dieser Tag den geizigen Himmel endlich dazu bewegen würde, etwas von seinem kostbaren Naß freizugeben.

Sie rollte die Ärmel ihres Kleids auf, als sie zur Weberei hinüberging. Es war erst kurz vor sieben, aber Hitze und Schwüle waren bereits spürbar. Aus irgendeinem Grund machten sie sich heute sogar noch stärker als sonst bemerkbar. In der Aufregung des gestrigen Tages war die Feuchtigkeit kaum aufgefallen. Doch jetzt, nachdem Mariettes Hochzeit vorüber war, schien die Luft fast zu stickig zum Atmen.

Der bloße Gedanke an die Hochzeit veranlaßte Lacy zu einem tiefen Seufzer. Sie hoffte, daß Mariette endlich ein gewisses Glück gefunden hatte, denn auf der Plantage war sie nie richtig zufrieden gewesen. Vielleicht würde die Ehe mit Carter ihr nun endlich die Zufriedenheit bringen, die sie sich so sehnlich herbeigewünscht hatte.

Lacy erreichte die kleine Weberei und stieß die Tür auf. Beim Anblick von Taloila, die vor dem Webstuhl saß, wichen ihre müßigen Gedanken praktischeren Überlegungen.

»Guten Morgen, Taloila.«

Die alte Frau nickte, während ihre Füße in die Pedale traten und ihre gichtgekrümmten Hände das Schiffchen auf und ab bewegten.

»Wie geht es dir heute?«

Wieder nickte Taloila nur, ohne den Blick von ihrer Arbeit abzuwenden. Lacy blieb stehen, um den Wollstoff zu betrachten, der zu einem Ballen aufgerollt war. »Wie viele Meter wird das wohl ergeben?«

Taloila verzog den Mund. »Zehn Meter von diesem Stück hier.«

Als Lacy ausgerechnet hatte, wie viele Winterhemden daraus gefertigt werden konnten, zog sie erfreut die Brauen hoch. »Gut. Sobald du fertig bist, soll Rose den Stoff waschen.« Neugierig schaute sie sich um. »Wo ist Rose?«

»Ich hab' sie heute morgen nicht gesehen.«

»Nun, dann sag ihr, wenn du sie siehst, daß sie schon einmal die Zwiebelschalen für die Farbe kochen soll. Besha hält sie für sie bereit.«

»Ja, Ma'am.« Wieder zuckte es um Taloilas Mund, und diesmal fiel es Lacy auf.

»Taloila, fühlst du dich nicht wohl?«

»Doch, natürlich, Ma'am.«

Lacy runzelte verwirrt die Stirn. »Bist du sicher? Denn wenn nicht, kann der Stoff warten.«

Unter dem Druck ihres besorgten Blicks hielt Taloila in der Arbeit inne. »Manchmal fühl' ich mich morgens alt, Miss

Lacy. Und dann gibt es Tage, da fühl' ich mich wie ein junges Ding. Heute fühl' ich mich wie die alte Afrikanerin, die ich bin.«

Lacy legte eine Hand auf die magere Schulter der alten Frau. »Warum ruhst du dich heute nicht ein bißchen aus?« Ihr Vorschlag erzeugte heftiges Kopfschütteln. »Dann leg dich doch wenigstens ein paar Stunden hin!«

»Ach, es geht schon, Miss Lacy. Ich wüßte nichts mit soviel Freizeit anzufangen.« Sofort nahm sie ihre Arbeit wieder auf. »Es ist bloß mein Alter, das ist alles.«

Wenn jemand ein Recht besitzt, sich alt zu fühlen, dann Taloila, dachte Lacy. Sie war fast achtzig und arbeitete härter als um viele Jahre jüngere Frauen.

»Na schön«, gab Lacy nach. »Aber du wirst aufhören und dich ausruhen, wenn du müde wirst.«

»Ja, Ma'am.«

Lacy beließ es dabei, aber als sie in die Küche ging, beschloß sie, daß es Zeit wurde, Rose mehr Pflichten in der Weberei zu übertragen.

Der würzige Duft gebratenen Schinkens stieg Lacy in die Nase, lange bevor sie die weißgetünchte Küche mit dem riesigen Kamin erreichte. Selbst heute morgen prasselte schon ein großes Feuer, während Besha mit ihren Töpfen, Pfannen und Kesseln hantierte.

»Man sollte meinen«, bemerkte Lacy lachend, »daß ich nach all dem guten Essen gestern keinen Hunger haben dürfte. Aber ich schwöre dir, Besha, daß ich den ganzen Schinken essen könnte, den du da brätst.«

Die dicke Köchin lächelte. »Das war ein Fest gestern! Ich habe so etwas hier nicht mehr erlebt, seit Ihr geboren wurdet und Euer Daddy eine Gesellschaft gab, um es zu feiern.«

»Entschuldigt mich, Miss Lacy«, unterbrach Michael von der Tür her.

Lacy wandte sich zu dem Aufseher um. »Guten Morgen, Michael.«

Der stämmige Mann tippte sich an den Hut und betrachtete Lacy ernst. »Ich möchte Euch nicht beunruhigen, Madam, aber ist Euer Bruder schon auf?«

Lacy nickte. »Ja, aber kaum. Ich fürchte, er hat sich ein bißchen zu sehr auf der Hochzeit amüsiert. An deiner Stelle würde ich ihm noch eine halbe Stunde Zeit lassen, wachzuwerden.«

Michael runzelte die Stirn, sein Gesicht nahm einen gequälten Ausdruck an.

»Gibt es etwas, was ich für dich tun könnte?« fragte Lacy.

Der Aufseher kratzte sich am Kinn und unterdrückte einen Fluch. »Madam, habt Ihr Rose heute morgen schon gesehen?«

»Nein.« Seine deutlich wahrnehmbare Nervosität veranlaßte Lacy, auf ihn zuzugehen.

»Und du, Besha? Hast du das Mädchen gesehen?«

Besha, die über einen Kessel gebückt stand, richtete sich auf und schaute Michael mit besorgten Augen an. »Nein, Sir. Ich hab' sie nicht gesehen.«

»Warum fragst du, Michael?« wollte Lacy wissen.

Ein ärgerliches Grunzen leitete seine Antwort ein. »Ich glaube, sie ist davongelaufen, Miss Lacy.«

Lacys Augen wurden groß. »Was?«

»Niemand hat sie gesehen. Und –« er hielt inne, um einen weiteren Fluch zu unterdrücken – »Syphon ist auch nirgendwo zu finden.«

Lacy stand wie angewurzelt, fassungslos über das Gehörte. »Bist du sicher, Michael?«

»Verdammt sicher«, bestätigte er und gab es auf, seine Worte mit Bedacht zu wählen. »Er müßte jetzt auf den Südfeldern sein, aber niemand hat ihn seit gestern nacht gesehen. Ich habe in seiner Hütte nachgesehen, und die meisten seiner Sachen sind nicht mehr da.«

»Und Rose?«

»Auch ihre Kleider fehlen.«

Mit zitternden Fingern schob Lacy ihre rechte Hand in die Tasche ihres Kleids und umklammerte den Schlüsselring. »Ich werde es Travis sofort sagen müssen.« O Gott, sie wünschte, sie bräuchte es nicht zu tun. Er würde den beiden niemals ihre Freiheit gewähren. Er würde sie aufspüren und zurückbringen. »Bist du wirklich ganz sicher, Michael? Vielleicht sind sie irgendwo auf der Plantage, wo noch niemand nachgesehen hat.«

»Ich wünschte, es wäre so, Miss Lacy. Aber sie sind fort.«

Im Herzen wußte Lacy, daß es stimmte. Michael hätte sie niemals beunruhigt, wenn er sich seiner Sache nicht ganz sicher wäre.

Sie nickte. »Ich gehe jetzt zu Travis.« Jeder Schritt war ihr verhaßt, als sie langsam zum Haus zurückkehrte, und jegliche Hoffnung, das Unvermeidliche noch aufschieben zu können, löste sich in Nichts auf, als sie Travis in der Halle die Treppe hinunterkommen sah.

»Mir kommt es so vor, als hätte das Haus heute morgen schon eine ganz andere Atmosphäre«, sagte er, als er Lacy auf der letzten Stufe begegnete.

»Travis ...«

Aber er ließ sie nicht ausreden. »Nicht, daß ich schlecht von deiner Schwester sprechen möchte, aber sie war manchmal wirklich ungeheuer anstrengend.«

»Travis, ich muß mit dir reden.«

Zu gut gelaunt, um sich von ihrer besorgten Miene beunruhigen zu lassen, legte er ihr die Hände auf die Schultern. Er fühlte sich besser heute als seit Wochen schon. Dank Jared war Geld kein Problem mehr. Sie hatten die Sklaven ersetzt, die gestorben waren, und abgesehen von der drohenden Dürre war die Lage auf der Plantage so gut, wie man erwarten durfte. Und nun war auch endlich Mariette fort.

Eine schwere Bürde löste sich von seinen Schultern, wann immer er daran dachte. Von jenem Moment an, als Mariette ihr Gift über Rose versprüht hatte, war er versucht gewesen, ihr den lilienweißen Hals umzudrehen, auf den sie so stolz war. Ein trauriges Eingeständnis, auf das er alles andere als stolz war, aber unbestreitbar wahr.

»Na schön, Schwesterherz – was ist es, was du mit mir zu

besprechen hast?« Lacy schluckte. »Michael glaubt, es könnte Schwierigkeiten geben.«

»Ach ja?«

»Er sagt, Syphron wäre davongelaufen.« Die Worte stürzten nur so über ihre Lippen.

Travis zog seine Hand zurück und knirschte mit den Zähnen angesichts des jähen Zorns, der ihn erfaßte. »Verdammt!«

»Travis, bitte ...«

»Dieser Bastard hat uns von Anfang an nichts als Ärger gemacht. Ich hätte mir denken müssen, daß er das versuchen würde.« Abrupt wandte er sich ab und strebte auf den Dienstboteneingang zu.

»Travis, warte!« Lacy eilte ihm nach. »Was wirst du tun?«

Ohne anzuhalten oder sich auch nur über die Schulter nach ihr umzuschauen, versetzte er schroff: »Was glaubst du, was ich jetzt tue? Ich werde ihn verfolgen und zurückbringen.«

Lacy streckte die Hand nach ihm aus, um ihn zurückzuhalten. »Bitte, Travis, hör mir zu!«

Schon auf dem Hof, wandte er sich zu den Ställen. »Ich will keine Bitten hören, Lacy. Mir bleibt keine Wahl in einer Angelegenheit wie dieser. Ich muß ihn zurückbringen.«

Entsetzt über den Gedanken, was ihr Bruder in seinem Zorn anrichten könnte, rief sie: »Tu ihnen nichts an, Travis!«

Das veranlaßte ihn endlich, stehenzubleiben und sich zu seiner Schwester umzudrehen. »*Ihnen?*«

Schweratmend starrte Lacy in die kalten blauen Augen ihres Bruders und fühlte ihr Herz sinken. »Rose ist auch fort.«

17. KAPITEL

Er würde sie umbringen. Wenn er Rose in die Hände bekam, würde er sie umbringen!

Travis' Knie drückten sich in die Flanken seines schweißbedeckten Pferds; seine Hände umklammerten brutal die Zügel. Etwas weiter vor ihm sah er einen seiner Nachbarn, Jake McPherson, der seine Hunde an der Leine führte. Ihr Bellen signalisierte die Fortschritte der Hunde im Aufspüren der Fährte, die Rose und Syphron hinterlassen hatten.

Wütend fluchte Travis, seine Stimme vermischte sich mit den Geräuschen der Pferde, die krachend durch das Unterholz des Waldes jagten, der das Ufer des James Rivers begrenzte. Es war Travis kaum bewußt, daß Michael schweigend zu seiner Linken ritt und darauf achtete, McPherson im Auge zu behalten. Sie umrundeten eine flache Krümmung des Flusses und bahnten sich ihren Weg über mit Teer und Schlingpflanzen bedeckten Untergrund. Der Gestank nach faulen Eiern, der aus dem Loch aufstieg, und die schwüle Feuchte und unerträgliche Hitze des Nachmittags bildeten eine Mischung, die Travis' die Galle in die Kehle trieb. Wütend schluckte er sie hinunter und verfluchte Rose.

Sie gehörte ihm … auf eine Art und Weise, die sie nicht einmal entfernt begreifen konnte! Wenn er sie erwischte, würde er sie … *Ach, verdammt!* Ein Teil von ihm hätte sie am liebsten umgebracht, ihr den Hals umgedreht, bis er den letzten Atemzug aus ihr herausgequetscht hatte. Aber ebenso heftig war der Wunsch, diesen süßen Körper zu nehmen und sich in ihrer sanften Wärme zu vergraben. Er wollte sie nehmen, wieder und wieder, bis keine Spur eines Zweifel mehr bestand, daß sie ihm gehörte, mit Leib und Seele, mit Herz und Kopf und Geist.

Das Bellen der Hunde wurde allmählich leiser und begann in ein verwirrtes Jaulen überzugehen. Travis ritt zu Jake und zügelte sein Pferd am Flußufer, wo die Hunde ungeduldig im Kreis liefen.

»Was, zum Teufel, ist passiert?« fragte Travis, während er sich mit dem Hemdsärmel den Schweiß abwischte, der ihm von der Stirn in die Augen tropfte.

Jake McPherson schüttelte den Kopf und spuckte einen Strahl braunen Tabaksaftes aus.

»Er ist schlau, das muß man ihm lassen.«

»Wer?«

»Dein geflohener Sklave. Er weiß, daß kein Hund eine Fährte im Wasser verfolgen kann, und deshalb sind sie eine Weile durch den Fluß gelaufen.«

Michael zügelte sein Pferd neben ihnen. »Habt Ihr die Spur verloren?«

McPherson schlug nach einem Moskito, der an seinem Nacken brummte. »Nur vorübergehend. Aber wir werden sie schon wiederfinden.« Er lockerte die Leinen und ließ die Hunde weiter flußaufwärts laufen. Die Nasen dicht am Boden, liefen die Hunde japsend und schnüffelnd erst in eine Richtung, dann in eine andere.

Wieder wischte Travis sich den Schweiß ab. Sie waren fast zwanzig Meilen von zu Hause entfernt, und wenn McPhersons Hunde nicht gewesen wären, hätte er es nie für möglich gehalten, daß jemand so weit zu Fuß gekommen sein könnte. Aber McPherson hatte die besten Spürhunde der Gemeinde, und nachdem sie Witterung aufgenommen hatten, waren sie den beiden Flüchtigen in nördliche Richtung gefolgt, auf einer Spur, die eindeutig zum James River geführt hatte. Jetzt wandten sie sich westlich und folgten den Südufern in Richtung Richmond.

Ein schrilles Bellen zerriß die Luft.

»Sie haben sie wiedergefunden!« rief McPherson Travis und Michael zu.

Travis trat sein Pferd in die Flanken und jagte es durch das Gestrüpp aus Unterholz und Bäumen. Sein Blut pochte so heftig in seinen Adern, daß er weder die Zweige spürte, die ihm

Schultern und Arme zerkratzten, noch das schweißdurchtränkte Hemd, das ihm auf der Haut klebte. Jeder bewußte Gedanke war wie ausgelöscht von der Besessenheit, Rose zu finden … und sie wieder in Besitz zu nehmen.

Rose keuchte schwer, als sie mühsam durch das schlammige Flußwasser watete. Ihr durchnäßter Rock klebte an ihren Beinen und behinderte ihr Fortkommen. Das schnelle Tempo, das sie einzuhalten gezwungen war, stellte ihr Durchhaltevermögen auf eine harte Probe.

In ihrem Magen rumpelte und knurrte es, während ihr Kopf vor Müdigkeit zu bersten schien. Ihre Arme und Beine schmerzten bis in die Knochen, und sie wünschte sich nur noch eins: daß Syphron erlauben möge, eine Ruhepause einzulegen. Aber er hatte ihr schon früher gesagt, daß sie so viel Entfernung wie möglich zwischen sich und *Swan's Watch* legen mußten.

Sie warf rasch einen Blick über die Schulter. Nur Dunkelheit bot sich ihrem Blick, aber sie rechnete jeden Augenblick damit, Travis aus dem Nichts heraus hervortreten zu sehen, das Gesicht verzerrt vor Wut und die Hand zum Schlag erhoben. Es war wie ein Alptraum, eine bange Erwartung, die sie immer wieder vor Angst und Entsetzen erschauern ließ. Doch tapfer verdoppelte sie ihre Anstrengungen, umklammerte ihr kleines Bündel und bekämpfte ihre Müdigkeit.

Nächtliche Geräusche hallten über das Wasser, und überall, wohin Rose auch sah, war nichts als tiefes, dunkles Grau. Das Wasser, das ihr bis zur Taille reichte, erschien ihr wie eine kalte, bleifarbene Decke, die aus einem fast schwarzen Himmel hing. Die Bäume am Ufer sahen wie formlose Schatten aus, und Syphrons hohe Gestalt vor ihr war auch nichts weiter als ein Schatten.

Seit Stunden schon, schien ihr, war sie von diesem allumfassenden Grau umgeben. Die Finsternis der gestrigen Nacht, dann der wolkenverhangene, graue Himmel am Nachmittag und nun die mondlose Nacht. Sie wünschte sich, daß morgen wenigstens die Sonne schien, und wenn auch nur, um ihre Stimmung aufzuheitern. Sie waren jetzt schon fast einen ganzen Tag unterwegs, und ihre Welt beschränkte sich darauf, einen Fuß vor den anderen zu setzen und vorauszustarren durch Bäume, die keinerlei Farben mehr besaßen.

»Syphron«, wisperte sie zwischen zwei schweren Atemzügen. »Bitte, wir müssen anhalten, wenigstens einen Augenblick.« In der grauen Dämmerung hörte sie Syphron mehr anhalten, als daß sie es sah. Das Geräusch des Wassers, als er auf sie zukam. Dankbar legte sie eine Hand an seine Brust, um sich zu stützen. »Ich muß anhalten. Ich kann nicht mehr.«

Syphron hörte die Erschöpfung in ihrer Stimme. Er nahm ihren Ellbogen und bemühte sich, im Halbdunkel ihr Gesicht zu sehen. Was er dort entdeckte, mußte ihn überzeugt haben, sein Tempo zu verringern, denn er stieß einen leisen Fluch aus und führte Rose ans Ufer und in den Wald.

»Du hättest schon früher etwas sagen sollen«, bemerkte er mit leisem Vorwurf.

Rose ließ sich auf die Knie sinken und schlang die Arme um ihre Taille. »Ich möchte dich nicht aufhalten«, murmelte sie.

Ihre Worte veranlaßten ihn, sich neben sie zu knien. »Red keinen Unsinn. Du hältst mich nicht auf.«

Sie wünschte, sie könnte es ihm glauben, aber sie wußte, daß es jedesmal, wenn sie angehalten hatten, nur ihr zuliebe geschehen war. »Wenn du allein wärst, wärst du schon viele Meilen weiter, und du wärst auch nicht so oft an Land gegangen.« Als er eine Hand um ihr Kinn legte, schaute sie zu ihm auf in seine Augen. »Ich halte dich auf, Syphron.«

»Blödsinn. Du bist sehr tapfer, Rose … Wir sind schon weit gekommen.«

Das stimmte, falls die Müdigkeit, die sie erschöpfte, ein Maßstab war. »Wo glaubst du, wo wir sind?« fragte sie und sah sich nervös um.

Syphrons Blick folgte ihrem. »Ich bin mir nicht ganz sicher.

Taloila sagte, wir sollten dem Fluß folgen, bis er endet, und dann in nördlicher Richtung bleiben.«

»Woher weiß die alte Afrikanerin das?«

Syphron zuckte mit den Schultern und wischte sich den Schweiß und das Wasser aus dem Gesicht. »Sie hat nicht viel dazu gesagt, aber ich vermute, daß ihr Mann es ihr erzählt hat ...« Abrupt verstummte er, sein Körper versteifte sich. Dann sprang er auf und legte lauschend den Kopf schief.

Rose runzelte besorgt die Stirn. »Syphron? Was ist ...?«

Er hob eine Hand, um sie zum Schweigen zu bringen. Mit angehaltenem Atem starrte Rose in die Nacht; lauschte, wartete und fürchtete sich.

Und dann hörte sie es: das ferne Bellen mehrerer Hunde.

Ihr Blick glitt zu Syphron. »Glaubst du, daß sie es sind?«

»Ich weiß nicht.«

Mit klopfendem Herzen stand Rose auf. Das Bellen kam näher.

Syphron ergriff ihren Arm und zog sie zurück in die relative Sicherheit des Flusses. »Lauf!« stieß er hervor.

Mit Beinen, die schmerzten von der Anstrengung, das Wasser zu verdrängen, und Füßen, die auf dem glitschigen Flußboden ausrutschten, erkämpften sie sich ihren Weg zu einer geschützten kleinen Bucht. Die andere Seite des Flusses schien meilenweit entfernt, viel zu weit jedenfalls, um sie zu erreichen. Das Bündel, das Rose trug, wurde ihr zur Last, und sie ließ es ins Wasser sinken.

Hinter ihr war das Bellen lauter als vorher.

»O Gott«, keuchte sie und setzte ihre ganze Kraft ein. Aber ihr langer Rock behinderte sie, wickelte sich um ihre Beine und gefährdete ihr Gleichgewicht. Nur Syphrons fester Griff um ihren Arm hielt sie davon ab, zu stürzen.

Furcht bestürmte sie von allen Seiten. Ihre Lungen brannten, und ihre Kehle war wie zugeschnürt. Die Muskeln, von denen sie eben noch geglaubt hatte, sie seien zu müde, um zu arbeiten, pochten und verkrampften sich, als sie durch das Wasser stolperte, bemüht, mit Syphron Schritt zu halten.

»O Gott«, stöhnte sie noch einmal und schaute sich fieberhaft nach einem Versteck um. Es mußte doch irgendwo einen sicheren Platz geben, irgendein Versteck, wo sie sich verbergen konnten.

Sie erreichten das Sumpfgras, das die Bucht umgab, und riskierte einen raschen Blick über ihre Schulter. Im dichten Wald sah sie das Flackern von Pechfackeln, die unweigerlich immer näher auf sie zukamen.

»Syphron …« Sie erstickte fast an ihrem eigenen Atem. »Sie sind es, es ist Travis.«

Aber Syphron verschwendete keine Zeit mit Möglichkeiten. Er erreichte das Ufer und zog Rose mit sich an Land. Um Luft ringend, zwang er Rose, mit ihm Schritt zu halten, als er zu rennen begann.

»Syphron, was machst du?« rief sie. »Sie werden uns folgen! Wenn wir das Wasser verlassen, spüren die Hunde uns auf!«

Während ihre Füße über den schlammigen Boden donnerten, stieß er hervor: »Es ist sinnlos … sie sind uns schon bis hierher gefolgt.« Ein Zweig peitschte in der Dunkelheit gegen seine Brust, aber er ignorierte den scharfen Schmerz. »Wir können jetzt nur noch rennen …«

Das Hundegebell klang durch den Wald und schien bis zu den Baumwipfeln hinaufzureichen. Mit beiden Händen ihren Rock raffend, rannte Rose, als wären die Hunde der Hölle ihr auf den Fersen. Und betete, betete, daß es nicht Travis sein möge, der ihnen folgte, betete, daß sie und Syphron irgendwie ein Versteck fanden.

Sie rannten blindlings, ließen den Fluß hinter sich zurück und folgten einem Weg, der keinen anderen Zweck hatte, als sie von ihren Verfolgern fortzubringen. Aber die Fackeln näherten sich mit erschreckender Geschwindigkeit, und dann waren schon die Männer zu sehen, die diese Fackeln hielten.

»Da sind sie!« rief eine Stimme.

Die Worte erfüllten Rose mit Angst und Entsetzen. Sie würde sterben. Travis würde sie einfangen und umbringen. Ein Schluchzen entrang sich ihrer Kehle.

Das Unterholz zerrte an ihren Beinen, der grobe Boden schnitt durch das dünne Leder ihrer nassen Schuhe. Syphrons Griff um ihren Arm verstärkte sich so, daß es schmerzte, aber sie weigerte sich anzuhalten. Sie waren so weit gekommen. Einige wenige kostbare Momente lang war sie frei gewesen.

O Gott, war das schön gewesen!

Es war ihr letzter Gedanke, bevor die Finsternis um sie herum explodierte. Durch glasige, panikerfüllte Augen sah sie einen Reiter vor sich, dessen Gesicht eine dämonische Erleichterung verriet im Schein der Fackel, die er hielt. Rose wirbelte herum, aber dort waren die Hunde, die knurrend an Leinen zerrten, die viel zu schwach schienen, um sie zu halten.

Wieder drehte sie sich um ... und starrte direkt zu Travis auf.

Das Bellen wurde unerträglich. Pferde wieherten und tänzelten vor Nervosität. Das unheimliche Licht der Fackeln warf gespenstische Schatten. Aber Rose sah nichts außer dem stechenden Blick in Travis' blauen Augen.

Es war der Tod, der dort lauerte, ein solch tödlicher Zorn, daß Rose vor lauter Entsetzen zu keiner Bewegung fähig war. Ihr ganzer Körper schien sich zu verflüssigen und an ihren Beinen herabzufließen, um sie kalt und hohl und leer zurückzulassen. Sie sah sich schon tot und begraben.

Ihre Hand flog zu Syphron und umklammerte seinen Arm.

Das Gesicht zu einer Maske des Zorns erstarrt, schwang Travis sich aus seinem Sattel. Keinen Augenblick ließ er Rose aus seinen Augen, nicht einmal, als er eine Pistole aus dem Halfter an seinem Sattel zog. Er ignorierte Roses Schluchzer, als er langsam auf sie zuging.

Eine Armeslänge von dem Paar entfernt blieb er stehen, packte Rose am Arm und zerrte sie aus Syphrons Umklammerung. Sie taumelte und stieß einen Schrei der Qual und Angst aus, als sie stürzte.

Mit düsterer Befriedigung lächelte Travis, als er auf das hilflose Bündel zu seinen Füßen herabschaute. Aber er machte keine Anstalten, sie zu berühren. Statt dessen wandte er sich an Syphron, hob langsam die Pistole und zielte direkt auf seinen Kopf.

»Nein!« schrie Rose und rappelte sich mühsam auf. Auf den Knien streckte sie bittend die Hände aus und flehte: »O Gott, Travis, bitte erschieß ihn nicht!«

Er ignorierte auch ihr Flehen.

»Bringt sie von hier weg!« befahl er.

Michael saß ab und rammte seine Fackel in den Boden. Dann war er bei Rose, die sich verzweifelt an Travis' Bein festklammerte.

»Bitte, Travis, bitte ... Ich flehe dich an, bring ihn nicht um!«

Mit einer jähen Bewegung wirbelte Travis herum und schlug Rose hart mit dem Handrücken ins Gesicht. Lichter explodierten vor ihren Augen. Schmerz durchzuckte ihren Kopf und drohte, ihr das Bewußtsein zu rauben. Trotz allem jedoch funktionierte noch ein Teil ihres Bewußtseins, und sie spürte, wie Travis sich auf einem Knie neben ihr niederließ. Instinktiv versuchte sie, sich zu schützen, aber er packte sie am Mieder ihres Kleides und schüttelte sie wie eine Stoffpuppe.

»Mach den Mund noch einmal auf, dann werde ich deine Leiche hier bei seiner zurücklassen, damit ihr zusammen verrotten könnt!« Damit sprang er auf, riß Rose mit sich und stieß sie auf Michael zu, damit er sie fortbrachte.

Travis kochte vor Zorn, und dieser tödliche Zorn verriet sich in seinem wilden Blick, als er sich wieder zu Syphron umdrehte.

»Ich hätte dich schon vor langer Zeit umbringen sollen«, murmelte er. »Das erste Mal, als du Rose ansahst, hätte ich dich am nächsten Baum aufknüpfen sollen.«

Syphron stand reglos vor Travis, hielt tapfer dessen haßerfülltem Blick stand und schwankte nicht im Angesicht des Todes. Das einzige, was sich an ihm bewegte, war seine Brust, die sich hob und senkte unter seinen angestrengten Atemzügen.

»Dann tut es. Bringt es hinter Euch.«

Als hätte Syphron nichts gesagt, drehte Travis sich halb zu den anderen Männern um. »Michael – du und McPherson, ihr verschwindet hier.«

Der Aufseher wechselte einen besorgten Blick mit Jake.

»Los«, wiederholte Travis. »Ich habe etwas ganz Privates mit Syphron zu erledigen.«

Michael schüttelte verwirrt den Kopf, verstärkte jedoch den Druck um Roses Arm und führte sein Pferd in den dichten Wald zurück. McPherson folgte ihm mit den Hunden.

»So, jetzt sind es nur noch du und ich.« Travis' Wispern war wie ein eisiger Hauch. Er hob die Waffe und preßte ihren kalten Stahl an Syphrons Kinn. »Ich möchte, daß du mit dem Gedanken daran ins Grab gehst … Du sollst sterben mit der Gewißheit, daß Rose mir gehört. Du hast sie nie gehabt, Syphron, sie hat immer nur *mir* gehört.« Er stieß mit dem Lauf der Pistole zu. »Denk daran, wenn du zur Hölle fährst!«

Syphron biß die Zähne zusammen. »Ich werde daran denken … und lachen, weil sie Euch bis zum Tage ihres Todes verfluchen wird.«

»Ich pfeife darauf, was sie denkt.«

»So? Sie weiß jetzt, was Freiheit ist. Glaubt Ihr, sie würde einfach da weitermachen, wo sie aufgehört hat?«

»Sie wird tun, was ihr befohlen wird.« Travis' Gesicht verzog sich zu einer häßlichen Grimasse. »Und dazu gehört, die Beine für mich breitzumachen.«

Syphron versteifte sich bei dem Gedanken. »Sie wird sich für Euch hinlegen, aber nur, weil ihr nichts anderes übrig bleibt. Ihr könnt sie pflügen bis zum Jüngsten Tag, aber Ihr werdet nie mehr besitzen als ihren Körper.« Ein befriedigtes Lächeln erschien um seinen Mund. »Sie wird Euch nie wieder gehören, denn Ihr habt sie ihrer Freiheit beraubt.«

Travis' Hand schloß sich um Syphrons Hals und würgte ihn … würgte ihm die Luft ab und die Worte, die zu grausam waren, um gehört zu werden.

»Halt den Mund …«

»Tötet mich«, stieß Syphron erstickt hervor, während er an den Fingern zerrte, die ihm die Luft abschnitten, »und sie wird Euch mit jedem ihrer Atemzüge hassen!«

Ein blinder Haß durchzuckte Travis, der ihn rot sehen und nichts anderes mehr wünschen ließ, als die Pistole abzufeuern und seinen Rivalen niedergestreckt zu sehen.

Vor seinem inneren Auge sah er Rose, mit einladend ausgestreckten Armen und einem Lächeln, das seine Sorgen linderte, während ihr Körper ihm einen Trost anbot, der ihm bis in die Seele drang …

Er blinzelte und zwang sich, in die Wirklichkeit zurückzukehren. Syphron war auf die Knie gesunken, um den Händen zu entkommen, die wie Schraubstöcke um seine Kehle lagen.

Tötet mich, und sie wird Euch mit jedem ihrer Atemzüge hassen!

Die Worte bestürmten Travis von allen Seiten, so unausweichlich wie der Haß, der Rose ihr Leben lang erfüllen würde.

Fluchend löste Travis seinen Griff um Syphrons Hals, trat einen Schritt zurück und atmete tief durch, um den Kampf, der in ihm tobte, zu beschwichtigen. Er sah, wie Syphron auf die Knie stürzte und nach Atem rang.

Lange Zeit war nichts zu hören auf der kleinen Lichtung als das heftige Keuchen der beiden Männer.

»Steh auf!« herrschte Travis Syphron schließlich an.

Syphron schluckte und richtete sich langsam auf die Knie auf.

»Nein. Tötet mich. Tötet mich hier auf der Stelle, denn ich werde nicht mit Euch zurückkehren.« Stolz und Selbstachtung, Respekt sich selbst und vergangenen Generationen gegenüber, die vor ihm gelebt und gelitten hatten, flackerten in seinen braunen Augen auf. »Ich werde nie wieder ein Sklave sein.«

Es war eine Feststellung, keine Drohung oder Bitte, und sie traf Travis wie ein Faustschlag in die Brust. Der Mann meinte es ernst. Tödlich ernst. Er würde lieber sterben, als sein bisheriges Leben fortzusetzen.

Unwillkürlich hob Travis die Pistole und richtete ihren Lauf auf Syphrons Kopf.

Tötet mich, und sie wird Euch mit jedem ihrer Atemzüge hassen!

Travis' Daumen löste die Sicherung.

Tötet mich, und sie wird Euch hassen …

Sein Finger krümmte sich um den Abzug. Ein Schuß zerriß die Stille.

Ein durchdringendes Schweigen folgte. Und in dieser Stille merkte Syphron, daß er noch am Leben war – daß eine unmerkliche Veränderung der Zielrichtung ihn vor dem Tod bewahrt hatte. Unsicher und verwirrt atmete Syphron auf, starrte Travis an und versuchte, das Unbegreifliche zu begreifen.

Travis stand wie gelähmt, unfähig, sich zu rühren und kaum in der Lage, einen vernünftigen Gedanken zu fassen. Die Folgen dessen, was er gerade getan hatte, waren schlicht unausdenkbar.

»Mach, daß du fortkommst!« zischte er, das Gesicht verzerrt von Qual und Chaos, die in ihm tobten. »Lauf! So schnell und weit du kannst.« Er zitterte an allen Gliedern. »Aber falls du dich je wieder in *Swan's Watch* blicken läßt oder in Roses Nähe kommst, schwöre ich bei Gott dem Allmächtigen, daß ich beenden werde, was du heute nacht begonnen hast!«

Mit schockierender Klarheit begann Syphron zu begreifen, was geschehen war. Travis gab ihm die Freiheit! Noch immer um Verständnis ringend, richtete er sich langsam auf und runzelte verwirrt die Stirn.

»Ihr laßt mich einfach gehen?«

Travis' einzige Antwort war ein Zähneknirschen.

»Warum?« fragte Syphron verständnislos. »Warum tut Ihr das?«

Es war etwas, was Travis sich weigerte zu beantworten, weder Syphron noch sich selbst. Wortlos wandte er sich ab und ging, ohne sich noch einmal umzuschauen – es zu tun, hätte bedeutet, sich mit seiner Handlungsweise auseinanderzusetzen zu müssen, und das wollte und *konnte* er in diesem

Augenblick ganz einfach nicht. Vielleicht würde er morgen, wenn er wieder auf der Plantage war und das Leben in normalen Bahnen verlief, fähig sein, darüber nachzudenken. Aber nicht jetzt. Jetzt wollte er nur noch heimkehren.

18. KAPITEL

»Miss Lacy, da kommen Reiter!«

Auf Olivers Ausruf hin trat Lacy mit klopfendem Herzen aus dem Hühnerstall. Als sie zum Weg hinüberschaute, der zum Haus hinaufführte, sah sie ihre schlimmsten Befürchtungen bestätigt.

Rose hinter sich im Sattel, trabte Travis auf seinem Pferd heran, das genauso müde und erschöpft wirkte wie Michaels, der neben ihnen ritt. Syphron war nirgendwo zu sehen.

Hastig überreichte Lacy dem alten Oliver ihren Eierkorb und lief über den Rasen auf das Haus zu. Eine böse Vorahnung erfaßte sie, als sie sich den Reitern näherte. Travis' Gesicht war grimmig, feindselig und verschlossen, und Rose sah aus, als genügte schon der leiseste Windstoß, um sie umzuwerfen.

Lacy erreichte die Treppen zum Dienstboteneingang im selben Augenblick, als Travis sein Pferd zügelte. Um Rose zu helfen, reichte sie ihr eine Hand, doch zu ihrem Entsetzen stieß Travis das Mädchen einfach aus dem Sattel.

»Travis!« schrie Lacy und eilte dem Mädchen zu Hilfe.

»Laß sie!« brüllte Travis.

Aber Lacy kniete schon neben Rose und schlang beschützend ihre Arme um die dünnen Schultern der jungen Frau. Roses Zittern und die Erschöpfung, die sie in ihr spürte, zerrissen ihr das Herz.

»O Rose«, murmelte sie und strich ihr tröstend über das wirre Haar.

»Ich sagte, laß sie in Ruhe!« knurrte Travis, der inzwischen abgesessen war.

»Du kannst sie nicht einfach hier liegen lassen.«

»Ich kann tun, was mir *verdammt noch mal* gefällt!«

Lacys böse Vorahnungen verstärkten sich. In einer Mischung aus Angst und Verwirrung starrte sie ihren Bruder an. Sie wußte, daß er ungeheuer aufgebracht über den Zwischenfall war, aber die Emotionen, die sich auf seinem Gesicht abmalten, gingen weit über bloßen Zorn hinaus.

»Wo ist Syphron?« wisperte sie, kam jedoch nicht weiter, weil Rose in erstricktes Schluchzen ausbrach. Stirnrunzelnd richtete Lacy den Blick auf ihren Bruder.

»Wo ist er?« wiederholte sie.

Travis weigerte sich zu antworten. In einer unbeherrschten Geste warf er die Zügel einem wartenden Stallburschen zu, bevor er zu den beiden Frauen hinüberging.

Rose krümmte sich vor Angst, als er sich ihnen näherte. In ihrem Entsetzen umklammerte sie zitternd Lacys Kleid und schaute ihr beschwörend in die Augen.

»Bitte, Miss Lacy, laßt nicht zu, daß er mich tötet!«

Benommen schüttelte sie den Kopf. »Er wird dich nicht töten.«

»Doch, das wird er ... Genau wie er Syphron umgebracht hat.«

»Was?« Lacy schnappte entsetzt nach Luft. »Travis ...«

»Halt dich da raus, Lacy«, befahl er kalt.

»Nein. O nein, ich denke gar nicht dran!« Ihr Magen verkrampfte sich vor Abscheu und Bestürzung. Das konnte nicht wahr sein. Travis konnte Syphron nicht getötet haben. Lacy schluckte die Galle, die in ihrer Kehle aufstieg, und richtete einen strengen Blick auf ihren Bruder.

»Sag mir, was geschehen ist!«

Es war jedoch nicht Travis, der antwortete, sondern Rose. »Er hat ihn erschossen, Miss Lacy. Er sagte, er würde Syphron umbringen, und er hat's getan. Ich hab' den Schuß gehört.« Tränen sammelten sich in ihren braunen Augen und rollten über ihre verschmutzten Wangen. »Er hat Syphron erschossen und ihn dort zurückgelassen. Deshalb ist er nicht hier.« Die Worte schienen Roses letzte Kraft verbraucht zu haben. Weinend brach sie in Lacys Armen zusammen.

Lacy zog sie an sich, zu betroffen und verletzt, um mehr zu tun, als Rose im Arm zu halten und ihr ein wenig Trost zu spenden. Über ihren Kopf jedoch maß sie ihren Bruder mit anklagenden Blicken.

Der Anblick zerstörte seine letzte Selbstbeherrschung. Mit einem Schrei stürzte er auf Rose zu, griff an Lacy vorbei und riß das Mädchen auf die Beine.

»Du kannst von Glück reden, daß ich dich nicht umgebracht habe!« schrie er.

Seine Gewalttätigkeit war etwas völlig Neues für Lacy. So hatte sie ihn noch nie erlebt. Als sie aufsprang, geschah es rein instinktiv, eine Art Reflexbewegung, um Rose zu schützen.

»Travis, laß sie los!« Wild zerrte sie an seinen Armen und versuchte, Rose aus seinem brutalen Griff zu befreien. »Ich werde nicht dulden, daß du ihr weh tust. *Laß sie los!*«

Roses Panik steigerte sich von Minute zu Minute, ihre Stimme schwoll zu einem schrillen Kreischen an. »Ich kann es nicht mehr, Miss Lacy.« Sie zappelte und strampelte, um ihm zu entkommen. »Ich will nicht mehr seine Hure sein. Ich sterbe, wenn ich mich wieder für ihn hinlegen muß. Ich sterbe ... ich sterbe!«

Lacys Augen weiteten sich, als das Begreifen einsetzte, der Atem stockte ihr vor Schreck, und in fassungslosem, ungläubigem Entsetzen starrte sie ihren Bruder an.

»Travis?« Sie wollte, daß er die Beschuldigung zurückwies, wollte ihn sagen hören, daß es eine Lüge war. Aber er schwieg, stand einfach da und hielt Roses Arm umklammert, und die Wahrheit verriet sich klar und deutlich auf seinem angespannten Gesicht.

»Wie konntest du?« wisperte Lacy. »Wie konntest du so

etwas tun?« Als er auch weiterhin schwieg, begann sie an seinem Arm zu zerren, wütend, beschämt und auf eigenartige Weise verletzt, um sich schließlich schützend vor Rose zu stellen. »Du Schuft.« Ein Zorn, der seinem um nichts nachstand, erfaßte sie, und blindlings hob sie die Hand und schlug ihn mitten ins Gesicht. »Du Schuft!«

Das Klatschen des Schlags hallte durch den stillen Hof, und Travis war so verdattert, daß er unwillkürlich einen Schritt zurücktrat. Einen schier endlosen Moment lang rührte er sich nicht, starrte nur wütend seine Schwester an und Rose, um sich dann abzuwenden und steif zum Haus zu gehen.

Roses Weinen verfolgte ihn bei jedem Schritt, und Lacys Blick bohrte sich in seinen Rücken. Fluchend über die Wirkung, die beides auf ihn hatte, stürmte er ins Haus und zu dem Bourbon in seinem Arbeitszimmer.

Ein kräftiger Schluck, ein zweiter und dann ein dritter. Die scharfe Flüssigkeit ließ ihn das Gesicht verziehen, aber das Brennen war gut, weil es ihn ablenkte. Er wartete auf die betäubende Wirkung, aber sie kam nicht früh genug. Hinter sich hörte er Lacy eintreten und zu ihm hinüberkommen.

»Wie konntest du so etwas tun?« fragte sie mit leiser, gequälter Stimme.

»Richte mich nicht deswegen«, murmelte er, ohne sich zu ihr umzuwenden.

»Jemand sollte es aber tun. Was du getan hast, ist …«

»Falsch?« unterbrach er sie, drehte sich um und richtete seinen trotzigen Blick auf sie. »Komm endlich von deiner frommen Wolke herunter, Lacy.«

Sie biß die Zähne zusammen. »Mein Charakter steht hier nicht zur Diskussion, Travis. Wir sprechen davon, daß du Rose als … deine Hure benutzt hast. Dazu besitzt du kein Recht.«

Klirrend setzte er das Glas auf dem Tisch ab. »Ich besitze jedes Recht.«

»Wieso? Weil sie dein *Eigentum* ist?«

»Genau.«

»Das hat nichts damit zu tun«, entgegnete sie empört. »Rose ist ein Mensch, aber du hast sie schlimmer als Dreck behandelt.«

»Ich behandele sie sehr gut.«

»Du behandelst sie, wie es deinen eigenen Zwecken und Gelüsten dienlich ist. Sie ist nicht aus freiem Willen heraus zu dir gekommen. Deine Stellung hat ihr nie eine freie Wahl erlaubt.«

Es mochte so begonnen haben, dachte Travis, aber was ihn und Rose heute verband, war viel mehr als ein solch schäbiges Arrangement. Stirnrunzelnd stemmte er die Hände in die Hüften und starrte wütend an die Zimmerdecke.

Die Wahrheit war, daß er Rose liebte. Diese Erkenntnis hatte ihn getroffen, als er sich von Syphron abgewandt hatte. Da erst war ihm klar geworden, *warum* er so entsetzlich wütend war. Nicht so sehr der Tatsache wegen, daß die beiden geflohen waren, sondern vielmehr, weil Rose *ihn* verlassen hatte und er sich ein Leben ohne sie nicht vorstellen konnte.

Er liebte sie. Aber wie hätte er das Lacy eingestehen können? Er konnte es sich doch selbst kaum eingestehen.

»Bist du fertig?« schnaubte er und richtete den Blick wieder auf seine Schwester.

Lacy schüttelte den Kopf. »Nein.« Für einen kurzen Moment schloß sie die Augen. »Sag mir ... was aus Syphron geworden ist.«

»Noch mehr Moralpredigten?« Aber er hätte nicht zu fragen brauchen. Er konnte die Verdammung in ihrem Blick so deutlich sehen wie den Schmutz an seinen Kleidern.

Er warf den Kopf zurück und lachte. »Es ist wirklich nicht zu glauben. Meine einzige ... Wie würdest du es nennen? Meine einzige *humane* Tat, und ich darf nicht darüber reden!«

»Was soll das heißen?« fragte Lacy verwirrt.

»Daß ich ihn nicht getötet habe.« Auf ihren Seufzer der Erleichterung hin fügte er hinzu: »Genau. Ich habe den Kerl laufen lassen. Ich habe ihn freigelassen.«

»Gott sei Dank.«

»O ja, danken wir dem Herrn dafür. Und während wir dabei sind, laß uns meinen Kopf auf einem Silbertablett servieren.«

Wieder runzelte Lacy verwirrt die Stirn. »Was redest du da, Travis? Ich verstehe nicht.«

»So schwierig ist das nicht.«

»Rose glaubt, du hättest Syphron erschossen.«

»Natürlich glaubst sie das. Genau wie Michael und McPherson, weil ich sie alle in dem Glauben gelassen habe.«

»Warum?«

»Weil mir keine andere Wahl bleibt. Kannst du dir die Empörung vorstellen, die es auslösen würde, wenn bekannt würde, daß ich einen geflohenen Sklaven freigelassen habe? Die Leute würden mich anspucken, Lacy.« Wieder lachte er, aber es klang humorlos. »Du siehst also, Schwesterherz, daß ich in der Falle sitze, die ich mir selbst gestellt habe. Aber es dürfte dich davon überzeugen, daß ich nicht ganz gewissenlos bin. Zumindest habe ich den Mann am Leben gelassen.«

Erschöpft und sämtlicher Energie beraubt, verschränkte Lacy ihre Hände. »Was gedenkst du mit Rose zu tun?«

»Das geht dich nichts an.«

Erneut flackerte Zorn in ihren Augen auf, und trotzig schob sie das Kinn vor. »Und ob es mich etwas angeht! Ich werde es nicht dulden, daß du sie benutzt.«

»*Du* wirst es nicht dulden? Seit wann muß ich mich vor dir rechtfertigen?«

»Seit Rose mich angefleht hat, sie vor dir zu beschützen.«

»Rose braucht keinen Schutz.«

»Sie braucht auch keinen Vergewaltiger.«

Zorn erfaßte ihn. »Es war keine Vergewaltigung!«

»Es war nichts anderes, wenn sie dich nicht will.«

Aber er wollte Rose. Mehr als das Leben selbst wollte er Rose, und jetzt hatten die Umstände sie ihm genommen. Und Lacys Einmischung machte alles nur noch bitterer.

Hilflosigkeit und Zorn vermischten sich mit Erschöpfung.

Er war schutzlos … war ohnmächtig den Geboten der Gesellschaft, Lacys Moralpredigten und der Plantage ausgeliefert. Und plötzlich kümmerte es ihn nicht mehr. Nichts davon. Er hatte nicht mehr die Kraft zum Weitermachen, hatte keine Energie mehr, um irgendwelchen Verpflichtungen gerecht zu werden.

»Also gut«, stieß er erstickt hervor und hob resigniert die Hände. »Kümmere du dich darum. Du kannst alles übernehmen. Die Sklaven, das Haus, die Felder. Mich interessiert das alles nicht mehr.«

Lacy blinzelte verwirrt. »Was soll das nun wieder heißen?«

»Es soll heißen, daß ich müde bin. Es ist schlimm genug, gegen die Sonne und den Regen anzukämpfen, ohne auch noch dich als Gegnerin zu haben. Wie du es schaffst, weiß ich nicht, aber ich kann es jedenfalls nicht mehr.« Damit wandte er sich ab und ging zur Tür.

»Travis, wo willst du hin?« rief Lacy und folgte ihm rasch.

»Keine Ahnung. Nur weg von hier.«

Lacy schluckte. »Du willst fortgehen?«

»Ja.«

»Für wie lange?«

»Gott, ich wünschte, ich könnte es dir sagen.«

Hätte Mariette die Gerüchte nicht mit eigenen Ohren gehört, hätte sie es nicht für möglich gehalten, aber tatsächlich wurde überall gemunkelt, daß Travis vor zwei Tagen die Plantage verlassen hatte.

Als sie jetzt in der Kutsche saß, die sie von Smithfield fortbrachte, dachte sie über die Neuigkeiten nach, die alle Gemüter zu bewegen schienen. Es hatte mit Syphrons und Roses Fluchtversuch begonnen, bei dem Travis Syphron getötet hatte. Und dann hatte ihr Bruder seine Sachen gepackt und die Plantage verlassen. Nach Richmond sei er gefahren, behaupteten die meisten ihrer Freunde, aber niemand war wirklich sicher, wohin er sich gewandt hatte.

Als ob das wichtig wäre. Mariette kümmerte es nicht, was Travis tat. Es interessierte sie genausowenig wie Carters Tun und Lassen. Ihr fröstelte schon, wenn sie bloß an ihren Mann dachte.

Sie waren erst sechs Tage verheiratet, und schon empfand sie Widerwillen gegen ihn. Was nicht überraschend war, da er nichts anderes im Sinn zu haben schien, als immer und ewig mit ihr ins Bett zu gehen. All dieses Betätscheln und Schwitzen. Der Mann war ebenso unersättlich wie abscheulich. Er war verrückt nach Brüsten. Sie wünschte, sie hätte das gewußt, bevor sie zugestimmt hatte, ihn zu heiraten. Sie hätte vielleicht ernsthaft erwogen, Jared seine Kränkungen zu verzeihen, wenn sie geahnt hätte, daß Carter so anspruchsvoll sein würde.

Aber jetzt war es zu spät. Sie konnte ihn durch nichts mehr davon abhalten, seine ehelichen Rechte zu fordern, doch dafür sollte er wenigstens bezahlen. Daher auch ihre Fahrt nach Smithfield heute.

Ein befriedigtes Lächeln spielte um ihre Lippen. Carter konnte ihren Körper benutzen wie ein brünstiger Eber, aber wenn er ihre Röcke hob, dann sollten diese Röcke wenigstens das Beste sein, was für Geld zu haben war.

Sie hatte sich nicht mit weniger zufriedengegeben, als sie in Mrs. Millers Laden die Stoffe ausgesucht hatte. Die Modistin war entzückt gewesen und hatte versprochen, die neue Garderobe so schnell wie möglich anzufertigen. Carter würde große Augen machen, wenn er die Rechnung sah.

Die Kutsche hielt vor Bellehaven, bevor Mariette ihre Überlegungen beenden konnte. Achselzuckend wandte sie ihre Gedanken den dringend benötigten neuen Möbeln zu. Mit glänzenden Augen betrat sie die Eingangshalle.

»Mrs. James«, sagte Naomie und hielt ihr die Tür auf.

Mariette neigte leicht den Kopf in Antwort auf den Gruß der Haushälterin. »Ist mein Mann im Haus?«

Naomie zeigte ihr zahnloses Lächeln. »Das ist er. Er spielt Billard in der Bibliothek.«

Billard. Das war noch etwas, was sie gern vor ihrer Heirat mit Carter gewußt hätte. Er war geradezu besessen von dem Spiel. All dieses Getue, bloß um diese lächerlichen Kugeln in die richtigen Löcher zu befördern. Und als wäre das nicht schon schlimm genug, mußte er auch noch Geld auf den Ausgang des Spiels verwetten.

Gestern abend erst hatte er einige seiner Freunde zu Besuch gehabt, und sie hatten die ganze Nacht und den halben Morgen gespielt und getrunken, bis sie sich nicht mehr auf den Beinen halten konnten. Gewiß, seine Nächte am Billardtisch bewahrten sie vor seiner Betätschelei und seinen lüsternen Nachstellungen, aber dafür blieb sie sich selbst überlassen und mußte zusehen, wie sie sich die Zeit vertrieb.

Schmollend hoffte sie, daß Carters Kopf in diesem Augenblick zerbarst.

Zu ihrer Enttäuschung fand sie einen sehr nüchternen, sehr gelassenen Mann vor, als sie die Bibliothek betrat.

»Da bist du ja«, bemerkte er leichthin, ohne von dem schwierigen Stoß aufzuschauen, zu dem er gerade ansetzte.

»Ja, hier bin ich«, erklärte sie und streifte ihre Handschuhe ab.

»Hattest du eine angenehme Fahrt in die Stadt?«

»Nein, diese Kutsche ist eine Schande, Carter. Die Polsterung muß erneuert werden, und an dieser Holperei müßte auch etwas getan werden.«

»Ich fand sie eigentlich nie besonders unbequem.«

Mariette war versucht, darauf zu erwidern, daß seine Maßstäbe – mit Ausnahme des guten Geschmacks, den er in der Wahl seiner Ehefrau bewiesen hatte – sehr zu wünschen übrig ließen. »Nun, ich fahre jedenfalls nicht mehr in dieser Kutsche. Ich bin ganz wund von der Fahrt.«

»Wie du willst.« Er bewegte seinen Stock mit beeindruckender Genauigkeit und schickte mit einem Stoß drei Kugeln in drei verschiedene Löcher. »Hast du jemanden besucht?«

»Nein, aber ich war bei der Modistin.«

»So?« Er ging um den Tisch herum und überlegte sich den nächsten Stoß.

»Ja. Ich habe einige neue Kleider bei ihr bestellt.«

»Nun, dann wirst du sie eben wieder abbestellen müssen.«

»Abbestellen?« Mit großen Augen starrte Mariette ihn an.

»Ich glaube –« er hielt inne, um eine Kugel gegen eine andere zu stoßen – »es ist ein Echo hier im Raum.«

»Carter, ich kann die Kleider nicht abbestellen.«

»Und warum nicht?«

»Weil ich sie brauche«, entgegnete sie, fast so empört darüber, daß er sie ignorierte, wie über seine Forderung, die Kleider abzubestellen.

»Du hast einen Schrank voller Kleider.«

»Aber die hatte ich alle schon vor unserer Heirat!«

»Und du glaubst, meine Frau zu sein, erfordert neue Kleider?«

»Selbstverständlich!«

Carter richtete sich und bemühte sich, die Logik ihrer Antwort zu verstehen. Nachdenklich betrachtete er das beige gestreifte Musselinkleid, das sie trug, und zog eine Augenbraue hoch. »Was du anhast, steht dir gut. Und was du in deinem Schrank hast, steht dir auch.«

Mariette schluckte das Schimpfwort herunter, das sie ihm gern an den Kopf geworfen hätte. »Carter, fast alle meine Kleider sind schon Jahre alt. Ich kann nicht Saison nach Saison das gleiche tragen. Die Leute werden glauben, ich sei nichts Besseres als das arme weiße Gesindel. Ist es das, was du über mich hören willst? Über uns?«

Carter lachte. »Niemand braucht von irgend etwas überzeugt zu werden, Mariette. Höchstens du.«

»Wie meinst du das?«

Er legte den Stock auf den Tisch und ging langsam auf sie zu. »Du bist die einzige, die es für nötig hält, die Nachbarn zu beeindrucken.«

»Ich tue nichts dergleichen!«

Wieder lachte er. »Natürlich tust du es, und mir zuliebe

brauchst du es nicht abzustreiten. Dieser Charakterzug von dir ist mir schon seit geraumer Zeit bekannt, und trotzdem habe ich dich geheiratet.«

Sie straffte die Schultern. »Das klingt, als hättest du mir einen riesigen Gefallen getan, mich zu heiraten.«

»Habe ich das nicht?« Ohne ihre Antwort abzuwarten, legte er seine Hände auf ihre Schultern und lächelte auf sie herab. »Du und ich, wir wissen beide, daß wir gewisse Dinge von dieser Ehe wollen, also verschwende nicht deine Zeit damit, etwas anderes zu behaupten.«

So viel Aufrichtigkeit ertrug sie nicht. »Ich weiß nicht, was du damit sagen willst.«

Ihre ärgerliche Miene vermochte Carter nicht im geringsten einzuschüchtern. »Du wolltest die gesellschaftliche Stellung, die du als meine Frau einnimmst. Und ich wollte das.«

Er zog sie an sich und küßte sie.

»Carter, nicht«, protestierte sie und wandte rasch den Kopf ab.

»Aber ich will es. Und zwar jetzt gleich.« Seine Hände glitten zu ihrem wohlgeformten Po und streichelten ihn durch die zahlreichen Lagen Stoff, die ihn bedeckten.

Mariette versuchte, sich aus seinem Griff zu befreien. Er hatte heute morgen schon zweimal seinen Willen bei ihr gehabt. Sie ertrug es nicht schon wieder. »Carter, wir sind hier in der Bibliothek! Die Tür steht offen.«

»Na und?« Er nahm ihr Ohrläppchen zwischen seine Zähne und biß so heftig zu, daß sie zusammenzuckte.

»Hör auf!« verlangte sie, und echter Zorn verdrängte ihren Ärger. Aber ihre Einwände waren nutzlos. Bevor sie auch nur ein weiteres Wort äußern konnte, preßte er seine Lippen auf ihren Mund und zog den gestreiften Stoff ihres Rocks über ihre Schenkel.

In fassungslosem Entsetzen erkannte sie, daß er sie hier nehmen würde, mitten in der Bibliothek, wo jeder hereinkommen und sie sehen konnte. Der Zorn, der sie bei diesem Gedanken erfaßte, gab ihr die Kraft, ihn fortzustoßen, aber es gelang ihr nur, ihren Mund von seinem zu befreien. »Carter – das kannst du nicht!«

Während er sie zum Billardtisch zurückschob, sagte er: »Ich kann alles tun, was mir beliebt. Das weißt du.«

Allerdings, sehr zu ihrem Ärger. »Aber ich will nicht ...«

»Was du willst, interessiert mich nicht, Frau.« Mit sicheren Bewegungen drängte er sie zurück, bis sie flach auf dem filzbedeckten Tisch lag. Sekunden später hatte er ihr Kleid und ihren Rock gehoben, ihre langen Beinkleider geöffnet und sie bis zu ihren Knien herabgezogen.

Als sie den kühlen Lufthauch an ihren Schenkeln spürte, errötete Mariette vor Zorn. »Laß mich in Ruhe!« zischte sie und versuchte, sich wieder aufzurichten. Zu ihrem Entsetzen stand er zwischen ihren Schenkeln und knöpfte seine Hose auf.

Fluchend hob sie eine Hand, um ihn zu schlagen, aber er ergriff ihr Handgelenk und drückte es auf den Tisch neben ihrem Kopf.

»Aber Mariette«, keuchte Carter, dessen Augen vor Erregung funkelten. »So behandelt man doch keinen Ehemann.«

»Und so behandelt man auch keine Frau! Du bist ein Tier!«

»Und dieses Tier wird dich jetzt nehmen.« Brutal zerrte er ihre *pantalettes* auseinander und spreizte ihre Beine.

»Betrachte es als einen Handel, meine Liebe.«

»Einen Handel?«

»Richtig.« Seine Finger suchten und fanden ihre verborgene Wärme. »Du willst ein paar Kleider. Ich will dich. Das ist doch ein faires Geschäft, nicht wahr?«

Er hatte sie auf das Niveau einer Hure herabgesetzt und zwang sie, ihren Körper für den Preis einiger neuer Kleider zu verkaufen. Ihre blauen Augen verdunkelten sich vor Haß, als sie ihn anfuhr: »Das einzige, woran ich denken kann, ist, daß ich dich verabscheue!«

»Du brauchst mich nicht zu mögen, solange du still liegst und für mich verfügbar bist.« Mit seiner freien Hand glitt er unter den Ausschnitt ihres Kleides. »Natürlich wäre ich versucht, großzügiger zu sein, wenn du ein bißchen entgegenkommender wärst.«

Das Gefühl seiner Hände an ihren Brüsten, der Druck seines erregten Körpers ließ sie angewidert die Augen schließen. Doch selbst mit geschlossenen Augen sah sie sich dort liegen, mit gespreizten Beinen auf dem Billardtisch wie eine billige Hure. Bei der Vorstellung wurde ihr übel, und vielleicht hätte sie dem Bedürfnis sogar nachgegeben, wenn seine Worte ihr nicht durch den Kopf gegangen wären.

Es diente ihren Zwecken, wenn sie ihm seinen Willen ließ. Er würde sie ohnehin nehmen, wann er wollte und ob sie dazu bereit war oder nicht. Wenn sie von einem gewissen »Entgegenkommen« profitieren konnte, dann würde sie es eben ertragen müssen.

Nach einem tiefen Atemzug hörte sie auf, sich zu wehren, im selben Augenblick drang Carter in sie ein. Sie bäumte sich auf bei dieser jähen Inbesitznahme und haßte ihn dafür mit jeder Faser ihres Herzens.

»Siehst du, so ist es brav«, murmelte er an ihrem Ohr.

Sie hielt die Augen geschlossen, selbst als er ihre Beine packte und sie um seine Taille legte, selbst als er grunzte und stöhnte und wiederholt in sie hineinstieß.

Und die ganze Zeit stellte sie sich ein freies Leben vor, ohne Carter, ein Leben, wo ihre Rache süß und unendlich lohnend sein würde.

19.
KAPITEL

Es würde keine Maisernte geben.

Lacy stand am Rand des Felds und gestand es sich endlich ein. Die Pflanzen, die größer als sie selbst sein müßten, reichten ihr kaum bis zur Schulter. Die wenigen Kolben, die gewachsen waren, waren klein und vertrocknet.

Die Erdnüsse waren in etwas besserem Zustand. Des mangelnden Regens wegen waren die Nüsse zu klein geblieben, um einen anständigen Preis auf dem Markt zu erzielen – falls es in diesem Jahr überhaupt eine Ernte einzubringen gab. Denn wenn es nicht bald regnete, würde alles, was auf der Plantage wuchs, verwelken und vertrocknen.

Entmutigt nahm Lacy ihren breitrandigen Strohhut ab und strich sich mit der Hand über die Stirn. Die Hitze hatte während der vergangenen Wochen nicht nachgelassen, und die Luft war nach wie vor unerträglich schwül.

Als sie den Hut wieder aufgesetzt hatte, nahm sie die Zügel ihrer wartenden Stute und zog sich müde in den Sattel. Sie überlegte kurz, ob sie auch die Südfelder noch inspizieren sollte, doch im Bewußtsein, daß sie dort das gleiche finden würde, kehrte sie zurück zum Haus.

Hinter einer Reihe hoher Ulmen kam es in Sicht, und sie dachte, daß es das schönste Gebäude war, das sie je gesehen hatte. Selbst aus der Ferne strahlte es Behaglichkeit und Beständigkeit aus. Wie Travis imstande gewesen war, dies alles zurückzulassen, würde ihr wohl immer ein Rätsel bleiben.

Der Gedanke an ihren Bruder entmutigte sie noch mehr. Er war nun schon drei Wochen fort. Und kein einziges Wort von ihm. Sie hatte in der Stadt gehört, er sei in Washington, vermutete jedoch, daß auch das nur ein Gerücht wie alle anderen war. Auf jeden Fall sorgte sie sich um ihn. Sein Gemütszustand war beängstigend gewesen, als er aus dem Haus gestürmt war und sich geweigert hatte, mit ihr zu reden oder sie anzuhören. Es war fast, als hätte er die Plantage in seiner Verbitterung und seinem Groll nicht schnell genug verlassen können. Und Rose natürlich.

Als Lacy ihr Pferd vor den Ställen zügelte und absaß, tat ihr das Herz weh für das arme Mädchen. Auf solch skrupellose Weise benutzt zu werden, war eine Kränkung, die Lacy durch nichts zu rechtfertigen vermochte.

»Miss Lacy«, rief Michael und lenkte sein Pferd auf die Koppelumzäunung zu.

»Hallo, Michael«, erwiderte sie, froh, von ihren bitteren Gedanken abgelenkt zu werden. »Wie steht's mit den Erdnüssen?«

Der Aufseher zog seinen Hut, fuhr sich mit den Fingern durch das schweißfeuchte Haar und setzte den Hut wieder auf. »Den Umständen entsprechend gut, Miss Lacy, aber das will nichts heißen. Deshalb wollte ich mit Euch sprechen. Das Feld hinter der Landzunge ist nutzlos. Da werden wir nichts ernten.«

»Bist du sicher, Michael?«

»Ja, Ma'am«, murmelte er.

Es war alles da in seiner Stimme. Lacy hörte das Bedauern und die Hoffnungslosigkeit, die sie sich selbst nicht eingestehen wollte. Nach und nach verloren sie die Ernte, und es gab nichts, absolut nichts, was sie dagegen unternehmen konnten. Es war eine entmutigende Situation, die ihr das Gefühl vollkommener Nutzlosigkeit vermittelte.

Obwohl sie den Himmel nach Wolken absuchte, wußte sie, daß nichts zu gewinnen war mit der Hoffnung, er möge in diesem Augenblick noch seine Schleusen öffnen. Und es war auch nichts zu erreichen mit Klagen über die Dürre, die das Land in Staub verwandelt hatte. Sie konnte sich nur noch auf die nächste Saison vorbereiten und an die Worte ihres Vaters glauben, daß die Plantage für jene sorgen würde, die ihr treu blieben.

Mit einem müden Seufzer ließ sie den Blick über die Erdnußfelder gleiten, die in voller Blüte hätten stehen müssen. »Na schön, dann schneidet die Reben und laßt sie uns jetzt schon trocknen. Zumindest werden wir dann Winterfutter für die Rinder haben.«

»Ja, Ma'am.«

Lacy starrte auf den Boden vor ihren Füßen. »Und der Weizen? Werden wir genug zum Mahlen haben?«

»Zum Verkaufen nicht, Ma'am, tut mir leid. Aber für unseren eigenen Gebrauch werden wir mehr als genug haben, so daß niemand Hunger leiden wird.« Lacy nickte, weil sie wußte, daß sie sich damit zufriedengeben mußte. Es würde genug Heu für die Tiere und Mehl für die Sklaven geben.

»Nun gut, Michael, dann sorg dafür, daß der Gemüsegarten nicht vertrocknet. Wenn wir etwas anderes als Schinken und Salat essen wollen im nächsten Jahr, brauchen wir das Gemüse.«

»Wir haben gerade weitere vierzig Fässer Wasser zu den Bohnen hinaufgeschleppt.«

Lacy dankte im stillen dem Himmel für die Quelle, aus der die Plantage ihr Trinkwasser bezog. Es sprudelte seit Hunderten von Jahren aus der Erde, und nichts wies darauf hin, daß es je versiegen würde. Aus dieser Quelle bewässerten sie die Gemüsegärten.

»Sonst noch etwas, Michael?« fragte sie und fürchtete sich beinahe vor seiner Antwort.

»Was soll in der Böttcherei getan werden?«

Ein resignierter Seufzer entrang sich Lacys Lippen. Hunderte von Fässern waren für die Verschiffung einer Ernte angefertigt worden, die niemals eingebracht werden würde. Zumindest nicht in diesem Jahr.

Müde rieb sie ihre Schläfen und dachte über eine vernünftige Lösung nach. »Glaubst du, wir könnten die Fässer verkaufen?«

»Möglich«, erwiderte Michael achselzuckend. »Obwohl ich hier in dieser Gegend niemanden kenne, der sie gebrauchen könnte. Vielleicht solltet Ihr sie bis zum nächsten Jahr aufheben.«

»Aber ich könnte das Geld jetzt brauchen. Würdest du dich für mich erkundigen, Michael? Vielleicht kauft eins der Schiffe, die im Hafen anlegen, die Fässer, oder tauscht sie gegen Zucker oder Salz ein. Wir könnten Salz gebrauchen, um noch mehr Schinken einzulegen.«

»Gut, Miss Lacy. Ich reite morgen in die Stadt.«

»Danke, Michael.«

Er nickte, machte sich jedoch nicht auf den Weg. »Miss Lacy?«

Sein sanfter Ton veranlaßte sie, noch einmal zu ihm aufzuschauen. »Ja?«

»Ihr handelt richtig, wenn Ihr einige der Felder schon jetzt pflügen laßt.«

Daß er ihre Entscheidungen so bereitwillig anerkannte, überraschte sie. Es rührte sie aber auch, daß er ein derartiges Vertrauen in sie setzte. »Danke, Michael. Daß du das sagst, bedeutet mir sehr viel, weil es von dir kommt.«

Er tippte sich an den Hut, als er sein Pferd wendete, um zu seinen Aufgaben zurückzukehren.

Dankbar für die Ermutigung, die sie erhalten hatte, überquerte Lacy den Rasen und ging zur Küche, um ein Glas kühlen Apfelwein zu trinken. Aber als sie sich den Sklavenunterkünften näherte, sah sie Rose mit einem Armvoll Baumwollgarn in ihre Richtung kommen.

Das Mädchen hatte sich von den körperlichen Nachwirkungen der Flucht erholt. Die Kratzer und Prellungen an ihren Beinen waren verheilt, und auch ihr Gesicht wies keine Spuren des Schlags mehr auf, den Travis ihr versetzt hatte. Beim bloßen Gedanken, daß Travis Rose geschlagen hatte, drehte sich Lacy der Magen um, und nicht zum erstenmal verfluchte sie ihren Bruder.

»Guten Tag, Miss Lacy«, grüßte das Mädchen zögernd.

»Hallo, Rose. Wie geht's dir heute?«

»Gut, danke.«

Lacy fragte sich, ob das stimmen mochte. Obwohl Rose äußerlich ganz normal erschien, spürte Lacy eine Spannung in dem Mädchen, die unverkennbar war – als rechnete Rose jeden Augenblick damit, von einem schrecklichen Schicksal ereilt zu werden. So war es schon, seit Travis sie gefunden und zurückgebracht hatte.

»Bist du sicher, Rose? Du bist doch nicht etwa krank?«

»O nein, Ma'am«, beeilte Rose sich zu versichern. Aber Lacy hörte die Unruhe in ihrer Stimme und betrachtete prüfend das hübsche Gesicht des Mädchens, das grimmig und verschlossen wirkte. Irgend etwas stimmte nicht mit ihr.

»Rose«, begann sie aus einer plötzlichen Eingebung heraus. »Bist du ... Ich meine ... erwartest du ein Kind von Travis?«

Rose machte große Augen. »O nein, Miss Lacy!« beteuerte sie. »O nein, Ma'am, ganz bestimmt nicht. Ich schwöre es.«

Lacy atmete erleichtert auf, Rose zuliebe, und klopfte dem Mädchen beruhigend auf die Schulter. »Schon gut, Rose. Ich wollte mich nur vergewissern, daß dir nichts fehlt.«

»Ich bin nicht schwanger, Miss Lacy.«

»Was bedrückt dich dann so sehr in letzter Zeit?«

Rose preßte das Baumwollgarn an ihre Brust. »Nichts, Miss Lacy.«

»Doch, Rose, ich bin sicher, daß dich irgend etwas sehr beunruhigt.«

So war es in der Tat, und obwohl Rose sich die größte Mühe gab, gelang es ihr nicht, ihre Furcht zu verbergen.

Lacy runzelte die Stirn, als sie den bangen Blick des Mädchens sah. »Was ist es, Rose?«

Furcht schnürte ihr die Kehle zu, und sie wünschte sich weit fort, anstatt hier stehen und sich rechtfertigen zu müssen. »Ich habe Angst, Miss Lacy«, wisperte sie.

»Angst? Wovor?« fragte Lacy überrascht.

»O Miss Lacy, ich wünschte, Ihr würdet mich nicht zwingen, es zu sagen.«

»Wenn du Angst hast, will ich wissen, warum. Also, was ist es?«

Rose biß sich auf die Lippen und trat von einem Fuß auf den anderen. Sie holte einen tiefen Atemzug, um Mut zu sammeln, aber ihr Blick sank hilflos auf ihre Füße. »Ich habe Angst davor, was er tun wird, wenn er heimkehrt.«

»Travis?«

Rose nickte stumm.

»Aber warum hast du Angst?«

Abrupt hob Rose den Kopf. »Weil er Syphron getötet hat! Und deshalb wage ich mir gar nicht auszumalen, was er mir antun wird!«

Daß Rose um ihr Leben fürchtete, bestürzte Lacy. »Mein Bruder wird dich nicht töten, Rose.«

Ein Beben durchzuckte Rose, das ihre Hände zittern ließ. »Er war so furchtbar wütend auf mich!«

»Aber nicht wütend genug, um dich zu töten, Rose.«

»Nur, weil Ihr ihn daran gehindert habt, Miss Lacy. Deshalb hat er nicht die Hand gegen mich erhoben. Aber wenn er zurückkommt, ist nicht vorauszusagen, was er tun wird.«

Lacy legte eine Hand auf Roses Arm und schaute dem Mädchen beschwörend in die Augen. »Ich habe Travis nicht daran gehindert, dich zu töten. Ich gebe zu, daß er sehr wütend war, aber du mußt mir glauben, daß er niemals vorhatte, dich zu töten.«

»Woher wollt Ihr das wissen?« schluchzte Rose. »Er hat Syphron erschossen, und er ...«

»Er hat Syphron nicht getötet«, fiel Lacy ihr ins Wort.

Rose blinzelte verwirrt. »Was?«

»Travis hat Syphron nicht getötet. Er hat ihn freigelassen.«

Die verschiedenartigsten Emotionen wechselten sich auf Roses Zügen ab. Ihrem anfänglichen Schock folgte Erleichterung und dann Verwirrung. »Ich verstehe nicht, Miss Lacy.« In ihrer Fassungslosigkeit wandte sie den Blick ab. »Warum?«

»Warum er Syphron nicht getötet hat? Mein Bruder mag viele Dinge sein, aber er ist kein Mörder.«

»Warum hat er Syphron freigelassen?«

Ganz gleich, wie oft Lacy sich die gleiche Frage stellte, sie fand darauf nie eine Antwort. Und dennoch hatte Travis mit seiner Handlungsweise ihr Vertrauen in ihn wiederhergestellt.

»Ich weiß nicht, warum er Syphron freigelassen hat.«

Mit düsterer Miene starrte Rose ihre Herrin an. »Warum hat er mich zurückgebracht? Warum hat er mich nicht auch freigelassen?«

»Ich wünschte, ich wüßte es, aber das kann nur Travis selbst beantworten.«

Ein Schweigen entstand zwischen ihnen, und Lacy sah, daß Roses Befürchtungen dahinschmolzen wie Eis in der Sonne, ersetzt von einer gesunden Verwunderung.

»Es tut mir leid, daß ich dir das nicht schon früher erklärt habe«, sagte Lacy freundlich. »Wenn ich gewußt hätte, daß du so verängstigt warst, hätte ich schon vor Wochen mit dir darüber gesprochen.« Aber sie hatte es nicht getan, zum Teil Travis' wegen, so unlogisch das auch erscheinen mochte. Im übrigen war sie so stark mit den Problemen der Plantage beschäftigt gewesen, daß sie keine Zeit gehabt hatte, über die Folgen von Travis' Lüge nachzudenken. »Ich möchte, daß du dir keine Sorgen mehr machst, Rose.«

»Ja, Ma'am«, murmelte das Mädchen.

Aber Lacy wußte, daß Rose noch lange nicht beruhigt war und das Mädchen Zeit brauchte, um zu verarbeiten, was sie ihr gesagt hatte. Aus diesem Grund wandte sie sich nach einem beruhigenden Lächeln ab und ging zum Haus zurück, froh, daß ihr langer Arbeitstag sich seinem Ende näherte. Als sie jedoch die Eingangsstufen hinaufstieg, nahm sie sich vor, wenigstens noch eine Aufgabe zu erledigen, die sie schon viel zu lange aufgeschoben hatte.

In der Bibliothek war es kühl, und aus dem stillen Raum schien eine Leere aufzusteigen und sie einzuhüllen. Das Schweigen bedrängte sie von allen Seiten und verstärkte nur die Sehnsucht, die sie so tapfer zu unterdrücken versucht hatte. Was sie zu tun hatte, widerstrebte ihr über alle Maßen, aber sie wußte, daß es nicht länger zu umgehen war, und so setzte sie sich an den Schreibtisch und nahm Feder und Papier zur Hand.

Lange Zeit blieb das Blatt vor ihr leer und unberührt. Lacy starrte ihre Feder an und dachte, daß von allen Briefen, die sie in ihrem Leben verfaßt hatte, dieser hier der schwierigste war. Nicht seines Inhalts wegen, sondern weil er an Jared gerichtet war.

Seufzend lehnte sie sich zurück und gab ihre Bemühungen vorübergehend auf. Der Brief *würde* geschrieben werden, weil Jared über den Zustand der Plantage unterrichtet werden mußte. Er hatte das Land in Travis' Obhut zurückgelassen und rechnete mit einem Ertrag. Doch im Augenblick besaß er nichts weiter als einige hundert Hektar wertlosen Mais.

Es waren keine guten Nachrichten, die sie ihm zu übermitteln hatte, aber das war es nicht, was Lacy zögern ließ. Mit Jared Verbindung aufzunehmen, aus welchem Grund auch immer, beschwor schmerzliche Erinnerungen herauf …

Sie sprang auf, als könne sie ihrer Niedergeschlagenheit und Trauer so leicht entfliehen wie dem Schreibtisch. Aber es gab kein Entkommen; ihre Wehmut verfolgte sie und holte sie ein.

In Gedanken stellte sie sich Jared in diesem Augenblick vor, versuchte, sich auszumalen, was er gerade tat und was er dachte. Ein Teil von ihr hoffte, daß seine Gedanken ihr galten und daß es keine anklagenden Gedanken waren. Sie wollte glauben, daß er noch ein bißchen von der Liebe, die sie ihm geschenkt hatte, in seinem Herzen bewahrte. Denn falls es so war, würde er vielleicht verstehen, warum es ihr unmöglich gewesen war, ihn zu heiraten. Und ihr eines Tages vielleicht sogar verzeihen können.

»Miss Lacy?«

Auf Gayes leise Unterbrechung hin schaute sie zur Tür. »Ja, Gaye?« erwiderte sie und wandte sich vom Fenster und ihren Gedanken ab.

»Besha möchte wissen, ob Ihr jetzt Euer Abendessen wollt.«

Es war erst sechs, aber seit Travis nicht mehr da war, hatte sie sich angewöhnt, früh zu Abend zu essen. Im Moment jedoch hatte sie keinen Appetit. »Ich habe keinen Hunger, Gaye. Bitte sag Besha, daß etwas kaltes Hühnchen mir heute abend genügen wird.«

»Nein, Ma'am«, entgegnete das Dienstmädchen entschieden. »Das kann ich Besha nicht sagen.«

Lacy zog erstaunt die Brauen hoch. »Und warum nicht?«

»Weil Ihr in letzter Zeit nichts Vernünftiges gegessen habt, Miss Lacy, und wir uns alle schreckliche Sorgen um Euch machen, wenn Ihr von Sonnenaufgang bis zum späten Abend arbeitet. Besha sagt, es wäre nicht gut, daß Ihr ganz allein diese Plantage leiten müßt.«

Die Sorge, die sich hinter dem sanften Vorwurf verbarg, veranlaßte Lacy zu einem Lächeln. »Es ist lieb, daß du dich um mich sorgst, Gaye, aber dazu besteht kein Grund. Mir geht es gut.«

Gayes Blick glitt zweifelnd zu den dunklen Schatten unter Lacys Augen und den Wangenknochen, die heute stärker hervortraten als früher. »Das glaube ich nicht, Miss Lacy. Besha glaubt es auch nicht, und deshalb hat sie mir befohlen, nicht eher in die Küche zurückzukehren, bis Ihr mir versprochen habt, heute abend etwas Richtiges zu essen.«

Es war Erpressung, schlicht und einfach. Lacy wußte, daß ihr – falls sie sich nicht entschieden dagegen wehrte – nichts anderes übrigblieb, als sich zu fügen. Sie entschied sich für das letztere, weil sie ihre Dienstboten nicht unnötig beunruhigen wollte, aber auch, weil sie ganz einfach nicht die Energie aufbrachte, Einwände zu erheben.

»Na schön, Gaye, dann sag Besha, daß ich in einer halben Stunde essen werde.« Sie schaute zum Schreibtisch hinüber und zu dem Brief, der sie erwartete. »Ich habe vorher noch etwas zu erledigen.«

»Ja, Ma'am.«

Lacy kehrte an den Schreibtisch zurück und tat, was sie als ihre Pflicht betrachtete. Aber jedes Wort, das sie schrieb, brachte sie den Tränen näher und näher.

Der nächste Morgen war eine Wiederholung des vorherigen, mit der einen Ausnahme, daß Lacy ihre Pflichten als noch größere Bürde empfand als je zuvor. Die Erschöpfung, die sie in den vergangenen Wochen so erfolgreich ignoriert hatte, beraubte sie ihrer Kraft und machte schon das bloße Aufstehen zu einer harten Prüfung. Dennoch stellte sie sich resolut dem neuen Tag und weigerte sich, den Schmerz zu beachten, der hinter ihren Augen pochte.

Ihre tägliche Routine war wie immer: zuerst die Küche, dann die Molkerei und die Sklavenunterkünfte. Aber in letzter Zeit gehörte auch noch ein Besuch in der Scheune und den Ställen dazu, bevor sie sich zu einem kurzen Frühstück niedersetzte. Wenn das getan war, ritt sie zu den Obst- und Gemüsegärten hinaus, zu den Südfeldern und dem Teich mit seinem Damm aus Holz und Stein, der den Fluß aufstaute.

Sie nahm ihr Mittagessen unter einer Trauerweide ein, was Besha sehr mißbilligte, und verbrachte dann fast zwei Stunden damit, die Herstellung der Seife zu beaufsichtigen. Als sie die Frauen schließlich mit ihren dampfenden Kesseln allein ließ, war sie mehr als gewillt, den stechenden Sodageruch gegen das würzige Aroma der Schinken in der Räucherkammer einzutauschen. Wenn sie die Zeit dazu gehabt hätte, wäre sie gern noch länger dort geblieben, aber die Ostfelder winkten unerbittlich.

Wie ein verwöhntes Kind, das zuviel bekommen hatte und es nicht zu danken wußte, erstreckten sich faul die Erdnußfelder, verhätschelt, anspruchsvoll und egoistisch, aber auch schrecklich unselbständig. Während Lacy ihren breitrandigen Strohhut zurechtrückte, betrachtete sie das Land.

»Ich tue alles, was ich kann, für dich«, murmelte sie, und ein entschuldigender Tonfall klang in ihrer leisen Stimme mit.

Sie wußte, daß sie tatsächlich alles tat, was in ihrer Macht stand, aber irgendwie war es nie genug. Und es anhand der verdorrten Pflanzen vor Augen geführt zu bekommen, verstärkte nur die Trostlosigkeit, die in letzter Zeit so sehr zu einem Teil ihres Lebens geworden war.

Sie wandte sich ab, um nach Hause zurückzukehren und zu den Rechnungsbüchern, die sie dort erwarteten, aber dann folgte sie plötzlich einem seltsamen Drang, der sie zum Fluß hinunterführte. Um sich eine kleine Ruhepause zu ermöglichen, ging sie durch die Bäume zum Flemmings Creek mit seinen sanft ansteigenden Ufern, wo jedes Jahr die Schwäne überwinterten.

Der Pagan River floß hier vorbei auf seinem Weg zum James River, zur Chesapeake Bay und schließlich dem Ozean selbst. Lacy ließ den Frieden dieses Ortes auf sich einwirken. Sie setzte sich in den Schatten der Bäume und ließ ihre Gedanken so frei dahinfließen wie das Wasser.

Es war ein unbewachter Augenblick, der die Erinnerungen an Jared zurückbrachte; die Erinnerung an sein Lächeln, seine tiefe Stimme, die Geborgenheit seines harten, warmen Körpers. Ein paar kostbare Sekunden lang stieg eine süße Wärme in Lacy auf, und sie wehrte sich nicht mehr gegen ihre Erinnerungen, sondern überließ sich ihnen.

Nachdem sie ihren Hut abgenommen hatte, zog sie die Knie an die Brust, schlang ihre Arme um die Beine und vermißte Jared noch schmerzlicher als je zuvor. Die Zeit hatte ihre Sehnsucht nicht mindern können. Jeder Tag, der vergangen war, hatte ihr Verlangen, bei ihm zu sein, nur noch gesteigert, und sie wünschte sich nichts sehnlicher, als in seinen Armen zu sein, seinen Herzschlag an ihrer Brust zu spüren, in seine grauen Augen zu schauen und ihre Liebe darin erwidert zu sehen.

Diese bittersüßen Vorstellungen veranlaßten sie, aufzustehen, und mit einem erstickten Schluchzen ging sie zum Wasserrand hinab. Sie hatte gewußt, daß es geschehen würde. Der Brief, den sie am Abend zuvor geschrieben hatte, hatte ihre sorgfältig aufgebauten Barrieren niedergerissen und sie verwundbar gemacht für ihre Herzenswünsche. Jetzt mußte sie ihrem eigenen Unglück ins Auge sehen. Jared war fort, und sie würde den Rest ihres Lebens damit verbringen, sich etwas zu wünschen, was sie nie erhalten würde.

Bedrückt ließ sie die Schultern hängen. Der Frieden dieses stillen Orts hatte seinen Reiz für sie verloren. Als sie sich umschaute, bezweifelte sie, daß er ihr je wieder wie früher erscheinen würde, und in diesem Augenblick wollte sie sogar nur noch so schnell wie möglich von hier fort.

Rasch wandte sie sich ab, um auf die Bäume zuzugehen. Doch dann hielt sie abrupt inne, ihre Augen weiteten sich vor Fassungslosigkeit, und ihr Herz begann wie wild zu klopfen.

»Jared?«

»Hallo, Lacy«, sagte er.

Sie atmete tief aus und rang gleich darauf nach Atem. Jared stand keine zehn Meter von ihr entfernt unter den Bäumen. Sie bemühte sich ebenso heftig, es zu begreifen, wie sie im stillen darum flehte, daß dies kein Traum sein möge. Jared ... mit seinem so ungeheuer anziehenden Lächeln, seiner großen, breitschultrigen Gestalt, seinen wachen grauen Augen. Wie hypnotisiert starrte sie sein weißes Hemd an, das in auffallendem Kontrast zu den dunklen Bäumen hinter ihm stand, während seine grauen Hosen sich an die natürliche Farbe des Waldes anpaßten. Wie oft hatte sie gewünscht und gehofft, daß er eines Tages zurückkehren möge. Aber sie hätte nie, niemals geglaubt ...

Aber jetzt war er da, und aus welchem Grund, das war nicht wichtig. Wichtig war nur, daß sie ihn liebte.

Rasch lief sie auf ihn zu, und er kam ihr entgegen. Lacy schmiegte sich in Jareds Arme. Er zog sie an sich, und als sein Mund ihre Lippen in Besitz nahm, umklammerte sie seine Schultern, als wollte sie ihn nie wieder gehenlassen.

Überwältigende Freude erfaßte sie. Monate der Qual schmolzen dahin unter der Berührung seiner warmen Lippen. Er zog sie noch fester an seinen Körper und löschte sämtliche Gedanken außer einem in ihr aus: Er war zurückgekommen. Lieber Gott im Himmel, er war zurückgekommen!

»Jared«, hauchte sie an seinen Lippen. »Was machst du hier?« Ihre Hände glitten streichelnd über seine Brust, seine Schultern, seine Arme, als brauchte sie die Bestätigung, daß er auch wirklich bei ihr war.

»Ich hielt es einfach nicht mehr aus, von dir getrennt zu sein.« Wieder küßte er sie, trank ihre Süße wie ein Verdurstender. »Meine Tage waren nutzlos, meine Nächte die reinste Qual«, murmelte er und zog sie noch fester an sich, weil er sie ganz nah bei sich spüren mußte oder den Verstand verlieren würde vor Verlangen.

Sein Kuß vertiefte sich. Keine Stunde war vergangen, in der er sich nicht danach gesehnt hatte, sie in den Armen zu halten. Seine Tage waren von Erinnerungen überschattet gewesen, in seinen Nächten hatte er keine Ruhe gefunden vor Verlangen. Nichts – weder seine Geschäfte, noch seine Familie oder seine Freunde – hatte ihn dafür entschädigen können, daß er Lacy nicht in den Armen hielt. Und irgendwann war ihm klargeworden, daß ein Leben ohne sie keinen Wert für ihn besaß und er zurückkehren mußte zu der Frau, die er über alles liebte.

Zärtlich legte er die Hände um ihr Gesicht und schaute ihr prüfend in die Augen. Sie leuchteten vor Glück, aber nicht einmal das konnte darüber hinwegtäuschen, wie erschöpft sie wirkte.

Jared runzelte besorgt die Stirn. Sie war dünner, als er sie in Erinnerung bewahrte, schön wie immer, aber blaß und müde.

»Du hast zuviel gearbeitet«, stellte er mit sanftem Vorwurf fest.

Sie schloß für einen Moment die Augen, weil sie sich ihre Freude nicht von der harten Wirklichkeit trüben lassen wollte. »Du redest schon wie Besha«, murmelte sie, richtete sich auf die Zehenspitzen auf und küßte ihn. »Wie hast du mich gefunden? Ich wußte selbst nicht, daß ich herkommen würde, bis ich mich plötzlich auf dem Weg zum Fluß befand.«

Er schob eine Hand unter ihr langes, silberblondes Haar. »Ich könnte sagen, daß es Gedankenübertragung war, aber die Wahrheit ist, daß ich dich sah, als du von den Feldern fortgeritten bist.« Seine Miene wurde ernst, ein harter Zug erschien um seinen Mund. »Es sieht nicht gut aus, Lacy.«

Die Wahrheit zu hören, schmerzte mehr, als sie für möglich gehalten hätte, und sie brachte nicht die Kraft auf, dagegen anzukämpfen. Ihre Gefühle befanden sich in einem Chaos; ihr Körper war erschöpft. Die Hilflosigkeit, die beständig ihre Beharrlichkeit bedrohte und sie immer mehr unterhöhlte, überwältigte sie plötzlich.

Sie lehnte ihre Stirn an seine Brust, als ihre Augen sich mit Tränen füllten.

Jared starrte reumütig auf ihren Scheitel. Beinahe wäre es zu spät gewesen, als er Lacys einzigartige Bindung an die Plantage erkannte. Es mußte eine entsetzliche Qual für sie bedeuten, hilflos mit ansehen zu müssen, wie die Ernte vor ihren Augen verdorrte und wie das Land zugrunde ging. Und er war nicht dagewesen, um ihr ihre Bürde zu erleichtern.

Er spürte das Zittern, das durch ihren Körper lief, als sie leise weinte, und sanft zog er sie an sich, strich beruhigend mit der Hand über ihren Rücken und ließ ihr Zeit, sich an seiner Schulter auszuweinen.

Ihre Tränen versiegten schließlich, ihr Schluchzen wich leisen Seufzern, aber noch immer rührten sie sich nicht. Lacy war zu glücklich in seinen Armen, und Jared noch nicht bereit, sie freizugeben.

»Besser?« fragte er nach einer Weile.

»Ja.« Sie fühlte sich besser als seit Wochen.

»Es tut mir leid. Ich wollte dich nicht so aufregen, Lacy.« Sie schaute mit noch feuchten Augen zu ihm auf. »Es war nicht deine Schuld. Du hast mir nichts gesagt, was ich nicht schon wußte. Ich glaube, ich war einfach zu müde, um es hören zu wollen.«

Die Erwähnung ihrer so offensichtlichen Erschöpfung veranlaßte Jared, seine Hände auf ihre Schultern zu legen und Lacy prüfend anzusehen. »Laß uns zum Haus zurückgehen«, forderte er sie auf. »Was immer auch zu tun sein mag, darum soll sich dein Bruder kümmern.«

Lacy schüttelte den Kopf. »Travis ist fort.«

Auf dem Weg zum Haus berichtete sie Jared, was während seiner Abwesenheit geschehen war. Er hörte ihr aufmerksam zu und bemerkte weder etwas zu Mariettes Eheschließung noch zu Roses Flucht mit Syphron. Auch als Lacy von Travis' unerwarteter Abreise sprach, der Dürre und der Mißernte, schwieg er. Die Hand an ihrem Ellbogen, führte er Lacy über den Rasen und die Stufen ins Haus hinauf, und erst im Salon sagte er endlich etwas.

»Verdammt, Lacy«, rief er entrüstet, »du warst hier ganz allein auf dich gestellt, hast vor einer aussichtslosen Aufgabe gestanden und dich halb krank geschuftet, während dein nichtsnutziger Bruder sich irgendwo dort draußen die Zeit vertreibt? Warum, zum Teufel, hast du mir nicht geschrieben?«

Von ihrem Platz auf dem Sofa aus beobachtete sie Jared, der mit ärgerlichen Schritten vor dem Kamin auf- und abwanderte.

»Ich habe dir geschrieben.«

Er hielt abrupt in seinen Schritten inne. »Wann?«

Sie richtete den Blick auf ihren Schoß. »Gestern.« Als sie wieder aufschaute, maß er sie mit einem anklagenden Blick. »Ich hielt es für besser, dich über den Zustand deiner Ernte aufzuklären«, sagte sie steif.

»Zum Teufel mit meiner Ernte!« Er stemmte die Hände in die Hüften. »Du hättest mir schreiben sollen, daß du Hilfe brauchst.«

Wie oft hatte sie sich gewünscht, ihn an ihrer Seite zu haben, und wenn auch aus keinem anderen Grund, als um sich an ihn anlehnen zu können? Aber sie hatten sich getrennt, weil sie nicht in der Lage gewesen war, ihn zu heiraten, und sie hatte allen Grund gehabt zu der Annahme, daß er sie deswegen haßte.

»Ich habe nicht daran gedacht.«

»Ich wäre schon viel eher zurückgekehrt!«

Wieder senkte sie den Blick, und als sie sprach, klang ein trauriger Ton in ihrer leisen Stimme mit: »Das wußte ich nicht. Ich hätte nicht gedacht, daß ich dich je wiedersehen würde.«

Mit einem Schritt war er bei ihr, packte sie an den Armen und zog sie auf die Beine. »Nun, dann hast du dich geirrt«, murmelte er düster. »Ich bin zurückgekommen, um zu bleiben, für jetzt und alle Zeiten.«

Nicht sicher, ihn richtig verstanden zu haben, schüttelte sie den Kopf. »Was?«

»Glaubst du etwa, ich wäre nur zu einem kurzen Ausflug hierher gekommen?«

»Ich weiß nicht, warum du hergekommen bist.« In Wahrheit hatte sie gar nicht zu genau über die Gründe seines Hierseins nachdenken wollen, sondern sich einfach von der Freude über das Wiedersehen mitreißen lassen.

»Ich liebe dich, Lacy. Ich habe dich immer geliebt. Das müßte dir doch einiges erklären.«

»Aber du bist fortgegangen …«

»Und habe es ständig bereut seitdem.«

Eine winzige Hoffnung keimte in Lacys Herz. »Ich möchte, daß du nie wieder fortgehst, Jared.«

»Das ist gut.« Er nahm sie in die Arme und zog sie fest an seine Brust. »Denn ich will dich heiraten, und diesmal wird mich nichts und niemand davon abhalten.«

»Aber …«

»Kein aber. Falls du es vergessen haben solltest, besitze ich mehrere hundert Hektar dieses Lands. Und wenn ich mir ein Haus auf diesem Land erbauen möchte, kann ich es tun.«

Sie kam so völlig unerwartet, diese Erklärung, daß Lacy einen Moment brauchte, um zu begreifen, was er damit sagte. »Du willst hierher ziehen? Nach Virginia? Auf die Plantage?«

»Allerdings.«

»Aber was soll aus deinem Geschäft werden?«

Jared lächelte. »Mein Bruder Stephen ist bereit, mir meinen

Anteil der Firma abzukaufen. Aber ich werde so viele Schiffe behalten, wie wir für unsere Zwecke hier benötigen.«

»Aber die Reederei war doch immer ein so wichtiger Teil deines Lebens! Wie kannst du das so einfach aufgeben?«

Die Antwort darauf war einfach genug, selbst wenn sie nicht ohne Mühe zu finden gewesen war. Als er an die harte Prüfung zurückdachte, die dieser Sommer ihm auferlegt hatte, seufzte er. »Ich habe jahrelang meine gesamte Energie in die Firma gesteckt, aber ich will es nicht für den Rest meines Lebens tun. Ich spürte es schon seit Monaten, noch bevor dein Bruder sich vergangenes Jahr mit mir in Verbindung setzte. Was mich unter anderem nach Virginia gelockt hat, war die Erfüllung eines Wunsches, den ich schon seit geraumer Zeit hegte.«

Er dachte an die Rastlosigkeit, die ihn in den Süden getrieben hatte. Als er den Pagan River zum erstenmal erblickt hatte, war etwas von dieser Unzufriedenheit verflogen, und das Gefühl der Zufriedenheit hatte sich während des Aufenthalts auf der Plantage noch verstärkt.

Zärtlich ließ er seinen Blick über Lacys Gesicht gleiten, bevor er mit den Fingerknöcheln über ihre Wange strich. »Ich habe gefunden, was ich suchte. Es war mir nur nicht bewußt, bis ich wieder in Connecticut war und merkte, daß es dort nichts mehr gab, was mir gefiel. Und da begriff ich, daß ich dich gesucht hatte. Ich bin an dich gebunden, Lacy, wie du an dieses Land.« Er streifte ihren Mund mit seinen Lippen. »Zu dir zurückkehren war wie eine Heimkehr.«

Nicht einmal in ihren kühnsten Träumen hätte Lacy sich je ausgemalt, daß dies geschehen würde. Sie war so verblüfft, daß ihre Knie nachzugeben drohten und ihr Herz wie wild gegen ihre Rippen hämmerte.

»Sag ja«, drängte Jared und hob sie mühelos auf seine starken Arme. »Sag, daß du mich heiraten wirst.«

Ihr Gesicht glühte vor Glück und Freude, als sie ihre Arme um seinen Nacken schlang und mit strahlendem Lächeln flüsterte: »Ja. Ja, Jared, ja, ja, ich werde dich heiraten.«

20. KAPITEL

Jared küßte Lacy stürmisch. Zu lange hatte er auf diesen Moment gewartet, und sein Körper reagierte mit dem ganzen Verlangen, das sich in Monaten der Frustration in ihm aufgestaut hatte.

Indem er eine Hand um ihren Po legte, zog er sie fest an sich. Ihr weicher, nachgiebiger Körper löste eine unbändige Erregung in ihm aus, und keuchend löste er seinen Mund von ihren Lippen.

»O Gott, wie habe ich dich vermißt!« Als sie die Arme um seinen Nacken schlang und die Finger in sein dichtes schwarzes Haar schob, küßte er sie aufs neue, und mit einem leisen Seufzer überließ sie sich dem Zauber seiner Nähe.

Jared war entzückt über ihre Reaktion, aber sie erinnerte ihn auf schmerzliche Weise an die viel größere Leidenschaft, die sie einst miteinander erfahren hatten. Er war ein Narr gewesen, sich einzubilden, er könne zu Lacy zurückkehren und sie auch nur ansehen, ohne aufs neue die verzehrende Leidenschaft zu ersehnen, die sie zusammen erfahren hatten. Er vertiefte den Kuß, bis Lacy aufstöhnend nach Luft schnappte und mit den Händen seine Schultern umklammerte, als befürchtete sie, jeden Augenblick das Gleichgewicht zu verlieren.

»Jared.« Ihre Stimme war ein heiseres Murmeln, das auf unerträgliche Weise seine Sinne reizte.

Eine stumme Frage lag in seinem Blick, als er sie anschaute, und der Ausdruck in ihren Augen verriet ihm alles, was er wissen mußte.

»Komm.« Er nahm ihre Hand und führte sie aus dem Raum, doch an der Treppe hielt sie inne.

Verlegen strich sie sich über das Haar, das nach dem harten Arbeitstag wirr und zerzaust war. Ihre Finger glitten über ihre Wangen und über ihren Nacken, während sie auf ihr verstaubtes Kleid starrte.

»Ich muß schrecklich aussehen«, flüsterte sie.

Jareds Augen glühten von männlichem Besitzerstolz. »Du bist die schönste Frau, die ich je gekannt habe.«

Seine Worte lösten ein erregendes Prickeln in ihr aus, aber dennoch konnte sie ihre Unsicherheit nicht verbergen. Sie wollte nicht so, wie sie aussah, zu ihm gehen. »Ich bin schmutzig, Jared.«

Er fand ihre Zweifel so bezaubernd, daß er sie wieder in die Arme schloß. »Sag Gaye, daß sie dir ein Bad einlassen soll, und dann werden wir dafür sorgen, daß du wieder sauber wirst.«

Lacys Augen weiteten sich schockiert, aber es bedurfte nur eines Kusses, um sie davon zu überzeugen, daß ein Bad ein großartiger Vorschlag war.

Knapp zehn Minuten später schaute sie Jared über eine Wanne heißen Wassers an, die hastig in ihrem Schlafzimmer aufgestellt worden war. Im stillen segnete Lacy Gaye für ihre Tüchtigkeit, denn sie bezweifelte, daß Jared auch nur eine Sekunde länger im Salon gewartet hätte.

Als er das Lächeln sah, das um ihre Lippen spielte, fragte Jared: »Was findest du so amüsant, mein Liebling?«

»Der Gedanke an deine Ungeduld dort unten, als Gaye das Bad einließ.«

Ein entschlossener Glanz erschien in seinen grauen Augen. »Jetzt bin ich nicht mehr unten.«

Sein Gesichtsausdruck ließ ihr Herz noch schneller klopfen, und als er auf sie zukam, mußte sie sich sehr beherrschen, um nicht den Atem anzuhalten. Er stand vor ihr, groß und unbezähmbar, und strahlte pure männliche Kraft aus. Unwiderstehlich angezogen von dieser Kraft, ging Lacy um die Wanne herum, strich zärtlich mit den Händen über Jareds muskulöse Brust und schmiegte sich in seine Arme.

Die Berührung war so aufreizend, daß er am liebsten auf das Bad und ihre sanften Liebkosungen verzichtet hätte. Aber er rief sich ins Gedächtnis, daß sie noch sehr unerfahren war; dieses eine Mal hatte nichts daran geändert. Unter Aufbietung seiner ganzen Selbstbeherrschung löste er die Knöpfe an ihrem Mieder und sah, wie eine verlegene Röte in ihre Wangen stieg.

In stummer Faszination betrachtete Lacy seine Finger, die Knopf um Knopf lösten. Sekunden später streifte er die Ärmel über die Schultern und die Arme, dann glitt ihr Kleid zu Boden, rasch gefolgt von ihrem Unterrock.

Die Röte auf ihren Wangen vertiefte sich, als er ihr das Korsett und dann das Hemd abstreifte. Aber falls er ihr Erröten sah, schenkte er ihm wenig Beachtung, denn er ergriff ihre Hände und zog sie in einer stummen Aufforderung, die Knöpfe an seinem eigenen Hemd zu lösen, an seine Brust.

Lacy zögerte einen Moment lang. Die Vorstellung, ihn zu entkleiden, war schockierend. Aber sie war auch ungemein verlockend, und so ließ sie sich willig von Jared führen. Langsam öffnete sie Knopf um Knopf, entblößte nach und nach seine braungebrannte Haut und das weiche dunkle Haar darauf, schob den feinen weißen Stoff beiseite und ließ ihre Hände über seine ausgeprägten Muskeln gleiten.

Bei ihrer Berührung rang er hart nach Atem, seine Muskeln spannten sich an, seine Augen schlossen sich.

»Jared?« Ihre leise Frage verriet Verwirrung.

Langsam öffnete er die Augen. »Weißt du eigentlich, was du mir antust?« fragte er heiser.

Nein, das wußte sie nicht, aber sie wollte es herausfinden. Ihre Finger begaben sich wieder auf Forschungsreise und berührten seine Brustwarzen. Sie strich darüber und fühlte, wie sich etwas in ihr zusammenzog, als sie sich unter ihrer Hand versteiften.

Jared stöhnte leise auf. Ihre Berührung brachte ihn an die Grenzen seiner Selbstbeherrschung, und ungeduldig zerrte er an der Kordel, die ihre *pantalettes* zusammenhielt.

Er ließ sich auf die Knie nieder, als er den dünnen Stoff über ihre Hüften und über ihre Schenkel streifte. Das Kleidungsstück entglitt seinen Fingern, und plötzlich trug sie nichts anderes mehr als ihre Strümpfe und die Strumpfbänder.

Der Anblick war mehr, als Jared ertragen konnte. Ihre Brüste über der schmalen Taille waren von verführerischer Üppigkeit, ihr flacher Bauch ging in den sanften Schwung ihrer Hüften über, und zwischen ihren Schenkeln schimmerte weiches, silberblondes Haar. Seit Monaten hatte er sich mit der Erinnerung an ihre makellose Schönheit begnügen müssen. Lacy jetzt vor sich zu haben, wie er es sich so oft erträumt hatte, ging fast über seine Beherrschung.

Mit einem heiseren Aufstöhnen schloß er sie in die Arme und zog sie an sich. Sein Mund schloß sich um eine ihrer zarten Brustspitzen, und seine Zunge strich liebkosend über die rosige Knospe. Seine Hände glitten über ihren Rücken, streichelten ihre Schultern und glitten dann tiefer zu ihrem Po.

Der gleichzeitige Angriff seiner Hände und seiner Lippen entlockte Lacy ein lustvolles Stöhnen. Ein angenehmes Prickeln begann in ihren Brüsten und breitete sich bis in jede Faser ihres Körpers aus. Das Gefühl sammelte sich tief in ihr, verwandelte ihre Knochen in Wachs und ihr Blut in Feuer. Verlangend schlang sie die Arme um Jareds Nacken, um seine Schultern und um seinen Rücken, um ihn noch näher an sich zu ziehen.

Ihre Beine zitterten so stark, daß sie befürchtete, sie würden unter ihr nachgeben. »Jared«, keuchte sie.

Als er den Kopf hob und den Blick auf Lacy richtete, erinnerte er sich plötzlich an das wartende Bad. Mit einer geschmeidigen Bewegung richtete er sich auf und begann seine Stiefel und Kleider auszuziehen. Ohne etwas zu sagen, streifte er Lacys Strümpfe ab, hob sie auf und stieg mit ihr in die Wanne.

Ein verblüffter kleiner Schrei entrang sich ihren Lippen, als sie plötzlich rittlings auf Jareds Schenkeln saß, mitten in einer Wanne heißen Badewassers. Ihre Stellung war so schockierend, daß ihr wieder das Blut in die Wangen strömte.

»Ich könnte mir vorstellen, daß du noch nie so gebadet hast«, scherzte Jared, der sehr gut wußte, daß sie es noch nie getan hatte.

»Natürlich nicht!« rief sie aus. Ihre Stellung war unglaublich intim; ihre Brüste ruhten an seiner muskulösen Brust, die Innenseiten ihrer Schenkel an den Außenseiten seiner, ihre intimste Körperstelle an seiner heißen, harten Männlichkeit. Seine Arme umschlangen sie, eine Hand lag zwischen ihren Schulterblättern, die andere umfaßte ihren Po.

»Ich wußte gar nicht, daß man so baden *kann*«, murmelte sie erschüttert.

Statt einer Antwort griff er nach der parfümierten Seife, die auf einem niedrigen Hocker neben der Wanne lag. Sein Blick versprach, daß er ihre Definition des Wortes »Bad« heute für immer verändern würde. Und Sekunden später, als er ihre Brust einseifte, *wußte* sie es.

Seine Finger glitten träge über ihre nasse Haut, streichelten ihre Brustspitzen, bis sie sich aufrichteten, neckten, liebkosten, kreisten. Lacy rang nach Atem, als ein heißes Pulsieren tief in ihr begann und ihr Körper sich wie von selbst seinen Händen entgegendrängte.

Jared war unermüdlich, seifte sie gründlich ein und massierte die verspannten Muskeln an ihrem Nacken und an ihren Schultern, bevor seine Hände unter das Wasser glitten, um auch den unteren Teil ihres Rückens zu massieren. Dort wurden sie noch beharrlicher, schlossen sich um ihren Po und begannen, auch ihn rhythmisch zu kneten.

Lacy hatte das Gefühl, unter seinen geschickten Händen dahinzuschmelzen. Sie lösten die unglaublichsten Empfindungen in ihr aus, und plötzlich glaubte sie, es nicht mehr auszuhalten, bis er ihr endlich das überwältigende Vergnügen schenkte, das er sie vor Monaten gelehrt hatte.

Sie beugte sich vor und küßte ihn, preßte ihre Lippen so ungestüm auf seine, daß ein fast schmerzhaftes Verlangen ihn durchzuckte. Das rauhe Stöhnen, das in seiner Kehle aufstieg, kam nicht weiter als bis zu seinen Lippen, bevor Lacy ihm den Mund verschloß und sein Stöhnen sich mit ihrem vermischte.

Von seiner Reaktion ermutigt, legte sie beide Hände um sein Gesicht und zeichnete mit der Zungenspitze die Konturen seiner Lippen nach, bevor sie ihre Zunge mit seiner zu einem sinnlichen Tanz vereinte. Es war ein berauschendes Gefühl, fast schwindelerregend schön, das ihr Blut zum Kochen brachte und tief in ihrem Innersten ein heftiges Pulsieren und das fast schmerzhafte Verlangen auslöste, ihn in sich zu spüren. Ohne sich dessen bewußt zu sein, suchte sie diese Vereinigung, und als sie ihre Hüften anhob, umklammerte Jared sie so fest, daß es ihr den Atem raubte.

Mit einem rauhen Fluch, weil ihre hemmungslose Leidenschaft ihn überraschte, begann er die Seife von ihrem Körper abzuspülen, ließ seine Finger wieder über die sanfte Rundung ihrer Brüste gleiten und küßte ihre duftende, nasse Haut.

Ein heißes, unwiderstehliches Verlangen quälte ihn, der verzweifelte Wunsch, sie in Besitz zu nehmen, aber es widerstrebte ihm, die süße Qual so schnell zu beenden. Monate des Wartens kämpften mit dem Wunsch, dieses exquisite Vergnügen so lange wie möglich auszudehnen.

Denn exquisites Vergnügen war es, was er für sie wollte. Für beide. Und so strich er zärtlich über ihren flachen Bauch, ließ seine Hand langsam zu ihren Schenkeln hinuntergleiten und fand die verborgene Stelle, wo ihre süße Qual am größten war.

Lacy glaubte, vor Lust zu sterben, als er mit einem Finger in sie eindrang. Ihr gesamter Körper straffte sich und beugte sich vor auf der Suche nach mehr, nach allem, was er zu geben hatte.

»Jared, bitte«, keuchte sie.

Ihr Flehen war sein Verhängnis. Mit einem unterdrückten Aufstöhnen nahm er sie auf die Arme, stand auf und stieg mit ihr aus der Wanne. Mit drei Schritten war er am Bett, legte sie darauf nieder und drang mit einer ungestümen Bewegung in sie ein.

Lacy stieß einen lustvollen Schrei aus, krümmte den Rücken und bog sich Jared entgegen, als er ihre Leere ausfüllte. Seine kräftigen Stöße versetzten sie in einen Zustand der Ekstase, der sie alles um sich herum vergessen ließ. In drängendem Rhythmus steigerte er ihre Lust, bis Lacy erschauerte und spürte, daß er im selben Augenblick die absolute Erfüllung fand.

Danach war lange Zeit nichts zu hören außer ihrem schweren Atmen. Und dann war es Jareds zufriedener Seufzer, der die Stille brach. Nachdem er sich auf einen Ellbogen aufgerichtet hatte, küßte er Lacy zärtlich auf die Lippen.

Mit einem liebevollen Lächeln schaute sie zu ihm auf. »Ich liebe dich.«

Ein verschmitztes Lächeln erschien um seine Lippen. »Das möchte ich auch hoffen nach dem, was wir gerade getan haben.«

Wieder lächelte sie. »Ich hätte nie gedacht ...« Sie brach verlegen ab, weil sie sich ihrer hemmungslosen Hingabe plötzlich schämte.

»Was?« beharrte er sanft.

»Es war ... zu schön, um es mit Worten zu beschreiben.«

Noch immer auf innigste Weise mit ihr vereint, beugte er sich ein wenig vor, um sie zu küssen. »Und du bist zu wundervoll, um dich mit Worten zu beschreiben.«

Seine leichte Bewegung löste ein lustvolles Prickeln in ihr aus. Er spürte es und senkte den Kopf, um sie erneut zu küssen.

»Wirst du bleiben?« flüsterte sie.

Verwirrt hob er die dunklen Brauen. Er war nicht sicher, wie sie es meinte. »Worauf bezieht sich diese Frage?«

Sie schlang die Arme um seinen Nacken. »Ich möchte, daß du hier im Haus bleibst. Ich will nicht, daß du auf dein Schiff zurückkehrst.«

So zurückhaltend Lacy in einigen Dingen auch war, Jared wußte, daß sie nie leichtfertig eine solche Bitte äußern würde. Sie mußte darüber nachgedacht haben. »Wir wären allein hier. Der Anstand fordert ...«

»Was der Anstand fordert, interessiert mich nicht, wenn es um dich geht, Jared. Ich liebe dich. Ich will nie wieder von dir getrennt sein.«

Auch er wollte das nicht. »Also gut, dann bleibe ich.«

»Und hier?« Mit vielsagendem Lächeln hob sie ihre Hüften.

Seine grauen Augen verdunkelten sich. »Vor allem hier.«

Lacy war nicht sicher, was sie weckte, aber etwas ließ sie abrupt aus ihrem Schlaf aufschrecken. Hellwach und eine Spur nervös, schaute sie sich in dem halbdunklen Zimmer um.

Jared schlief auf dem Bauch, mit ruhigen, tiefen Atemzügen und einen muskulösen Arm um sie geschlungen. In den letzten Lichtstrahlen, die durch das Fenster fielen, wirkte er größer als je zuvor, vor allem im schmalen Rahmen ihres Bettes. Aber nichts ließ darauf schließen, daß er es war, was sie so jäh aus dem Schlaf gerissen hatte.

Wieder schaute sie sich im Zimmer um. An der Uhr auf dem Kaminsims sah sie, daß es fast acht war. Das überraschte sie nicht. Nachdem Jared sie ein zweites Mal geliebt hatte, waren sie in inniger Umarmung eingeschlafen, nur um kurz darauf wieder zu erwachen und sich erneut zu lieben. Und dann noch einmal.

Sie sah die Badewanne voller Wasser und ihre Kleider, die mit Jareds zusammen auf dem Boden lagen. Ihr Schlüsselring lag auf der Kommode. Alles war genauso, wie sie es Stunden zuvor zurückgelassen hatten.

Alles war, wie es sein sollte.

Beruhigt entspannte sie sich wieder in Jareds Arm und richtete ihren Blick auf ihn. Eine leise Röte schlich sich in ihre Wangen, als sie an ihre leidenschaftlichen Umarmungen zurückdachte. Jared Steele war ein kühner, überzeugender Mann. Wenn sie es vorher nicht gewußt hatte, war sie inzwischen davon überzeugt. Sie besaß keine Erfahrungen, nach denen sie sich richten konnte, aber sie vermutete, daß er ein phantastischer Liebhaber war.

Ein sehr weibliches Lächeln erschien um ihre Lippen bei

dem Gedanken, ein ganzes Leben mit einem solchen Mann verbringen zu können.

Vorsichtig, um ihn nicht zu wecken, glitt sie aus dem Bett und zog einen blaßgrauen Morgenrock an. Wenn es acht Uhr war, würde Gaye sich fragen, wo sie blieb, und Besha würde wissen wollen, wann sie das Abendessen servieren sollte.

Nachdem sie den Gürtel ihres Morgenrocks verknotet hatte, ging sie zur Tür, doch Jareds Stimme hielt sie zurück.

»Willst du mich so schnell verlassen?«

Sie drehte sich lächelnd zu ihm um. »Ich wollte dich nicht wecken«, sagte sie und ging zum Bett zurück.

»Das hast du auch nicht.« Er nahm ihre Hand und hielt sie fest. »Wohin wolltest du?«

»Ich muß mich um das Essen kümmern. Ich dachte, du hättest vielleicht Hunger.«

Ein vielsagendes Lächeln spielte um seine Lippen. »Ich hatte schon ein Festmahl heute, aber ja – ich glaube, ich könnte jetzt etwas essen.«

Sie warf ihm einen strengen Blick zu, der jedoch seine Wirkung verlor, als sie lachte. »Du bist unmöglich, Jared.«

Er legte eine Hand um ihren Nacken und zog sie zu sich herab. Seine Lippen dicht an ihren, fragte er: »Soll das eine Klage sein?«

»Nein«, wisperte sie. Die bloße Berührung seiner Hand löste ein wohliges Prickeln in ihrem ganzen Körper aus.

»Gut.« Er zog sie noch näher und küßte sie mit träger Leidenschaft. Als er sie freigab, fiel es Lacy schwer, zu atmen, ganz zu schweigen davon, über das Abendessen nachzudenken.

»Ich ...« Sie schluckte hart. »Ich muß ... mich um das Essen kümmern.«

»Wenn du wartest, bis ich angezogen bin, begleite ich dich. Ich muß eine Nachricht zu meinem Schiff bringen lassen, daß sie mich dort nicht erwarten sollen.« Er schlug die Decken zurück und schwang seine langen Beine über die Bettkante. »Und ich werde meine Sachen hier brauchen.«

Jared begann sich anzuziehen, und sie beobachtete ihn dabei.

»Wäre es dir lieber, wenn ich die Hose wieder auszöge?«

Seine gedehnte Frage veranlaßte sie, aufzuschauen, und sie erkannte, daß er ihr Starren bemerkt hatte. Eine heftige Röte stieg in ihre Wangen.

»Aber ich warne dich«, fuhr er fort. »Wenn ich sie ausziehe, kannst du das Abendessen für eine Weile vergessen.«

»O Gott«, murmelte sie. Sie entdeckte gerade erst die leidenschaftliche Seite ihrer Natur und war gar nicht sicher, was sie davon halten sollte.

Er erhob sich, ging zu Lacy und zog sie in die Arme. »Ich kann sehr entgegenkommend sein.« Eine Hand glitt tiefer und schloß sich um ihren Po, während die andere am Gürtel ihres Morgenrocks hantierte. Jared war gerade dabei, den Morgenrock über ihre Schultern zu streifen, als die Schlafzimmertür aufflog.

Lacy schnappte entsetzt nach Luft, obwohl Jareds Arme sich schon beschützend um sie schlossen. Gemeinsam schauten sie zur Tür. Und erblickten Travis.

Entsetzt starrte Lacy ihren Bruder an, der mit wutverzerrtem Gesicht die Hände in die Hüften stemmte, und sie wußte nicht, ob sie schockiert oder empört über sein plötzliches Erscheinen sein sollte. Seine Worte machten es ihr jedoch leichter, ihre Gefühle zu bestimmen.

Während er einen anklagenden Finger auf Jared richtete, fluchte Travis derb. »Du Bastard! Ich müßte dich auf der Stelle umbringen!«

»Nein, Travis!« schrie Lacy.

Jared blieb unbewegt, ließ sich nicht einmal anmerken, daß er Travis' Worte gehört hatte. Nur seine Augen verengten sich ein wenig, als er seinen zukünftigen Schwager einen spannungsgeladenen Moment lang anstarrte. Erst als er offenbar genug gesehen hatte, rührte er sich wieder.

Mit ruhigen, gelassenen Bewegungen richtete er Lacys Morgenrock und verknotete den Gürtel. Dann, mit der gleichen Gelassenheit, wandte er sich zu Travis um und sah ihn an.

»Eigentlich geht es dich nichts an, Travis. Aber da ich respektiere, daß du dich um deine Schwester sorgst, werde ich dir dazu folgendes sagen: Lacy hat versprochen, mich zu heiraten.«

Travis schaute Lacy fragend an, und Zorn und Fassungslosigkeit in seinem Blick verblaßten. Schließlich holte er einmal tief Luft und schüttelte dann den Kopf in einer eigenartigen Mischung aus Abscheu vor sich selbst und selbstgerechter Zufriedenheit.

Sehr widersprüchliche Gefühle beherrschten Lacy. Einerseits konnte sie verstehen, daß ihr Bruder das Bedürfnis hatte, sich zu ihrem Beschützer aufzuspielen, doch andererseits begriff sie auch, wie lächerlich er sich in diesem Augenblick vorkommen mußte.

Sie betrachtete ihn forschend. Er sah müde aus. Das war etwas, was ihr vertraut war. »Ich wußte nicht, wann ich dich zurückerwarten sollte.«

Travis dachte, daß das nur zu offensichtlich war, aber unter Jareds unnachgiebigem Blick behielt er seinen Kommentar für sich. »Es war an der Zeit für mich, heimzukehren.«

Niemand stimmte laut zu, aber alle dachten es. »Ich wollte gerade nach dem Essen sehen«, sagte Lacy. »Möchtest du uns dabei Gesellschaft leisten?«

Travis preßte die Lippen zusammen. Es war beinahe absurd, an seinen eigenen Tisch eingeladen zu werden. In Anbetracht seiner langen Abwesenheit jedoch und unter den gegebenen Umständen war es vielleicht doch nicht ganz so unberechtigt.

»Einverstanden«, knurrte er, um dann, ohne Lacy oder Jared noch einen weiteren Blick zu gönnen, hinauszustürmen.

Lacy ließ die Schultern hängen, was Jared nicht entging.

Indem er ihr Kinn zwischen Daumen und Zeigefinger nahm, zwang er sie, ihn anzusehen. »Alles in Ordnung, Lacy?«

»Ich glaube schon. Es ist eigenartig, ihn wieder hierzuhaben. Wir haben uns nicht sehr freundschaftlich getrennt.«

»Er hätte niemals gehen dürfen.«

Sie runzelte besorgt die Stirn. »Bitte, richte ihn nicht zu hart, Jared. Er ist wieder da. Das ist immerhin etwas.«

Jared, dem gar nicht gefiel, was er in ihren Zügen las, biß die Zähne zusammen. Aber er würde sich hüten, die Spannung zu vergrößern, die Lacy quälte, und zog sie statt dessen in die Arme, um ihr die Liebe und Unterstützung zu geben, die sie schon so lange brauchte.

21. KAPITEL

Rose hatte Angst. Sie versuchte, sich einzureden, daß es nicht so war, aber tief in ihrem Innersten fürchtete sie sich zu Tode.

Travis war in der Nacht zuvor zurückgekehrt, und trotz Miss Lacys Beteuerungen, daß er ihr nichts antun würde, war Rose nicht überzeugt davon. Jede Minute rechnete sie damit, daß er in ihre Hütte stürmen und Gott weiß was geschehen würde.

Sie starrte auf ihre Hände und sah ihre Finger zittern. Sofort verschränkte sie die Hände, und das Spinnrad hörte auf, sich zu drehen. Es fiel ihr schwer genug, dünne, gleichmäßige Fäden zu spinnen. Dieses unablässige Zittern erschwerte ihr die Aufgabe außerordentlich. Taloila würde nicht begeistert sein.

Roses Blick glitt zu der alten Frau am Webstuhl, und dann richtete sie ihn wieder auf die Tür. Sie wünschte, er möge endlich kommen, damit das Warten aufhörte. Zumindest würde sie dann nicht mehr herumsitzen und sich quälen müssen.

Nicht zu wissen, was geschehen würde, verursachte ihr Magenkrämpfe.

»Konzentrier dich auf deine Arbeit, Mädchen«, befahl Taloila, ohne sich zu ihr umzusehen.

Rose stieß einen tiefempfundenen Seufzer aus. »Das versuch' ich ja.«

»Es ist noch früh. Er hat bestimmt noch nicht gefrühstückt. Er wird kommen, wenn er kommt.«

Früher einmal hätte Rose vielleicht getan, als verstünde sie nicht, was Taloila meinte. Aber zuviel war geschehen, und Rose war viel zu nervös, um Spielchen mit ihr zu treiben.

»Das ist es, was mir Sorgen macht.«

»Sich zu Tode zu sorgen, ändert nichts an dem, was geschehen wird. Was geschehen wird, wird geschehen. Das Beste ist, an etwas anderes zu denken.«

Ein guter Rat, zweifellos, aber Rose fand ihn überhaupt nicht hilfreich. Seit sie erfahren hatte, daß Travis Syphron nicht erschossen hatte, beschäftigte sie nichts anderes mehr als die Frage, warum Travis sie zurückgebracht hatte.

Warum? Es ergab überhaupt keinen Sinn. Sie glaubte nicht, daß sie ihm viel bedeutete. Es gab genug andere Mädchen auf der Plantage, die er sich als seine Huren halten konnte. Daß sie also etwas Besonderes für ihn darstellte, war keine vernünftige Erklärung.

Natürlich durfte sie auch nicht außer acht lassen, daß sie sein Eigentum war, schlicht und einfach. Aber das war Syphron schließlich auch gewesen, und Syphron hatte er freigelassen. Wenn Travis so viel daran gelegen hätte, seinen Besitz zu behalten, dann hätte er auch Syphron auf die Plantage zurückgebracht.

Aber irgend etwas mußte Travis dazu getrieben haben, sie aufzuspüren. Sie wünschte nur, sie wüßte, was es war. Genauso, wie sie gern gewußt hätte, warum er Syphron nicht getötet hatte.

Das erforderte eine Menge Nachdenken. Und ganz gleich, wie angestrengt sie auch überlegte, sie verstand es nicht. Dennoch verschaffte ihr das Wissen, daß er Syphron nicht getötet hatte, eine gewisse Erleichterung. Es tat gut, zu wissen, daß trotz seines egoistischen Charakters noch etwas Gutes in diesem Mann steckte.

Das beständige Klirren der Webstuhlketten verstummte, und als Rose aufschaute, sah sie, daß Taloila zur Tür hinüberstarrte. Und dann, einen schrecklichen Moment später, entdeckte Rose Travis in der Tür.

Das Herz stieg ihr in die Kehle, jeder Muskel ihres Körpers verspannte sich. Obwohl sie am liebsten aufgesprungen wäre, um zu fliehen, wußte sie, daß ihr nichts anderes übrigblieb, als die Sache auszustehen.

Travis hob eine Hand in Richtung Taloila. »Geh und ruh dich für eine Weile aus, Taloila.«

Die alte Weberin glitt von ihrer Bank und tat, wie ihr geheißen wurde. Ohne einen einzigen Blick auf Rose nickte sie und ging hinaus.

In dem absoluten Schweigen, das darauf folgte, schloß Travis die Tür und lehnte sich an das Holz. Aber im Gegensatz zu der Weberin, die ganz bewußt vermieden hatte, Rose anzusehen, konnte er den Blick nicht von ihr abwenden.

In Gedanken verfluchte er sich für seine Schwäche und hätte vielleicht sogar laut gelacht über seine eigene Dummheit, wenn er in humorvollerer Stimmung gewesen wäre. Aber das war er nicht. Er war müde bis in die Knochen und alles andere als belustigt.

Ein Seufzer stieg in seiner Kehle auf, als er über die letzten Wochen nachdachte. Er hatte versucht, Rose aus seinen Gedanken zu verbannen, sich von dem Zauber zu befreien, den sie auf ihn ausübte, aber alles ohne Erfolg. Seine Tage waren nichts als ein verschwommener Bourbonnebel gewesen, der für eine Zeitlang seinen Zorn verwässerte. Und die Nächte, in denen er von einer Hure auf die nächste stieg, hatten ihn nur in dem Wunsch bestärkt, wieder zu sich selbst zu finden. Es war ihm nicht gelungen, der Liebe zu entfliehen, die er für Rose verspürte. Weder in Charleston noch in Norfolk.

Und jetzt stand er hier und begehrte sie mehr als je zuvor irgend etwas anderes in seinem Leben.

Prüfend betrachtete er ihr Gesicht, auf der Suche nach Anzeichen dafür, ob sich während seiner Abwesenheit etwas verändert hatte. »Hast du vernünftig gegessen?« Eine idiotische Frage, aber sie sah wirklich viel dünner aus. Und verdammt – er wußte auch nicht, was er ihr sonst hätte sagen sollen.

Rose schluckte, ein mißtrauischer Ausdruck erschien in ihren Augen. »Ja.«

Ganz unvermittelt löste er sich von der Tür, und Rose sprang auf. Angesichts ihrer plötzlichen Bewegung biß er die Zähne zusammen.

»Ich habe nicht vor, dir weh zu tun«, stieß er hervor.

Aber sie war sich dessen nicht so sicher, schon gar nicht, als seine Augen sich verdüsterten. Obwohl das Spinnrad ihr nicht den geringsten Schutz bot, trat sie rasch dahinter.

»Ich sagte doch, daß ich dir nicht weh tun werde«, wiederholte er erbost, »also hör auf, dich hinter diesem verdammten Ding da zu verstecken!« Ebenso wütend auf sie wie auf sich selbst, fuhr Travis sich mit der Hand durchs Haar und murmelte: »Wenn ich dich schlagen wollte, hätte ich es längst getan.«

Er schlenderte zu einem der Fenster und schaute hinaus, aber eigentlich mehr, um sich abzulenken, als aus echtem Interesse für das Land. Die verdorrte Ernte erregte höchstens ein, zwei Sekunden lang seine Aufmerksamkeit, bevor er sich wieder zu Rose umwandte.

Wieder breitete sich Schweigen zwischen ihnen aus, und er haßte das Mißtrauen, das er in ihren Augen sah. Er wollte die Rose von vor einem Jahr, die Rose, die zu ihm aufgeschaut hatte, als ob er ihre ganze Welt ausmachte. Die Frau, die jetzt vor ihm stand, war die Frau, die vor ihm geflohen war. Vor ihm und der einzigen Position, die die Gesellschaft ihr in seinem Leben gestattete.

Wider seinen eigenen Willen ging er zu ihr hinüber. Sein

Gesicht war angespannt, als er ihre Wange berührte, dort, wo er sie in seinem Zorn so rücksichtslos geschlagen hatte. Die glatte Haut unter seinen Fingerspitzen wies keine Spur von Verletzungen auf.

»Ich hätte dich nicht schlagen sollen«, sagte er rauh.

Rose hielt den Atem an, und ihre Verwirrung war so offensichtlich wie ihre Überraschung. Traurig lächelte er. »Ich werde dich nicht mehr belästigen, Rose«, fuhr er fort und streichelte unablässig ihre Wange. Seine ruhige Hand verriet nichts von seinem inneren Aufruhr. Doch dann, ganz unvermittelt, wandte er sich ab und ging zur Tür.

Mit jedem Schritt, den er tat, wuchs Roses Verwirrung. Er würde sie nicht strafen, und es sah ganz so aus, als ob er sie auch nicht mehr zwingen würde, sein Bett zu teilen.

»Travis?«

Die Hand schon an der Tür, drehte er sich zu ihr um.

»Ich verstehe nicht.« Ihre Stimme war so leise, daß sie kaum vernehmbar war. »Warum hast du mich auf die Plantage zurückgebracht?«

Travis hätte ihr alle möglichen Erklärungen dazu geben können. Er hätte ihr das Gesetz der Sklavenhaltung zitieren oder ganz einfach ohne ein weiteres Wort hinausgehen können. Aber irgendwie war er nicht grausam genug dafür und wahrscheinlich wollte er ihr schlicht und einfach die Wahrheit sagen, aus welchem Grund auch immer.

»Ich habe dich hierher zurückgebracht, weil ich dich nicht gehenlassen konnte.«

»Aber du hast Syphron gehenlassen.«

Er runzelte leicht die blonden Brauen. »Ich sehe, daß meine Schwester mit dir gesprochen hat.«

»Sie hat mir gesagt, daß du ihn nicht getötet hast.«

»Nein.« Er senkte den Blick. »Ich habe ihn nicht getötet.«

»Du hast ihm seine Freiheit geschenkt.« *Aber mir nicht.* Die unausgesprochene Anklage hin im Raum.

Travis schaute auf, und für einen unbewachten Moment lang malten sich all seine Empfindungen auf seinem Gesicht ab. Aber genauso schnell beherrschte er sich wieder. »Ich konnte dich nicht gehen lassen, Rose. Gott weiß, daß es besser gewesen wäre, wenn ich es getan hätte – aber ich konnte es nicht, weil ich dich liebe.«

»Du liebst ...« Rose stockte der Atem, ihre Hände flogen an ihre Brust.

»Ja, obwohl das weder dir noch mir etwas nützen wird«, sagte er und begehrte sie mit einem fast verzweifelten Verlangen. Aber er wollte sie nicht zwingen. Sie hatte etwas Besseres verdient.

Die Stimme seines Gewissens wandte ein, daß es durchaus in seiner Macht stand, ihr zu geben, was sie verdiente – ein Leben fern der Plantage, fern von Virginia. Ihre Freiheit. Aber der Gedanke an ein Leben ohne Rose erfüllte ihn mit einer Kälte, die bis in seine Seele drang.

Voller Ekel vor sich selbst verließ er die Weberei, unwillig, sich mit der Situation abzufinden. Mit der Zeit würde er vielleicht die Kraft aufbringen, das Richtige zu tun, doch bis dahin mußte er mit dem Wissen leben, daß er ein schwacher Mann war.

Die Felder schienen dieses Gefühl zu bestätigen. Wäre es möglich gewesen, hätte er ihnen nicht einmal einen Blick geschenkt, aber die verdorrten Hektar erstreckten sich überall um ihn herum und vermittelten ihm ein Gefühl der Machtlosigkeit. Wenn er es nüchtern betrachtete, wußte er, daß seine Anwesenheit auf der Plantage nichts am Zustand des Landes geändert hätte. Nur das Wetter konnte das. Und dennoch fühlte er sich schuldig und frustriert, vor allem angesichts des unverändert blauen Himmels.

Er schaute auf. Kein Wölkchen war zu sehen, aber ein starker Wind wehte von Osten her. Der Fluß würde ansteigen und die Ufer überfluten ...

Nachdenklich starrte er über die Erdnußfelder zu der Struktur aus Stein und Holz hinüber. Der Damm hatte immer Sicherheit bedeutet für die Felder. In diesem Jahr gab es jedoch nicht allzuviel zu schützen vor dem salzigen Flußwasser, und in gewisser Weise war er froh darüber. Er brachte nicht die Energie auf, sich um das Land zu sorgen. Vielleicht würde er in der nächsten Saison genug innere Kraft zurückgewinnen, um sich wieder um die Plantage zu bemühen. Gott, zumindest hoffte er das.

Ohne ein bestimmtes Ziel im Sinn kehrte er zum Haus zurück. Und zu Lacy. Ungläubiges Erstaunen erfaßte ihn bei dem Gedanken an seine Schwester. Sie mit Jared zu ertappen, war ein Schock gewesen, doch im nachhinein fand er die Idee, daß sie ihn heiraten würde, gar nicht mal so schlecht. Es wäre ihm äußerst unangenehm gewesen, Jared die Pistole an den Kopf setzen zu müssen, um ihn zur Heirat mit Lacy zu zwingen, aber er hätte es getan, um die Ehre seiner Schwester zu gewährleisten. Zum erstenmal seit seiner Ankunft spielte ein Lächeln um seine Lippen. Der Gedanke, daß Lacy Jared heiraten und beide hier leben würden, gefiel ihm. Er wunderte sich, daß Jared sein Geschäft aufgab, wußte jedoch auch, daß es nicht zu umgehen war, falls sein zukünftiger Schwager sein Land bearbeiten wollte.

Als Travis den Dienstboteneingang erreichte, folgte er den Stimmen, die aus dem Eßzimmer erklangen. Lacy und Jared saßen bereits Seite an Seite an dem großen Tisch, und Travis nahm ihnen gegenüber Platz. Die nächste halbe Stunde verbrachten alle drei bei einem gemütlichen Frühstück, das jedoch leider von Mariettes Ankunft unterbrochen wurde.

In einer Wolke weißen Musselins und hellblauer Samtrüschen schwebte sie in den Raum. Der unerwartete Anblick nicht nur ihres Bruders, sondern auch Jareds, schien sie einen Moment lang zu verunsichern, doch sie erholte sich rasch von ihrer Überraschung und rief sich den eigentlichen Zweck ihres Besuchs in Erinnerung. Sie hatte mit Lacy allein sprechen wollen, aber vielleicht war es so am besten.

»Nun, das ist aber eine stattliche Gesellschaft«, bemerkte sie, als sie an den Tisch trat. Ihr Blick richtete sich auf Jared, dann auf Travis. »Der verlorene Sohn ist also endlich heimgekehrt.«

Travis warf ihr einen vernichtenden Blick zu, aber seine Stimme klang neutral. »Wie ich sehe, hat die Ehe deinen Charakter nicht gebessert, Schwesterherz.«

»Ungefähr genauso sehr wie dein kleiner Ausflug deinen.«

Um Auseinandersetzungen zu vermeiden, warf Lacy ein: »Möchtest du mit uns frühstücken, Mariette?«

Die ältere Schwester setzte sich auf einen Stuhl neben Travis und ordnete mit übertriebener Sorgfalt ihr neues Kleid und ihre Krinoline. »Nein, ich habe bereits zu Hause gefrühstückt. Im Bett natürlich«, fügte sie mit einem selbstzufriedenen Lächeln hinzu. »Du solltest es auch einmal ausprobieren, Lacy. Ich kann dir versichern, daß es der reinste Luxus ist.«

Travis gab sich keine Mühe, ein verächtliches Schnauben zu unterdrücken. »Die Ehe scheint auch dein Gedächtnis beeinträchtigt zu haben, Mariette.«

»Tatsächlich? Ach ja, Travis, das mag schon sein. Mein Leben ist so extravagant in letzter Zeit, daß ich schlicht vergesse, wie es hier zugeht.« Als befände sich die Ernte in Bellehaven in besserem Zustand als auf der *Watch*, bemerkte sie mit erhobenen Augenbrauen: »Und nach dem zu schließen, was ich auf den Feldern sehen konnte, läßt die Situation hier sehr zu wünschen übrig.«

Travis biß die Zähne zusammen, aber Lacy mischte sich aufs neue ein, um Frieden zu bewahren. »Wie geht es dir, Mariette? Wir haben dich seit deiner Hochzeit nicht gesehen.«

»Kein Wunder. Du hast hier geschuftet wie eine Sklavin, während Travis Gott weiß wo war. Und Ihr –« wandte sie sich an Jared – »seid schon lange vor meiner Hochzeit nach Connecticut zurückgefahren.« Ein selbstgefälliges Lächeln erschien um ihre Mundwinkel. »Ihr habt Euch ein grandioses Ereignis entgehen lassen.«

Jared nickte knapp. »Ich bedaure, daß meine Abreise zu solch unpassender Zeit erfolgte.«

»Nun ja, die Geschäfte beeinträchtigen eben manchmal das Vergnügen.« Aus schmalen Augen betrachtete sie ihn prüfend. »Ich hätte nicht damit gerechnet, Euch noch einmal wiederzusehen. Was bringt Euch zurück in unseren schönen Staat?«

»Lacy.« Er schaute Mariette in die Augen. »Und Heiratspläne.«

»*Heiratspläne*?« rief sie betroffen aus, bevor sie ihre Reaktion beherrschen konnte.

Ein Grinsen erschien um Jareds gutgeschnittenen Mund. »Genau. Lacy hat zugestimmt, meine Frau zu werden.«

Mariettes Überraschung verwandelte sich innerhalb von Sekunden in Empörung, und es kostete sie fast übermenschliche Überwindung, sich ihren Zorn nicht anmerken zu lassen. *Das* hatte sie nun wirklich nicht erwartet. Sie hatte sich darauf verlassen, daß Lacy müde, schwach und verwundbar sein würde. Es war schlimm genug, daß Travis heimgekehrt war und Lacy unterstützen würde – aber daß sie nun auch noch mit Jareds Beistand rechnen konnte, war eine ausgesprochen unangenehme Überraschung für Mariette.

»So, so. Und wann habt ihr das entschieden?«

Jared und Lacy wechselten einen liebevollen Blick.

»Gestern«, antwortete Jared.

»Und nach der Hochzeit werdet ihr gemeinsam nach Connecticut zurückkehren, vermute ich.«

Lacy schüttelte den Kopf. »Nein, wir werden hier auf der *Watch* leben, bis unser eigenes Haus gebaut ist.«

Mariette, die sehr im Dunkeln tappte und dieses Gefühl überhaupt nicht schätzte, fragte ärgerlich: »Welches Haus?«

»Jared wird auf dem Land bauen, das er im Juni von uns erworben hat. Dort werden wir leben.«

Mariette straffte ihre Schultern. »Aber was wird aus Eurem Geschäft in Connecticut?«

Jared lehnte sich entspannt zurück. »Ich habe es verkauft.«

»Ihr habt …?« Mariette brachte vor Fassungslosigkeit kein weiteres Wort heraus.

In ungläubigem Entsetzen starrte sie zuerst Lacy und dann Jared an. Sie hatte eine ziemlich genaue Vorstellung davon, was Jareds Schiffahrtsgesellschaft wert sein mußte. Sie zu verkaufen, mußte ihm eine riesige, nein, *astronomische* Summe Bargeld eingebracht haben!

Sie spürte, wie das Blut aus ihren Wangen wich. Jared war reicher, als sie sich in ihren kühnsten Träumen ausgemalt hatte, er verfügte über ein Vermögen, das Carter nie erlangen würde. Und er würde Lacy heiraten. *Lacy!* … Diese unscheinbare, selbstgerechte Märtyrerin!

Unter Aufbietung ihrer ganzen Willenskraft gelang es ihr, ein Lächeln aufzusetzen. »Dann darf man euch wohl gratulieren«, sagte sie, aber es war für jeden offensichtlich, daß sie alles andere als erfreut über die Neuigkeiten war.

Lacy, der die Reaktion ihrer Schwester Unbehagen einflößte, hielt es für angebracht, das Thema zu wechseln. »Was bringt dich her, Mariette?«

Mariette bedachte sie mit einem kalten Blick. »Etwas Geschäftliches«, erwiderte sie knapp.

»Seit wann interessierst du dich für Geschäftliches?« fragte Travis.

»Seit die Dürre die *Watch* in Staub verwandelt hat.«

»Was, zum Teufel, redest du da?«

Eine tödliche Entschlossenheit verhärtete ihre Züge. »Ich rede vom Verkauf der Plantage.«

»Was?« rief Travis aus.

»Nein!« protestierte Lacy im selben Augenblick entschieden.

Mariette hob trotzig das Kinn. »Ihr solltet beide vernünftig sein in dieser Angelegenheit.«

»Ich werde mir nichts anhören, was in irgendeiner Weise mit dem Verkauf von *Swan's Watch* zu tun hat«, erklärte Lacy und schüttelte dann den Kopf. »Du hast schon immer verrückte Ideen gehabt, Mariette, aber diese hier ist einfach lächerlich, sogar für dich.«

»Nicht lächerlicher, als an einem Stück wertlosen Besitzes festzuhalten!«

Das veranlaßte Lacy aufzuspringen. »Die Plantage ist alles andere als wertlos!«

»Hast du in letzter Zeit mal aus dem Fenster geschaut?« erkundigte Mariette sich spitz.

»Die Ernte ist in diesem Jahr nicht besonders ...«

»Es wird keine Ernte *geben* in diesem Jahr.«

»Deshalb ist die *Watch* noch lange nicht ohne Wert!«

»Selbstverständlich ist sie das. Wie wollt ihr nächstes Jahr überleben, ohne den Gewinn aus der diesjährigen Ernte?«

»Wir werden es schon schaffen.«

»Und was ist mit den Steuern?«

»Wir werden es schaffen«, wiederholte Lacy stur.

»Wie? Ihr braucht Geld, Lacy, und von der Plantage werdet ihr es nicht erhalten, nicht ohne eine gute Ernte dieses Jahr. Das Saatgut werdet ihr natürlich kaufen können, aber wie wollt ihr die laufenden Kosten im nächsten Jahr bestreiten?«

Lacy konnte es nicht fassen, daß ihre Schwester vom Verkauf der Plantage sprach. *Swan's Watch* hatte auch früher schon schlechte Zeiten überstanden, aber niemand hatte jemals an Verkauf gedacht.

In ihrer Frustration wandte sie sich hilfesuchend an ihren Bruder. »Travis, mach ihr bitte klar, daß dies unser Zuhause ist. Und daß wir *nicht* verkaufen werden.«

Travis schaute von einer Schwester zur anderen und fühlte sich mit dem Rücken an die Wand gedrängt. Er selbst hegte zu viele Zweifel an seinen Fähigkeiten, die Plantage führen zu können, um Mariettes Vorschlag vollkommen außer acht zu lassen.

Dennoch fragte er: »Was hat dies alles zu bedeuten, Mariette? Wieso interessiert dich plötzlich, was aus *Swan's Watch* wird?«

Mit einer gezierten Geste strich sie ihren Rock glatt. »Weil ein Teil der Plantage mir gehört und ich keinen Grund sehe, weiterhin gutes Geld in ein verlorenes Geschäft zu stecken.«

»Eine schlechte Saison macht noch kein verlorenes Geschäft aus!«

»Und ob – wenn das Geld so knapp ist wie hier bei uns! Im

übrigen habt ihr keinerlei Garantien dafür, daß das nächste Jahr nicht noch schlechter werden wird.«

»Nein, aber es besteht die gleiche Chance, daß es besser werden wird.« Zumindest hoffte er das. Er glaubte nicht, noch eine zweite schlechte Saison ertragen zu können. Und ganz offengestanden hatte er auch gar keine Lust dazu.

»Aber ich bin nicht bereit, dieses Risiko einzugehen. Ich will, daß wir jetzt verkaufen, solange wir noch einen guten Preis dafür erzielen können.«

Empört spreizte Lacy ihre Hände. »Das sieht dir ähnlich, dir solche Pläne auszuhecken, während du in Bellehaven in trägem Luxus schwelgst. Aber ich sage dir, darauf kannst du warten bis in alle Ewigkeit! Ich werde nie einem Verkauf der Plantage zustimmen.«

»Aber das Geld ...«

»Wird hier niemals ein Problem sein«, unterbrach Jared ruhig.

Alle Augen richteten sich auf ihn. In der Aufregung des Moments hatten Travis und Mariette seine Anwesenheit vergessen.

Aber Lacy nicht. »Was willst du damit sagen?« fragte sie.

Er warf ihr einen nachsichtigen Blick zu. »Was du gehört hast. Solange mir ein Teil der *Watch* gehört, wird es ihr an nichts fehlen. Das gilt für die gesamte Plantage, nicht nur für mein eigenes Land.«

Lacy hatte noch keine Zeit gehabt, über die Frage nachzudenken, in welchem Ausmaß Jared sich an *Swan's Watch* binden würde. Nun hatte sie ihre Antwort, und ihr Herz setzte einen Schlag aus vor lauter Glück. »Danke, Jared«, flüsterte sie.

»Du brauchst mir nicht zu danken, Liebling. Ich habe dir gestern nacht gesagt, wie ich zu der Plantage stehe.« Lacy und *Swan's Watch* waren untrennbar verbunden, und er liebte beide. Langsam wandte er sich zu Mariette um und bedachte sie mit einem kühlen Blick. »Wir werden nicht verkaufen.«

Mariette biß die Zähne zusammen und holte tief Atem. Sie

war eindeutig überstimmt. Als sie sich erhob, straffte sie die Schultern und zog verächtlich eine Braue hoch.

»Zum Teufel mit euch!« zischte sie und stolzierte aus dem Zimmer und aus dem Haus. Ihren wartenden Kutscher draußen fuhr sie an, sie auf schnellstem Wege heimzufahren. Sekunden später setzte das altmodische Gefährt sich in Bewegung und trug sie holpernd und schwankend nach Bellehaven zurück.

Mariette starrte stur geradeaus, ein beinahe fieberhaftes Leuchten in den Augen. Ein einziger Gedanke füllte ihr Bewußtsein aus. *Also gut, dann sollte es so sein.* Ihr schrilles Gelächter hallte durch die Kutsche. Wenn sie einen Kampf wünschten, dann würden sie ihn bekommen. O ja, es wurde allmählich Zeit, daß sie bezahlten. *Alle.*

22.
KAPITEL

»Wo ist mein Mann?« fragte Mariette Naomie in einem Ton, der verriet, wie ungemein erregt sie war.

»Er ist unten, Mrs. James.« Die Haushälterin war damit beschäftigt, Mariettes Bettdecke zurückzuschlagen. »Er spielt mit den anderen Herren Karten.«

»Natürlich um Geld, wie immer«, murmelte Mariette.

»Was habt Ihr gesagt, Mrs. James?«

»Nichts, Naomie.« Mariette trat vor den Spiegel und betrachtete sich nachdenklich. Es war ihr ausnahmsweise einmal recht, daß Carter mit seinen Karten, seinem Billard und mochte der Himmel wissen, womit sonst noch, beschäftigt war. Heute nacht kam es ihren Plänen sehr gelegen.

Mit herrischer Miene wandte sie sich an Naomie. »Laß das jetzt!«

Naomie hielt inne, die Decke in der Hand. »Aber ich bereite Euch doch immer das Bett vor, Mrs. James.«

»Ich werde es selbst tun!«

»Wie Ihr wünscht«, murmelte Naomie, um dann mit einem leichten Stirnrunzeln hinzuzufügen: »Habt Ihr wieder Eure Kopfschmerzen, Mrs. James?«

»Nein.«

»Ich kann Euch ein Pulver anrühren, falls Ihr Euch nicht wohl fühlt.«

Mariettes blaue Augen verdunkelten sich vor Ärger. »Ich sagte, nein! Und jetzt verschwinde und laß mich in Ruhe.«

Mit großen Augen eilte Naomie zur Tür.

»Und ich will nicht gestört werden«, rief Mariette ihr nach.

Die Haushälterin nickte stumm.

Kaum hatte sich die Tür hinter ihr geschlossen, lief Mariette zum Schrank und wühlte zwischen ihren Kleidern, bis sie gefunden hatte, was sie suchte: ein altes Kleid aus dunkelblauem Musselin, das sie schon seit Wochen weggeben wollte. Nun war sie froh, das alte Ding noch zu haben, zumindest für heute abend. Morgen würde sie es mit Vergnügen zu Fetzen zerreißen.

Rasch zog sie das Kleid über einen einzigen Unterrock. Wenn es ihr gelungen wäre, ihr Mieder ohne Korsett zu schließen, hätte sie auch darauf verzichtet, um beweglicher zu sein. Doch so, wie es war, würde sie ihre Aufgabe so eng-geschnürt wie eh und je erledigen müssen.

So leise wie möglich schlich sie aus dem Zimmer und nahm die Dienstbotentreppe statt der großen Freitreppe, die in die Halle hinabführte. Aus Angst, gehört zu werden, biß sie sich auf die Lippen, aber es gelang ihr, das Haus ungesehen zu verlassen.

Es war bereits seit einer Stunde dunkel, aber zur Vorsicht hielt sie sich im Schatten der Gebäude, als sie zum Stall hinübereilte. Der Wind, der den ganzen Tag über geweht hatte, war von Stunde zu Stunde heftiger geworden und blies nun so stark, daß er die Röcke um ihre Beine bauschte.

»Verdammter Wind«, flüsterte sie vor sich hin. Ein weiteres Hindernis, das sie bei ihrem Vorhaben zu überwinden haben würde. Zur *Watch* hinauszureiten würde auch ohne den Wind schon anstrengend genug sein.

Wie sie schon erwartet hatte, war der Stall leer. Die Sklaven saßen um diese Zeit bei ihrem Abendessen, was ihr Gelegenheit verschaffte, unbeobachtet zu erledigen, was sie hier zu tun hatte. Natürlich wäre es ihr lieber gewesen, wenn jemand ein Pferd für sie gesattelt hätte, aber sie vertraute niemandem genug, um seine Hilfe zu erbitten. Nein, heute würde sie ausnahmsweise einmal alles selbst erledigen müssen.

Als sie das Pferd gesattelt hatte und einen Jutesack mit allem, was sie benötigte, gefüllt hatte, bedeckte ein dünner Schweißfilm ihre Stirn und Oberlippe. Es kostete sie Mühe, nicht zu fluchen, aber sie zwang sich, Geduld zu üben. Zuviel stand auf dem Spiel, um sich jetzt von ihrem Unmut überwältigen zu lassen.

Das Pferd aus dem Stall zu führen, erwies sich als ziemlich einfach. Mit ihm im Schatten zu verbleiben, war schon etwas schwieriger. Zweimal, als sie auf den Wald zuging, sah sie sich gezwungen, den Atem anzuhalten und zu hoffen, daß kein vorbeigehender Sklave die Sträucher und Bäume zu genau betrachtet. Erst als sie den Schutz des Waldes erreichte, stieg sie in den Damensattel und ritt nach Swan's Watch.

Ein überwältigendes Triumphgefühl beherrschte sie und brachte ihr Blut in Wallung. Nie wieder, sagte sie sich. Nie wieder würde sie ihrem Mann hilflos ausgeliefert sein und gezwungen sein, seiner Lust zu dienen wie eine billige Hure. Nie wieder würde sie ihren Körper für Samt und Spitzen verschachern müssen.

Nie wieder würden ihre Wünsche unbeachtet bleiben. Nie wieder würde jemand wagen, sie zu ignorieren, und das galt vor allem für Lacy und ihren Bruder. Und natürlich auch für Jared.

Zum Teufel mit ihm! Wenn er nicht erschienen wäre, hätte sie ihren Bruder und ihre Schwester vielleicht überreden können, die Plantage zu verkaufen. Aber er war zurückgekehrt, und zudem noch mit genügend Geld, um all ihre Pläne zu durchkreuzen.

Nun, auch darum würde sie sich kümmern. Wenn sie mit ihnen fertig war, würde kein Geld mehr ausreichen, um *Swan's Watch* zu retten. Die einzige Möglichkeit, die Lacy und Travis dann noch blieb, war, die Plantage zu verkaufen. Und ein Drittel dieses Geldes würde ihr gehören. Und dieses Geld war ihre Chance, sich von Carter zu befreien.

Lacy schaute sehnsüchtig zu ihrem Bett hinüber. Die Erinnerung an Jared, wie er dort gelegen hatte, ließ ein wohliges Verlangen in ihr aufsteigen. Sie wünschte, er könnte alle seine Nächte hier verbringen, an ihrer Seite, in ihren Armen, doch seit Travis wieder im Haus war, schlief Jared wie früher in einem der Gästezimmer. Und so sehr Lacy auch das Warten haßte, wußte sie doch, daß sie erst verheiratet sein mußten, bevor sie die ganze Nacht miteinander verbringen konnten.

Der heulende Wind, der die Weiden und Ulmen, die das Haus umringten, schüttelte, lenkte sie von ihren Überlegungen ab. Der Wind blies mit einer solchen Heftigkeit, daß Äste und Zweige abknickten, und die Nacht war so finster, daß es Lacy fast ein wenig unheimlich zumute wurde. Sie lachte, um ihr Unbehagen abzuschütteln, und zwang sich, den Wind etwas zuversichtlicher zu betrachten. Denn früher oder später *mußte* er den Regen von der See herübertreiben.

Die Schlafzimmertür öffnete sich leise hinter ihr, und überrascht drehte sie sich um zu Jared, der auf der Schwelle stand.

»Ich hatte gerade an dich gedacht«, gestand sie lächelnd.

»Ich hoffe, daß es etwas Gutes war.«

»Ja und nein.«

Er kam zu ihr und ließ seine Hände streichelnd über ihre Arme gleiten. Ein belustigter Blick erschien in seinen grauen Augen, als er sie forschend ansah. »Wirst du mir erklären, was du damit meinst?«

Zufrieden lehnte sie sich an seinen muskulösen Körper. »Ich dachte gerade, daß du mir sehr fehlst in meinem Bett.«

Jared hob ein wenig seine dunklen Brauen, was ihm einen verwegenen Ausdruck gab. »Ich denke, das läßt sich ändern, wenn wir es geschickt anstellen.«

Überrascht, aber auch sehr interessiert, wollte Lacy gerade fragen, was er damit meinte, als plötzlich ein schriller Warnschrei vom Hof erklang. Die Worte erstarben auf ihren Lippen, als sie sich aus Jareds Armen löste und ans Fenster trat. Ein Blick auf das Land hinter den Ställen, und das Blut gefror ihr in den Adern.

»*O Gott!*« stieß sie erstickt hervor.

Jared kam rasch zu ihr und erkannte sofort den Grund für ihr Entsetzen. Die Felder brannten lichterloh, ihre orangefarbenen Flammen erleuchteten den dunklen Nachthimmel.

»Bleib hier!« befahl er, aber Lacy war bereits zur Tür gestürzt.

Zusammen rannten sie die Treppe hinunter, durch die Halle und aus der Hintertür. Hier draußen wirkte das Feuer noch viel bedrohlicher. Meterhohe Flammen schlugen zum Himmel auf und hüllten das Land in dichten Rauch. Ein eigenartiges Dröhnen stieg vom Boden auf und versprühte Funken von einem Feld zum anderen.

Aus allen Richtungen ertönten jetzt entsetzte Schreie, und die Sklaven stürzten in wilder Aufregung aus ihren Unterkünften. Irgendwo in der Ferne bimmelte warnend die Glocke der Plantage.

Jared packte Lacy am Arm und schob sie auf die Gebäude zu. »Hol so viele Sklaven, wie du kannst. Schick sie mit Schaufeln und Hacken auf die Felder!«

»Was hast du vor?« rief sie und drehte sich noch nach ihm um, während sie bereits in die andere Richtung rannte.

»Ich will versuchen, das Feuer aufzuhalten, bevor es die Ställe und Scheunen erreichen kann.« Das war alles, was er sagte, bevor er in der Nacht verschwand.

Das Herz schlug ihr in der Kehle, als Lacy auf die Hütten

zuhastete. Allen, die imstande waren, eine Schaufel aufzuheben, schrie sie Befehle zu. Besha erschien an ihrer Seite, und gemeinsam versammelten sie die verängstigten Kinder.

»Hast du Travis gesehen?« fragte Lacy über das gellende Geschrei eines Säuglings, den sie in den Armen hielt.

»Nein, Ma'am, hab' ich nicht.«

Lacy schluckte und schaute sich verzweifelt um. »Behalt die Kinder hier«, forderte sie Besha auf. »Falls die Flammen die Scheune erreichen sollten, bringst du die Kinder so schnell wie möglich zum Fluß hinunter.« Sie drückte der Köchin das Baby in den Arm. »Laß dich durch nichts aufhalten, Besha!«

Die rundliche schwarze Frau packte Lacys Arm. »Wo wollt Ihr hin, Miss Lacy? Ihr wollt doch nicht etwa zu dem Feuer dort hinüberlaufen?«

»Ich kann nicht hier herumstehen und zusehen, wie mein Heim abbrennt.« Ohne Besha Zeit zu weiteren Einwänden zu lassen, rannte Lacy über die ausgedehnte Rasenfläche auf die Ställe zu. Überall um sie herum wirbelten Funken durch die Luft und erhellten kurz den Himmel, bevor sie auf das ausgedörrte Land herabsanken.

Ein schriller Schrei zerriß die Nacht. Ein Frösteln erfaßte Lacy, aber nichts vermochte sie noch aufzuhalten. Die Tiere mußten befreit werden. Auf der Stelle.

Wie in einem bizarren Alptraum tauchte Travis plötzlich aus einer dichten Rauchwolke auf. Sein Gesicht war rußgeschwärzt, seine Stimme überschlug sich fast vor Aufregung, als er hervorstieß: »Ich bin gerade Jared begegnet. Er hat die Männer zu den Westfeldern gebracht.«

»Besha hat die Kinder«, sagte Lacy rasch. »Die Pferde ...«

»Ich war schon auf dem Weg zu ihnen.«

Sie hörten das bange Wiehern der verängstigten Tiere schon lange, bevor Travis die Stalltür aufriß. Durch den Rauchgeruch in wilde Panik versetzt, brauchten die Pferde nicht erst hinausgetrieben zu werden, sondern flohen instinktiv in die Sicherheit der Nacht hinaus.

Danach waren Rinder und Schafe an der Reihe. Als alle

Tiere freigelassen waren, hustete Lacy, und ihre Augen brannten von dem scharfen Rauch. Mit gesenktem Kopf stützte sie ihre Hände auf den Zaun und rang nach Atem. Als sie wieder aufschaute, entrang sich ihr ein Seufzer der Verzweiflung.

In der kurzen Zeit, die es erfordert hatte, die Tiere freizulassen, hatte das Feuer sich beträchtlich ausgebreitet. Bei dem starken Wind, der wehte, würde es nur noch eine Frage der Zeit sein, bis sämtliche Gebäude in Flammen standen. Und Jared war dort draußen und versuchte, dem Feuer Einhalt zu gebieten ...

»O Gott!« schluchzte sie.

Travis trat mit schleppenden Schritten neben sie und folgte ihrem Blick. Das Feuer war außer Kontrolle geraten. Trotz der Bemühungen der Männer und Frauen, die ihr Leben aufs Spiel setzten, um es einzudämmen, würde es durch nichts mehr aufzuhalten sein.

Rose. Eine übelkeiterregende Angst stieg in seinem Magen auf. Rose mußte irgendwo dort draußen sein! Mit einem jähen Fluch wandte er sich ab und stürzte auf das Feuer zu.

Vom Wind geschüttelt, stand Mariette im Schatten des Waldes und betrachtete mit einem Gefühl der Befriedigung ihr Werk. Jede Maisstaude, jedes Weizenkorn, jede Kuh, jedes Gebäude würden bald nichts mehr als ein Häufchen Asche sein. Es würde Jahre erfordern ... und mehr Geld, als sogar Jared besaß ... um dies alles wieder aufzubauen. Lacy und Travis würden einfach verkaufen *müssen*.

Kein Mensch in dieser Gegend verfügte über die nötigen Mittel, um eine so große Plantage zu erwerben. Das Land würde aufgeteilt und parzelliert werden. Aber Geld war Geld, ob es nun aus einem Geschäft stammte oder aus einem Dutzend Geschäfte. Das kümmerte Mariette nicht, solange sie bekam, was ihr zustand.

Da sie genug gesehen hatte, ging sie an dem Maisfeld vorbei, das jetzt zu schwelen begann und allmählich Feuer fing.

Sie mußte ihr Pferd holen und nach Bellehaven zurückkehren, bevor sie dort vermißt wurde. Es war anzunehmen, daß Carter noch immer Karten spielte, aber sie wollte nicht das Risiko eingehen, daß er ihre Abwesenheit bemerkte. Bis jetzt glaubten alle, daß sie im Bett lag und friedlich schlief.

Rauch stieg plötzlich vor ihr auf dem Weg auf, und abrupt verhielt sie ihren Schritt. Ganz plötzlich ging das Unterholz in Flammen auf, und mit einem Ausruf des Erstaunens wich sie zurück und blinzelte erschrocken.

Dann wandte sie sich rasch um und kehrte auf demselben Weg zurück, mit der Absicht, das sich rasch ausbreitende Feuer in einem weiten Bogen zu umgehen. Aber ein Funkenregen kam in ihrer Nähe nieder, und mit erschreckender Schnelligkeit fingen die trockenen Sträucher, das Unterholz und die Äste der Bäume Feuer. Wieder wirbelte sie herum, aber das Inferno war schon überall. Es war so schnell geschehen, daß sie kaum in der Lage war, sich über die Gefahr, in der sie sich befand, klarzuwerden. Nur Sekunden zuvor noch war sie in Sicherheit gewesen.

Unerträgliche Hitze versengte ihre Haut, der Rauch erschwerte ihr das Atmen und die Sicht. Entsetzen erfaßte sie, das sie bis in die Knochen erschauern ließ und ihr schmerzhaft die Kehle zuschnürte. Ihre Pupillen waren so stark geweitet, daß ihre Augen fast schwarz waren, als sie sich verzweifelt nach einem Ausweg umsah. Aber da war nichts als eine Wand aus flackernden roten Flammen.

»Es muß doch einen Weg geben«, schluchzte sie. »Ich kann nicht hier gefangen sein, das ist doch gar nicht möglich!« Verzweifelt stürzte sie auf eine Öffnung im Dickicht zu, nur um von einer Hitzewelle zurückgeschleudert zu werden.

»Nein!« schrie sie gellend, aber ihre Stimme ging im Heulen des Windes und dem Prasseln des Feuers unter.

In einiger Entfernung glaubte Travis, den Schrei einer Frau gehört zu haben, aber er verdrängte den Gedanken wieder. Seine ganze Energie, sein ganzes Sein konzentrierte sich darauf, Rose zu finden.

Ein derber Fluch nach dem anderen entrang sich seinen Lippen. Er mußte Rose finden, durfte nicht zulassen, daß ihr etwas geschah. Indem er einigen brennenden Maisstauden auswich, rannte er auf eine Gruppe Frauen zu, die Erde in die Flammen schaufelten. Ob ihre Bemühungen erfolgreich waren oder nicht, kümmerte ihn nicht. Er wollte nichts anderes, als Rose finden.

Aber sie war nicht bei den Frauen. Enttäuscht und von neuerwachter Angst getrieben, wirbelte er herum und sog Luft in seine schmerzenden Lungen, während er mit seinen Blicken die Umgebung absuchte.

Durch den dichten Rauchschleier, direkt hinter einem ausgebrannten Vorratsschuppen, konnte er eine weitere Gruppe ausmachen, die versuchte, den Flammen Einhalt zu gebieten. Seine eigene Sicherheit vollkommen außer acht lassend, stürzte er sich blindlings in das Inferno.

Fieberhaft schaute er von einer Frau zur anderen. »Rose!« schrie er, aber seine Stimme war über den Lärm des Feuers nicht zu hören. Mit wilden Blicken suchte er die Gegend ab, schaute zum Fluß hinunter … und sah sie. Ihre schmale, über eine Hacke gebeugte Gestalt hob sich deutlich vor dem orangefarbenen Hintergrund des Feuers ab.

»Rose!« Wieder wurde der Ruf vom Lärm verschluckt. Travis begann über das Feld zu rennen, ohne Rose auch nur eine Sekunde aus den Augen zu lassen, bis er sie erreichte und nach ihr greifen konnte.

Als Rose sich so plötzlich am Arm gepackt fühlte, stieß sie einen erschrockenen Schrei aus. Die Tatsache, daß es Travis war, der sie festhielt, bestärkte sie sogar noch in ihrer Furcht.

»Travis?« Zweifelnd und ängstlich schaute sie zu ihm auf.

Sein Blick glitt fast ehrfürchtig über ihr Gesicht. »Als ich merkte, daß du draußen warst …«

»Was machst du hier?« Sie verstand nicht, was er von ihr wollte. Vor allem nicht *jetzt*, in diesem Augenblick.

»Ich mußte dich finden.«

»Mich? Warum?«

»Weißt du das wirklich nicht?« Obwohl sie jetzt in Sicherheit war, vermochte er seine Angst um sie noch nicht zu unterdrücken. »Ich liebe dich. Ich wäre gestorben, wenn dir etwas zugestoßen wäre.«

Rose war so verblüfft, daß ihr die Worte fehlten. Zweimal innerhalb weniger Stunden hatte er behauptet, sie zu lieben, aber sie wußte jetzt genausowenig, wie sie sich verhalten sollte, wie sie es an diesem Morgen in der Weberei gewußt hatte.

»Du … liebst mich?«

Ohne auch nur den kleinsten Gedanken an seine Umgebung zu verschwenden, zog Travis sie in seine Arme. »Mehr als alles andere auf der Welt!«

Jared strich sich mit dem Handrücken über die Stirn und betrachtete die Szene, die sich seinen Augen bot. Überall um ihn herum arbeiteten die Sklaven fieberhaft, zogen Gräben und warfen Erde auf die Flammen, um sie zu löschen. Aber der Weizen war verbrannt, der Mais zerstört. Innerhalb kürzester Zeit würden auch die Erdnüsse verbrannt sein.

Und der Windrichtung nach zu urteilen, würde das Feuer schon bald auf das Haus übergreifen.

Jeder seiner Muskeln spannte sich bei dem Gedanken daran. Das prachtvolle Herrenhaus stellte das Beste dar von allem, was die Plantage zu bieten hatte. Eleganz und Anmut, Schönheit, Harmonie und Großzügigkeit des Geistes. Und doch stand nichts mehr zwischen dem Gebäude und seiner vollkommenen Zerstörung.

»Verdammt!« stieß er mit einer Empörung hervor, die ihm tief aus der Seele kam. Er konnte nicht zulassen, daß es so endete. Es mußte Möglichkeiten geben, Wege …

Sein Kopf flog herum, sein Blick glitt zum Fluß hinüber. Der Wind hatte den Wasserstand bedrohlich erhöht, die Ufer waren bereits überschwemmt. Der Damm jedoch, der ebenfalls schon fast überflutet war, hielt das Wasser noch zurück. Wenn man ihm freien Lauf ließe, würde es die Erdnußfelder überfluten, die sich zwischen dem Feuer und dem Haus erstreckten. Ein großer Teil des Brandes könnte dadurch gelöscht werden …

Aber das Salzwasser würde die Felder auf Jahre hinaus verderben.

Er starrte auf die brennenden Felder. Wenn sie schnell arbeiteten … wenn er genug Männer zusammenbekam, um den Damm einzureißen … würde es ihnen vielleicht gelingen, den Zerstörungsprozeß hier aufzuhalten.

»Jared!« ertönte Lacys Stimme aus dem dichten Rauch, Sekunden nur, bevor sie sich in seine Arme stürzte.

»Alles in Ordnung, Lacy?« Seine Stimme klang so rauh, daß sie kaum wiederzuerkennen war.

Lacy nickte stumm.

»Gut, dann nimm die Frauen und bring sie ins Haus.«

Verwirrt starrte sie zu ihm auf. »Was …«

Der Wind trieb Hitzewellen und Rauch in ihre Gesichter. Jared schob Lacy hinter sich, drehte sich um und zog sie fest an seine Brust, um sie mit seinem Körper zu schützen.

»Wir müssen den Damm einreißen.«

Sie riß entsetzt die Augen auf. »Aber das Flußwasser ist stark salzhaltig! Die Felder werden nicht mehr zu gebrauchen sein.«

»Es ist unsere einzige Chance, Lacy. Wenn wir es nicht tun, verlieren wir alles.«

»Aber …«

Die Verzweiflung verlieh seiner Stimme einen harten Ton. »Das Haus, die Scheune, die Sklavenunterkünfte – alles wird brennen, Lacy! Und jetzt geh«, sagte er und versetzte ihr einen Schubs, um sie auf den Weg zu schicken.

Es ist unsere einzige Chance. Das war der einzige Gedanke, den Lacy fassen konnte, als sie über den schwelenden Rasen lief.

Das Land muß überflutet werden. Es ist das einzig Vernünftige in dieser Situation. Das sagte sie sich, wiederholte es sich wie eine Litanei, als sie die Frauen vor der Küche versammelte.

Die fruchtbarsten Felder, vor Jahrhunderten schon von Flemmings angelegt, müssen geopfert werden, um den Rest der Plantage vor der vollkommenen Zerstörung zu bewahren. Das predigte sie sich, während sie stand und wartete. Und wartete.

Es war das Rauschen von Wasser, was zuerst ihr Gehör erreichte. Den Blick auf die brennenden Felder gerichtet, stand sie vollkommen reglos da und hielt gespannt den Atem an. Im stillen betete sie, obwohl ihr nicht einmal klar war, um was sie betete. Und dann sah sie das Wasser über das Land fließen, sah, wie es das Feuer mit dem gleichen Tempo löschte, mit dem die Flammen die Ernte verschlungen hatten.

Der Rauchgestank war kaum noch zu ertragen. Der Himmel verlor langsam sein orangefarbenes Glühen. Und mit Ausnahme des heulenden Windes breitete sich eine tödliche Stille über *Swan's Watch* aus.

Langsam, als sei sie nicht sicher, die Kontrolle über ihre Glieder zu besitzen, ging Lacy zum Haus hinüber. Dort verweigerte ihr Körper ihr den Gehorsam, und sie ließ sich kraftlos auf den Boden sinken.

Sie starrte hinaus auf das, was einst der Stolz so vieler Generationen gewesen war. Ihre Vorfahren hatten geschuftet und gelitten in dem Glauben, daß das Land ihnen ihre Liebe und ihre Opfer mit einem guten Leben vergelten würde. Ihr Vater hatte es ihr versprochen, genau wie sein Vater ihm und sein Großvater davor seinem Vater. Es war das, was auch sie immer geglaubt hatte. Dieser Glaube war ein Grundstein ihres Lebens gewesen. Doch nun saß sie hier, und die Wahrheit traf sie wie ein Schlag ins Gesicht.

Sie hatte an das Land geglaubt, hatte ihm alles gegeben, was sie zu geben hatte, und das mit Freuden. Sie hatte es behütet und umsorgt, hatte ihm vertraut und nie die Hoffnung aufgegeben. Und wozu? Alles, was ihr jetzt davon geblieben war, war nichts weiter als ein rauchender Trümmerhaufen.

Sie krümmt sich angesicht der Qual, die ihr Herz und ihre Seele erfaßte, und heiße Tränen rannen über ihre rauchgeschwärzten Wangen. Ihre Hände schlossen sich ganz unbewußt um Erde, die sie fest an ihre Brust drückte. Aber nichts vermochte das hohle Gefühl des Verrats zu lindern, das sie quälte.

Als Jared zu ihr kam, merkte sie es nicht. Seine Anwesenheit wurde ihr erst bewußt, als er sie auf die Beine zog, um sie in die Arme zu schließen. Und selbst dann dauerte es noch eine ganze Weile, bis ihr Schluchzen verstummte.

»Heute nacht können wir nicht mehr tun«, sagte er.

Ein müder Seufzer entrang sich ihren zitternden Lippen. »Ist jemand verletzt?« Ihre Worte klangen erstickt an seiner Brust.

»Ich weiß nicht, wieso, aber wir hatten das Glück, daß niemand ernsthaft verletzt wurde. Einige haben leichte Verbrennungen davongetragen, aber sie sind nicht schlimm.«

Lacy dachte darüber nach, bevor sie fragte: »Wie ... wieviel haben wir verloren?« Er zögerte mit der Antwort. »Fast die gesamte Ernte.«

»Und die Erdnußfelder ...«

»Das war nicht zu vermeiden, Lacy.« Er schloß die Hände um ihr Gesicht und schaute ihr in die traurigen Augen. »Es wird alles wieder gut werden. Mit der Zeit wird alles wieder gut werden.«

Sie hätte ihm so gern geglaubt. Sie mußte es einfach glauben. Aber sie konnte es nicht. Nicht heute nacht. Vielleicht nie wieder. Heute nacht würde sie Jared für sich glauben lassen.

23. KAPITEL

Ein bedrückendes Schweigen hing über *Swan's Watch.* Kein Vogel trillerte sein morgendliches Lied, keine Spur des heulenden Windes vom Abend zuvor bewegte noch die Zweige. Das Land lag still und traurig in der Sonne.

Das war es, was Lacy mehr als alles andere zu Herzen ging. Sie stand dort, wo einst ein Erdnußfeld gewesen war, betrachtete die schwarze Zerstörung um sich herum mit einem hohlen, schmerzhaften Gefühl des Verlustes und sehnte sich nach Anzeichen von Leben. Doch statt dessen stieg nur übelriechender Rauch von der verkohlten Erde auf.

Jared, der neben sie trat und einen Arm um ihre Schultern legte, riß sie aus ihrer Versunkenheit. Sie hatte ihn nicht kommen hören, aber sie war froh, daß er an ihrer Seite war und sie sich an seine starke Schulter lehnen konnte.

»Es sieht schrecklich aus«, wisperte sie.

»Jetzt noch. Aber im nächsten Jahr werden die Felder wieder grün sein.«

»Nicht alle.«

Niemand brauchte Jared zu sagen, wie nutzlos das ausgespülte Land auf Jahre hinaus sein würde. »Mit der Zeit wird es wieder werden, Lacy. Du mußt Geduld haben. Die Natur heilt sich ganz von selbst.«

Im stillen wünschte sie, die Natur möge etwas tun, um die Qual in ihr zu lindern. Ihr war, als hätte sie ein Stück von sich selbst verloren.

Jared zog sie tröstend an sich. »Komm mit zurück zum Haus, Liebes. Indem du hier stehenbleibst, wirst du auch nichts ändern.«

Mit einem resignierten Seufzer wandte sie sich von den zerstörten Feldern ab. Ihr Blick glitt zum Haus, und wie immer vermittelte sein Anblick ihr einen gewissen Frieden. Das Gefühl war ihr ebenso willkommen wie Jareds Nähe.

Schweigend erreichten sie den Pfad. Lacy war nicht aufgelegt zu einer Unterhaltung, und Jared ließ ihr die Ruhe, die sie brauchte. Erst als Travis aus dem Haus kam und sich am Fuß der Treppe zu ihnen gesellte, wurde die Stille zwischen ihnen gebrochen.

Travis schaute zu dem verbrannten Land hinüber. »Ich dachte, es würde heute morgen besser aussehen als gestern nacht. Wie schlimm ist es?«

»Schlimm genug«, erwiderte Jared. »Aber mit etwas Zeit und Geduld wird alles wieder in Ordnung kommen.«

Ein bitterer Zug erschien um Travis' Lippen. »Verdammt. Was für ein Chaos.«

»Ich habe schon Schlimmeres gesehen.«

»Dann mußt du in der Hölle gewesen sein.« Travis preßte die Lippen zusammen, sein Gesicht verzog sich in einer Mischung sehr widersprüchlicher Emotionen.

Lacy, die es sah, legte beruhigend eine Hand auf seinen Arm. »Alles in Ordnung mit dir, Travis?«

Ihr Bruder antwortete nicht sofort. Die Worte schienen nicht über seine Lippen zu wollen. »Es geht mir besser als seit langer Zeit«, murmelte er schließlich. »Besser, als ich mich in Anbetracht der Umstände eigentlich fühlen dürfte.«

Sein harter Tonfall veranlaßte Lacy, die Stirn zu runzeln. »Was willst du damit sagen?«

Wieder suchte Travis nach den richtigen Worten. Er starrte Lacy an, und seine blauen Augen verdunkelten sich vor Schmerz … aber sein Blick strahlte auch eine eigenartige Ruhe aus. »Verdammt, ich werd's euch einfach sagen – dann habe ich es endlich hinter mir«, rief er plötzlich und warf Jared einen kurzen Blick zu. »Ich habe beschlossen, fortzugehen.«

»Fortzugehen?« wiederholte Lacy verständnislos.

»Ich weiß, daß es kein günstiger Moment ist, um es euch zu sagen, aber ich kann mir nicht länger etwas vormachen.«

»Etwas vormachen? Was denn?«

»Daß ich Vater bin zum Beispiel. Oder Großvater. Gestern nacht ist mir klar geworden, daß ich nicht den Schneid besitze, den das Leben hier erfordert. Du besitzt ihn, Lacy. Du und Jared, ihr habt ihn. Aber ich nicht.« Er entfernte sich ein paar Schritte, drehte sich dann wieder zu ihnen um und steckte seine Hände in die Hosentaschen. »Die Plantage ist mir nicht so wichtig, wie sie mir sein sollte. Als alles gestern nacht in Flammen aufging, begriff ich, daß dies hier nicht mein Leben ist.« Sein Gesicht verhärtete sich, nahm einen mißtrauischen Ausdruck an. »Mein Leben ist Rose.«

Lacy vermochte ihre Überraschung nicht zu verbergen, sie verstand nicht, was er ihnen zu verstehen geben wollte. Travis sah ihre Verwirrung und lachte spöttisch.

»Zumindest verdammst du mich nicht sofort«, bemerkte er. »Vielen Dank.« Er holte einen tiefen Atemzug, als bereitete er sich auf einen Kampf vor. »Ich liebe Rose. Ich wußte es schon seit einiger Zeit, aber ich weigerte mich, es mir einzugestehen. Ich habe sogar versucht, dem Wissen zu entfliehen, aber die Wochen in Carolina zeigten mir, daß es nichts nützte. Und die gestrige Nacht hat mir bewiesen, daß ich nicht länger davor fliehen will. Ich möchte Rose heiraten.«

Seine Worte verblüfften Lacy. Was er vorhatte, war in der Geschichte des Südens noch nie vorgekommen. Aber sie sah die Überzeugung in seinem Blick. Er liebte Rose tatsächlich.

Seufzend dachte sie über das Verhalten ihres Bruders in der letzten Zeit nach. Es erklärte eine Menge, vor allem, warum er Rose zurückgebracht hatte.

»Was … Was hast du vor?« fragte sie.

»Ich werde in den Norden gehen«, antwortete er mit einem schiefen Lächeln und einem Blick auf Jared. »Nach Connecticut vielleicht. Oder sogar nach Kanada, falls es nötig sein sollte.« Sein Lächeln verblaßte. »Ich möchte mir einen Ort suchen, wo Rose und ich in Frieden leben können. Als Mann und Frau.«

Jared zog die Brauen hoch. »Das wird nicht leicht sein. Ihr werdet gesellschaftlich überall geächtet sein, wohin ihr euch auch wenden mögt.«

»Das stimmt, aber hier würde ich nicht einmal Verständnis

finden, so daß jede Chance, von der Gesellschaft akzeptiert zu werden, von vornherein gleich Null ist.«

»Weiß Rose es schon?« fragte Lacy.

»Ja. Aber sie hat Angst.«

Mit gutem Grund, dachte Lacy. »Und sie ist bereit, dich zu heiraten?«

Travis lachte wehmütig. »Sie war überrascht, das kannst du dir wahrscheinlich vorstellen. Es kommt schließlich nicht jeden Tag vor, daß ein Mann seine Sklavin bittet, ihn zu heiraten. Aber sie weiß, daß ich sie liebe. Und sie liebt mich.« Jede Spur von Humor verblaßte in seinen Zügen. »Ich war mir dessen gar nicht sicher, nach allem, was zwischen uns vorgefallen war. Ich bin Gott schon für kleine Wunder dankbar. Viel werden wir vielleicht nie haben, aber wir werden zusammen sein. Und vielleicht sogar ein eigenes Stückchen Land besitzen.«

»Eine Farm?«

Travis nickte. »Aber nicht so groß wie die *Watch.* Mein ganzes Leben hat sich um dieses Land gedreht. Das hat mich immer sehr belastet, was ein Grund mehr ist, warum ich hier nicht bleiben will.« Zum ersten Mal erschien ein leises Bedauern in seinem Blick. »Die Plantage verdient etwas Besseres als mich. Sie verdient, was ihr zwei bereit seid, ihr zu geben.«

Lacy war sich gar nicht so sicher in diesem Augenblick, daß sie noch genügend Kraft besaß, um *Swan's Watch* zu geben, was sie brauchen würde. Aber Jared besaß diese Kraft, und dafür war sie unendlich dankbar.

»Wann werdet ihr eure Reise antreten?«

Das war nicht die Frage, die Travis von ihr erwartet hatte. »Du meinst, du wirst nicht versuchen, es mir auszureden?«

»Würde es etwas nützen?«

»Nein.«

»Das weiß ich. Ich weiß auch, daß du Rose wirklich liebst. Ich möchte, daß ihr glücklich werdet, und das ist hier leider ausgeschlossen.«

Ein aufrichtiges Lachen hellte Travis Miene auf. »Du bist eine bemerkenswerte Frau, Lacy.«

Achselzuckend wies sie das Kompliment zurück. »Nein, das bin ich nicht. Aber ich weiß, wie es ist, jemanden zu lieben, wie du Rose liebst«, sagte sie und schaute auf zu Jared. Der Blick, mit dem er sie betrachtete, sprach Bände.

»Und wann wollt ihr beide heiraten?« fragte Travis.

»So schnell wie möglich«, antwortete Jared ohne das geringste Zögern.

»Gut. Ich wäre nämlich gern noch zur Hochzeit hier.«

Vom fernen Ende der Straße erklang das Geräusch einer sich nähernden Kutsche. Lacy, die zwischen den beiden Männern stand, erkannte den Fahrer des kleinen Gefährts sofort.

»Es ist Carter.«

Travis nickte. »Er hat das Feuer bestimmt von seiner Plantage aus gesehen. Er wird gekommen sein, um uns sein Bedauern darüber auszudrücken.«

Die Kutsche hielt einige Meter entfernt von ihnen, und Carter stieg langsam aus. Sein sonst so energischer Schritt wirkte heute seltsam schleppend.

»Guten Morgen«, sagte er gepreßt. So sehr er sich auch bemühte, es gelang ihm nicht, den Blick von den verbrannten Feldern abzuwenden. Als er sich endlich zu Lacy, Travis und Jared umwandte, wirkte sein Gesicht sehr angespannt. »Ich bedaure, was geschehen ist. Ich wußte nichts davon, bis ...« Seine Stimme brach.

Er nahm den Hut ab und betrachtete eine ganze Weile stumm den schwarzen Rand, bevor er endlich die richtigen Worte zu finden schien. »Es gibt da etwas, was ihr wissen müßt ... Es betrifft Mariette.«

Er wirkte so unglücklich, daß Lacys Herz sich vor Mitleid zusammenzog. »Was ist geschehen, Carter?«

»Es gab ... Sie hatte einen Unfall.« Er klatschte plötzlich den Hut an seinen Schenkel. »Sie war es, die gestern nacht die *Watch* in Brand gesteckt hat!«

»O Gott!« flüsterte Lacy entsetzt.

Carter fuhr fort, als ob sie nichts gesagt hätte. »Ich hatte nicht bemerkt, daß sie das Haus verlassen hatte, bis es zu spät war. Ich sah den Feuerschein am Himmel, aber selbst da war mir noch nicht bewußt, daß sie verschwunden war. Ich dachte, sie wäre früh zu Bett gegangen. Aber so war es nicht.«

Jared runzelte die Stirn. »Woher wißt Ihr, daß sie das Feuer gelegt hat?«

»Sie hat es mir gebeichtet. Irgendwie hat sie ... ist es ihr gelungen, nach Bellehaven zurückzukehren. Einer meiner Sklaven fand sie bei den Ställen.« Carter schluckte mühsam. »Sie hat ziemlich starke Verbrennungen davongetragen.«

Lacy preßte eine Hand vor ihren Mund, aber nichts vermochte ihren entsetzten Aufschrei zu ersticken. »Lebt sie noch?«

»Ja. Aber sie wäre lieber tot.« Carters Augen drückten tiefes Mitgefühl aus. »Der Arzt war fast die ganze Nacht bei ihr, aber er kann nichts tun für ihre Arme ... und für ihr Gesicht.« Er schloß die Augen, als er sich an den Anblick seiner Frau erinnerte. »Sie wird für ihr Leben gezeichnet sein.« Abrupt brach er ab, um dann ebenso abrupt fortzufahren: »Sie war die meiste Zeit bewußtlos. Aber kurz, bevor der Arzt kam, hat sie sehr viel gesprochen, vor allem über *Swan's Watch*.«

»Warum?« wollte Lacy wissen. »Warum sollte sie versucht haben, die Plantage zu verbrennen?«

»Das weiß ich auch nicht genau. Sie sprach von ihrem Haß auf dieses Land, von ihrem Haß auf ... euch. Und auf mich.«

Als hätte der Bericht ihn stark erschöpft, ließ Carter die Schultern hängen. »Mehr weiß ich auch nicht.«

»Ich würde dich gern zurückbegleiten.«

»Nein, Lacy. Ich glaube nicht, daß sie dich jetzt sehen möchte. Mariette ist so besessen von Haß und Qual, daß es vermutlich sehr unangenehm für alle wäre, wenn sie dich jetzt sähe.«

Lacy hätte gern widersprochen, doch Carter zuliebe gab sie nach. Dies alles mußte sehr schwer für ihn sein. »Wirst du es uns wissen lassen, falls wir irgend etwas tun können, um zu helfen?«

»Ich möchte dich um das gleiche bitten, Lacy.«

»Wir schaffen es hier schon«, versicherte sie ihm, doch als sie Carter nachsah, kamen ihr leise Zweifel an ihrer Beteuerung. Sie wollte so gern *glauben*, daß sie es schaffen würden.

Die Sonne warf ihre letzten Strahlen auf Lacys Gesicht, als sie auf den Fluß hinausschaute. Jared, der neben ihr stand, betrachtete Lacy: den sanften Schwung ihrer Augenbrauen, den ernsten Ausdruck ihrer Augen.

Während er eine Strähne ihres silberblonden Haars hinter ihr Ohr strich, fragte er: »Hältst du nach Schwänen Ausschau?«

Ein schwaches Lächeln spielte um ihren Mundwinkel. »Nein. Sie werden erst in einem Monat kommen.«

»Woran denkst du dann?«

Sie lehnte ihren Kopf an seine Brust und bemühte sich, ihren Gedanken Ausdruck zu verleihen. »Ich denke nach über alles, was geschehen ist. Das Feuer. Travis und Rose. Und Mariette.« Sie seufzte schwer. »Sie tut mir so unendlich leid.«

Jared schlang einen Arm um ihre Taille. »Die meisten Probleme deiner Schwester hat sie selbst verursacht.«

Das wußte Lacy. »Das ist wahr, aber es tut mir weh, daß sie so leiden muß«, entgegnete sie seufzend. »Ich habe nie geahnt, wie wenig die *Watch* ihr bedeutete. Sie hat zwar ständig gejammert über ihre Aufgaben hier, aber ich hätte nie gedacht, daß sie die Plantage haßte.«

»Nicht jeder liebt das Land wie du, Lacy. Es erfordert eine Bindung, die nicht einmal Travis einzugehen vermochte.«

Bei der Erwähnung ihres Bruders legte Lacy den Kopf zurück, um fragend zu Jared aufzuschauen. »Glaubst du, daß er und Rose den Frieden finden werden, den sie verdienen?«

Jared überlegte sich seine Antwort gut. »Ich möchte dich nicht belügen, Liebes, und dir sagen, daß alles Sonnenschein und Rosen für sie sein wird. Wozu dein Bruder sich entschlossen hat, wird von den meisten Leuten als äußerst verdammenswert beurteilt werden. Selbst im Norden wird er keine Garantien dafür finden, daß die Gesellschaft seine Ehe mit Rose anerkennen wird.« Ein Lächeln breitete sich auf seinen Zügen aus. »Aber ich glaube, er wird es schaffen. Ein Mann, der eine Frau so liebt wie er Rose, wird nicht zulassen, daß etwas derart Unwichtiges wie gesellschaftliche Regeln seinem Glück im Wege steht.« Unwillkürlich zog er Lacy fester an sich. »Genau wie mich nichts davon abhalten konnte, zu dir zurückzukehren.« Sein Gesicht verriet unverbrüchlichen Glauben und Entschlossenheit, was Lacy als sehr tröstlich empfand, und deshalb erhob sie sich und preßte ihre Lippen auf seine zu einem Kuß, der ebenso leidenschaftlich war wie zärtlich.

»Ich liebe dich, Lacy«, murmelte Jared, auf den ihre süße Leidenschaft nicht ohne die gewohnte Wirkung blieb. »Lieber Himmel – was soll ich bloß mit dir anfangen?«

»Ich werde dir keine Gelegenheit geben, es herauszufinden«, erwiderte sie zwischen den sanften Küssen, mit denen er sie neckte. Sie hatte ein Leben lang auf Jared gewartet und würde ihn lieben bis zum Tage ihres Todes und darüber hinaus. Lächelnd schmiegte sie sich in seine Arme und legte ihre ganze Liebe in den nächsten Kuß.

Der Kuß vertiefte sich, wurde immer ungestümer und drohte außer Kontrolle zu geraten. Als Jared schließlich den Kopf hob, erhellte ein unendlich zärtliches Lächeln sein Gesicht. »Das ist ein perfekter Beginn für unsere Zukunft«, erklärte er in heiserem Ton. »Du in meinen Armen.«

Lacy zog erstaunt die Brauen hoch angesichts der Gefühle, die sie in seinen Augen las. Verlangen und Liebe verrieten sich darin, aber auch noch etwas anderes, was sie nicht benennen konnte. »Warum lächelst du so?«

»Wie lächle ich denn?«

»Als ob du etwas wüßtest, was ich nicht weiß.«

Seine Hand glitt streichelnd über ihren flachen Magen, und sein Lächeln vertiefte sich. »Ich stelle mir gerade vor, wie du mein Kind unter deinem Herzen trägst, wie dein Körper sich mit meinen Söhnen und Töchtern rundet. Ich freue mich schon auf die nächste Generation, die wir aufziehen werden.«

Tränen traten ihr in die Augen und schnürten ihr die Kehle

zu. Er war alles, was sie sich je erträumt hatte. Ein starker, aufrichtiger, liebevoller Mann, der sie liebte und sein Leben mit ihr verbringen wollte. Dennoch konnte sie ein kleines Erschaudern nicht unterdrücken. »Es ist nicht viel übriggeblieben von *Swan's Watch* für die nächste Generation.«

»Im Augenblick nicht. Aber mit der Zeit wird die *Watch* wieder wachsen und gedeihen.«

»Das würde ich so gern glauben!«

»Das kannst du ruhig, Lacy. Im Moment bist du nur zu müde, um zu glauben.«

»Ja, ich bin müde. Ich fühle mich, als ob das Feuer einen Teil meiner Energie verschlungen hätte.«

»Du wirst sie zurückgewinnen, Liebes, genauso, wie die Erde verheilen und wieder aufblühen wird. Dafür werde ich schon sorgen.«

»Du klingst so sicher.«

»Ich bin mir sicherer als je zuvor in meinem Leben.«

Lacy warf ihm einen langen, prüfenden Blick zu.

»Sind mir Hörner gewachsen?« fragte er schmunzelnd.

Blinzelnd schüttelte sie die Erinnerungen ab, die sie überfallen hatten. »Nein. Ich dachte nur gerade an etwas, was mein Vater kurz vor seinem Tod gesagt hat.«

»Ein Rat?«

»In gewisser Weise. Er sagte, *Swan's Watch* würde sich ihren Herrn oder ihre Herrin selbst aussuchen. Daß sie den Menschen wählen würde, der ihrer würdig sei.«

»Und du glaubst, das hat sie getan?«

Lacy nickte. »Ja. Sie hat dich gewählt.«

Skeptisch runzelte er die Stirn. »Wie kommst du darauf?«

»Das weiß ich selbst nicht ganz genau. Es ist nur so ein Gefühl – als ob das Land, obwohl es zerschunden und verbrannt ist, endlich seinen Frieden gefunden hätte. Als ob die *Watch* all diese Monate seit Papas Tod gewartet hätte. Und dieses Warten nun vorüber wäre.« Verlegen zuckte sie die Schultern. »Ich weiß, daß das albern klingt, aber ich kann mich des Gefühls einfach nicht erwehren.«

Jared lächelte zunächst nachsichtig, um dann in schallendes Gelächter auszubrechen.

»Was ist daran so komisch?« fragte Lacy verblüfft.

»Dein Vater hatte recht. *Swan's Watch* hat mich tatsächlich auserwählt ... am Tag, als du mir sagtest, daß du mich liebst.«

»Das verstehe ich nicht ...«

»Nein?« Zärtlich nahm er ihr Gesicht zwischen seine Hände. »*Du* bist *Swan's Watch*, Lacy. Als dein Vater sagte, die Plantage würde sich ihren nächsten Herrn selbst erwählen, sprach er von dir, ob es ihm nun bewußt war oder nicht.« Lächelnd streichelte er mit den Daumen ihre Wangen. »Du bist die Essenz des Landes, und du hast mich erwählt.«

Solange sie zurückdenken konnte, hatte sie immer eine Bindung an *Swan's Watch* verspürt, aber so, wie Jared es darstellte, hatte sie es noch nie betrachtet. Eigenartigerweise spürte sie jedoch, daß er recht hatte.

Zum erstenmal seit dem Feuer war ihr Lächeln froh und unbekümmert. »Ich freue mich, Jared. Ich bin froh, daß du es bist.«

»Wirklich?«

»O ja. Travis hatte recht, als er sagte, daß du die Kraft besitzt, dem Land zu geben, was es braucht.«

»Ich werde immer an deiner Seite sein, Lacy, um dir diese Kraft und meine Liebe zu geben«, schwor er und zog sie in die Arme, um sie zu küssen.

Erfüllt von der Liebe, die sie einander entgegenbrachten, bemerkte keiner den eleganten Schwan, der vorüberschwamm, gefolgt von einem ganzen Schwarm jüngerer Schwäne. Ihr Erscheinen bedeutete das Ende einer Jahreszeit und den Beginn einer vielversprechenden neuen für die Plantage namens *Swan's Watch*.

ENDE